RENATE FEYL

Die langen Stunden des Augenblicks

Das Buch
Vera Pflüger, eine erfolgreiche Innenarchitektin, eine moderne Frau, die ihre Selbstständigkeit und ihre Unabhängigkeit liebt. Deshalb ist Roland Zarth der richtige Mann für sie, denn auch für den Radiomacher ist die Karriere das Wichtigste. Doch während er alles daran setzt, aus seinem Sender die Nummer eins zu machen, kommen bei Vera Zweifel auf: Sie sehnt sich nach einer Familie, hat den Wunsch Mutter zu werden. Sie ringt mit sich selbst, denkt über Kinder und Karriere nach und ergründet den Stellenwert der Liebe in einer karriereorientierten Welt. Als sie auch noch Oliver, einen attraktiven Juristen, kennen lernt, weiß sie, dass sie eine wichtige Entscheidung fällen muss.

Renate Feyl beschreibt auf mitreißende Art und Weise den inneren Konflikt einer Frau am Scheideweg zwischen Kind und Karriere, und auf der Suche nach wahrer Erfüllung und Liebe.

Die Autorin
Renate Feyl, geboren 1944 in Prag, wuchs in Jena auf, und studierte nach einer Buchhändlerlehre Philosophie in Berlin. Seit 1970 schreibt sie Romane und Essays. Vor allem mit ihren historischen Frauenromanen über Sophie La Roche und Caroline von Wolzogen hat sich die Autorin einen Namen gemacht. Renate Feyl lebt in Berlin.

Pressestimmen
»In dem süffig-süffisant geschriebenen Roman geht es um typische Lebensentwürfe unserer Zeit.« Emma

Lieferbare Titel
»Der lautlose Aufbruch« (3-453-87820-5)
»Die profanen Stunden des Glücks« (3-453-15262-X)
»Das sanfte Joch der Vortrefflichkeit« (3-453-21112-X)
»Sein ist das Weib Denken der Mann« (3-453-19816-6)
»Ausharren im Paradies« (3-453-17191-8)
»Idylle mit Professor« (3-453-16398-2)
»Die profanen Stunden des Glücks« (3-453-13128-2)

RENATE FEYL

Die langen Stunden des Augenblicks

Roman

Diana Verlag

Taschenbucherstausgabe 10/2005
Das Werk ist beim Lizenzgeber unter dem Titel »Streuverlust« erschienen.

FSC
Mix
Produktgruppe aus vorbildlich bewirtschafteten Wäldern und anderen kontrollierten Herkünften
Zert.-Nr. SGS-COC-1940
www.fsc.org
© 1996 Forest Stewardship Council

Verlagsgruppe Random House
FSC-DEU-0100
Das FSC-zertifizierte Papier *München Super* für Taschenbücher aus dem Diana Verlag liefert Mochenwangen Papier.

Printed in Germany 2005
Umschlaggestaltung: Hauptmann & Kompanie Werbeagentur, München -Zürich
Satz: Kalle Giese, Overath
Druck und Bindung: GGP Media GmbH, Pößneck
ISBN: 3-453-35097-9

http://www.heyne.de

MORNINGSHOW

Die ersten Gäste waren erschienen, und alles deutete darauf hin, daß der Brunch ein Erfolg werden würde. Die Türen zur Dachterrasse waren weit geöffnet. Eine Jazzkapelle sorgte für Stimmung, zwei Kellner kümmerten sich um die Bewirtung, ein dritter nahm den Ankommenden die Mäntel ab. Vera ging noch einmal durch die Räume und fand das Arrangement rundum gelungen. Die Event-Agentur hatte gute Arbeit geleistet und sich in jedem Detail an die Absprachen gehalten. Vera war zufrieden, denn darin stimmte sie mit Zarth überein – das große Ereignis sollte auch groß gefeiert werden: Taff, das Radio mit Charisma, schrieb seine erste schwarze Null. Der Sprung in die Gewinnzone war geglückt und der Weg zur Marktführerschaft geebnet. Lange hatte Zarth auf diesen Tag hingearbeitet, und nun war die kopernikanische Wende gekommen. Alle Mühe hatte sich gelohnt. Jetzt begann eine neue Zeitrechnung.

Der Raum füllte sich mit Freunden, Mitarbeitern und Förderern von Taff, die ihm alle gratulierten. Zarth war in Hochstimmung. Er genoß es, einmal nichts als Zustimmung und Lob zu vernehmen und in all seinen Entscheidungen bestätigt zu werden. Wenn auch im nachhinein, doch er hatte sich immer gesagt: egal wann, Hauptsache, irgendwann. Und jetzt war der Tag gekommen. Andere Radiostationen, die fast gleichzeitig mit ihm gestartet waren, dümpelten noch immer in den roten Zahlen dahin, er aber hatte vor der erwarteten Zeit seinen Sender nach oben geführt, ganz ohne Hörerkauf und Gewinnspiele. Das machte ihm in der Branche so schnell keiner nach. Jetzt brauchte er sich nicht mehr sagen zu lassen, wie gut seine Konkurrenten waren und was für großartige Reichweiten sie hatten. Jetzt hatte er bewiesen, daß er das richtige Gespür für die Wünsche der Hörer besaß.

Ein Sender, der Gewinn brachte, sprach für sich selbst. Da mochte noch soviel hin und her, hoch und schön geredet werden, es zählte nur eins: War man im Minus, oder war man im Plus? Und er war im Plus, endlich im Plus. Nun mußte er sich nicht mehr um mangelnde Werbebuchungen sorgen. Taff war das Lieblingsradio der Szene und griffiges Kapital.

Doch auch sein Wechsel von der Provinz in die Hauptstadt erschien ihm in diesem Moment wie der Sprung ins Glück. Begonnen hatte Zarth in Dietzendorf bei einem kleinen Privatsender, aus dem unter seiner Leitung in kurzer Zeit die beliebte Taunuswelle wurde, die den Gesellschaftern einen schönen Gewinn abwarf. Vom Erfolg verwöhnt, investierten sie in der Hauptstadt das Geld in ein zweites Radio und beriefen Zarth zum Gründungsgeschäftsführer. Er hatte dem Radio den Namen »Taff« gegeben und bereits wenige Monate nach dem Sendestart vor dem Aus gestanden. Er beschwor die Herren der Taunuswelle durchzuhalten, überzeugte sie, daß sein Konzept tragfähig war, und heute bekam er die Bestätigung.

Beschwingt begrüßte er die Gäste, von denen einige zu seinem engeren Kreis gehörten: Axel, der beliebte Frontmann von Shiva TV, der für Taff die Nachtschiene moderierte, und Leuschner, der Experte für Zeitgeist, der Trendkolumnen für mehrere Zeitungen schrieb, immer die Flöhe husten hörte und schon darum ein wichtiger Mann war. Besonders freute ihn, daß Möhl gekommen war, Staatssekretär Möhl, ein Mann, der ihn all seine Vorurteile gegen das Beamtentum vergessen ließ. Möhl sprach seit kurzem den Wochenkommentar für Taff und war auch auf anderen Sendern gefragt, denn er besaß einen feinen Humor, von dem Zarth meinte, daß er in Deutschland so selten gedieh wie in Schweden die Teestaude. Doch noch mehr schätzte er an Möhl die Nähe zur Politik. Auf die konnte ein Radiomacher nicht verzichten. Selbst sein Kollege Blumberg von Antenne 1 war heute erschienen, obwohl er genau wußte, daß er hier einen Konkurrenten treffen würde, gegen den er gerade prozessierte, weil der den Sender öffentlich als »Latrine 1« verunglimpft hatte. Überhaupt hatte niemand abgesagt, was Zarth zeigte, daß er derzeit hoch im Kurs stand.

Vera hatte auch nicht gerade einen Verliererberuf, aber nie hätte sie so leichthin 80 Leute auf die Beine gebracht. Jetzt wurde ihr wieder einmal bewußt, diese Medienmenschen hatten ihre ganz eigene Anziehungskraft. Sie waren zwar nicht klüger als andere, aber sie hatten es in der Hand, aus einem Niemand einen Jemand zu machen, und die Aura des Populären gab nun mal einen zusätzlichen Glanz. Es gefiel ihr, daß man sich um Zarth drängte, ja sie genoß es geradezu, denn in solchen Momenten bekam sie eine sinnlich-sichtbare Anschauung, wie wichtig und gefragt er war. Es schmeichelte ihrem Selbstbewußtsein und gab ihr dieses Gefühl von Steigerung, das sie so sphärisch machte, wie sie es nannte, so empfänglich für jeden Blick und jede körperliche Regung von ihm. Sie hatte immer einen Mann gewollt, der auch ihrer Reputation diente, einen Mann, den sie vorzeigen konnte und um den sie beneidet wurde.

Fast aufgeregt gab ihm Vera ein Zeichen, daß Schuchard gekommen war. Großunternehmer Schuchard besaß mehrere Autohäuser, zwei Baumärkte und eine Weinversandhandlung und war mit einer halben Million Jahresetat sein potentester Werbekunde. Zarth hatte nicht geglaubt, daß er kommen würde, und fühlte sich nun doppelt geehrt. Er eilte auf ihn zu, begrüßte ihn und seine Frau und geleitete ihn ins Zimmer. Die beiden Gesellschafter, die Herren der Taunuswelle, brauchte er ihm nicht vorzustellen. Schuchard kannte sie gut, denn er kam selbst aus der Region und hatte seinerzeit auf der Taunuswelle für das heutige Mutterunternehmen seine erste Werbung schalten lassen. Daß es ihn gleichfalls aus der Provinz in die Hauptstadt geführt hatte, darin sah Zarth eine Parallelität des Weges, die ihm über das Geschäftliche hinaus noch eine menschliche Verbundenheit mit ihm gab. Er freute sich, ihn mit Staatssekretär Möhl bekanntmachen zu können und Schuchard das Gefühl zu geben, nicht umsonst gekommen zu sein. Vera kümmerte sich sofort um seine Frau, denn auch sie sollte sich von der ersten bis zur letzten Minute wohl und als Vorzugsgast fühlen. Vera wußte aus eigener Erfahrung, daß ein guter Eindruck immer indirekt auf den Mann zurückwirkte. Allerdings vermied sie ganz bewußt ein Gespräch über das taffe Szeneradio, schon um zu zeigen, daß es noch andere Dinge auf dem Globus gab und sie neben Zarth ihre eigene berufliche Welt besaß und hier nicht weniger erfolgreich war. So etwas mußte gerade die Frau eines Unternehmers besonders gut verstehen, und so wandten sie sich den Graphiken zu, für deren Motive sich Frau Schuchard interessierte.

Vera hatte auch einige ihrer Architekturkollegen eingeladen. Allen voran Kuno, der gerne mit seinem höheren Alter, seinen 40 Jahren, kokettierte und sich als karriereresistent bezeichnete. Mit ihm arbeitete sie am liebsten zusammen. Er war zwar kein Mann großer Ideen, aber präzise und verläßlich in der Ausführung. Er kannte die Wohnung bereits, doch die übrigen Kollegen hatte sie eingeladen, um ihnen einmal vorzuführen, in welchem Umfeld sie sich bewegte. Erzeugte doch allein schon die Nähe zu Medien bei ihnen Respekt. Außerdem wollte sie vermeiden, daß man bei ihr und Zarth immer nur dieselben Leute traf.

Diesmal hatte sie sich noch etwas Besonderes einfallen und eine Aqua-Bar aufbauen lassen. Wasser war Trend, und wer im Trend lebte, gehörte zu den Gewinnern. Diskreter konnte auf Zarths Status nicht hingewiesen werden. Selbstverständlich ließ sie nur die feinsten und teuersten Wässer präsentieren. Wasser aus isländischen Gletschern, reinstes Regenwasser aus der australischen Wüste und natürlich in der eleganten blauen Flasche Tynant aus Wales, im türkisen Flacon Ten Degrees und für den kultischen Genuß das rare Wattwiler aus den Vogesen. Über dreißig verschiedene Wässer von bitter und süßlich bis felsig und salzig waren aufgebaut. Zufällig hatte sie in einer Illustrierten etwas über die höhere Bedeutung des Wassers gelesen und war froh, die kleine Gebrauchsphilosophie gleich zum besten geben zu können. Wasser – das alles durchströmende, verbindende Urelement. Eines zu allem, alles zu einem. Nippen am Universum. Aufnahme von Substanz. Und dann die Verwandlungen, die nur der Hochsensible wirklich zu genießen verstand: ein Schluck Tau, ein Schluck Reif, ein Schluck Schnee, ein Schluck Hagel. Und nicht zu vergessen, der symbolische Wert: Wasser, das allzeit Reinigende, Quell der Gesundheit und der Schönheit. Aqua Katharsis. Schließlich in der unscheinbaren 0,6-Liter-Flasche das Feinste vom Feinen, 7800 Tropfen Cloud Juice aus Tasmanien, Wolkensaft pur, der alles verwandeln konnte. Spätestens von da an, so hoffte sie, konnten die Gespräche in die Tiefe gehen.

Es ertönte ein Gong, und Zarth hielt eine kleine Ansprache. So etwas lag ihm. Die Stimmung erfassen und aus dem Augenblick handeln. Außerdem hatte er beim jüngsten Managerseminar gehört, daß dort, wo sich Menschen versammelten, auch immer ein paar Worte an sie gerichtet werden sollten. Das verband und schuf Gemeinsamkeit. Er hatte sich nichts zurechtgelegt. Die Worte mußten spontan kommen, ganz ungezwungen, und durften an keine der üblichen Sonntagsreden erinnern, deren Glaubwürdigkeit im allgemeinen gegen null tendierte. Er sparte weder mit Witz noch mit Anspielungen auf Gesetzgeber und Medienwächter, streifte, weil es die Branche beschäftigte, auch den Übergang vom Analogen zum Digitalen, den er in einer Eigenformulierung, auf die er ein wenig stolz war, als die Brücke vom Einfachen zum Vielfachen bezeichnete, und lüftete dann wie ein Magier die Zauberformel, das Geheimnis seines Erfolges, die drei großen C, von denen alles abhing: Content, Community, Commerce. Leichthin entwickelte er, wie das eine das andere bedingte und das andere aus dem einen folgte, als handle es sich um Gesetze der Natur, die es zu beachten galt, wenn man Hörer gewinnen wollte. »Content – das will ich hier doch einmal sehr deutlich unterstreichen – Content ist der Schlüssel. Ist Voraussetzung und Grundsubstanz, Ursprung und Ausgangspunkt: Content ist Inhalt. Nicht mehr und nicht weniger. Ohne Inhalt läuft gar nichts. Nur wer einen interessanten Inhalt besitzt, kann eine Community aufbauen, und wo eine Community ist, gibt es Commerce oder im Umkehrschluß: Es läßt sich kein Umsatz machen, wenn der Inhalt nicht stimmt und nichts rüberkommt. Die Technik ist zwar wichtig, doch der Inhalt ist mehr. Der Content birgt den Schatz. Ein moderner Hort der Nibelungen, um es poetisch auszudrücken. Wer ihn findet, dem gehört die Zukunft. Darum muß jeder überzeugte Radiomacher ein Schatzsucher sein, denn im Content liegt der Erfolg und mit dem Erfolg kommt das Geld und wo das Geld ausbleibt, mangelt es an Content.«

Im Raum herrschte plötzlich ungewohnte Stille. Kein Gläserklirren, kein Husten, kein Schurren, nur gespannte Aufmerksamkeit. Allen war anzusehen, sie wollten mehr von ihm hören, denn aus ihm sprachen Glaubwürdigkeit und Kompetenz. Und nicht nur das: Aus ihm sprach durch Erfolg bestätigte Kompetenz.

Vera hatte nie daran gezweifelt, daß er zu den Menschen gehörte, denen im richtigen Augenblick auch das Richtige einfiel. Im stillen genoß sie ein bißchen, daß ihre Freundin Dorothee, die neben ihr stand, sich wieder einmal davon überzeugen konnte: Zarth war keine dieser glitzernden Mediengrößen, er war ein Mann mit Substanz. Dorothee, mit der sie zusammen studiert hatte, die inzwischen eine Galerie für Junge Kunst betrieb und wacker die Bürde einer alleinerziehenden Mutter trug, hatte ihr damals abgeraten, mit Zarth zusammenzuziehen. Hatte sie beschworen, ihre Wohnung nicht aufzugeben und ihre so glänzend gestartete Karriere nicht zu gefährden. Doch Vera lebte nun schon ein halbes Jahr mit ihm, ohne ihren Entschluß bereut zu haben. Sie kannte genug Frauen aus dem Kollegenkreis, die vergeblich einen Mann suchten, der ihrem Niveau entsprach. Sie hatte Glück gehabt und sah das nüchtern: Bedrohte Arten mußten gehegt werden.

Der Applaus war für sie das Signal, den Kellnern zu bedeuten, den Champagner zu reichen. Dem Koch, der mit seiner hohen weißen Mütze hinter dem Büfett wartete, gab sie ein Zeichen, sich noch einen Augenblick zu gedulden. Erst mußte auf Zarths Erfolg angestoßen werden. Die kleinen Rituale der Bewunderung sollte er an einem Tag wie heute schon voll genießen.

Plötzlich stand seine Tochter im Raum. Vor kurzem hatte Anja ihren 15. Geburtstag gefeiert und war mit Geschenken von Großeltern, Mutter und Vater überhäuft worden. Sie führte ihren Hund an der Leine, eine englische Bulldogge, ein prächtiges Exemplar mit faltenreichem Fell, massivem Kopf und Karpfenrücken; beeindruckend in seiner Erscheinung, aber ständig leidend. Vera hatte ihn eigens ins Zimmer gesperrt, weil dieses behäbige Tier immer dann zur Hochform auflief, sobald es von Menschen umringt war, und jeden freudig ansprang, was nicht unbedingt bei allen nur Begeisterung auslöste. Einige wollten das allerliebste Hundchen gleich streicheln, bückten sich und verschwappten den Champagner, andere hielten sich etwas verunsichert fern, Frau Schuchard wich aus, denn sie fürchtete zu Recht um ihre Strümpfe. Die Kellner balancierten nervös die Tabletts mit den Gläsern an den Gästen vorbei, Leuschner hielt als Zeitgeistheld tapfer still und ließ sich beschnuppern, und Blumberg wechselte mit den Herrn der Taunuswelle diskret ins Nebenzimmer, denn sie wollten keine Kratzer auf den Lederschuhen riskieren. Vera streifte Anja mit einem vorwurfsvollen Blick und hielt nach Zarth Ausschau, um ihn zu bitten, seine Tochter zu ermahnen, den Hund sofort wieder wegzusperren. Denn ob sie es Anja sagte oder nicht – sie hörte sowieso nicht auf sie, sondern nur auf ihre Mutter. Doch Exgattin Zarth war derzeit in Kanada. Anja genoß sichtlich ihren Auftritt, faßte die Leine kurz, ging an das noch nicht eröffnete Büfett und suchte quälend wählerisch nach einem Salatblatt. Der Koch reichte ihr verständnisvoll lächelnd ein Artischockenherz. Sie nahm es, lächelte ihm zu, warf wirkungsvoll ihr Haar in den Nacken, wohl wissend, daß die Augen der Gäste auf sie gerichtet waren.

Sichtlich beeindruckt von der Tochter des Hauses, schwebte der beliebte Frontmann von Shiva TV auf sie zu, küßte ihr die Hand und empfahl sich als Kavalier: »Ich bin der Axel von Shiva. Dem Sender für Esoterik und Kosmischen Tanz und stets auf der Suche nach einem schönen Gesicht.«

Anja ging zu Vera und forderte sie auf, ihr das schleimige Monster vom Hals zu schaffen. »Hast du Ron gesehen?« Nie hätte sie ihren Vater »Roland« genannt. Diesen Vornamen fand sie vermufft und provinziell und war stolz, daß ihre Namensgebung inzwischen allgemein akzeptiert wurde. Vera sagte nur: »Schaff den Hund aus dem Zimmer. Du siehst doch, er stört hier.« Doch Anja streichelte ihren Liebling, als sollte ihm Furchtbares zugemutet werden.

Obwohl Zarth dicht umringt war, fand Vera einen Moment, ihn an seine Vaterpflichten zu erinnern. Er beruhigte sie und meinte, sie sollte das nicht so streng sehen, junge Menschen hätten nun mal ein starkes soziales Empfinden, und dieser Hund mit seinem geselligen Wesen machte doch allen Freude. Dennoch nahm er Anja zur Seite und bat sie, darauf zu achten, daß der Hund keinen belästigte und niemandem zu nahe kam. Sie gab ihrem Vater einen Kuß, warf Vera einen triumphierenden Blick zu und mischte sich wieder unter die Gäste.

Zarth eröffnete das Büfett, an dem sich sofort eine Schlange bildete. Vera freute sich über die perfekte kulinarische Präsentation, für die zwar ein stattlicher Betrag gezahlt werden mußte, was sie aber gerne tat, wenn das Ergebnis stimmte. Sie achtete darauf, daß niemand allein herumstand und mit diesem trostlos leeren Partyblick in sein Weinglas starrte, sich edel abgehoben gab oder als geselliger Eremit gefiel, der bloß gekommen war, um zu demonstrieren, daß er mit all dem nichts zu tun haben wollte. Ihr ging es um die Atmosphäre, um das, was einen anwehen und tragen mußte und allem erst die richtige Dimension verlieh. In ihrem Hause sollten alle mit allen reden und jeder das Gefühl haben, vom anderen wahrgenommen und geschätzt zu werden. Gourmetpräsentationen wurden schließlich anderswo auch geboten. Daran waren ihre Gäste gewöhnt. Bei ihr gab es mehr, gab es Trüffel für das Ego, wie sie es nannte. Darum ließ sie jeden im Gespräch fühlen, wie wichtig und herausgehoben er war, gab ihm zu verstehen, daß er zwar gekommen war, um den Erfolg von Zarth zu feiern, aber doch selber im Mittelpunkt stand. Die strahlenden Blicke taten ihr gut. Mehr Komplimente für die Gastgeberin konnte es nicht geben. Niemand sollte sich langweilen oder mit dem Gefühl einer sinnlos vertanen Zeit den Brunch verlassen. Vor allem nicht seine

Mitarbeiter, von denen er die drei wichtigsten eingeladen hatte. Vera handelte in bewährter Arbeitsteilung stellvertretend für Zarth und widmete ihnen ganz besondere Aufmerksamkeit, denn sie fand, ein Chef war gut beraten, wenn er sich seine Mitarbeiter als stille Sympathisanten erhielt. Brendel, sein Programmdirektor, der aus Schwerin stammte und seine Entwicklung als den wissenschaftlichen Weg vom Klassenkämpfer zum Spaßpartisan bezeichnete, war mit Dorothee so intensiv ins Gespräch vertieft, daß Vera sich zu Hassler und Raabe gesellte und mit seinem Marketing- und seinem Werbechef auf den gebrechlichen Zustand der Stadt zu sprechen kam. »Unsere Stadt hat kein Zentrum und kein Geld«, sagte Hassler. »Daraus läßt sich alles erklären.«

»Es war nie anders«, entgegnete Vera. »Schon meine Mutter hat immer gesagt: keine Strümpfe, aber Gamaschen.« Sie stimmten ihr zu: In dieser Stadt klafften Anspruch und Wirklichkeit weit auseinander. Gespräche dieser Art weckten Interesse und schlossen keinen aus. Die Stimmung hätte nicht besser sein können. Die kleine Jazzkapelle kam gut an. Im Repertoire nichts Schrilles, genau das richtige zum Brunch.

Gut gelaunt ging Zarth auf Runke, den Chefredakteur der Programmzeitschrift *Hörzeit* zu, um ihn an das Versprechen zu erinnern, das Programm von Taff in seiner Zeitschrift abzudrucken. Sprach doch gerade nach einer solchen Bilanz alles dafür. War das Programm dort abgedruckt, bekam es am Markt einen ganz anderen Stellenwert, und die Leute aus der Werbewirtschaft konnten sehen, daß Taff, das Radio mit Charisma, zu den wichtigen Sendern gehörte, zu denen, die eine hohe Akzeptanz bei den Hörern besaßen und dafür im Ranking ganz vorne lagen. Er hatte sich eine Reihe von Argumenten zurechtgelegt, doch überraschenderweise sagte Runke: »Im kommenden Heft ist Ihr Programm im Blatt.«

Für Zarth ein Grund mehr zu jubeln, denn so etwas machte auch auf die Konkurrenten Eindruck. Leuschner, der kleine Zeitgeistwisperer, gesellte sich dazu, verfolgte eine Weile das Gespräch, wandte sich dann an Zarth und meinte leicht euphorisch: »Ich hab ja immer gewußt, Leute wie wir – geborene Hessen und Himmelsstürmer – sorgen hier demnächst für den richtigen Medienwind.«

Zarth reagierte mit einer lächelnd abwinkenden Handbewegung, denn er war an derlei Übertreibungen gewöhnt. Doch Leuschner erwiderte fast im Ton des Protestes: »Ja hast du denn noch nichts von deinem Glück gehört?«

Zarth sah ihn etwas irritiert an. Er wußte nicht, welches Glück es für ihn noch geben könnte, da sagte Leuschner mit wichtigtuerischer Miene: »Die Amerikaner suchen für ihr Metropolenradio einen neuen Geschäftsführer, und du bist im Gespräch. Dein Name wird hoch gehandelt.«

Das allerdings war eine Überraschung. Eine Nachricht, die Zarth traf, die auf ihn einhieb und alles, was im Moment so geordnet und überschaubar erschien, jäh durcheinanderwarf. Er gab sich Mühe, weder verwirrt noch verdutzt zu erscheinen, schon um zu zeigen, daß es nichts geben konnte, was er nicht bereits wußte. Darum versuchte er, Leuschners Mitteilung fast gleichgültig als das branchenübliche Geschwätz abzutun. Doch gleichzeitig fühlte er eine innere Unruhe aufkommen, die sich nur schwer unterdrücken ließ. Vieles ging ihm plötzlich durch den Kopf. Selbst wenn es sich um ein Gerücht handeln sollte, so wußte er doch aus Erfahrung, daß solche Gerüchte nie grundlos in die Welt gesetzt wurden. Natürlich hatte auch er davon gehört, daß das Metropolenradio mit seinem wortlastigen Programm aus der Verlustzone funkte. Aber daß die amerikanische Investorgruppe ausgerechnet ein Auge auf ihn werfen könnte, daran hätte er nie gedacht, zumal er ja nur einen

Spartensender zum Erfolg geführt hatte. Metropolenradio dagegen hieß Vollprogramm. Wie oft hatten ihm Werbekunden die große Buchung mit dem Hinweis verweigert, daß Taff kein Vollprogramm, sondern nur ein Spartenradio sei. Ein Vollprogramm hatte ohne Frage ein anderes Gewicht, vom höheren Budget ganz zu schweigen. Er wagte nicht, diesen Gedanken weiterzuverfolgen, sondern zwang sich zur Ernüchterung. In der Radioszene wurde viel gemunkelt, und ständig kursierten neue Namen: heute hoch im Kurs und morgen schon vergessen. Die Halbwertszeiten der Geschäftsführer verkürzten sich rapide.

Irgendwie genoß Zarth diese innere Unruhe aber auch, und es schien, als würde allein die Kenntnis dieser Information ihm einen zusätzlichen Auftrieb geben. Nicht irgendeiner – sein Name war im Gespräch. Ihm, keinem anderen traute man offenbar die Leitung eines Metropolenradios zu. Das war mehr als ehrenvoll. Auch wenn sich diese Nachricht als Blindgänger erweisen sollte – eine bessere Werbung für ihn gab es nicht. In seiner Branche kam es darauf an, ständig im Gespräch zu sein. Wer im Gespräch war, empfahl sich als Leistungsträger. Wenn das die Herren der Taunuswelle erfuhren, gaben sie sich vielleicht sogar einen Ruck und legten endlich mal bei seinem Jahreseinkommen zu. Was immer hinter den Kulissen geraunt wurde – es konnte nur zu seinem Vorteil sein. Selten hatte er sich so gut gefühlt, denn es bestätigte sich ihm erneut: Die wirklichen Akteure hatten ihre eigenen Gesetze, und eines davon hieß: Erfolg bringt Erfolg.

Vergnügt beobachtete er Vera, die das kleine Damenprogramm absolvierte, Frau Schuchard nicht von der Seite wich und all die Aqua-Nixen wie einen Zirkel der Emanzipierten um sich scharte. Er fand, mit ihrem beachtlichen diplomatischen Talent hätte Vera mindestens Botschaftergattin oder

Generalkonsulin werden sollen. Überhaupt bewunderte er die Leichtigkeit, mit der sie die gesellschaftlichen Dinge bewältigte, und fragte sich, wie ihr das neben dem Beruf noch gelang, der sie ja auch nicht gerade wenig in Anspruch nahm. Es war jetzt nicht der Augenblick, darüber nachzudenken, aber er schien sich sicher, daß sie im Gegensatz zu ihm ein spielerisches Verhältnis zur Welt besaß. Ohne sie, das machte ihm ein solcher Anlaß wieder einmal spontan klar, wäre er verloren gewesen.

Er paßte einen geeigneten Moment ab, nahm sie kurz zur Seite und sagte nur: »Sollte das Gespräch auf das Metropolenradio kommen, dann hör genau hin und merk dir die Namen, die in diesem Zusammenhang fallen. Da ist was am Kochen.«

Vera hätte gern mehr darüber erfahren, doch da kam Anne auf sie zu, Dr. Anne Gerhard, ihre Rechtsanwältin, mit der sie stets die Honorarverträge durchsah und die vor kurzem ihr Rigorosum magna cum laude bestanden hatte. Die kleine tüchtige Anne war immer auf der Suche nach einem kapitalen Mandanten und immer in der Hoffnung, daß sich einer in sie verlieben würde. Vera konnte das gut verstehen, denn Anne war mit ihren dreißig Jahren auch nicht mehr die Jüngste und hatte wenig Lust, den Rest ihres Lebens mit schönen Betrachtungen über die Liebe zu verbringen. Leider trug sie auch heute wieder ein Kostüm von Jil Sander, das sie nicht gerade vorteilhaft ins Bild setzte. Dieses Schmalschultrige, Fipsige, Fadgraue und Triste ließ sie ältlich erscheinen, und die Jacke mit dem spärlich ausgefransten Krägelchen machte sie zu einer letzten Versprengten der 50er Jahre. Anne schwor zwar auf die Nobelmarke, aber Vera begriff nicht, wie man soviel Geld ausgeben konnte, um nach nichts auszusehen. Doch das Äußere war vergessen, sobald Anne zu sprechen begann. Ihre Art, alles in juristische Begriffe zu zerlegen, um dann dem verblüfften Gegenüber die ganze Welt als gültiges Urteil zu präsentieren, faszinierte. Anne erkundigte sich leicht amüsiert nach dem Typ, der das Büfett wie den Himmel durchmusterte.

»Staatssekretär Möhl«, entgegnete Vera. »Spricht seit kurzem den Kulturkommentar für Taff. Kennt Gott und die Welt. Dem solltest du unbedingt deine Visitenkarte geben.« Vera paßte einen geeigneten Moment ab und machte Frau Dr. Anne Gerhard mit Thomas Möhl bekannt. Um sich juristisch kompetent einzuführen, sprach Anne ihn gleich auf den neuen Rundfunkbegriff an, doch der Herr Staatssekretär sah aufs Büfett, schilderte die Vorzüge der Olivenpastete, belud seinen Teller, riet ihr, gleichfalls zuzulangen, und wich während des Brunches nicht mehr von ihrer Seite.

Besonders bemerkenswert fand Vera, daß Zarth sie den Gästen, die sie heute zum ersten Mal sah, als »meine Frau« vorstellte. Dieses »Darf ich Ihnen meine Frau vorstellen?« hörte sich ungewohnt an und so, als läge darin ein doppelter Stolz auf sie. Offenbar zeigte sich in dieser Art von Besitzanzeige das Barometer seiner Zufriedenheit. »Meine Frau.« Sein kleines Dankeschön. Es sollte wie eine Auszeichnung klingen. Sie sagte nichts, widersprach dem aber auch nicht, tat, als hätte sie es nicht gehört, lächelte ihrem Gegenüber zu und schien ob dieser Bezeichnung eher etwas verlegen. Verheiratet waren sie nicht, und irgendwie hatte dieses verbale Bekenntnis in diesem Augenblick auch etwas Karitatives für sie, so als wollte er seine ganze Fürsorge geltend machen, ihr etwas Gutes tun und einen höheren Status geben. Sie wußte schon selber, wer sie war. Innenarchitektin Vera Pflüger. Das war das Basisformat. Die verläßliche Form. Alles andere kam dazu oder nicht dazu. Allerdings verriet ihr diese Art der Vorstellung insgeheim den Wert, den er dem eheamtlichen Status zuordnete. Erst in dieser Fassung, so schien es ihr, war sie ihm näher als nah, war identisch nah, und das ließ tief in sein Innerstes blicken.

Zarth gesellte sich von einem zum andern, freute sich über die zufriedenen Gesichter und hoffte im stillen, vielleicht zufällig doch noch diese oder jene Information über das Metropolenradio zu erhaschen, aber mit wem er auch sprach – es war von Taff und nichts als den großartigen Umsatzerwartungen die Rede. Er winkte Anja zu sich und war selbst ein wenig erstaunt, wie souverän sie den Hund zu führen verstand. Gerade das bestätigte ihn in der Meinung, den Kindern nicht zuviel hineinzureden, sondern sie gewähren zu lassen. Es war ihm anzusehen: Er zeigte sich gern mit seiner Tochter. Nicht etwa, um die familiäre Harmonie zu demonstrieren oder weil eine schöne junge Frau an der Seite eines Medienmannes fast schon zum Berufsdress gehörte, sondern um seine Nähe zur Jugend zu demonstrieren, die schließlich zur Kernzielgruppe seines Senders gehörte. 14–24, Trendkäufer. Nähe zur Jugend bewies Kompetenz, und die Insider sollten sehen: Gründungsgeschäftsführer Zarth kannte sich aus in seiner Zielgruppe. Nicht umsonst hatten die 14–24jährigen in seinem Sender eine Radioheimat gefunden, und die letzten Quick Votes hatten es bestätigt: Hörverweildauer steigend. Das sollte ihm die Konkurrenz erst mal nachmachen! Doch die Gegenwart seiner Tochter tat ihm auch darum gut, weil sie jetzt einmal sah, wie er gefeiert wurde und welche Anerkennung er für sein Radio bekam. Er zweifelte nicht daran, daß sie jedes Detail postwendend ihrer Mutter am Handy mitteilen würde. Ihm war es recht, denn Inge hatte ihm ja nie etwas zugetraut.

Voller Genugtuung kündigte er Schuchard an, daß Taff seinen Platz in der großen Programmzeitschrift erhalten werde. Schuchard sollte sehen, daß er seine Investition ins Programm nicht umsonst getätigt hatte. Nun konnten sie mit weiteren Hörerzugewinnen rechnen. Schuchard trank ihm zu. »Wenn es soweit ist, denke ich mal darüber nach, meine Buchungsraten zu erhöhen«, sagte er. Solche Sätze waren Musik in den Ohren eines Senderchefs, die köstlich nachhallten, denn sie bestätigten den Aufwärtstrend.

Während Zarth mit Anja zur Aqua-Bar ging, flüsterte ihm Vera zu, von Axel hatte sie eben gehört, daß im Sender schon von den Plänen der Amerikaner gesprochen wird. Zarth fragte sich zwar, warum an seinem Ohr der Flurfunk stets vorüberging und andere die Gerüchte offenbar immer um Wellenlängen früher erfuhren, wollte aber nicht weiter darüber nachdenken, sondern nahm nun auch Vera in den Arm. Die beiden Frauen waren Glückstreffer, zwei absolute Glückstreffer. Er hatte ja schon oft zum Brunch geladen, aber keiner war so gelungen wie dieser. Ein Sunshine-Morning mit Sunshine-Feeling. Einen Augenblick gesellte er sich zu den Jazzern, schaute ihnen zu, summte mit und schaltete unbemerkt sein Handy wieder ein. Eigentlich wollte er es ausgeschaltet lassen, weil es an einem Tag wie heute nichts Wichtiges mehr geben konnte. Doch nun war Zarth auf Steigerung gestimmt und hatte das Gefühl, es könnte noch Großes kommen.

Bei einer Ausstellung über Stadtentwicklung hatte Vera ihn kennengelernt. Er hatte neben ihr gestanden, zufällig waren sie ins Gespräch gekommen und hinterher noch auf einen Drink gegangen. Anschließend fuhr er sie nach Hause, blieb die ganze Nacht, und am nächsten Tag zog er mit seiner Dolby Digital-Musikanlage bei ihr ein. Seine Entschlossenheit war beeindruckend. Vom ersten Tag an hatte sie gespürt: Zarth liebte das Risiko. Das gefiel ihr. Von den anderen, den Tränen, wie sie es nannte, hatte sie genug: Unselbständige Männer, die ihre Nähe gesucht hatten, um an ihrem Unternehmungsgeist zu partizipieren, und sie dabei in allem bloß reduzierten – nein, das war nichts für sie. An Zarths Seite dagegen ließen sich positive Energien aufbauen. Allein schon die Gewißheit, nicht eingeengt zu werden, verdoppelte den Elan und gab all ihren Vorhaben wie von selber Struktur. Anders hätte sie das Berufliche mit dem Privaten wohl auch nicht so mühelos verbinden können.

Allerdings war sie durch ihn auch ganz unerwartet in komfortable Verhältnisse geraten. Zweimal in der Woche kam die Putzfrau; Einkaufen und Kochen erübrigte sich. An den Wochenenden gingen sie essen, und sonst bestellten sie rasch bei Giovanni, dem Italiener an der Ecke, eine Lasagne oder einen Salat. Meist genügte ein Anruf, und Augenblicke später wurde geliefert. Ohne Frage, der finanzielle Komfort erleichterte vieles und machte sie doppelt beweglich. Nicht daß sie etwa einen Hang zu Verschwendung und Luxus gehabt hätte, aber die neue Situation gab ihr auf einmal beruflich ein Gefühl der Unabhängigkeit. Fiel ein Auftrag aus, stürzte sie nicht gleich in ein finanzielles Desaster, sondern konnte das Ganze gelassen angehen und sich als Freiberufliche sogar auch mal leisten, einen Auftrag abzulehnen und den großen Chefs im Architektenbüro zu demonstrieren, daß sie es nicht nötig hatte, im letzten Hühnerstall das Konzept vom ganzheitlichen Wohnen zu verwirklichen. Zarth gab ihr zusätzlich einen finanziellen Rückhalt, was sie als einen großen Gewinn empfand. Nein, er war mit den anderen nicht zu vergleichen. Dachte sie an ihren letzten Freund, kam er ihr geradezu wie eine Lichtgestalt vor. Seine ganze Energie hatte der Typ darauf verwandt, sich ihr gegenüber wie eine Hausfrau aufzuspielen und sie zu belehren, mit dem Geld stets so umzugehen, daß jede Ausgabe das Doppelte einbrachte. Immer war er auf ein Schnäppchen aus, jagte nach Rabatten, zog aus Sonderangeboten seinen Lebensgewinn und wäre am liebsten noch mit der S-Bahn bis zur

Endstation gefahren, damit das Preis-Leistungs-Verhältnis stimmte.

Zarth war glücklicherweise ein ganz anderes Kaliber, stand haushoch über allen, besaß drei Kreditkarten und war ausgesprochen spendabel. Inzwischen trug sie von ihm einen Memoirering, sieben Brillanten, Top Wesselton, lupenrein – eine nette Geste der Zugehörigkeit. Ihre Honorare gingen so, wie sie kamen, auf ihr Konto respektive in festverzinsliche Wertpapiere. Von seinem Geld lebten sie und bestritten alle Unkosten. Eine Aufteilung, die sie sich besser nicht denken konnte. Der Gleichberechtigung wegen schlug sie ihm allerdings vor, sich zur Hälfte an der Miete zu beteiligen, und war fast ein wenig enttäuscht, daß er das Angebot annahm. Doch günstig blieb es für sie allemal. Ob es sich um tägliche Ausgaben oder größere Anschaffungen handelte – nie rechnete er mit, nie rechnete er nach. Er fragte auch nicht: War das nötig, sondern freute sich immer nur über den Effekt. Sie fand es hinreißend, daß er ein so pragmatisches Verhältnis zum Geld besaß. Geld war kein Wert an sich für ihn. Geld kam, Geld ging, floß zu, floß ab, eine bewegte Materie, die der Zirkulation der Kräfte diente. Nicht mehr und nicht weniger. Doch über allem stand sein Ansehen. Er war wer und bedeutete vielen was. Das machte sie sinnlich, mitunter auch stolz. Mit ihm hatte sich das Blatt für sie gewendet, denn mit einem Mal führte sie ein Leben auf Guthabenbasis. Alles, was kam, kam dazu, und das genoß sie.

Längst hatte sie das Gefühl, in den Dingen jenseits des Radios die Führung übernommen zu haben. Mehr noch: Ganz unbemerkt glich sie bei ihm gewisse Defizite aus. Er besaß nun mal keinen Geschmack, und es ließ sich auch nicht leugnen, daß ihm jeglicher Gestaltungssinn fehlte. Sie empfand dieses Manko als äußerst vorteilhaft, denn hier konnte sie ihre Talente voll zur Geltung bringen: Ohne

Zweifel, sie brachte Stil in sein Leben. Durch sie hatte er überhaupt erst eine Vorstellung von dem bekommen, was schön war; eine Ahnung von den angenehmeren Seiten des Seins. Wäre er ihr nicht begegnet, hätte er wohl noch heute in seinem dürftigen Appartement gesessen und sich mit dem Schlichtesten vom Schlichten begnügt: Tisch, Stuhl, Schrank, Bett. Karge Landschaft. Null Ambiente.

Auf ihren Rat hin hatten sie ihre Wohnung aufgegeben, und er hatte die Dachterrassenwohnung in bester Citylage und ganz in der Nähe des Senders gemietet. Lieber wäre er in einen Loft gezogen, weil, wie er scherzhaft meinte, sich in der Größe der Räume die eigene Größe besser ausschreiten ließ, doch so sehr sie sich auch darum bemüht hatte, die Lofts waren belegt. Allerdings war ihnen ein Haus recht preiswert angeboten worden, aber mit Eigentum wollte er sich nicht belasten. In seiner Branche mußte man beweglich bleiben und jederzeit in der Lage sein, die Zelte wieder abzubrechen. In der neuen Wohnung war sie endlich zu dem ersehnten großen Arbeitszimmer gekommen und hatte keinen Aufwand gescheut, um alles so einzurichten, daß es seinem Status entsprach. Ob er wollte oder nicht, aber als ein Mann der Öffentlichkeit zählte er zu den Geschmacksträgern, die im Blickfeld standen, und ab einer bestimmten Gehaltsklasse – das wußte sie von ihren Auftraggebern – war Wohnen nicht schlechthin wohnen, sondern die Präsentation des beruflichen Erfolgs. Darum mußte die Wohnung seinem Lebensentwurf entsprechen, mußte Großzügigkeit und Weite haben, alles mußte bis in den letzten Winkel durchschaubar, alles geräumig, hell und gläsern demokratisch sein. Sie hatte ihm auch ein kleines Online-Séparée eingerichtet, einen Raum, in dem er in seinen freien Stunden sich in die Welt hinausklickte, ins Netz ging, wie er es nannte, und die Internetradios wie Feindsender abhörte.

Zarth war begeistert. Er übernahm nicht nur Veras Geschmack und Stil, sondern gab ihn als seinen eigenen aus und gestand ihr, sich nirgendwo so wohl zu fühlen wie zu Hause, bei seiner Nestbauerin. Ohne Frage, er war glücklich, sie getroffen zu haben. Er brauchte eine Frau, die die Dinge in die Hand nahm und der er vor allem nicht erklären mußte, was der Beruf für ihn bedeutete: von Montagmorgen bis Sonntagnacht seine Bestimmung, seine Leidenschaft, sein Fieber. Nicht daß er sich zu frühkindlichen Analysen versteigen wollte, aber seine Sinne waren von Anfang an aufs Hören gerichtet. Schon in der Schule hatte er alles Wichtige beim Zuhören gelernt. Was er nicht hörte, behielt er nicht im Gedächtnis. Zuhören machte für ihn alles lebendig. In der Uni arbeitete er gleich im Campusradio mit, war voller Enthusiasmus mit dem Mikro unterwegs und entdeckte dabei noch etwas anderes, das seinen Sinn für das Hören weit überstieg: Das Radio gab ihm Öffentlichkeit, und mit der Öffentlichkeit konnte er eingreifen in den Gang der Dinge. Es blieb nicht beim Interpretieren, er konnte verändern. Raus aus den Büchern und rein in die Welt. Dabeisein, mitgestalten und die Gesetze der Trägheit überwinden – das entsprach seiner Natur so sehr, daß er fest davon ausging, mit einem Sendungsbewußtsein geboren zu sein. Die Message war in ihm. Glücklicherweise mußte er kein einziges Wort darüber verlieren, denn Vera begriff vom ersten Tag an: Ohne Radio konnte er nicht Zarth sein.

So angenehm das Leben mit ihm auch war, seit Anja bei ihnen wohnte und auch noch ihren Hund mitgebracht hatte, war es für Vera schwieriger geworden. Zwar wußte sie, daß man sich bei geschiedenen Männern auf so manches einstellen mußte, und hatte auch bei Zarth mit etlichem gerechnet, aber doch nicht damit. Schließlich hatte Inge bei der Scheidung alles darangesetzt, daß er kein Sorgerecht bekam. Doch als sich ihr dann überraschend eine Karriere in Kanada bot, erinnerte sie sich plötzlich wieder an ihn. Anja sollte die Schulausbildung in Deutschland erst beenden, bevor sie zu ihr kam. Vera hatte sich geärgert, daß Zarth nicht den berechnenden Zug erkennen wollte, sondern ganz euphorisch war und es als ein Geschenk des Himmels betrachtete, seine Tochter bis zum Abitur bei sich behalten zu dürfen. Doch was hieß bei sich! Vera war schließlich diejenige, an der alles hängenblieb. Zwar brauchte sie seinem kleinen Engel nicht jede Stunde ihrer freien Zeit zu opfern, aber Anja war verwöhnt und mäkelte an allem herum. »Drei Leute und ein Badezimmer! So was kenn' ich gar nicht. Ein echter Tiefstand. Voll kraß.« Mehrmals in der Woche bekam Vera diesen Vorwurf zu hören und wußte natürlich, worauf er zielte. Anja ließ keine Möglichkeit aus, um darauf hinzuweisen, aus welch gutem Hause sie kam. Sie begriff einfach nicht, wie sich ihr Vater mit diesem dürftigen Domizil abfinden konnte, und fand es eine Zumutung, ein Gemeinschaftsklo benutzen zu müssen.

Statt ihr gehörig die Meinung zu sagen, tröstete er sie voller Verständnis und meinte fast entschuldigend, wichtiger als zwei Bäder in der Wohnung sei im Zeitalter der Information die Kommunikationskultur. Stolz verwies er auf Computer, Laptops, Notebooks, ISDN-Anschluß mit Mobiltelefonen, den ganzen Hightech-Kram, der sie Tag und Nacht mit der Welt kommunizieren ließ – wo gab es das schon? Außerdem besaß jeder von ihnen sein Handy nebst dem ganz eigenen Klingelton, mit dem er sich auf dem Handy des anderen zu erkennen gab und vom Rest der Welt abhob. Zarth hatte sich für die Reveille entschieden, eine spielerisch forsche Marschmelodie, Vera für die Fuga, einen klassisch unaufgeregten Ruftontyp, und Anja für den Mosquito, ein so schrilles Läuten, daß es fast einer Körperverletzung gleichkam. Untereinander voll vernetzt sein – was wollte sie mehr!

Nicht daß Vera etwas gegen das verwöhnte Kind gehabt hätte und mit Anja schlecht ausgekommen wäre, im Gegenteil: Sie gehörte zu den vernünftigen Vertreterinnen ihrer Generation, färbte sich die Haare nicht grün, ließ sich keine Tattoos setzen und lehnte das Piercing ab. Daß sie gern zur Schule ging, war auch keine Selbstverständlichkeit, und es machte Vera Spaß, mehrmals in der Woche gemeinsam mit Anja zu zeichnen. Ärgerlich war etwas ganz anderes: Was immer gesagt wurde – jedes Wort trug sie ihrer Mutter hin. Alles wurde brühwarm berichtet. Stundenlange Gespräche am Handy, und die Rechnung bezahlte der Papa. Inge hinterm Ozean war immer dabei. Inge war über alles im Bilde und wußte über jeden Schritt Bescheid. Nichts, was in dieser Wohnung vor sich ging, blieb ihr verborgen. Es störte Vera, daß Zarth ihr das überhaupt zumutete, ja mehr noch: daß er es gar nicht als Störung empfand. Vielmehr sprach er, seit Anja im Haus war, von ›seiner Familie‹. Vera fand zwar, daß er auch hier wieder einmal leicht zur Übertreibung neigte, denn sie hatte gewisse andere Vorstellungen davon, aber sie ließ derlei Zuordnungen unwidersprochen, schon um das Gefühl des Zusammenhalts nicht zu mindern.

Seit Stunden hielt sich Vera in der Büroetage auf, um den Fortgang der Arbeiten zu kontrollieren. Sie erwartete das Prunkstück der Ausstattung, den Chefsessel. Das Architektenteam, mit dem sie seit einiger Zeit eng zusammenarbeitete, hatte dieses Hochhaus entworfen und gebaut, und von ihm hatten sie und vier Kollegen den Auftrag erhalten, die Etage im 15. Stockwerk auszustatten. Jeder hatte einen Raum zu gestalten und dafür ein eigenes Konzept entwickelt, das den Wünschen des Auftraggebers Rechnung trug: Nicht das übliche genormte Dienstgrau sollte es sein, sondern ein Büro, das sich von anderen Büros deutlich unterschied. Vera sollte sich für die Raumgestaltung von der Philosophie des Feng Shui leiten lassen. Zuerst wußte sie damit nichts anzufangen, denn um Moden kümmerte sie sich nicht, aber anderseits hatte sie keine Auswahl in den Aufträgen und mußte nehmen, was kam. Doch je länger sie sich mit der Materie befaßte, desto vertrauter wurde sie ihr, und inzwischen hatte sie von allem eine so klare Vorstellung, daß sie sich selber getragen fühlte von den unsichtbaren Strömen der Energie, die nie verlorenging.

So wie sich ein Fluß durch die Landschaft schlängelte, sollte die Energie frei durch die Räume schwingen und dem Chi, der Lebenskraft, Eintritt gewähren. Keine sperrigen Gegenstände, keine Tischkanten, keine dunklen Ablageecken durften ihr den Weg versperren. Vera achtete darauf, daß selbst der Teppichboden mit seinem Flor so lag, daß man nicht gegen den Strich in den Raum hineinlief. Die Energie mußte zum Arbeitsplatz, dem Kraftort, gelenkt werden, und leuchtende Farben, Farben des Yang, sollten sie aktivieren. Vera hatte sich für Rot entschieden. Im Rot floß alles zusammen: Licht und Sonne, Feuer und Wärme, und sie war sich ganz sicher: Das Leuchten des Rots hellte die Gemütskräfte auf und stärkte die Leistungslust. Keine andere Farbe war für das Büro so geschaffen. Statt der üblichen Graphiken hatte sie gegenüber dem Schreibtisch eine Videowand installieren lassen, auf der nichts anderes zu sehen war als ein vom Wind bewegtes Mohnfeld. Vera setzte sich an den Schreibtisch, sah auf das Bewegtbild und war zufrieden. Der dunkle Glanz des Scharlach illuminierte den Raum, und es war zu spüren, wie aus dem flammenden Rot eine Energie kam, die sich bis in den letzten Winkel verströmte. Ganz versteckt hatte sie eine Ruhezone eingerichtet und, um Mißverständnissen vorzubeugen, in der Konzeption nicht von Ruhezone, sondern bürogerecht vom Lazy Working-Bereich gesprochen. In seinem Zentrum, abgewandt von den Aktenschränken, hatte sie einen Liegesessel aufstellen lassen und ihm einen schwenkbaren Computertisch mit ausziehbarer Tastatur zugeordnet, die sich in jeder Lage bequem bedienen ließ. Alles war so angeordnet, daß auch von hier der Blick direkt auf das windbewegte Mohnfeld fiel und die Farbe des Yang ihre volle Wirkung entfalten konnte.

Vera sah der Abnahme zuversichtlich entgegen. Sie war sicher, daß ihr Feng Shui-Büro den Wünschen des Auftraggebers entsprach. Sie fand, der Raum hatte Atmosphäre, und wo es Atmosphäre gab, gab es Energie, und wo die Energie floß, ließen sich aktive Kräfte bündeln. Dafür hatte sie ohnehin einen Sinn, und sie spürte von Mal zu Mal, daß das Ganze ihr nicht nur Spaß machte, sondern ihrem Wesen entsprach, denn sie war ein osmotischer Typ und empfänglich für das Verborgene.

Der Chefsessel wurde geliefert, und sie atmete auf, denn er war das dominierende Objekt. Wochenlang war sie unterwegs gewesen, bis sie dieses Modell gefunden hatte. Die Männer packten ihn aus, und plötzlich sah sie, daß die Farbe nicht stimmte. Sie hatte die Katalogposition 540, Rubinrot, bestellt, geliefert wurde in der Position 549, Ziegelrot. Eine unglaubliche Schlamperei. Sie geriet außer sich. Die Handwerker feixten und verstanden ihre Aufregung nicht. Sie hielten sie sichtlich für überspannt und fragten, wo das Problem lag. Doch Rot war eben nicht gleich rot. Zwischen Rubin und Ziegel lagen Welten. Gerade in ihrer Konzeption ging es um die Farbe. Erst die richtige Farbe gab die richtige Wirkung. Wenn die Farbe nicht stimmte, schimmerte und funkelte das Ganze nicht. Nie hätte sie dieses fahle, blasse, verblichene Ziegelrot gewählt, das an nichts als ausgespülten Waschbeton erinnerte, ohne Wirkung und ohne Effekt war. Aus dem Rubinrot dagegen kam ein heißer, sinnlicher

Ton und so viel Licht, daß es die Schwingung des windbewegten Mohnfeldes aufnahm und die Freude der Wahrnehmung steigerte. Aber das verstanden diese Teppichbodenleger nicht.

Sofort rief sie bei der Firma an, wurde mit dem Auslieferungslager verbunden, ließ sich den Chef geben, regte sich kolossal auf, daß nicht einmal mehr die einfachsten Dinge klappten, dreifarbige Begleitscheine und dahinter nichts als Schlamperei, unfähig, die richtige Zahl zu schreiben, zu bequem, das Kreuz an die vorgegebene Stelle zu setzen, die Gedanken immer woanders und immer im Sonnenschein – und nun diese Misere! Sie bestand darauf, daß in spätestens zwei Tagen der Sessel in der bestellten Farbe geliefert wurde. »Wie Sie das organisieren, ist nicht meine Sache«, sagte sie, »bei diesem Auftragsvolumen kann ich doch wohl Zuverlässigkeit erwarten!« Die andere Stimme gab kleinlaut bei. Vera legte wütend den Hörer auf und forderte barsch, ihr dieses Ziegelrot aus den Augen zu schaffen. Plötzlich klingelte ihr Handy. Ausgerechnet die Reveille! Sie sagte Zarth, daß er später anrufen sollte, weil im Moment alles schieflief, weil man sich auf niemanden mehr verlassen konnte, alles nur noch Husch und Pfusch war und weil dahinter ein Prinzip lag, und was hieß Prinzip, nein, viel mehr, es war dieses elende Gesetz von der ständig steigenden Wurstigkeit, doch er fiel ihr ins Wort und sagte: »Ich bin Chef vom Metropolenradio! In drei Stunden fliege ich nach New York. Sei so gut, pack ein paar Sachen zusammen, und bring mir den Koffer zum Flughafen. Ich warte in der Lounge am Gate acht.«

Es war wieder einmal typisch. Immer kam bei ihnen alles Wichtige gleichzeitig. Nichts verlief in einem überschaubaren Nacheinander. Es wäre ja ein Wunder gewesen, wenn sie einmal ganz ungestört hätte arbeiten können. Sie sah zur

Uhr. Ein paar Minuten blieben ihr noch. Sie sagte den Handwerkern, daß sie kurz einen Außentermin wahrnehmen müsse, und gab noch ein paar Anweisungen. »Meine Handynummer haben Sie, also rufen Sie an, wenn es Fragen gibt.« Dann eilte sie zum Auto und raste los.

Zu Hause setzte sie sich einen Augenblick still in den Sessel und überlegte, in welche Situationen Zarth wohl kommen könnte. Kurz darauf sprang sie auf und packte all das ein, was für hochrangige Besprechungen nötig war: Anzug, Hemd mit Haifischkragen und Doppelmanschetten, Ledergürtel, dunkle Schuhe, zum Wechseln zwei seiner Boss T-Shirts und Cool Water von Davidoff, das Dressing fürs Gemüt. Jetzt bewährte sich, daß sie vor einiger Zeit im Internet ein Sockenabonnement für ihn gebucht hatte und seitdem regelmäßig mit einem Packen beliefert wurde, so daß ihr die nervende Suche nach ein paar passenden Socken erspart blieb. Sie lagen im Sechserpack im Schrank. Da sie der Ausstattung der Hotels mißtraute und auch nicht wußte, in welcher Kategorie ihn seine neuen Chefs unterbringen würden, packte sie ihm vorsichtshalber noch Handtücher, Seife und Badepantoffeln ein und natürlich sein Rasierset, das immer griffbereit war. Nur die Armbanduhr lag nicht am Platz. Fieberhaft suchte sie seine funkgesteuerte Solaruhr, lautverträglich, mit ewigem Kalender, Zeitzoneneinstellung und wasserdicht bis 30 Meter – ohne sein Chronometer fühlte er sich auf Reisen unbehaust. Sie riß alle Schränke und Schubfächer auf, fand die Armbanduhr schließlich auf seiner Musikanlage, atmete auf, eilte in ihr Arbeitszimmer zum Bücherregal und steckte in die Seitentasche des Koffers noch rasch *Die Kunst des Liebens* von Erich Fromm. Das Bändchen nahm wenig Platz weg und war als Notlektüre gedacht, falls es unterwegs zu längeren Wartezeiten kommen sollte. Wegen des Titels schlug sie es vorsorglich noch schnell in eine

Hülle ein, damit er bei den Mitreisenden nicht in den Verdacht geriet, Schweinskram zu lesen, oder ihm fälschlicherweise erotische Bedürftigkeit unterstellt wurde. Sie überlegte kurz, ob sie nichts vergessen hatte, prüfte noch einmal den Inhalt, dann schmiß sie den Koffer ins Auto und jagte über den Stadtring zum Flughafen. Sie fand sogar noch eine Parklücke, löste den Parkschein und rannte zum Gate acht. Zarth kam schon auf sie zu, unübersehbar in seiner Körpergröße, strahlend und wie von aller Schwerkraft losgelöst, umarmte sie, hob sie spontan in die Höhe und sagte: »Jetzt steigen wir ganz groß ein.«

Obwohl sie wußte, daß er für den Erfolg geschaffen war, konnte sie dennoch kaum fassen, daß er schon wieder auf dem Siegertreppchen stand. Kürzlich erst die schwarze Null für Taff und jetzt noch eins höher und Chef vom Metropolenradio. Es war großartig. Sie hielt ganz still in seiner Umarmung. Ihr Herz schlug höher, ihr Blut floß schneller, der Ärger mit der Büroetage war vergessen, der Streß fiel ab, die Welt entrückte. Ewig hätte Vera so stehen können.

Es blieb noch etwas Zeit bis zum Abflug, und er ging mit ihr noch rasch auf einen Cappuccino in die Snackbar Flyer's. »Fast das doppelte Jahresgehalt«, sagte er. »Das zahlen die nicht umsonst. Da kannst du dir ja vorstellen, was auf mich zukommt.« Er entschuldigte sich, daß er sie aus ihrer Arbeit gerissen hatte und mit seinem überstürzten Abflug belästigte, aber der Büroleiter des Hauptgesellschafters, der gerade aus Budapest gekommen war, wartete am Airport in Frankfurt, um gemeinsam mit ihm nach Stamford zu fliegen, zur US Radio Group, seinen neuen Chefs. Mit einem von ihnen hatte er bereits ein langes Telefonat geführt und deutlich herausgehört, daß die Amerikaner das Metropolenradio als eine wichtige europäische Säule ansahen. »Die hängen das ganze ziemlich hoch«, sagte Zarth, »aber das schreckt mich nicht.

Auf dem Feld kenne ich mich aus. Du weißt doch: Radiomachen ist wie Kriegführen. Da gibt es Angreifer und Feinde, Kampflinien und Gefechtslagen, Marschrouten und Manöverkritik, Herbstoffensive, Grabenkämpfe, offene Flanken, Verluste und Verlierer, und nur einer kann der Sieger sein.«

»Und der bist du«, ergänzte sie lächelnd, und er lehnte sich schmunzelnd zurück und meinte ganz im überlegenen Ton eines Branchenkenners: »Das wollen wir doch hoffen.«

Sie fand verblüffend, wie gelassen er das Ganze nahm. Gerade bei diesen europäischen Dimensionen wären stille Bedenken natürlich gewesen, auch eine gewisse Nervosität hätte sie verstanden, aber nicht die kleinste Unruhe schien ihn anzuwehen. Überhaupt fiel ihr auf, wie ausgeruht er aussah. Für einen Kurzschläfer wie ihn ein Phänomen. Nirgendwo in seinem Gesicht ein Zeichen von Anstrengung, nirgendwo eine Spur von Müdigkeit oder Belastung. Er saß ihr gegenüber wie einer, der sich auf einen sonnigen Urlaub freute. Das wiederum beruhigte sie, denn offenbar war er in der richtigen Stimmung, um die neue Aufgabe anzupacken. Sie gab ihm die Armbanduhr, damit er gleich sah, sie hatte an alles Wichtige gedacht. Weil sie wußte, daß die Klimaanlagen in den Flugzeugen so selten gereinigt wurden, daß sie Keimschleudern glichen, und man mit entzündeten Augen und Rachen den Flieger verließ, steckte sie ihm noch eine Rolle Halsbonbons zu. Zarth schien ihre Fürsorge kaum wahrzunehmen. Er war in Gedanken nur bei seinem Radio, hatte schon eine fertige Konzeption im Kopf, hatte auch schon den passenden Namen, konnte alles dem Hauptgesellschafter schlüssig entwickeln, wollte ihr gerade sagen, wo er den neuen Ansatz sah, doch da kam der Aufruf zum Check-in. Vera brachte ihn zum Gate. Zarth umarmte sie, ungewohnt lange und ungewohnt fest. Nicht daß sie den Eindruck hatte, er würde in den Krieg ziehen, aber kurz vor Betreten des

Bordraums drehte er sich noch einmal um und warf ihr einen Blick zu, als wollte er ihr sagen: Die Schlacht ist schon gewonnen. Sie nickte ihm zu, denn sie zweifelte nicht, daß ihm dies gelingen würde.

Hastig fuhr sie in das Bürohaus zurück. Gerade jetzt in dieser eng terminierten Phase vor der Abnahme durfte es keine Verzögerungen mehr geben. Bis ins kleinste mußten die Arbeiten der Handwerker im Auge behalten werden.

Abends kam sie ziemlich erschöpft nach Hause. Schon als sie den Fahrstuhl verließ, dröhnte ihr aus der Wohnung das Hämmern der Bässe entgegen. Vera wußte ja, daß Zarths Töchterlein den Techno-Sound liebte, fand es auch rührend, daß sie ihr unentwegt Drum & Bass, Dub, House und Triphop als die Höhe der Klangkultur pries, doch das reine Entzücken hatte sich bislang bei Vera noch nicht eingestellt. Vielmehr fand sie es eine Zumutung, derart beschallt zu werden. Auch der Bulldog hatte seinen Kopf tief zwischen den Pfoten vergraben und schien sichtlich verstört darauf zu warten, daß dieses Geräuschgewitter an ihm vorüberzog. Vera ging in Anjas Zimmer. »Stell bitte die Musik leiser«, sagte sie.

»Bei meiner Mutter brauchte ich das nicht.«

»Ihr habt ja auch allein im Haus gewohnt, aber hier mußt du Rücksicht auf die anderen nehmen.«

»Es wohnt doch keiner über uns«, protestierte sie, »und die Nachbarin unter uns ist seit einem Jahr im Ausland.«

Diese Begründung brachte Vera erst recht auf, denn schließlich war sie ja auch noch da, hatte einen anstrengenden Tag hinter sich und wollte sich ihr Recht auf Ruhe nicht auch noch in ihrer Wohnung erkämpfen müssen. Daß der Herr Papa seiner Tochter zu Füßen lag, sie bewunderte und ihr alles erlaubte, war seine Sache. Bei ihr gab es das nicht. Schließlich mußte nicht nur er hart arbeiten, sondern auch sie hatte einen stressigen Beruf. Selbst wenn Anja jedes Wort sofort ihrer Mutter hintrug und die sich darüber gewiß bei Roland beschwerte – es störte Vera nicht, denn Zarth konnte froh sein, daß sie sich überhaupt um seinen Liebling kümmerte. War er nicht zufrieden mit dem, was sie tat, dann mußte er sich schon selber Zeit für Anja nehmen.

Vera ging auf die Dachterrasse hinaus und klappte die Liege auf. Es gab für sie nichts Schöneres, als abends auf der Dachterrasse zu liegen und in den Himmel zu schauen. Diesen freien Blick zu haben, schien ihr inmitten der dicht an dicht bebauten Stadt als der Luxus an sich. Sie genoß die warme Septemberabendluft, packte ein Kissen neben sich auf den Boden, und plötzlich lag der Hund neben ihr, vertrieben von den hämmernden Bässen. Obwohl Anja ihm den Namen ihres Lieblingsrappers Notorious B. gegeben hatte, rief sie ihn der Einfachheit halber nur B. Englisch gesprochen hörte er auf Bi, doch er war das geräuschempfindlichste Geschöpf, das es gab. Er war überhaupt ein hochanfälliges Tier und schien magisch all diese Zivilisationskrankheiten auf sich zu ziehen, deren Ursachen sich so schwer bestimmen ließen. Ständig war er von Pilzen und Bakterien geplagt, hatte immer Entzündungen, mal am Auge, mal im Ohr, mußte mit Antibiotika behandelt werden, bekam jeden Monat seine Vitaminaufbauspritze und stand beim Tierarzt als der Liebling der Praxis in hohem Ansehen. Die Vorfahren des Canis molossus gladiator wurden zwar einst ob ihres Kampfgeistes gerühmt, doch Bi wollte nur auf einem weichen Kissen liegen. Selbst das Bellen schien ihm oft so schwerzufallen, daß es Vera fast folgerichtig erschienen wäre, wenn er demnächst wie ein Kater miaut hätte. Aber leid tat es ihr schon, daß sein Medikamentenkoffer größer als sein Freßnapf war. Gerade darum ergab sich wie von selber eine stille Zuneigung zu ihm, und ohne zu klagen nahm sie sich alle zwei Wochen die Zeit und fuhr mit ihm zum Tierarzt.

Plötzlich wackelte Bi mit dem Schwanz, sah sie an und stieß einen wohligen Laut aus. Auch Vera atmete auf. Anja hatte die Musik leiser gestellt. Immerhin, sie verschloß sich vernünftigen Einsichten nicht. Trotzdem dachte Vera, wenn es ihre eigene Tochter gewesen wäre, hätte alles ganz anders ausgesehen. Näher, inniger, irgendwie wärmer. Wieder stieg der Wunsch nach einem Kind wie eine stille Sehnsucht in ihr auf. Sie hatte ja schon öfter mit Zarth darüber gesprochen. Erst kürzlich hatte er wieder gesagt: »Wir haben doch schon eine wunderbare Tochter, was wollen wir mehr?« Er machte es sich zu einfach. Seine Tochter war nicht ihre Tochter. Anja war zwar kein fremdes Kind, aber das eigene war es nicht. In solchen Momenten kam Vera zu Bewußtsein, daß die Zeit dafür nicht mehr unbegrenzt war. Sie hatte zwar die Pille längst abgesetzt, denn von ihr bekam sie ohnehin nur Wasser in den Beinen, hatte es ihm fairerweise auch gesagt, aber seine Begeisterung hielt sich in Grenzen. Anscheinend begriff er nicht, daß es ihr dabei weniger um ihn ging und sie nicht beabsichtigte, ihn festzulegen, geschweige denn mit dem großen Mutterseil einzufangen. Da hatte sie einiges mehr zu bieten. Es ging um sie selbst. Sie hätte schon ganz gerne gewußt, wie das war, sich teilen zu müssen. Sie wollte diese Veränderung erleben und nicht ständig andere Frauen um etwas beneiden, was sie selber haben konnte. Das mußte ihm noch schonend beigebracht werden, allerdings nach dem bewährten Prinzip, das alle großen Wünsche heimlich wachhielt: nicht viel darüber reden, aber immer daran denken.

Je länger sie auf der Dachterrasse lag und das Geschehen des Tages Revue passieren ließ, desto mehr kam ihr sein neuerlicher Erfolg zu Bewußtsein, und sie hatte Lust, ihre Freude mit jemandem zu teilen. Dieses doppelte Jahresgehalt schien ihr mehr als eine komfortable Finanzausstattung zu sein, denn sie war schon immer der Meinung, daß es nur zwei wirklich freie Existenzformen geben konnte: entweder sehr viel Geld oder gar kein Geld zu haben. Entweder ganz oben oder tief unten zu sein. Sowohl das eine als auch das andere gab ein Gefühl der Unabhängigkeit. Alles andere dazwischen war Knechtschaft. Knecht der Steuer, Knecht der Zinsen, Knecht der Kassen und Monat für Monat die trostlose Einsicht, daß trotz fleißigster Arbeit wieder nichts übrigblieb. Er hatte sich aus dieser aufreibenden Mittelposition befreit. Nun bekam alles ein anderes Gesicht.

Mit Anja wollte sie nicht über den Aufstieg ihres Vaters reden. Vera ging ohnehin davon aus, daß Inge bereits über alles unterrichtet war, und wenn die geschäftstüchtige Weltfrau morgen das Doppelte an Unterhalt von ihm forderte – gewundert hätte es sie nicht. Vera fand es auf einmal trostlos, hier allein auf der Terrasse zu liegen. Sie griff zum Hörer, um Dorothee anzurufen und ihr zu sagen, daß sie noch auf einen Sprung vorbeikommen würde. Doch dann zögerte sie, denn Dorothee war ohnehin meist bis spätabends in der Galerie. Wenn, dann wollte sie nur ganz spontan vorbeischauen und höchstens beiläufig Zarths Erfolg erwähnen.

Sie sagte Anja Bescheid, daß sie noch etwas zu erledigen hatte, fuhr zur Galerie, traf zu ihrer Freude Dorothee auch an, aber sie schien in keiner guten Verfassung zu sein. Sie sichtete die Geschäftspost, prüfte Rechnungen, trank Kaffee, rauchte gegen alle guten Vorsätze und war nervös und mißgestimmt, denn ihr war gerade die Ladenmiete erhöht worden. Vera begriff sofort, daß sie in einem unglücklichen Moment gekommen war. Dorothee hatte die Mieterhöhung kommen sehen, seit davon geredet wurde, daß ein Videothekenbetreiber an den Räumen interessiert war. »Dagegen habe ich keine Chance«, sagte sie, »die können ganz andere Mieten zahlen, so ist das nun mal. Mit der Kunst steht es meistens plus minus null. Prominente Namen, die Umsatz bringen, kriege ich nicht, und die anderen, die froh sind, daß sie hier ausstellen dürfen, gehen meist unter Wert weg. Wahrscheinlich bin ich viel zu seriös. Kunst braucht Blitzlicht. Du weißt doch: den Sturm meiden, aber immer viel Wind machen.«

Dorothee sprach leise, denn nebenan im kleinen Kabuff, wo die Arbeiten der Künstler lagerten, schlief ihr vierjähriger Sohn. Sie hatte zwar das Glück, im selben Haus, drei Stockwerke über der Galerie, zu wohnen, aber sie ließ Robby nie allein. Für eine Kinderfrau hatte sie kein Geld, und auf Robbys Vater, einen spanischer Maler, der seine Liebe zur Kunst damit begründete, daß er im selben Ort wie Picasso geboren war, konnte sie nicht zählen. Immer war er irgendwo in der Welt, immer unterwegs, immer aushäusig. Weil er wenig Bilder verkaufte, zahlte er auch wenig Unterhalt, wofür Dorothee die merkwürdig verständnisvollen Worte hatte: »Er zahlt, wie er kann, aber meistens kann er nicht.« Auch heute lächelte sie dazu, was Vera überhaupt nicht verstand, geschweige denn komisch fand, doch sie sagte nichts, weil sie wußte, daß man mit Männern keine Erfolgsgeschichte schrieb. Das kam ihr fast gesetzmäßig vor. Von einigen Ausnahmen abgesehen, die in ihren Augen Zufälle waren, pure Zufälle. Sie warf einen kurzen Blick auf Robby, der süß und satt auf seiner Matratze schlief, und bewunderte Dorothee, daß sie trotz allem die Dinge packte. Sie war ja schon öfter in finanzielle Engpässe geraten, aber immer war es weitergegangen, wozu auch Vera ihren Teil beigetragen hatte, denn sie hatte bisher viel bei ihr gekauft, nicht nur auf Rechnung ihrer Auftraggeber, sondern auch privat.

Sie tranken Kaffee, und Vera erzählte von der Büroetage, sagte, daß sie gebeten worden sei, auf der nächsten Tagung der Architektenkammer ihr Büroprojekt vorzustellen, und

Dorothee meinte nur: »Ich hab dir ja vom ersten Entwurf an gesagt, daß dein Konzept Furore machen wird.« Doch dann kam sie wieder auf ihre düstere Quartalsbilanz und fragte sich, wie es weitergehen sollte, wenn sie die Miete nicht mehr aufbringen konnte. Zugegeben, die Galerie lag in einer begehrten, von Touristen frequentierten Gegend, aber wenn sie die verlassen mußte, wenn keine Laufkundschaft und keine Schaufreudigen mehr kamen, konnte sie dichtmachen.

Vera hatte die Freundin noch nie so mutlos gesehen. Dorothee tat ihr leid, aber sie wußte auch, Mitgefühl half jetzt nicht. Vera wollte ihr zeigen, daß sie zu ihr stand, wollte sie aufrichten, und kaufte spontan eine Bronze, die etwas verloren im Raum stand. Sie sah auf den ersten Blick, daß sie sich im Terrassenzimmer ganz gut ausnehmen würde; zur Zeit offenbar das teuerste Objekt in der Galerie. Vera kalkulierte die Ausgabe sehr genau und wußte, daß sich Zarth freuen würde, wenn sie ihn mit einer Neuerung überraschte. Für ein doppeltes Jahresgehalt war diese Investition ohnehin angemessen.

Dorothee stand einen Moment lang ungläubig und leicht irritiert im Raum, doch dann hatte es den Anschein, als wären für sie Sterntaler vom Himmel gefallen. Voll Eifer packte sie die Bronze ein, war plötzlich wieder ganz Geschäftsfrau, stellte die Expertise aus, verwies auf die Katalogposition, die der Künstler schon erreicht hatte, und es schien ganz so, als hätte Vera ihrer Freundin zu neuer Regsamkeit verholfen.

Als sie im Auto saß und mit ihrer Bronze nach Hause fuhr, dachte sie daran, wie schwer es war, seine Freude loszuwerden. Vermutlich war es das beste, sie für sich zu behalten.

Zuversichtlich kam Zarth aus Amerika zurück. Die Aufgabe, die vor ihm stand, war gewaltig. In zwölf Wochen sollte er einen bankrotten Sender vom Kopf auf die Füße stellen und in spätestens zwei Jahren aus der Gewinnzone senden. Dafür hatte er nur einen einzigen Satz: Es war der Hammer, der absolute Hammer. Er konnte sich an keinen Kollegen erinnern, dem in dieser kurzen Zeit ein Programmrelaunch gelungen wäre. Genaugenommen grenzte es an das Unzumutbare. Doch das Gespräch mit dem Hauptgesellschafter war in einer so optimistischen Stimmung verlaufen, daß Zarth seinen neuen Chefs nicht widersprechen wollte. Es hätte keinen guten Eindruck gemacht, gleich an den Beginn der Zusammenarbeit die großen Bedenken zu stellen. Das war er ja bis zum Überdruß von zu Hause gewöhnt: Erst einmal alles aufzählen, was nicht ging, und die Zweifel dann so lange auswälzen, bis jeder Enthusiasmus gründlich am Boden lag. Die Amerikaner waren mental, wie er es nannte, ganz anders drauf: Nicht lange darum herumreden, nicht dauernd dieses Wenn und Aber beschwören, sondern anpacken, loslegen und daran glauben, daß es gelingen wird. Schließlich hatten sie ihn auch nicht einfliegen lassen, um zu hören, was alles nicht möglich war, im Gegenteil: Sie hatten ihn und keinen anderen für diese Aufgabe ausgewählt und mit einem entsprechenden Gehalt ausgestattet, weil sie ihm und nur ihm diesen Erfolg zutrauten. Sie hatten auch keinen Hehl daraus gemacht, daß sie seinen Vorgänger entlassen mußten, weil er das Kerngeschäftsfeld der Werbung vernachlässigt und kein Gespür für die Wachstumssegmente im Hörfunkmarkt hatte. Damit war klar formuliert, was sie von Zarth erwarteten: Schwarze Zahlen. Black Numbers. Daily, weekly, monthly, yearly Black Numbers. Wenn ihm das mit dem Metropolenradio gelang, dann hatten sie für ihn noch mehr in Aussicht. Ein ganzes Netz von Metropolenradios wollten sie schaffen, Moskau, Warschau, Prag, Budapest, und er sollte Chief Leader von Osteuropa werden. Das waren Perspektiven, von denen er nicht zu träumen gewagt hätte. Zwar hatte er nie daran gezweifelt, daß die Amerikaner große Medienstrategen waren, die dann, wenn sie die Region meinten, auf die Welt zielten, aber daß sie ihn für eine solche Aufgabe ausgesucht hatten, war ein Vertrauensbeweis, der einer Auszeichnung glich und seinen Ehrgeiz entfachte. Dennoch: Zu beneiden war er nicht. Das Metropolenradio mit seinem alten Programm sendete noch. Eigentlich hätte es bei den täglichen Verlusten abgeschaltet und die Frequenz neu ausgeschrieben werden müssen. Aber niemand wollte 75 Mitarbeiter auf die Straße setzen, und so ruhten alle Hoffnungen auf ihm. In zwölf Wochen sollte er alles umstülpen, um dann zum Jahresbeginn, am 1. Januar, null Uhr mit neuem Konzept und neuem Programm zu starten, was nichts anderes hieß: Er sollte das Unmögliche möglich machen.

Zarth fuhr in den Sender. Der Tag war für diese Jahreszeit ungewöhnlich warm, und die Sonne schien ungewöhnlich hell. Aber das berührte ihn nicht. Er wußte nur, es war der 1. Oktober, genau der zweite Tag der vierzigsten Woche, und ihm blieben noch drei Monate bis zum Neubeginn. Jetzt begann der Wettlauf gegen die Zeit. Sein Ritt über den Bodensee. Bis zum Ende des Jahres mußte der Relaunch stehen, und das bedeutete: neue Töne, neue Namen, neues Outfit und eine Konzeption, die aufhorchen ließ. Alles mußte groß und einmalig werden.

Noch fehlte eine klare, allgemeinverständliche Botschaft, auf die seine Programmphilosophie aufbaute. Ohne Message brauchte er gar nicht erst anzufangen. Doch er vertraute auf sein außerordentliches Talent, das wenige, das er wußte, so darzustellen, daß es überzeugend und glaubwürdig klang. Er war kein Mann tiefgründiger Gedanken und empfand dies weder als Mangel noch als Verlust, denn er erlebte es täglich: Man konnte noch so viel wissen, geglaubt wurde dem, der einen Gedanken gut rüberbrachte. Der richtige Begriff zum richtigen Zeitpunkt am richtigen Ort gut vorgetragen – und die Wirkung war perfekt.

Er überlegte, schweifte mit seinen Gedanken in diese und in jene Richtung, dachte, daß er beim nächsten Flug unbedingt das Buch lesen mußte, das Vera ihm eingepackt hatte, dachte an seine Schulzeit, an die Sprüche, die die Lehrer so drauf hatten, und schlug plötzlich mit beiden Händen aufs Lenkrad. Das war es! Allerhöchste Ansprüche! Nicht cogito ergo sum, nein, audio ergo sum. Und das hieß: Schluß mit dem Primitivgedudel. Ja, er setzte hohe Maßstäbe. Mit ihm kam Niveau. Audio ergo sum – das galt es umzusetzen. Ich höre, also bin ich. Wenn ich nicht bin, höre ich nicht oder umgekehrt: Ich bin, weil ich höre. Das war einleuchtend. Hören war alles. Am Anfang war der Ton. Das ganze Leben war schließlich der Weg vom Anlaut zum Auslaut. Verging das Hören, verging das Sehen, und wer nicht hörte, fühlte nicht. Zarth stand für eine neue Qualität. In seiner Botschaft war Philosophie. Das mußte von Anfang an klar und deutlich gesagt werden. Auf diesen Grundton galt es die Mitarbeiter einzustimmen.

Wenn er sich das alte Metropolenradio anhörte, dann wunderte es ihn nicht, daß der Sender Verluste machte. Mit den Worten seiner Tochter konnte er dazu nur sagen: Alles grottenschlecht und strunzdumm. Das ganze Programm nichts als eine Abspielschiene für Hits und Megahits, ein völlig falsches Musikformat, schlecht plazierte Werbeinseln, keine eigenproduzierten Nachrichten, die kostbare

Primetime für Hörerbindung ungenutzt, alles beliebig und austauschbar, auf keiner Sendeschiene etwas Eigenes und Unverwechselbares. Nichts, was zum Hören Lust machte. Für ihn stand fest: Nach dem Relaunch gab es ein Metropolenradio, wie es noch keines gegeben hatte. Die Unvergleichlichkeit mit anderen Sendern mußte sein Markenzeichen werden. Unter dem brauchte er gar nicht erst anzufangen. Jetzt hieß es kühl und entschlossen zu handeln. Es war ja nicht das erste Mal, daß er einem Sender Profil gab und ihn in die Gewinnzone führte. Mit überlegtem Vorgehen war alles zu stemmen. Nur durfte nichts, aber auch gar nichts dazwischenkommen. Einen Augenblick dachte er an Vera, seine Nestbauerin, und war froh, daß sie sich um Anja kümmerte und daß zu Hause alles so gut lief. Es bestätigte sich wieder einmal: Mit einer Frau, auf die man sich verlassen konnte, waren alle großen Aufgaben zu meistern.

Um eines jedoch kam er nicht herum: Er mußte sein Verhältnis zur Zeit neu regeln. Nichts verschieben, nichts verläppern, nicht zurückblicken, keine weitschweifigen Reflexionen, alles konzentrieren, straffen und gnadenlos Prioritäten setzen. Denn Zeit war nicht mehr gleich Zeit. Die Zeit, die er benötigte, war der Kern aller Zeit, war die Zeit in nuce, das Kostbarste des Kostbaren – die Echtzeit. Nicht virtuell, nicht versetzt, nicht partagiert, sondern live auf Schritt und Tritt, und was versäumt wurde, war verschenkte Möglichkeit und damit unwiderruflich verloren. Nicht auszudenken, wenn sich der Start verzögerte. Dann kam er mit dem Sender nicht mehr in die Media Analyse, konnte der Werbeindustrie keine schönen Reichweiten präsentieren und sie nicht mit stolzen Hörerzahlen locken. Aber wenn die Werbung nicht einbuchte, blieb der Sender dort, wo er jetzt war: in der Verlustzone, in den tiefroten Zahlen. Er kannte das Worstcase-Szenario. Ab sofort war jede Minute Echtzeit die Hartwährung, an der sich alles auszurichten hatte. Nur aus ihrem Wert konnte der Mehrwert kommen.

Zarth hatte auch schon einen Namen für das neue Programm. Er war ihm während des Hinflugs eingefallen, denn dort war ihm eines spontan bewußt geworden: Der Erfolg gehörte denen, die es verstanden, große Wolken zu schieben. Er hatte den Namen bereits dem Hauptgesellschafter präsentiert und damit gezeigt, daß er gedanklich schon mitten in dem Relaunch war und dem neuen Radio noch vor jedem Vertragsabschluß bereits eine Existenz gab: Tera FM. Zarth fand, es konnte gar keinen besseren Namen für den Sender einer Metropole geben. Super, Mega und Giga – alle Formen der Steigerung gab es bereits. Super war längst das Normale, Mega der behutsame Hinweis auf Größe, Giga eine vage Ahnung davon. Aber Tera war der Sprung. Der Vielfachsalto vorwärts. Das Billionenfache einer Maßeinheit. Noch war Tera nicht im Bewußtsein. Noch lag es jenseits des Vorstellbaren, war genaugenommen die Un-Größe, die alles übertraf. Tera – das mit Abstand Unerreichbare, weit über die Phantastillion des kleinen Lottoträumers hinausreichend und genau die Dimension, die einem Land zu Gesicht stand, in dem alles, von den Steuern bis zu den Versprechungen, eine unberechenbare Größe blieb. Ohne Frage, mit Tera FM bekam die Metropole einen neuen Radioton, denn die unberechenbare Größe war Programm. Audio ergo sum!

Obwohl ihm in Stamford deutlich gesagt worden war, daß er die Anlaufkosten niedrig halten sollte, hatte er gleich nach der Landung beim Medieninstitut eine Zielgruppenanalyse in Auftrag gegeben und eine Blitzumfrage bestellt. Die war zwar doppelt so teuer, aber an der Zielgruppenanalyse durfte er nicht sparen. Je eher sie eintraf, um so eher konnte er den Sender positionieren. Zwar hatte Zarth die Sender der Region im Blick und wußte in etwa, welche Hörergruppen sie bedienten, aber auf diesem Markt war alles in Bewegung, und ständig kamen neue Sender dazu, so daß er es für geraten hielt, den letzten Stand der Dinge zu kennen. Erst dann konnte er sich bei der Werbewirtschaft empfehlen, und das war schließlich das Wichtigste.

Zarth betrat den Sender, der sich über einer Einkaufspassage eingemietet hatte. Die Mitarbeiter versammelten sich im Flur und begrüßten ihn mit Beifall. So freundlich diese Geste auch gemeint sein mochte – nach Vorschußlorbeeren stand ihm nicht der Sinn. Er hielt eine kurze Ansprache, um den Schwung, den er in Amerika gespürt hatte, auf die Mitarbeiter zu übertragen, und ging gleich hoch ran, damit sie von der ersten Minute an die neue Qualität begriffen, die mit ihm in den Sender kam. Zarth gab sich philosophisch visionär, sprach von dem Audio ergo sum und schwor sie dann auf die Notwendigkeiten des Augenblicks ein. Er präsentierte die drei großen C, von denen alles abhing: Content, Community, Commerce. »Content«, sagte er so nachdrücklich, als wollte er ihnen ins Gewissen reden, »Content ist der Schlüssel zu allem. Ist Voraussetzung und Grundsubstanz, Ursprung und Ausgangspunkt. Content ist Inhalt. Nicht mehr und nicht weniger. Ohne Inhalt läuft gar nichts. Nur wer einen Inhalt besitzt, kann eine Community aufbauen und wo eine Community ist, gibt es Commerce. Oder im Umkehrschluß: Es läßt sich kein Umsatz machen, wenn der Inhalt nicht stimmt und nichts rüberkommt. Die Technik ist zwar wichtig, aber der Inhalt ist mehr. Im Content liegt der Erfolg und mit dem Erfolg kommt das Geld. Und genau das ist die Aufgabe Nummer 1, das Primat der Stunde. Wir wollen mit dem Radio Geld verdienen, satt viel Geld«, sagte er und fügte nach einer kurzen Pause hinzu: »Wir wollen nicht nur, wir müssen. Denn nur wenn es dem Sender gutgeht, geht es uns allen gut.«

Zarth hoffte, daß sie seine Worte verinnerlichten. Die Sekretärin, Frau Zeller, die schon manchen Geschäftsführer überdauert hatte und sich daher als eine Art Senderinstanz fühlte, führte ihn in sein Büro, einen Verschlag, der nur durch Paravents von der Studiofläche abgetrennt war. Ein konzentriertes Arbeiten war hier nicht möglich. »Das gläserne Büro war der Wunsch Ihres Vorgängers. Er wollte, daß die Arbeit des Chefs den Mitarbeitern transparent ist«, sagte sie mit einem ironischen Schmunzeln, und Zarth bedauerte, daß im Moment die Zeit fehlte, die normalen Verhältnisse wiederherzustellen. Sie zeigte ihm auch die anderen Räume. Die technische Ausstattung entsprach zwar dem letzten Stand, aber alles war klein und eng. Er wußte, Platzmangel würde ein Dauerthema sein. Im Keller war das Sendearchiv und daneben die Sauna. Zarth erkundigte sich, wer dazu die Schlüssel hatte.

»Jeder hat einen«, entgegnete sie.

»Jeder?« fragte er ungläubig.

»Man muß ja auch mal entspannen. Nicht jeden Tag, aber ...«

Zarth sagte nichts, aber fest stand, daß die Dinge sich hier drastisch ändern mußten. Gleich morgen früh würde er die Saunaschlüssel einsammeln lassen und der Mannschaft noch einmal deutlich machen, daß die Dienstpläne und der Sendefahrplan gewissenhaft einzuhalten waren und daß es – vorbeugend gesagt – unter seiner Leitung den bewährten Schluck Whisky aus der Thermosflasche nicht geben würde. Er zahlte keine geringen Gehälter, also konnte er auch Leistung erwarten. Für ihn gehörten Radiomacher zu einer Risikogruppe, für die Urlaub und Freizeit an letzter Stelle zu stehen hatte. »Wer pünktlich Feierabend und ein geruhsames Wochenende haben will, der soll sofort in den Öffentlichen Dienst wechseln«, sagte er, »bei Tera FM hat er nichts verloren.« Mochte sich das Betriebsklima auch für ein paar Tage verschlechtern, angesichts der Aufgabe, die vor ihnen stand, konnte er darauf keine Rücksicht nehmen.

Nach dem Rundgang bestellte er sich nacheinander die führenden Mitarbeiter zum Gespräch. Allen voran den Programmdirektor, den Werbechef und den Mann fürs Marketing. Er wollte einen Eindruck von ihnen haben, wollte wissen, wie sie sich ein neues Metropolenradio vorstellten, wie sie zu den bevorstehenden Veränderungen standen, wollte erfahren, ob sie seinen Visionen überhaupt folgen konnten oder nur in den eingefahrenen Gleisen dachten. Natürlich hätte Zarth auch erst mal die Personalakten studieren können, aber dieser ganze Papierkram war lebloses Zeug, sagte über Ausstrahlung, Engagement und Einfälle nichts aus. Im persönlichen Gespräch hingegen sah er sofort, ob jemand für eine Sache begeistert war, ob er sich mehr als die notwendigen Gedanken machte, ob er mitging und vorausdachte. Gewiß mußte das alte Metropolenprogramm bis zum Neustart mit bewährter Routine gefahren werden, aber ihm war es jetzt um Leute zu tun, die seine Ideen mittrugen, Durchstarter und Turbotypen, Leute mit kantigem Profil und eigenwilligen Ansichten. Jetzt brauchte er Drive, von jedem einzelnen Drive. Anpacken, loslegen und daran glauben, daß es gelingen wird – das wollte er spüren.

Als er spätabends nach Hause kam, gab es für ihn kein anderes Thema. Er freute sich zwar, daß Anja und Vera noch auf ihn gewartet hatten, fragte aber nicht, wie ihr Tag gewesen war, sondern verschwand gleich unter der Dusche und kehrte nach einer Weile im Seidenkimono zurück. Dieser Seidenkimono war für ihn längst mehr als nur ein Kleidungsstück, es war der Wechsel in eine andere Befindlichkeit. Sobald er ihn trug, wußte er, daß ihn jetzt nichts mehr von außen erwartete, daß sein Arbeitstag unwiderruflich beendet war und nur ein kleiner feiner Rest noch blieb, den er ganz auf seine Weise ausklingen lassen wollte. Auch heute schritt er darin wie ein Peripatetiker im Terrassenzimmer auf und ab, und es war ihm anzusehen, wie der Tagesballast von ihm abfiel und er in eine höhere Phase der Entspannung eintrat. Er brauchte diesen Schlußakkord am Ende eines Tages, weil er längst herausgefunden hatte: Wer abends mit einem guten Gefühl einschlief, konnte auch morgens mit einem guten Gefühl wieder aufwachen.

Zarth rückte drei Sessel an den Kamin, einen vierten für den Hund, war dann schon wieder bei seinem Radio und schilderte den Frauen bei einer Flasche Rotwein, wie er mit Tera FM die Rundfunklandschaft verändern würde. Groß oder gar nicht – ein anderes Maß für die Metropole gab es nicht. Anja hörte ihrem Vater voller Bewunderung zu. Es war ein Anblick, den er liebte. Vera brachte eine Schüssel Obstsalat, stellte den Luftionisierer an und achtete darauf, daß er nach einem so langen Arbeitstag nicht das kleinste Behagen entbehrte.

Allerdings konnte sie sich ein stilles Schmunzeln nicht versagen, denn sein Hang zu Übertreibungen zeigte ihr wieder einmal, wie grundverschieden sie in ihren Betrachtungsweisen waren. Sie war mehr auf das Einfache aus. Im Einfachen lag für ihre Begriffe die Größe. Alles andere hielt sie für unnötigen Zauber. Von ihrer Mutter, die vor fünf Jahren bei einem Autounfall ums Leben gekommen war, hatte sie diesen nüchternen Blick auf die Realität geerbt und einen Sinn für schlichte Zuordnungen bekommen, wußte gut von schlecht, richtig von falsch, gerade von krumm zu unterscheiden und mißtraute jedem, der diese Unterschiede leugnen oder verwässern wollte. Niemand konnte sie vom Eindeutigen abbringen: ein Hallodri war ein Hallodri, ein fauler Sack ein fauler Sack, ein Taschendieb kein Ehrenmann und ein Dummkopf keine Lichtgestalt. Wohl auch deshalb war sie allergisch gegen Übertreibungen aller Art. Superlative kaschierten ohnehin nur den Durchschnitt, und Hochglanzprospekte warf sie gleich in den Müll.

Doch heute abend wollte sie ihm in seinen großartigen Darstellungen nicht widersprechen oder gar durch eine Frage ihre Skepsis andeuten, denn sie wußte, in einer so schwierigen Phase durfte er nicht gebremst werden. Schließlich bekam er das doppelte Jahresgehalt, und dafür konnte auch das doppelte Verständnis aufgebracht werden. Zumindest als Starthilfe. Das war nicht zuviel verlangt, zumal ihre Arbeit nicht darunter litt. Auch daß er so spät nach Hause kam, störte sie nicht. Im Gegenteil: Je später er kam, um so länger konnte sie am Zeichentisch sitzen, was sich bei ihrem derzeitigen Auftragsvolumen als überaus vorteilhaft erwies. Nur Anja unterbrach ihn kurz und fragte, ob es mit dem Rückflug über Montreal geklappt hatte. »Du wolltest doch einen Abstecher zu Inge machen!«

Vera glaubte sich verhört zu haben. »Einen Abstecher zu Inge? Davon weiß ich ja gar nichts.«

»Das habe ich doch nur so gesagt«, meinte Zarth sichtlich verlegen. »Das war doch nicht ernst gemeint.«

Anja verstand ihn nicht. »Warum erzählst du es dann, wenn ich es nicht ernst nehmen soll?«

Vera pflichtete ihr bei. »Was war denn nun? Wolltest du einen Abstecher machen oder nicht?«

Zarth wiegelte ab. »Es war nur so eine spontane Idee«, sagte er, »ich wußte sowieso, daß die Zeit dafür nicht reichen würde.«

Vera ärgerte sich über ihn, aber sie zeigte es nicht. Nicht vor Anja, denn dann erfuhr es ohnehin gleich die Mama, und Inge brauchte schließlich nicht über jede Gemütsbewegung im Bilde zu sein. Fast dankbar nutzte Zarth ihr souveränes Schweigen, um gleich wieder auf sein Radio zu sprechen zu kommen. Es gab nicht wenige Unbequemlichkeiten, denen er sich im Sender aussetzen mußte. »Der notorische Raummangel macht mir Sorgen. Nirgendwo ein Platz für ein Brainstorming«, sagte er und bat Vera, dringend einen Conferencing Room in der Wohnung für ihn einzurichten. »Das ist unverzichtbar, jetzt wo eine Besprechung die andere jagt.« Es war ihm völlig gleich, welchen Raum der Wohnung sie dafür bestimmte, nur schnell mußte es gehen. Zwölf Stühle sollte er haben, nicht zu bequem, denn der Arbeitscharakter mußte erhalten bleiben. Dazu einen runden Tisch, um dem ganzen ein basisdemokratisches Ambiente zu geben. Sie bekam ihr Honorar, und selbstverständlich setzten sie den Raum von der Steuer ab.

Für Vera war es wieder einmal typisch Zarth: Er fragte nicht, wie sie das zusätzlich zu ihrer Büroetage bewältigen sollte und ob sie überhaupt die Zeit dafür hatte, von der Lust ganz zu schweigen. Offenbar hatte er Schwierigkeiten, sich vorzustellen, daß jemand neben ihm auch noch arbeitete, auch unter dem Druck der Erwartung stand, und daß es auch bei ihr nicht gerade um geringfügige Beträge ging.

»Für morgen abend habe ich Brendel eingeladen«, sagte er, »ich will mal privat vorkosten, ob er gewillt ist, bei mir Programmchef zu werden. Gute Leute sind schwer zu kriegen, und ich möchte nicht in den Ruf kommen, sie anderswo abzuwerben, geschweige denn Taff zu schaden. Schließlich halte ich an dem Sender noch 4%. Aber egal, ich brauche einen absoluten Spitzenmann fürs Programm, sonst wird das nichts. Ich kann mich nicht um alles kümmern. Ein kleines Essen gegen 20 Uhr. Nichts Übertriebenes, du weißt, er ist Salatfreak.«

Vera fand es schon bezeichnend: Heute der Conferencing Room, morgen Brendel, übermorgen wieder etwas Dringliches, danach noch Wichtigeres und noch Größeres und sie immer in Bereitschaft. Stand-by von morgens bis abends. Das konnte natürlich kein Dauerzustand sein, aber es war nur noch ein knappes Vierteljahr bis zum Programmstart, und für diese Zeit, das fühlte sie, brauchte er das volle Pflegeprogramm, wenn nötig auch Schongang.

Als er schlafen ging und das Licht im Terrassenzimmer löschen wollte, sah er die Bronze stehen. »Für dich«, sagte Vera, »als Ermunterung für den Relaunch.«

»Paßt in den Raum«, meinte er, »gefällt mir.« Dann löschte er das Licht, und sie dachte: Ein gutes Zeichen, daß sein Wahrnehmungsvermögen für die nächste Umgebung noch nicht ganz eingeschränkt war.

Die Abnahme der Büroetage stand kurz bevor. Vera wußte nicht, was sie zuerst machen sollte. Sie mußte für ihren Bereich alle Unterlagen zusammenstellen, die Rechnungen der bauausführenden Unternehmen prüfen und die gesamte Kostenaufstellung erarbeiten. Auf ihrem Zeichentisch türmten sich Tabellen, Listen, Belege und Bescheinigungen, beschrieben mit Brutto- und Nettosummen. Dieses ganze Zahlenwerk zur Abrechnungsreife zu führen, verlangte von ihr jedesmal mehr Energie als die aufwendigste Entwurfs- und Ausführungsplanung und war der finale Horror eines jeden Auftrags. In solchen Phasen war es alles andere als ideal, das Arbeitszimmer zu Hause zu haben. Zwar hatte ein Beamter vom Finanzamt ihr kürzlich deshalb einen Besuch abgestattet, weil das Amt Arbeiten und Wohnen streng unterschieden haben wollte und es für das eine wie das andere genaueste Vorschriften gab. Er hatte sich umgeschaut, die Quadratmeterzahlen notiert und war beruhigt von dannen gezogen, denn er hatte keine Couch im Arbeitszimmer vorgefunden, keinen Fernseher und keine lauschige Sitzecke, nichts, was an deutsche Wohnstubengemütlichkeit erinnert hätte, sondern nur einen langen Zeichentisch, Computer, Modelle, Kataloge, Bücher und Papierberge, hatte sich überzeugt, daß hier nicht gewohnt, sondern nur gearbeitet werden konnte, und bestätigt, daß sie diesen Raum zu Recht steuerlich in Anrechnung brachte. Sie nahm es erleichtert zur Kenntnis, und irgendwie erschien es ihr auch wie der vorläufige Sieg des Arbeitenden über das Amt. Trotzdem fand sie manchmal, es wäre besser, morgens wegzugehen und abends wiederzukommen, denn zu Hause gab es derzeit einfach keine Ruhe. Entweder klopfte das Maiwäldchen, die Putzfrau, an die Tür, wollte nicht stören, sondern hatte nur rasch eine kleine Frage, oder es klingelte das Telefon. Heute war es unerträglich. Erst wollte jemand Zarth sprechen, dann kam vom Tierarzt der Laborbefund, anschließend rief der Leserservice von *Topdesign* an und fragte, ob sie nicht ihr Miniabo verlängern wollte. Kaum hatte sie aufgelegt, meldete sich ihre Zahnarztpraxis und erinnerte daran, daß sie sich im letzten Quartal befänden und ihr der jährliche Bonusstempel fehlte, und danach war der Kundenbetreuer ihrer Bankfiliale am Apparat und machte sie auf ein günstiges Fondsangebot aufmerksam. Es schien einfach nicht möglich, sich einmal ohne Unterbrechung auf die schwierige Materie zu konzentrieren. In einem solchen akustischen Taubenhaus konnte nicht die simpelste Addition gelingen.

Kurzerhand zog sie den Stecker aus dem Festnetz. Wer etwas Wichtiges wollte, mußte es ein andermal versuchen. Und was war schon wichtig? Wichtig war nur ihre Abrechnung und sonst nichts und abermals nichts. Nur ihr Handy ließ sie an. Das Handy hatte etwas Privates, fast Intimes, gehörte zu ihr und war wie eine Begleitmusik. Vera sah zur Uhr und stellte entsetzt fest: Sie hatte sich viel vorgenommen und wenig geschafft. Ausgerechnet heute hatte sie Anja versprochen, sie eine Stunde früher vom Zeichenunterricht abzuholen und mit ihr Wanderstiefel zu kaufen, weil die Klasse zu einem Kurztrip ins Gebirge fahren wollte. Immer kam alles zusammen. Aber sie tat es Zarth zuliebe, denn wenn er mit dem Programm gut startete, stieg er im Ansehen noch höher, und das kam letztlich auch ihr zugute.

Sie raste mit dem Auto zur Schule, wo Anja schon ungeduldig wartete, und steuerte dann gezielt ein Spezialgeschäft an, in dem es neben Touristikartikeln auch Wanderstiefel zu kaufen gab. Doch Anja stellte schon nach der ersten Anprobe fest: Sie brauchte keine Trekkings, sondern Softwalker. »Fürs Gebirge brauchst du was Stabiles«, meinte Vera, aber Anja fand, sie sah in den Trekkings wie ein Trampel aus, und drängte in ein anderes Geschäft. Mit Anja normal nebeneinanderzugehen und sich gar zu unterhalten, war unmöglich. Mit wippendem Laufstegschritt eilte sie Meter voraus, den Mantel offen, die Haare wehend, und schaute hin und wieder zurück, um zu sehen, ob Vera noch folgte. Vera hatte das Hinterherlaufen so satt, daß sie unbemerkt abbog und einen eigenen Weg ging, bis plötzlich Anja unerwartet neben ihr stand und vorwurfsvoll fragte, wo sie denn abgeblieben sei. Es war eine Tortur.

Wenigstens mußte Vera diesmal nicht in ein Kaufhaus mit ihr gehen, denn das wäre eine noch größere Strapaze gewesen. Nie wählte Anja etwas aus, sondern nahm die Sachen betont cool wie im Vorbeigehen mit und trug sie direkt zur Kasse. Angeblich sah sie auf den ersten Blick, ob ihr ein Pullover paßte oder nicht. Außerdem betrat sie die Kabinen zur Anprobe ganz prinzipiell nicht, denn sie hielt sie alle für videoüberwacht. »An den Monitoren klemmen Voyeure, werden fürs Gaffen bezahlt, und anschließend setzen sie die Bilder ins Internet. Das weiß man doch«, sagte sie.

Im zweiten Schuhgeschäft probierte Anja mehrere Modelle an, fand das Leder zu grob, die Sohlen zu hart, und alle drückten am großen Zeh. Auch die Softwalker paßten nicht. Vera begriff: Anja wollte keine Wanderstiefel. Sie warnte zwar noch einmal und sagte, daß eine Rucksacktour im Gebirge etwas anderes sei als ein Flanieren in der City, aber Anja wollte partout noch weitersuchen. Im vierten Schuhgeschäft wurde sie dann fündig. Zwar halb erschöpft, aber strahlend. Vera traute ihren Augen nicht: ein eleganter kniehoher Stiefel mit flacher Ledersohle. Den fand sie hip und trendy. Er paßte auf Anhieb, drückte weder am großen Zeh noch sonst irgendwo. Sie trug ihn wie eine Trophäe zur Kasse. Es war wohl noch immer das beste, wenn jeder seine Erfahrung selber machte, dachte Vera, widersprach nicht, sondern stand stumm daneben, wohl wissend, daß der Herr Papa ohnehin alles zahlte. Eine Diskussion war unnütz, brachte nur Ärger, und schließlich war es ihre Zeit, die sie hier vertat. Plötzlich klingelte am Handy die Reveille. Zarth war gerade zwischen zwei wichtigen Besprechungen, doch eben hatte Inge angerufen und ihn gebeten, Anja beim British Council anzumelden. »Anja muß zusätzlich Englischstunden nehmen, um für Kanada perfekt zu sein. Ich komme hier erst spät aus dem Laden«, sagte er. »Bitte sei so gut und übernimm das für mich, und melde sie noch heute an. Inge meint, es müsse schnell gehen, weil sie gerade die Kurse neu belegen.«

Vera packte eine stille Wut. Inge rief an, und er gehorchte. Schon dieser Ton von ihm – so ergeben hingehaucht, so nacheilend ehrfürchtig und dieses seltsame Trema in der Stimme, als sei er glücklich, mit Inge gesprochen zu haben und mit ein paar Sätzen von ihr beschenkt worden zu sein. Inge draußen in der Welt, Inge hinterm Ozean, Inge überm Sternenzelt. Inge befahl, und er folgte. Vera hätte ausrasten können. Dies um so mehr, als sie längst wußte, wie die Dinge lagen: Sie konnte sagen, was sie wollte – geglaubt wurde Inge. Inge war kompetent, Inge mußte es wissen, Inge hatte den Überblick, und wie konnte es Vera vergessen: Inge kam aus gutem Hause. Die Frau Mama Unternehmensberaterin, deren Kundenkreis weit über die Mainmetropole hinausging, der Herr Papa Wirtschaftsprüfer mit einer gutgehenden Kanzlei auf der Zeil, dazu noch ein schönes Mietshaus am Palmengarten, allererste Citysahnelage – Inge hatte eben Background, wie Zarth es nannte und dabei jedesmal unmerklich den Ton stiller Bewunderung anschlug, als hätte er das Glück gehabt, für kurze Zeit einmal Rockefellers Schwiegersohn gewesen zu sein. Er sprach zwar nie viel über Vergangenes, und Vera fragte auch nicht, schon um zu zeigen, daß seine Vorgeschichte ein abgeschlossenes Kapitel für sie war. Doch sie wußte, daß er mit Inge auf der Schulbank gesessen hatte, daß sie seine große Liebe war, kurz vor dem Abitur das Kind von ihm bekam und daß er sie gleich an ihrem 18. Geburtstag geheiratet hatte. Sie wußte von der Märchenhochzeit im Taunus und von der Aufgabenverteilung, die vorgesehen war: Inge sollte sich um Anja kümmern, und er wollte dafür sorgen, daß genügend Geld ins Haus kam. Inge wollte aber studieren, Betriebswirtschaft wie er. Streit am Morgen, Streit am Abend und dann die Scheidung, die er nicht gewollt hatte. Inzwischen baute Inge eine große Webagentur auf und schien überhaupt die geborene Unternehmerin zu sein. Aber Vera hatte schließlich auch ihren Beruf und war weder Inges Kindermädchen noch ein Dienstleistungsservice für geschiedene Eheleute. Sie steigerte sich so sehr in den Ärger hinein, daß ihr auf einmal sogar Zweifel kamen, ob Zarth womöglich gar vor einem halben Jahr nur darum so Hals über Kopf bei ihr eingezogen war, weil er geahnt hatte, daß er eines Tages eine Ganztagsbetreuung für seinen kleinen Engel brauchen würde. Von wegen, sie sorgte für seine Tochter, damit Inge mit ihm zufrieden war und weiter an ihrer Karriere arbeiten konnte!

Vera hatte gerade das Gespräch beendet und das Handy wieder in die Tasche gesteckt, da klingelte es erneut. Wenigstens nicht Reveille, so daß sie nicht zu befürchten brauchte, er würde ihr noch einen Zusatzauftrag von Inge mitteilen wollen. Es war die aufgeregte Stimme von Kuno. Sie sollte unbedingt kommen, denn die Handwerker hatten die Bodentanks falsch verlegt, und er kam mit seiner Lichtinstallation nicht zurecht. Vera glaubte sich verhört zu haben und dachte nur: Es war wieder einmal ein echt schöner Tag, großartig und rundum gelungen, ein Spitzenprodukt der Schöpfung.

Seit Tagen wartete Zarth auf die Zielgruppenanalyse. Er war ungehalten. Es dauerte ihm alles viel zu lange. Er rief schon das zweite Mal im Institut an und wurde erneut um ein paar Tage vertröstet. Dabei hatte er schon für das doppelte Honorar eine Blitzumfrage in Auftrag gegeben. Aber in letzter Zeit kam es ihm überhaupt so vor, als wäre er in stehendes Wasser geraten. In Zonen des Stillstands. Gerade weil bei ihm alles so eilig, so dringlich war, schien sich die Welt um ihn besonders langsam zu drehen. Vielleicht gehörte dies ganz generell zu den Naturgesetzen, denen ein Unternehmer ausgeliefert war.

Solche Vertröstungen auf morgen und übermorgen setzten aber auch spontan all seine Vorurteile gegen die akademische Beamtenschaft und insbesondere die Professoren frei. Er war sich ganz sicher, daß der größte Teil der gelehrten Titelträger zuviel Ruhemasse besaß und zu denen gehörte, die erst mit der Pension ihre Schöpfungshöhe erreichten. Das Warten brachte ihn in Wut, weil er sah, daß diese Herrschaften sich ihren fehlenden Bruteifer auch noch gut bezahlen ließen und sich gar nicht vorstellen konnten, was es hieß, gewinnorientiert arbeiten zu müssen. Die mochten ja den ganzen Tag über kontemplativ sein, mochten schwatzen und schwafeln, sich omnigescheit über alle Nichtigkeiten dieser Welt verbreiten, doch bei ihm drängten die Termine und überschlugen sich. Es ärgerte ihn maßlos, daß dort im Institut so getan wurde, als sei Zeit das einzige, was in diesem Lande noch im Überfluß vorhanden war. »Dafür großartige Briefköpfe mit vielversprechendem Leistungsangebot – ear to ear, face to face, paper pencil – die ganze wissenschaftliche Forschungsbreite verheißungsvoll angepriesen und nun noch weitere Tage warten müssen!« schimpfte er. Vera hatte schon recht, wenn sie meinte, daß hinter den Hochglanzprospekten die nackte Bärme lag. Er durfte gar nicht daran denken, daß es nur noch zwei Monate bis zum Sendestart waren. Nur noch acht Wochen, nur noch 61 Tage, nur noch 1464 Stunden. Ein Flohsprung, genaugenommen nur noch ein Flohsprung bis zum 1. Januar. Wenigstens die Verträge mit der Werbeagentur waren unter Dach und Fach, so daß gleich mit Sendebeginn die Plakataktion in der ganzen Stadt starten konnte. Die Entwürfe für die Citylights hatte er auch schon abgenommen, die Flächen waren geordert, und auch die Zeitungsannoncen waren avisiert und konnten pünktlich zum Tera-Start geschaltet werden. Organisation und Koordination war jetzt die Mutter der Weisheit. Vor allem hatte er einen sehr guten Komponisten für den ID gefunden. Glücklicherweise besaß Tera FM vier Silben, was sich musikalisch gut umsetzen ließ. Das Markenzeichen für den Sender war schließlich für Stamm- und Wechselhörer das Wichtigste, und er hatte die Komposition bereits persönlich abgenommen. TE – RA – F – M klang frisch, fordernd und ganz metropolengerecht. Die Feldfarben des Senders hätte der Komponist in keinen gelungeneren Klang umsetzen können. Mit guten Leuten zu arbeiten war eben mit nichts aufzuwiegen. Morgen in aller Herrgottsfrühe fuhr Zarth kurz zur Jingle-Produktion nach Hamburg, denn noch war es möglich, Wünsche und Veränderungen einzubringen. Bei solchen Top Investitionen mußte alles überzeugend sein. Herausragend, unverkennbar und einmalig. Unter dem war es rausgeworfenes Geld. Mit dem richtigen Jingle hatte der Sender doch gleich einen ganz anderen Wiedererkennungswert. Gerade diese Dinge wollte Zarth von Anfang an unter Kontrolle haben, damit nicht hinterher irgendwelche Kompromisse geliefert wurden, aus denen diese ewig haltbaren Provisorien wurden, mit denen keiner zufrieden war, aber an die sich schließlich alle notgedrungen gewöhnten.

Frau Zeller legte ihm die Termine für die kommende Woche auf den Tisch. Dichtgedrängte Außentermine, dichtgedrängte Innentermine. Einladungen zuhauf und beim flüchtigen Durchsehen nicht eine einzige darunter, die sich für die Ablage P, Papierkorb, empfahl. Doch das Wichtigste war jetzt für ihn, das Neukundengeschäft in der Werbung voranzubringen und abgesprungene Werbekunden für das neue Programm zurückzugewinnen. Gleich anschließend fuhr er zur Aero Lloyd, die das Verkehrsinfo sponsern sollte, und dann mußte heute auch noch der Zulieferungsvertrag mit dem Wetterdienst abgeschlossen werden.

Im Büro stand inzwischen ein Faxgerät, das ihn eigens mit dem Hauptgesellschafter verband und intern als die Stamford-Hotline, der Ticker Gottes, galt. Auf ihm war bereits der Businessplan mit der Prognose für den Break Even angemahnt worden. Das setzte ihn noch zusätzlich unter Druck, weil Zarth ihn erst liefern konnte, wenn die Programmkonzeption stand, und genau dafür brauchte er die Zielgruppenanalyse. Einen Moment lang kamen ihm Zweifel, ob das überhaupt alles zu schaffen war. Er stand auf und ging ans Fenster. Die Aussicht, die sich ihm bot, war wenig erfreulich. Im Hof standen entlang der Laderampe für das Einkaufszentrum leere Bierkästen, überquellende Mülltonnen und randvolle Papiercontainer. Nirgendwo ein Baum, nirgendwo ein Strauch, und selbst die Sonnenstrahlen schienen in dieses triste Karree nicht vordringen zu wollen. Er fragte sich, ob es nicht ein Fehler war, diesen Extremjob angenommen zu haben. Wäre er bei Taff geblieben, hätte er im überschaubaren Nacheinander den Sender zur Marktführerschaft bringen und in Ruhe die Spitzenposition ausbauen können. Und er hätte auch einmal Zeit für etwas anderes gehabt. Doch jetzt spürte er nichts als diesen Druck, dieses nervige Gemisch aus Terminvorgaben und Erwartung, das ihm das Gefühl gab, gar nicht mehr sich selbst zu gehören, sondern angeschmiedet an eine Aufgabe zu sein, deren Ausgang ungewiß war. Die Vorstellung, es nicht zu schaffen, schreckte ihn und nahm für einen Moment allen Mut. Er sah sich den Radiostart verschieben müssen, sah alles über sich zusammenstürzen, Scherben ringsum und er als Gespött der Kollegen mittendrin, Zielscheibe der Schadenfreude. Welcher Teufel hatte ihn bloß geritten, in dieses Hamsterrad gesprungen zu sein? Im stillen verwünschte er seine Radioleidenschaft, die ihn in solche Abenteuer trieb und sträflich unbekümmert nach neuen Ufern ausspähen ließ. Ohne Frage, mit Taff wäre er auf der sicheren Seite gewesen. Zwar auch nicht gerade ein Ruheposten, aber immerhin ein absehbares Bergauf. Und nun das! Stemmen, was kein anderer stemmen wollte. Wozu diese Kraftprobe? Gegen wen und für was und warum? Worauf ließ er sich bloß ein?

Die Stimme seiner Sekretärin holte ihn in die Realität zurück und machte ihm augenblicks klar: Zweifel konnte er sich nicht leisten. Vor allem durfte er sie nicht zeigen. Wer Zweifel zeigte, hatte schon verloren. Frau Zeller erinnerte an das Get Together. Zarth hatte es nicht vergessen. Wie konnte er auch! Gerade wenn der Verband des Privatfunks zu einem Empfang einlud, waren immer maßgebliche Leute vertreten, und jede Gelegenheit galt es zu nutzen, um Tera FM ins Gespräch zu bringen. Außerdem hatte Staatssekretär Möhl ihn angerufen und gesagt, daß der Landesvater in der ersten halben Stunde anwesend sei. Das war ein heißer Tip. Vielleicht konnte er den Regierenden für eine Kurzansprache zum Start des Radios gewinnen. Immerhin waren die Amerikaner die Gesellschafter, und das hatte für diese Stadt schließlich seinen Stellenwert.

Auf dem Weg zur Aero Lloyd rief er Vera aus dem Auto an, um sich für den Empfang mit ihr zu verabreden. Mit einer Frau zu erscheinen, machte bei den Kollegen ohnehin einen gediegeneren Eindruck, aber Vera an seiner Seite zu haben, war etwas Besonderes. Seine Nestbauerin hob sein Ansehen. Sie sah nicht nur gut aus, sie stellte selber etwas dar, und alle konnten sich davon überzeugen: Er hatte es nicht nötig, sich eine Frau aus irgendeinem Rundfunkflur zu holen, sondern blieb auch im Privaten auf seiner Ebene. Er wollte ihr noch rasch etwas Schönes sagen und ihr gestehen, daß er morgens so gern seine schlummernde Vera betrachtete, doch da klopfte schon ein anderer Anrufer im Handy an, und Zarth meinte nur: »Auch wenn es bei dir später wird, das macht nichts, Hauptsache, du kommst.«

Vera hatte längst gespürt, daß er sich gerne mit ihr zeigte. Darum legte sie gerade bei solchen Anlässen, wo sie einer kleinen Öffentlichkeit gegenübertrat, auf ihre äußere Erscheinung einen ganz besonderen Wert und nahm sich Zeit dafür. In seinen Ohren mochte es ja gut klingen, wenn er auf das obligate soziale Nachschnüffeln, auf diese plumpe Frage: Und was machen Sie beruflich? antworten konnte: Meine Frau ist Innenarchitektin. Das hörte sich nach Niveau, nach etwas Herausgehobenem, ja geradezu nach einem Doppelerfolg an, und in diesem Gefilde fühlte er sich sichtlich wohl. Er brillierte nun mal gerne, und darauf sollte er auch nicht verzichten müssen. Doch Vera wußte, der Beruf konnte sie noch so interessant erscheinen lassen – der äußere Eindruck war nicht zu unterschätzen. Es war überhaupt nicht egal, wie sie sich kleidete und welches Bild sie von sich gab. Vom Schrillen, Schrägen und Ausgeflippten, das ohnehin bloß dem allgemeinen Show- und Unterhaltungswert diente, hielt sie nichts. Gerade in dieser Umgebung wurde nur eines wirklich ernst genommen: distanziert und geschäftsmäßig zu wirken. Entsprechend wählte sie ihre Kleidung, erschien in Blazer und Mini, in gediegener Eleganz und jenem sachlichen Dienstgrau, das bei solchen Anlässen schon auf den ersten Blick Kompetenz und Zugehörigkeit signalisierte. Auf ihren Lippen lag ein sanftes Rouge. In den Ohren blitzten unauffällig zwei Brillantstecker, die sie sich kürzlich von ihrem Honorar gekauft hatte. Das Haar trug sie im Nacken zusammengebunden, was ihrem Gesicht etwas Freies, Offenes und zugleich Strenges gab. Obwohl sie ihre Haarfarbe nicht besonders leiden mochte, weil sie ihr mal aschblond, mal hellbraun und mal farblos erschien, hätte sie nie daran gedacht zu colourieren, um nicht bei diesem Einheits-Henna zu landen, das inzwischen das Stadtbild prägte und den Köpfen der Frauen etwas chronisch Langweiliges gab. Sie hatte sich die Haare nur rasch gewaschen und gefönt, so daß sie weich und glänzend waren, und das genügte. An seiner Seite wollte sie weder dominieren noch verschwinden und fand es darum schon wichtig, wie sie sich präsentierte. Schließlich stand sie ja nicht als irgendein Mitbringsel neben ihm, weder als seine Haushälterin noch als seine Ganztagskraft, und mit einer Wettermieze wollte sie auch nicht verwechselt werden.

Diesmal schien Vera der Trubel besonders groß. Doch mitten im Gewühl entdeckte sie Trendkolumnist Leuschner, Blumberg von Antenne 1, Axel von Shiva TV, und am Büfett sah sie Dr. Anne, die Staatssekretär Möhl lustvoll den Teller belud. In ihrem Jil Sander-Kostümchen hatte sie sich zwar wieder nachhaltig verunstaltet, aber offenbar schien das nur sie zu bemerken.

Zarth hatte Vera schon von weitem gesehen, kam auf sie zu, legte den Arm um sie, was für ihn stets der höchste Ausdruck wortloser Bestätigung war, und bekam wie immer seinen leichten Tänzerschritt, wenn er neben einer Frau ging, die ihm gefiel. Sie schien im richtigen Augenblick zum Empfang gekommen zu sein, denn Zarth war gut gelaunt. Die Zusage vom Regierenden hatte er in der Tasche. Den Radiostart zog er ganz groß auf. Gerade hatte er Dr. Anne gewonnen, das neue Programm juristisch zu begleiten. Zum einen hielt er sie für eine clevere Juristin, zum anderen war die Konstellation mit Möhl recht günstig. Er fragte natürlich nicht, in welchem Verhältnis sie inzwischen zu ihm stand, aber er sah sie in letzter Zeit recht häufig auch bei privaten Anlässen zusammen. Jedenfalls konnte ihre Nähe zum Staatssekretär ihm von zusätzlichem Nutzen sein. Alles lief prächtig. Auch mit seinem Nachfolger Rudnick, dem neuen Geschäftsführer von Taff, hatte er gesprochen und bei dieser Gelegenheit das Gespräch auf Hassler und Raabe gebracht, die er gerne zu sich in den Sender geholt hätte. Rudnick kam der Wunsch gelegen, weil auch er ein Interesse daran hatte, die Posten für Marketing und Werbung mit seinen eigenen Leuten zu besetzen, und er sich auf diese Weise satte Abfindungen sparen konnte. Überhaupt waren sie sich einig, nicht gegeneinander zu arbeiten. Wie auch die Bewegungen am Markt sich entwickelten, letztlich saßen sie doch alle in einem Boot. Solche Ansätze von Solidarität hielt Zarth für ein Zeichen praktischer Vernunft, und die galt es im Auge zu behalten.

Er stellte Vera noch einige Kollegen aus dem neuen Sender vor, und plötzlich stand Leuschner neben ihm, klopfte ihm tröstend auf die Schulter und sagte: »Denk dran, geborene

Hessen und Himmelsstürmer wie wir beide lassen sich nicht unterkriegen. Das ist echt hart. Noch nicht mit dem neuen Programm gestartet, und schon sitzen dir die Verfolger im Nacken.«

»Verfolger?«

»Wie ich höre, hat sich ein neues Metropolenradio bei der jetzigen Frequenzausschreibung beworben. Im Hintergrund steht eine bayrische Unternehmensgruppe. Wenn die den Zuschlag bekommen, wird's eng für dich.«

»Sicher?«

»Ganz sicher.«

Das allerdings war für Zarth eine schockierende Neuigkeit. Zwei Metropolenradios in der Stadt hieß nichts anderes, als daß mindestens eines davon in den sicheren Ruin getrieben wurde. Dunklere Wolken hätten im Augenblick nicht aufziehen können. Zarth entschuldigte sich kurz, ging auf den Direktor der Medienanstalt zu, der sich gerade mit einem Telekom-Manager unterhielt, wartete ungeduldig, bis das Gespräch beendet war, dann fragte er ihn, ob es wahr ist, daß ein zweites Metropolenradio auf den Markt drängt.

»Es stimmt«, sagte er, »aber es sind auch andere gute Bewerbungen dabei.«

Zarth wollte nicht den Eindruck erwecken, als fürchte er sich vor Konkurrenz oder hätte gar die Absicht, Wettbewerb zu verhindern. Darum sagte er nichts, sondern lächelte nur. Aber er wußte, selbst wenn die Gruppe diesmal nicht den Zuschlag bekommen sollte, so war doch abzusehen, daß sie sich bei der nächsten Ausschreibung erneut bewerben würde und die Konkurrenz über kurz oder lang auf Sendung ging, um ihn ins Aus zu funken. Er kannte die Kriegsgesetze des Radiomarkts. Nur in einem konnte er sicher sein: daß es keinen Doppelstart geben würde, denn Anhörungsverfahren zogen sich über Monate hin. Tera startete am 1. Januar, und es startete als Solitär. Das stand felsenfest. Alles andere gehörte der Kategorie einer ungesicherten Erkenntnis an. Vorläufig jedenfalls, denn er fühlte, daß das, was jetzt auf ihn zukam, ein ganz ungewohntes, seltsames Gemisch aus Herausforderung und Bedrohung war.

Vera war nicht weniger überrascht, denn plötzlich stand Dorothee neben ihr, so attraktiv, als sei sie geradewegs aus einer Vernissage hereingeschneit. Sie war mit Brendel gekommen. »Ein echt Netter, sag ich dir.« Das erstaunte Vera nun doch, zumal sie die Vorurteile ihrer Freundin gegen Medienmänner kannte. Dorothee hatte damals vor Zarth gewarnt, weil sie diese Spezies in summa für substanzlose Glitzergrößen hielt. Aber nun schien sie wohl ganz von selbst zur Einsicht gekommen zu sein, und mit einem Mal war es sogar ein ›echt Netter‹.

»Das nenn ich Entwicklung«, sagte Vera voller Respekt und dachte, wenn es mit Brendel zu einer Beziehung käme, könnte sich für Dorothee über Nacht so manches Problem lösen. »Vor allem soll er über deine Galerie mal eine Reportage veranlassen, das gibt dir ein ganz anderes Standing.«

»Ist schon im Gange«, meinte Dorothee, »Taff wird über meine neue Ausstellung berichten.«

Sie sagte es im Ton des Triumphes, so als sei sie schon auf dem Weg zum Ruhm. Neulich noch fast vom Aus bedroht und jetzt obenauf – Vera fand wieder einmal bestätigt, daß Dorothee zu den Menschen gehörte, denen es gelang, sich irgendwie immer über die Abgründe hinwegzuschwingen, was beneidenswert war. Gleichzeitig konnte sich Vera eine stille Genugtuung nicht ersparen, denn immerhin bekam Dorothee nun die Bestätigung, daß sich im Zarthschen Domizil keine Glitzergrößen, sondern Spitzenkräfte trafen. Nicht zufällig war ihr hier Brendel begegnet, und nicht zufällig war er zum neuen Programmchef von Tera avanciert.

Vera sah zu Zarth und genoß es, ihn in dienstlicher Aktion zu erleben. In solchen Momenten wurde ihr erneut deutlich, wie gefragt, wie wichtig er war. Das machte ihn in ihren Augen so männlich und überlegen, daß auch jetzt wieder das Sphärische in ihr aufstieg und sich alles zu ihm hinverwandelte. Sie hielt inmitten des Trubels ganz still, um diese kleine seelische Vibration voll auszukosten. Doch heute empfand sie mit einem Mal auch das Unvollkommene ihrer Situation. Sie gestand sich ein, sie wäre lieber mit ihm verheiratet gewesen. Es hätte etwas Eindeutiges und Klares gehabt. Ein Bekenntnis zu ihr vor aller Augen. Sie, seine Frau, das Nächste des Nahen. So aber war sie eben nur liiert. Doch dieses Liiertsein war genaugenommen nichts Halbes und nichts Ganzes. Es hatte irgendwie etwas Provisorisches an sich und sah nach einem Kompromiß aus. Alles halbgar und unfertig. Sie leugnete es nicht, aber manchmal kam sie sich neben ihm wie eine passagere Erscheinung vor. Als stünde sie wie zur Probe da. Und ständig diese Verlegenheiten bei der Vorstellung, die auch noch witzig anmuten sollten: Zarth und Partner. Darin konnte sie keine Komik entdecken. Zarth mit Solobegleitung. Meist lachte nur er dabei. Darf ich vorstellen – Vera Pflüger. Mit Vor- und Nachnamen von ihm präsentiert zu werden, war auch nichts Besonderes, denn jede Kollegin hätte er so bekannt machen können. Oder wie vorhin: Vera, meine Frau. Das fand sie erst recht peinlich und hochgestapelt, denn sie war nicht seine Frau. Aber sie gab zu, in dem Moment, als er es aussprach, wäre sie es gerne gewesen, und sie war überzeugt, dieser Wunsch stand ihr dann auch im Gesicht geschrieben, was sie in einem solchen Moment doppelt verlegen machte.

Sie spürte, entgegen ihrer sonstigen Art mangelte es ihr in dieser Hinsicht an Selbstbewußtsein. Einfordern konnte sie nichts, aber neben ihm ewig als seine Freundin oder gar als seine Bekannte zu stehen, war wie eine fortgesetzte Minderung dessen, was sie gewollt hatte, und auch nicht gerade der Gipfel des Glücks. Und Bekannte – was hieß das schon? Frau mit körperlichem Einsatz. Mehr sagte es doch nicht. Hilfreiche Zwischenlösung. Sie wußte, wie gedacht wurde, denn sie war empfänglich für das Verborgene. Ohne Frage, diese Ehe light, diese Softversion, war ihr auf die Dauer zu wenig. Immer in diesem Zustand des Als-ob, des So-gut-wie leben zu müssen, widerstrebte ihrem Naturell. Sie präferierte die eindeutigen Zuordnungen. Länge mal Breite mal Höhe – das war ihre Geometrie. Überschaubare klare Koordinaten. Die Krümmungslinien mochten zwar auch ihre Berechtigung haben, aber dennoch schienen sie ihr nur zu existieren, um sich am Eigentlichen vorbeizuschlängeln.

Bislang hatte sie noch nie mit ihm darüber gesprochen, geschweige denn auf dieses Thema auch nur in irgendeiner Weise angespielt. Sie wußte, was sie sich wert war. Entweder er wollte oder er wollte nicht, und für ihre Begriffe mußte ein Mann wollen müssen. In dieser Hinsicht war sie hoffnungslos altmodisch. Zweifelsohne, ein Mann mußte wollen müssen. Wollte er nicht, war alles Reden nicht nur umsonst, sondern bloß peinlich. Das hatte sie nicht nötig. Sie drängte sich ihm nicht auf. Immerhin war er ja schon bis zum Memoirering vorgedrungen. Top Wesselton lupenrein. Er hatte sich Mühe gegeben. Doch lieber wäre ihr gewesen, er wäre nicht zum Juwelier, sondern zum Standesamt gegangen. Mochte auch allerorts das Unkonventionelle gepriesen werden – eine verheiratete Frau besaß noch immer ein ganz anderes Ansehen. Sie sah es ja an Inge. Inge war wenigstens geschieden, und jeder wußte: Sie hatte es zumindest mal mit der Nähe probiert. Sie war gefragt worden. Aber Vera fühlte sich in der Schwebe. Es fehlte der Haftgrund. Sie war zwar da, aber noch nicht angekommen. Es kam ihr so vor, als stünde sie in

Dauerbereitschaft. Ob Anruf, ob Abruf – genaugenommen war sie seine Standbyfrau. Vielleicht ertrug sie dieses Halbherzige auch darum so schwer, weil sie sah, wie entschlossen er sein konnte, wenn er nur wollte. Aber das war es eben: Ein Mann mußte wollen müssen.

Stunden später, als sie ihn in ihrem Auto nach Hause fuhr, war jeder Gedanke daran verflogen. Er saß neben ihr, angegurtet und mit verschränkten Armen, sichtlich verdrossen und gereizt. Sie konnte sich seine schlechte Stimmung nicht erklären, zumal sie meinte, daß der Abend für ihn gut gelaufen war. Sie fragte ihn, doch er wollte nicht reden, sondern hatte den Blick nur lauernd auf die Straße gerichtet, als gelte es, jeden Augenblick einen Angriff abzuwehren. »Worauf wartest du noch? Es ist Grün«, sagte er, »grüner wird's nicht. Laß nicht so große Lücken, sonst setzt sich noch einer dazwischen. Schließ auf und halte Spur! Merkst du nicht, wie du tänzelst! Hier ist doch keine Walzerbahn! Jetzt runterschalten! Vor der Kurve mußt du runterschalten! Vorne ist Gelb, das schaffst du noch!«

Anstatt froh zu sein, daß die abendliche Arbeitsteilung funktionierte – er trank Wein, und sie blieb bei Mineralwasser, um ihn anschließend nach Hause zu fahren –, hockte er wie der leibhaftige Vorwurf neben ihr und starrte verdrossen auf die Straße, als warte er darauf, daß sie endlich einen Fehler machte, damit er recht behielt und sie einsehen mußte, nur er konnte Auto fahren. Nur er in seinem schnellen BMW, und sie mußte noch lernen.

»Gib Gas, dann kommen wir noch über die Kreuzung und jetzt links an dem vorbei, ein bißchen zügig, wir wollen schließlich noch mal zu Hause ankommen!«

Sie schaltete das Radio ein, um seine Sprüche nicht hören zu müssen, doch er schaltete das Radio wieder aus, weil sie sich konzentrieren sollte und er von der Musik Kopfschmerzen bekam. Sie dachte nur an die schöne Trinität: anhalten, rauswerfen, weiterfahren. Ein köstlicher Gedanke, erfrischend und Stärkung pur. Gleichzeitig spürte sie, wie aus der Tiefe eine Wut aufstieg, die jeder ungesteuerten Reaktion eine Berechtigung gegeben hätte. Doch sie gab sich Mühe, ruhig zu bleiben, und zwang sich zu einer stoischen Rationalität, denn sie wußte, morgen in aller Herrgottsfrühe mußte er nach Hamburg und von dort gleich weiter nach München zu den Radiotagen. Der Relaunch saß ihm arg im Genick. Einen Moment lang war sie sich nicht sicher, ob sie ihn mit einer Erdkröte vergleichen sollte, die mißlich zusammengekauert neben ihr hockte, oder mit einem gehetzten und gejagten Wolf, der sich zeitlich so in die Enge getrieben fühlte, daß er um sich biß. Doch wie arm er auch dran war – die kostbaren Minuten Echtzeit, die er jetzt im Auto mit ihr verbrachte, hätte er besser nutzen können, als sie mit seinen dümmlichen Fahrlehrersprüchen zu traktieren. Um seine Gereiztheit zu mildern, tastete sie nach seiner Hand, doch er entzog sich der Berührung und sagte unwirsch: »Nimm die Hand ans Lenkrad, sonst landen wir noch im Graben.« Und wenn schon, dachte sie, was hätt's geschadet. Dabei hatte der Abend so gut angefangen und nun dieser schäbige Rest. Kein Wort zu ihrer Arbeit, keine Nachfrage, keine Teilnahme. »Ich stehe genauso unter Druck und habe stressige Termine«, sagte sie nach einer Weile, »aber darum bin ich doch nicht so schlecht gelaunt!«

»Das läßt sich gar nicht vergleichen«, meinte er, »mein Druck ist ein ganz anderer.«

Sie wußte, was jetzt kam: Er arbeitete für die große Öffentlichkeit und sie nur für einen kleinen Kreis. Er stand unter einem öffentlichen Erfolgszwang, und sie gestaltete bloß Räume aus, die vor allem den Auftraggebern gefallen mußten. Nicht nur Welten lagen dazwischen, nein, Sternentiefen. Wenn ihr etwas mißlang, blieb es der großen Menge verborgen, wenn bei ihm etwas schiefging, blamierte er sich vor aller Welt. Das war doch etwas ganz anderes, hatte einen ganz anderen Stellenwert und ein ganz anderes Gewicht. Sie kannte die Argumente. Da aber jetzt jedes Wort zum Streit führen mußte, zwang sie sich, nicht zu antworten, sondern atmete nur hörbar auf, als sie endlich zu Hause waren. Zum ersten Mal seit Monaten fand sich sogar noch eine Parklücke direkt vor dem Hauseingang, was seine Stimmung schlagartig besserte. Im Fahrstuhl gab er ihr einen scheuen Kuß und sagte: »Trotzdem, bist ganz gut gefahren.«

Auf seinen Trostspruch hätte sie zwar verzichten können, doch die flüchtige Umarmung war das mindeste, um seelisch unbeschadet die Wohnung zu betreten.

Brendel kannte die Schwächen seines Chefs und stellte sich darauf ein. Zwar war Zarth in seinen Augen der geborene Impulsgeber, überraschte mit immer neuen Einfällen, hatte auch brillante Ideen, brachte aber keine einzige davon wirklich zur Ausführung. Hier sah Brendel seine Aufgabe: zu Ende zu bringen, was der Chef angedacht hatte. Sein ausführendes Organ sein, wie er es scherzhaft nannte, und dabei taktisch vorgehen: nicht widersprechen, sondern ergänzen. In der schwierigen Findungsphase, in der sich der Sender im Moment befand, griff er jede spontane Überlegung Zarths auf und arbeitete bereits vorsorglich die Programmuhren aus, um dann, wenn die Konzeption feststand, die Idee des Chefs bereits in der Endfassung präsentieren zu können. Auf diese Weise gab er den Überlegungen Zarths ein solides Fundament und verstand es, sich unentbehrlich zu machen. Daraus leitete Brendel im stillen eine Überlegenheit ab, die er zudem auf seine gute Ausbildung zurückführte. Ohne darüber viel Worte zu verlieren, war er stolz auf sein Ost-Abitur, das sich inzwischen längst als eine Mehrfachqualifikation erwies. Sie waren noch in allen Fächern geprüft worden, hatten gediegene naturwissenschaftliche Kenntnisse, er wußte, wie man den elektrischen Widerstand berechnet und wie Hämoglobin gebildet wird, und Gedichte hatten sie auch gelernt. Selbst sein Studium der Kulturwissenschaft wollte er nicht missen, denn was ihm seinerzeit als unliebsame Marxsche Pflichtlektüre galt, konnte er jetzt wieder gut gebrauchen. Mit dem alten Vokabular ließ sich erneut argumentieren. So hatte er dem Programm, an dem er im Augenblick vorauseilend arbeitete, gleich den Namen »Kampfprogramm« gegeben und sich im stillen amüsiert, daß Zarth diesen Ausdruck so begeistert aufnahm. Brendel erinnerte der Begriff an langweilige FDJ-Versammlungen, aber Zarth sah hinter einem Kampfprogramm Power, Motivation und den Willen zum Gewinn – entscheidend blieb, dem Chef das richtige Stichwort gegeben zu haben und ihm in dem, was er wollte, entgegenzuarbeiten.

Jetzt, da Zarth pausenlos unterwegs war, um Kontakte zu knüpfen und die Fäden zu ziehen, blieb Brendel aus taktischen Gründen ganz bewußt im Sender. Er hielt die Stellung, wie er es nannte, denn wenn die Mitarbeiter nicht sahen, daß ein Steuermann an Bord war, lief alles aus dem Ruder. Dabei hatte er die Dinge gezielt im Blick, war über jede brandneue Nachricht im Bilde, kein wichtiges Telefonat entging ihm, alles lief bei ihm zusammen, und genau darüber hielt er Zarth vor Ort auf dem laufenden. Damit holte er sich bei ihm nicht nur den Bonus der Verläßlichkeit, sondern galt bei den Mitarbeitern als die rechte Hand des Chefs, und dies stärkte die eigene Hausmacht. Heute verließ Brendel nicht das Büro, sondern saß lauernd neben dem Telefon. Stündlich erwartete er eine Nachricht, mit der er den Chef überraschen wollte.

Zarth war seit den frühen Morgenstunden unterwegs. Er war mit dem Marketingdirektor des größten Kaufhauses der Stadt verabredet und hoffte, ihm eine Ganzjahresbuchung abringen zu können. Zusagen dafür brauchte er dringend, um die Prognose für den Break Even treffen zu können. Aus dem Ticker Gottes kamen fast wöchentlich die mahnenden Nachfragen zum Businessplan, und Zarth hatte fest versprochen, ihn rechtzeitig vor dem Sendestart zu liefern. Er wollte nicht daran denken, daß dies in anderthalb Monaten sein würde. In 44 Tagen mußte alles unter Dach und Fach sein. Eine ängstliche Natur hätte allein schon der Gedanke an die Galgenfrist zur Verzweiflung gebracht. Doch noch war er Herr der Lage.

Wenigstens hatte er jetzt einen Dienstwagen mit Chauffeur, was ihm vieles erleichterte. Wiesner, sein Fahrer, war ein sehr aufmerksamer und geduldiger Mann, sprach nur, wenn er gefragt wurde, so daß Zarth den Fond längst zu seinem fahrenden Büro umfunktioniert hatte und hier fast ruhiger arbeiten konnte als in seinem gläsernen Paraventpferch. Er lehnte sich tief in die Polster und ging in Gedanken noch einmal den Stand der Dinge durch. Glücklicherweise war die Personalfrage fürs erste gelöst. Brendel hielt Wache, und die Kernmannschaft stand. Die Aufgaben waren verteilt, die Zuständigkeiten festgelegt. Jeder wußte, was auf seinem Posten von ihm verlangt wurde. Das war entscheidend. Nur in einer klaren Hierarchie gab es ein zügiges Vorankommen. Das hatte sich schon bei Taff bewährt. Klare Strukturen, klare Kompetenzen. Alles andere verlief sich und führte zu endlosen Diskussionen. Für diesen Luxus, der nichts brachte und keinen froh machte, hatte er nicht die Zeit. Zarth war zufrieden, daß es ihm bis jetzt gelungen war, die Kräfte zu bündeln. Auch die Promotion-Kampagne war bestens eingefädelt, und die Vorbereitungen für die große Tera-Präsentation liefen auf Hochtouren. Wirklich unruhig machte ihn etwas anderes: Er hatte noch immer nicht die Konzeption, wußte noch nicht die Richtung, in die er mit dem Sender marschieren wollte. Schließlich war er der Kopf des Unternehmens, und von einem erfolgreichen Geschäftsführer wie ihm, der die gesamte Umsatz- und Ergebnisverantwortung zu tragen hatte, wurde erwartet, daß er eine Witterung hatte für die Dinge, die in der Luft lagen. Er mußte erahnen, wie gefühlt und gedacht wurde, und einen Sinn für Wandlungen haben. Er mußte Trendscout sein, um glaubhaft zu wirken, und nur von ihm konnte die Linie kommen. Dachte er an das noch laufende Programm, das beliebig und austauschbar war, hatte er zumindest den Vorteil, aus den Fehlern des Vorgängers lernen zu können. Genaugenommen konnte doch ein Metropolenradio nichts anderes sein als ein Radio für die Metropole, und darum kam ihm mit einem Mal die schlichte Frage in den Sinn: Was braucht eine Metropole?

Jetzt, da er durch die Stadt gefahren wurde, genügte ein Blick aus dem Auto, um zu sehen, was los war. Überall Baustellen, Erdbagger, Bretterzäune und immer irgendwo eine andere Umleitung. Die Häuserwände besprayt, die Bahnhofseingänge schmutzig. Eine Stadt im Übergang, unfertig, aufgewühlt und eigentlich eine Zumutung. Er sah die Menschen blicklos aneinander vorbeihasten, irgendwie bedrückt und verhuscht, alle in Eile, kein Aufeinanderzugehen und nirgendwo ein Aufenthalt. Jeder wich dem anderen aus, halb Irrläufer, halb Versprengte, in den Schritten nichts Gelassenes, in den Gesichtern nichts Gelöstes. Schon seit langem erinnerten ihn die Bewohner der Hauptstadt an einen Haufen aufgeschreckter Krähen, von denen nicht sicher war, ob sie ihr Nest fliehen oder ihr Nest bauen wollten. Unterhielt er sich mit ihnen, hörte er nichts als Jammern und Klagen. Alles zu teuer, zu laut, zu stressig und viel zu weit weg. Er fand, es wurde höchste Zeit, daß diese Stimmung aus der Stadt verschwand. Es mußte Schwung in die Gemüter, Power und Zuversicht. Die Metropole brauchte ein neues Gefühl. Brauchte ein Metropolengefühl. Brauchte den Stolz, dazuzugehören.

Der Gedanke gefiel ihm so sehr, daß er ihn sofort festhalten wollte. Genau das mußte in der Präambel zum Businessplan stehen, und so sprach er alle weiteren Überlegungen auf sein Diktiergerät, um schon mal einen ersten Rohentwurf in der Hand zu haben. »Das Metropolengefühl ist kein beliebiger Alltagskick, sondern die permanente Vorwegnahme einer Zukunft, von der niemand weiß, wann sie kommen wird. Genau das wollen wir unseren Hörern vermitteln: Sie bauen an einem großen Entwurf. Sie sind dabei, wenn hier die Weltgeschichte um die Ecke biegt und ihre Events präsentiert. Tera-Hörer sind anders als die selig satten Provinzler. Sie sind gut drauf, spontan, locker, extrem und exotisch. Ob Bürgerelite, Kreditproletarier oder Alternativer – sie alle dürfen sich gleichermaßen zu den Begünstigten zählen, denn in so einer Stadt zu leben heißt, sich doppelt bewähren zu müssen. Heißt durchhalten und sich aushalten, heißt kämpferisch sein, wach und variabel. Tera-Hörer sollen nicht mit hängenden Köpfen, sondern erhobenen Hauptes durch die Straßen gehen und allen zeigen: ihre Stadt ist schön, ist groß, ist grün und der Welt ein Begriff. Mag sein, daß andere Sender ebenfalls vorführen, daß alles in dieser Stadt im Wachsen ist – Tera FM geht einen Schritt weiter und vermittelt bereits die Vorstellung von der Blüte. Das ist der Unterschied und das neue Metropolengefühl.«

Zarth drückte auf die Stopptaste. Er war sich ganz sicher: Wenn er dieses Gefühl über den Sender brachte – daily, weekly, monthly, yearly – dann hatte er im Handumdrehen seine Community. Und wo es eine Community gab, gab es den

Commerce und wo der Commerce blühte, da stimmte der Content, und schon war er wieder bei den großen C, mitten im magischen Erfolgskreislauf des Radios und wußte, daß er mit diesem Ansatz den archimedischen Punkt getroffen hatte. Das Klingeln des Handys unterbrach seine Gedanken. Brendel teilte ihm freudig mit, daß soeben die Zielgruppenanalyse eingetroffen war. Eine bessere Nachricht hätte es für Zarth nicht geben können. Sie kam wie ein Befreiungsschlag. Ab sofort hatten alle konzeptionellen Überlegungen ein Fundament, und noch vor Weihnachten konnte er seinen Chefs den Businessplan über den Atlantik faxen. Jetzt nahmen die Dinge Gestalt an, und die heiße Phase begann. »In spätestens zwei Stunden bin ich zurück«, sagte er und hatte mit einem Mal die Gewißheit, mit dem Relaunch gut voranzukommen und ganz im Zeitplan zu liegen.

Zuversichtlich gestimmt ging er in das Gespräch mit dem Werbekunden, brachte sein Darstellungstalent voll zur Geltung, schilderte die europäischen Dimensionen des neuen Metropolenradios, das mit Sendestart auch über Satellit zu empfangen war, konnte schon einige namhafte Firmen nennen, die bereits bei ihm gebucht hatten, denn wer jetzt schon buchte, bekam nicht nur einen stattlichen Rabatt, sondern war auch am Tag des Radiostarts dabei und konnte mit erheblicher Mehrbeachtung rechnen. Er redete und redete, fand sich selber überzeugend wie nie, hatte rhetorisch eine seiner besten Stunden erwischt, jagte mit einer Buchungszusage und einem Siegergefühl zum Sender zurück, stürzte sich auf die Zielgruppenanalyse und rief dann Brendel zu sich: »Trommle das Leitungsteam zusammen, ab 17 Uhr Brainstorming, open end.«

Unterdessen war die Einweihungsparty zur Eröffnung des Bürohauses in vollem Gange, und Vera hielt ungeduldig nach Zarth Ausschau. Viele waren gekommen. Vertreter der Bauträgerfirmen, der Gewerkschaft, der Handwerkskammer, des Ministeriums und, wie sie erfuhr, eine Reihe ausländischer Gäste. Der Chef des Architektenbüros hob in seiner Ansprache die Leistungen der Innenarchitekten hervor und nannte insbesondere Vera Pflügers Arbeit das gelungene Beispiel einer trendsetzenden Innovation, die jeden, der den Raum betrat, ganz einfach begeistern mußte. Der Beifall bestätigte es ihm.

Vera hatte zwar ihr Handy ausgeschaltet, um die Feier nicht durch ein Klingelzeichen zu stören, stellte sich dann aber etwas abseits und hörte rasch die Mailbox ab. Es war keine Nachricht von Zarth eingegangen. Sie verstand es nicht, zumal er ihr fest versprochen hatte zu kommen und er in Verabredungen immer zuverlässig war. Sie freute sich natürlich über das Lob, das sie bekam, aber viel wichtiger wäre es für Zarth gewesen, einmal zu erleben, wie ihre Arbeit geschätzt wurde. Er sah sie ja immer nur am Zeichentisch in irgendein Detail vertieft und sah nie das fertige Produkt. Wenn sie ihm davon erzählte, hörte er ohnehin nicht zu, war nur bei seinem Radio und hatte scheinbar gar keine Vorstellung davon, daß auch andere etwas Wichtiges zustande bringen konnten. Er hätte endlich mal gesehen, womit sie sich im ganzen letzten Jahr beschäftigt hatte. Über Räume ließ sich nun mal schlecht reden, man mußte sie anschauen, und jetzt, genau jetzt war er nicht da. Obwohl sie allen Grund hatte, sich zu freuen und den Erfolg zu genießen, ärgerte sie sich und spürte, wie dieser Ärger von Augenblick zu Augenblick wuchs.

Kuno stand neben ihr, stolz, daß ihre Beletage einen solchen Anklang fand, und war sichtlich beeindruckt, daß es Vera immer wieder gelang, eine Idee so umzusetzen, daß sie das Ganze trug. Aber er sah, auch seine Arbeit hatte nicht unwesentlich dazu beigetragen. Jetzt bestätigte sich ihm erneut, wie richtig es war, in der Beleuchtung auf die Niedervolt-Halogensysteme verzichtet zu haben, die mit ihrem kranken, giftigen Licht allem bloß einen leblosen Schimmer gaben, und sich stattdessen für ein warmes konventionelles Licht entschieden zu haben, das ihre Farbinstallationen doppelt stark zur Geltung brachte. Doch er wollte Vera nicht eigens darauf hinweisen, denn er war sich ganz sicher, daß sie wußte, was sie an ihm hatte. Keinen Augenblick wich er von ihrer Seite, tänzelte um sie herum, und sie fragte sich im stillen, warum immer die falschen Männer sie bewundern mußten.

Der Chef des Architektenbüros kam nach seiner Rede mit wohlwollender Miene auf sie zu und stellte ihr einen Münchener Unternehmer vor, der die Büros in seiner Firma ebenso gestaltet haben wollte. »Solche Räume«, sagte er begeistert, »sind die besten Visitenkarten und zeigen, daß es sich um ein kreatives und potentes Unternehmen handelt. Genau das wollen wir unseren Kunden schon bei Betreten des Hauses vermitteln.«

Wie immer, wenn ein Großauftrag sich ankündigte, bekam der Chef des Architektenbüros leuchtende Augen und so ein seltsames Champagnerglucksen in der Stimme, als wollte er zu einem Vortrag über die Renditen des Aufschwungs ansetzen. Er nahm sie leicht zur Seite und meinte bedeutungsvoll flüsternd: »Wie ich es Ihnen vorausgesagt habe, der Durchbruch ist geschafft.« Dann fügte er enttäuscht scherzend hinzu: »Ich dachte, ich könnte auch Herrn Zarth begrüßen, und hatte mich schon auf ein kleines Interview vorbereitet.«

Vera begriff sofort, was so locker klingen sollte, war als Vorwurf gemeint: Wenn er schon nicht selber kam, hätte er wenigstens jemanden mit einem Mikrofon schicken können. Sie versuchte zu erklären, was es bedeutete, in sechs Wochen ein neues Radioprogramm starten zu müssen, malte den Streß eines Relaunch aus, doch so verständnisvoll er ihr auch zuhörte, sein Blick sagte: Zu tun haben wir alle. Erneut stieg der Ärger in ihr hoch. Jetzt hätte sie den Herren Kollegen einmal ihren leibhaftigen Medienkontakt vorführen können, der in diesen Kreisen so viel galt, daß er ihr selber fast schon einen prominenten Status gab, doch sooft sie auch zur Tür hinblickte – Zarth erschien nicht. Sie kam sich wie eine verlassene Braut vor, wie eine, die versetzt worden war, weil der Mann Wichtigeres zu tun hatte. Und was hieß Mann? Sie wußte, wie insgeheim gerade in solchen Situationen gedacht wurde: Ihr prominenter Bekannter war nicht gekommen. Womöglich gab es ihn gar nicht, oder er war überhaupt nur eine Wunschvorstellung.

Vera fühlte sich bloßgestellt und prüfte erneut, ob eine Mitteilung von ihm eingegangen war – doch sie hatte keine neue Nachricht auf ihrer Mailbox. Sie hätte ihn anrufen und fragen können, wo er blieb. Schließlich wußte er, daß es nicht irgendein Termin für sie war. Oft genug hatten sie über das bevorstehende Ereignis gesprochen, aber es widerstrebte ihr, an einem Tag wie heute ihm hinterherzutelefonieren. Die Freude hatte er ihr gründlich verdorben.

Dr. Anne kam auf sie zu, gratulierte ihr zu dem Erfolg und war so beeindruckt von dem Zuspruch, den Veras Arbeit bekam, daß sie ihr gleich unter juristischem Aspekt einen qualitativen Sprung bescheinigte und darauf aufmerksam machte, daß sie ab jetzt ihre Honorare frei verhandeln konnte. Sie fuhr anschließend mit Vera und Kuno zu Dorothee, die eine kleine Nachfeier vorbereitet hatte. Dorothee empfing die Freundin mit einer großen roten Mohnblume, die sie eigens von einem Holzbildhauer hatte arbeiten lassen. Eine Geste, die Vera anrührte. Ein kleines Kunstwerk in Auftrag gegeben zu haben, das speziell diesem Tag gewidmet war, zeigte ihr, wie sehr Dorothee vom Gelingen des Feng Shui-Büros überzeugt war. Sie nahm eben Anteil an ihrer Arbeit und ging mit ihr mit. Wenigstens einer, der ihre Arbeit schätzte und sich darüber freute. Vera spürte wieder einmal, im entscheidenden Moment war Dorothee für sie da. Das zählte und stand jenseits von all diesem Männerauf und Männerab mit seinen kleinen bis mittleren Katastrophen. Sie umarmte die Freundin und fand es wohltuend, daß Dorothee nicht fragte, wo Zarth geblieben war, und ihn überhaupt mit keinem Wort erwähnte. Sonst ärgerte sie sich immer ein bißchen, wenn Dorothee so tat, als würde er gar keine Rolle spielen, aber heute fand sie es gut. Heute tat es doppelt und dreifach gut.

Vera blieb eine ganze Weile, doch es wollte keine rechte Stimmung aufkommen. Sosehr sie sich innerlich auch dagegen wehrte – der Ärger über Zarth wurde angesichts dieses Empfanges noch größer und steigerte sich, als sie nach Hause kam. Das verzieh sie ihm nicht.

Am liebsten hätte sie sich auf die Dachterrasse gelegt und die Sterne gezählt, aber es war eine kalte Novembernacht, die Luft schneeschwer, und von den Sternen fehlte jede Spur. Sie wußte nicht, ob der Frost in den Bäumen oder in ihrem Gemüt saß – alles war irgendwie nur eisig und unbehaglich. Sie stellte die große Mohnblume in die Bodenvase, die sich prächtig neben der weißen Couch ausnahm. Anja schlief schon. Bi lag neben ihr, und kaum hatte er Vera im Türspalt entdeckt, sprang er freudig auf sie zu und folgte ihr. Sie nahm sich eine Decke und war gerade im Begriff, sich den Kaminsessel mit dem Hund zu teilen, als das Telefon klingelte. Zarths Mutter war am Apparat und wollte hören, wie es ihm ging und ob er zu ihrem Geburtstag kam. Vera wußte schon jetzt, daß er keine Zeit hatte, kurz vor Sendestart nach Dietzendorf zu fahren. Sieben Stunden Autobahn hin, sieben

Stunden Autobahn zurück, ganze zwei Tage unterwegs, aber Vera hütete sich, irgend etwas vorwegzunehmen oder gar für ihn zu sprechen, und meinte bloß: »Er wird sich bei dir melden. Ich sage ihm, daß du angerufen hast.« Obwohl Vera in keiner Sprechlaune war, hätte sie ihr eigentlich sagen wollen: Der liebe Sohn kennt derzeit nur noch Tera und sonst nichts auf der Welt, ist für nichts anderes empfänglich und nichts anderes zugänglich, doch bei seiner Mutter war es ratsam, nicht mehr als nötig zu reden, denn sie kombinierte die Dinge meist so, daß sie aus allem die falschen Schlüsse zog. Außerdem stand sie mit Inge in Verbindung, was auch nicht gerade Veras Gesprächsbereitschaft erhöhte, so daß sie bei der ersten Gelegenheit das Gespräch beendete.

Sie schaltete das Programm des alten Metropolenradios ein, aber von da kam erst recht nichts Erbauliches. Die Musik fad, die Kommentare nichtssagend, die gefühlten Wettertemperaturen überflüssig. Nichts, was sie ansprach, überhaupt alles nichts. Sonst empfand sie es ja immer als äußerst produktiv, wenn er spätabends nach Hause kam. Es mutete ihr wie eine Verlängerung des Tages an, weil sie bis dahin ungestört arbeiten konnte. Doch heute war es anders.

Bi lag neben ihr, schniefte vor sich hin und bot zur Zeit auch nicht gerade einen erfreulichen Anblick. An einigen Stellen fiel ihm das Fell aus, weil der Säuremantel der Haut zerstört war. Er glich weniger einem Canis molossus gladiator, sondern eher einem gerupften Hühnchen, und hatte diesen traurig hilflosen Blick, von dem sie inzwischen nicht mehr wußte, ob er zu seinem Charakter gehörte oder nur eine Nebenwirkung der Medikamente war. Aber allein schon seine Anwesenheit tat ihr gut und gab ihr das Gefühl, daß wenigstens einer im Hause Freude über ihren Erfolg empfand. Wieder überlegte sie, ob sie Zarth nicht anrufen sollte, um zu hören, wo er steckte und was los war, doch sie ärgerte sich so sehr über ihn, daß sie sich nicht dazu überwinden konnte.

Kurz nach Mitternacht hörte sie draußen die Fahrstuhltür schlagen, und Augenblicke später stand Zarth im Raum, sichtlich erfreut, daß sie noch auf ihn gewartet hatte, doch bevor er überhaupt ein Wort sagen konnte, fragte sie ihn, warum er nicht zur Einweihung der Büroetage gekommen war. »Heute war das?« Er ließ die Mappe zu Boden fallen, ging auf sie zu, umarmte sie und gestand ihr, daß er es vergessen hatte. »Entschuldige, aber der Termin ist mir inmitten des Trubels einfach weggerutscht. Die Zielgruppenanalyse ist gekommen, und ich mußte gleich ein Brainstorming anberaumen. Das hat bis jetzt gedauert. Aber es hat sich auch gelohnt. Jetzt steht fest: Wir machen ein Programm für Singles.« Es klang so triumphal, als würde er eine Radiorevolution einleiten.

Eigentlich hatte sie erwartet, daß sie wenigstens jetzt noch zusammen ein Glas Wein trinken würden, aber er eilte nur unter die Dusche, verzichtete auf seinen Schlußakkord im Kimono und ging gleich zu Bett. »Ich freu' mich für dich, daß alles so gut gelaufen ist«, sagte er, hauchte ihr einen Kuß auf die Stirn, drehte sich auf die andere Seite und schlief Augenblicke später ein. Sie lag wach. Der nachmittägliche Ärger schien nur eine Vorstufe gewesen zu sein. Jetzt spürte sie, wie in peristaltischen Bewegungen die Wut hochkam. Was hieß, der Termin war ihm weggerutscht! Ihren großen Tag mit irgendeinem seiner Dutzendtermine zu vergleichen, war schon ein starkes Stück. Aber sie wußte ja: Wichtiges gab es nur bei ihm, denn er arbeitete für die große Öffentlichkeit und sie nur in einem kleinen, überschaubaren Raum. Jetzt merkte sie: Er hatte gar nicht daran gedacht und konnte auch nicht daran denken, weil dieser Tag gar nicht in seinem Bewußtsein war. Ihre Arbeit interessierte ihn nicht wirklich, und was ihn nicht interessierte, nahm er nicht wahr, und darum hatte er folgerichtig den Termin vergessen. Er war ihm nicht weggerutscht, er war gar nicht in seiner Wahrnehmung gewesen. Wenn das Schule machte, ging sie großartigen Zeiten entgegen.

Sie stand noch einmal auf, suchte nach einem Stück Papier, notierte kurz, daß seine Mutter angefragt hatte, ob er zu ihrem Geburtstag kam, und legte den Zettel neben seine Frühstückstasse. Eine Absage war schließlich nicht zuviel verlangt. Mehr Teilnahme vom großen Sohn konnte sie derzeit nicht erwarten.

Eigentlich hätte Vera ein paar Tage verreisen müssen, um sich von allem zu entfernen und einmal tief durchzuatmen, was nach dem Abschluß eines Projektes immer guttat. Doch das wollte sie Zarth nicht antun. Abdüsen und ihn im Stich lassen – das war nicht ihre Art, noch dazu jetzt, da sie sah, daß er sich in einer Ausnahmesituation befand. Täglich kam er später nach Hause, verschwand unter der Dusche, aß nichts, sagte nichts, fragte nichts, kein Rotwein, kein Kimono, kam und ging zu Bett. Mehr hörte sie von ihm nicht, mehr sah sie von ihm nicht, und sie fragte sich, ob es ihn überhaupt in seiner gewohnten Erscheinung noch gab, oder ob er nicht, von aller Lebendigkeit entkernt, nur noch den Schattenriß eines Schlafgastes bot. Manchmal wurde es so spät, daß sie nicht mehr auf ihn wartete, zumal sie morgens mit Anja aufstehen mußte. Irgendwann bei einer Drehung im Halbschlaf bemerkte sie, daß da noch jemand neben ihr lag, realisierte kurz, daß er irgendwann gekommen war, und schlief dann etwas ruhiger als vorher weiter. Morgens, wenn sie erwachte, war er schon weg, und nur ein Zettel auf dem Küchentisch mit ein paar ungeschickt gemalten Küssen sagte ihr, daß sie sich gegenwärtig wohl mit seiner virtuellen Nähe abfinden mußte. Es hätte sie nicht gewundert, wenn er ein Feldbett im Sender aufgeschlagen und am Ort des Geschehens übernachtet hätte, war doch Radiomachen für seine Begriffe ohnehin wie Kriegführen. Aber daß er sich immer noch nach Hause fahren und morgens abholen ließ, zeigte ihr, daß der Streß ihn noch nicht ganz entortet hatte.

Hätte sie nicht gewußt, daß dies nur ein vorübergehender Zustand war und er sonst ein ganz anderer sein konnte, wäre sie weniger nachsichtig gewesen. Doch jetzt spürte sie, er ging durch ein Nadelöhr, und das wollte sie ihm nicht noch enger machen. In solchen Situationen gab es nur eins: dasein, nichts fragen, nichts sagen und den gewohnten Ablauf aufrechterhalten. Es war ja letztlich nicht zu ihrem Nachteil: Wenn es ihm gelang, das neue Radioprogramm gut zu starten, und Tera Anklang fand, stand Großes bevor: Chief Leader für Osteuropa. Sie fand, gerade bei einem Mann wie ihm, dem das Gesetz des Gelingens innewohnte, lohnte es sich, die Zukunft im Blick zu behalten und vorausschauend zu denken. Einen Schongang einzulegen war schon der Mühe wert, und solange sie nicht auf ihren Vorteil zu verzichten brauchte, ließ sich über vieles hinwegblicken. Zarth schränkte sie nicht ein, er redete ihr nichts aus, er schrieb ihr nichts vor, er ließ sie gewähren. Was wollte sie mehr. Ihr Vorteil war ihre berufliche Selbständigkeit. Ihre Selbständigkeit war das Wichtigste. War Panzer und Schneckenhaus. Gerade jetzt, da er mehr abwesend als anwesend und wenn er anwesend nur abwesend war, jetzt, da er sich in diesen stummen Schlafgast verwandelt hatte und ihre Kommunikation gegen null tendierte, fühlte sie deutlich, wie gut es tat, ihre eigene Welt zu haben und nicht darauf angewiesen zu sein, daß der große Roland ihrem Leben womöglich noch einen Inhalt gab. Darum ertrug sie das momentane Entferntsein ohne Vorwurf und sah wieder einmal: Selbständigkeit machte wetterfest.

Ob er sich für ihre Arbeit interessierte oder nicht – der jüngste Erfolg sprach für sich und gab ihr ein Obenaufgefühl.

Allerdings war sie auch hier werbegeschädigt und wollte das Wort »Erfolg« für sich nicht mehr verwenden. Sie stand ihm von Mal zu Mal mißtrauischer gegenüber. Erfolg war Gewißheit und Bestätigung, die sie tief im Innern und voll stiller Genugtuung genoß, aber es war nicht mehr das Wort, das sie freudig im Munde führte. Es hatte etwas Inflationäres, denn inzwischen war alles erfolgreich und jeder erfolgreich. Doch wo alles erfolgreich war, konnte nichts erfolgreich sein, und wo jeder erfolgreich war, war letztlich niemand erfolgreich. Die ständigen Übertreibungen rückten für sie alles ins Unglaubwürdige. Der Begriff wurde doch nur noch gebraucht, um Hoffnungen zu wecken, die sich nicht erfüllen ließen. Er stand für leere Versprechen, die alles zur Farce machten und das Ergebnis nur minderten. Darum mied sie das Wort Erfolg, vor allem im Zusammenhang mit ihrer Arbeit.

Inzwischen war das Honorar gekommen, ein stattlicher Betrag – ihre ganz eigene, unspektakuläre Art, schöne schwarze Nullen zu schreiben. Die Summe war höher als erwartet, was die Freude noch steigerte. Sie legte das Geld gleich fest, denn niemand konnte wissen, was kommen würde, und es galt, Vorsorge zu treffen. Der Münchener Großauftrag stand bevor – alles lief so glänzend, und sie fühlte, noch genügend Reserven zu haben, um Zarth in seiner Situation zu unterstützen. Kurz entschlossen räumte sie das Gästezimmer aus und richtete ihm den Conferencing Room ein. Da sie die lange Lieferzeit für Möbel kannte, kaufte sie alles am Abholmarkt, organisierte den Transport und zauberte im Handumdrehen einen Raum, der zeigte: Wo Zarth war, war Professionalität. In der Mitte sein gewünschter runder Tisch für basisdemokratische Diskurse, dazu zwölf Stühle, ungepolsterte Hochlehner, die dem Raum etwas vom Flair einer Ratsherrenrunde gaben. Ganz bewußt verzichtete sie auf Technik, denn mit Computern, Bildschirmen und Telefonen waren seine Kollegen ohnehin den ganzen Tag konfrontiert. Hier aber sollten sie nicht an das arbeitstägliche Pensum erinnert werden, denn das vertrieb nur das Kreativklima. An diesem Tisch ging es um eine höhere Form von Tätigkeit, um Strategien und Visionen, und da war das karg-philosophische Ambiente genau das richtige. Nur auf dem Vorsprung über dem Fenster stand ein kleines Radio. Nicht so ein chromblitzendes Hightech-Gerät vom Supermarkt, sondern ein besonderes Radio. Ein Andenken an ihre Mutter, ein Grundig-Kofferradio aus den späten 50er Jahren, von dem sich ihre Mutter nie trennen wollte, weil sie aus diesem Gerät zum ersten Mal die Stimme von Elvis Presley gehört hatte. Dieses heilige Kästchen zierte wie ein Tabernakel den Raum, und Vera fand, eine bessere Symbolik für eine Radiomacher-Runde konnte es nicht geben.

Zarth war begeistert. Daß sie trotz ihrer Terminarbeiten doch noch die Zeit gefunden hatte, diesen Raum für ihn einzurichten, bestätigte ihm wieder einmal: Mit einer Frau, auf die man sich verlassen konnte, waren alle Aufgaben zu meistern. Hier konnte er in den nächsten Tagen ungestört mit seiner Mannschaft den Businessplan erarbeiten. Noch vor Weihnachten ging der Entwurf nach Stamford, und seine Chefs sahen: Er lag in der Zeit. Mehr konnte er zu ihrer Beruhigung nicht tun. Gerade jetzt in der heißen Schlußphase, wo es darauf ankam, alle Kräfte zu bündeln und jede Minute konzentriert zu nutzen, damit der Start von Tera ein Top Event wurde, war dieser Raum eine echte Arbeitserleichterung. Er nahm Vera in die Arme, und es schien ganz so, als wollte er damit alle Versäumnisse der letzten Wochen nachholen. Dies tat doppelt gut, glaubte sie doch zu spüren, daß er auf dem besten Wege war, wieder er selbst zu werden. Es wurde auch höchste Zeit, denn schließlich mußte ja wieder mal das Sphärische aufsteigen.

Obwohl es schon nach Mitternacht war, wechselte er in den Seidenkimono, öffnete eine Flasche Bordeaux Lafite, rückte zwei Sessel an den Kamin und sagte in einem Ton großer Zuversicht, daß nun nichts mehr schiefgehen konnte, denn die Konzeption für das Programm war gefunden. Darauf erhob er das Glas. Die Zielgruppenanalyse hatte ihm die Situation noch einmal klar vor Augen geführt: Ständig wurden neue Sender lizenziert, die sich gegenseitig die Hörer abjagten und permanent ihre Musikfarben wechselten. Für jedes Alterssegment gab es inzwischen ein Hörfunkangebot. Die 13–24jährigen, die 14–49jährigen, die Gruppe 50 plus, die Kids – jeder Gruppe das passende Programm. Er zweifelte nicht daran, daß sich auch bald für das Segment Uhu – Unter Hundert – ein Sender etablieren würde. Aber über diese Zahlenarithmetik konnte er hinwegsehen, denn die Analyse wies deutlich aus: Es gab eine vernachlässigte Hörermehrheit, die quer durch alle Generationen ging. Es waren die Singles. Die Singles waren nicht nur eine verläßliche Größe, sondern zudem eine ständig wachsende Gruppe. Nicht umsonst wurde die Metropole Singletown genannt. Das sprach Bände. Jede zweite Ehe geschieden und fast ein Viertel der Bewohner in Einpersonenhaushalten. Nur ein Ignorant konnte den Aufschrei überhören: Ein unterversorgtes Hörersegment wartet auf das Radioangebot! Ein großartiger Ansatz! Der Content war gefunden. Jetzt mußten die höherschichtig berufstätigen Singles als Stammhörer gebunden werden, und der Sender war gemacht. Er kannte keine Zielgruppe, die sich der Werbewirtschaft mehr empfahl. Kaufkräftig, trendbewußt, Markenartikler. Ein Leckerbissen. Etwas Besseres konnten die Werbegeier nicht bekommen. Er fragte sich, warum dies noch keinem anderen eingefallen war. Während er darüber nachdachte, kam die Furcht auf, die Idee könnte ihm gestohlen werden. Der Formatklau wurde ja immer üblicher. Dachte er an das zweite Metropolenradio, das ihm im Nacken saß und irgendwann bestimmt die Sendelizenz erhielt, konnte er nur lachen: Die Jungs mußten sich was einfallen lassen, um diese Idee zu überbieten. »Du wirst sehen«, sagte er, »mit dem Singleradio starten wir durch. Gleich von null auf hundert. So etwas hat es in der Hauptstadt noch nicht gegeben. Tera FM als Radiopartner fürs Leben. Die Amis werden staunen, wie rasch wir damit in die Gewinnzone abheben! Was sage ich immer? Der richtige Content und ab geht's!«

Vera fand seine Euphorie zwar leicht überzogen, aber sie war ihr lieber, als noch länger den stummen Schlafgast ertragen zu müssen.

Zu ungewohnt früher Stunde klingelte das Telefon. Vera kam gerade aus der Dusche, griff zum Hörer und war überrascht, um diese Zeit Dorothee zu hören. »Laß alles stehen und liegen und komm zum Frühstück«, sagte sie. »Es gibt eine Riesenneuigkeit.« Schon aus dem hellen Klang der Stimme hörte Vera heraus, daß etwas Ungewöhnliches passiert sein mußte, und versprach, sich zu beeilen. Sie entschloß sich, Bi mitzunehmen, denn jede Abwechslung trug zu seinem Wohlbefinden bei. In einen Klarsichtbeutel packte sie rasch ein paar Möhren, Äpfel, Brokkoli und Weintrauben – einen Vitamincocktail, dem er in letzter Zeit vor jeder Fleischportion den Vorzug gab, was darauf schließen ließ, daß Bi auf dem sicheren Weg zum Vegetarier war. Allerdings hatte dieser Beutel für das Autofahren noch eine zusätzliche Bedeutung. Lag er neben ihm auf dem Sitz, schien Bi nichts anderes von der Welt mehr wahrnehmen zu wollen. Kein Mensch interessierte ihn mehr, kein Polster wurde zerkratzt. Bi starrte bloß auf den Beutel, als hätte er Angst, er könnte ihm genommen werden. Auf diese Weise brauchte Vera nicht zu befürchten, daß ihr der Bulldog die Pfoten auf die Schulter legte, nervös auf den Hintersitzen herumsprang und sie vom Fahren ablenkte. Vor allem brauchte sie das schwere Tier nicht ins Auto zu heben. Sah er seinen Cocktail im Frischepack auf dem Rücksitz liegen, sprang er leichtfüßig ins Auto, gab nur noch ein erwartungsvolles Winseln von sich, und die Kampfzone war beruhigt. So glückte auch heute, von ihm unbehindert, die Fahrt durch das Verkehrsgewühl.

Dorothee hatte den Frühstückstisch bereits üppig gedeckt, was für ihre Verhältnisse ganz ungewöhnlich war. Neben den Kaffeetassen stand ein Sektkelch. »Was ist denn los?« fragte Vera, öffnete den Zauberbeutel, dem Bi begierig folgte, und war zufrieden, daß er sich unbekümmert um seine Umgebung an den Möhren zu schaffen machte.

»Dreimal darfst du raten«, sagte Dorothee mit einem so strahlenden Gesicht, daß Vera ganz sicher war, diese Freude konnte nur von einem gelungenen Geschäftsabschluß kommen. »Du hast alle Objekte der Galerie verkauft.«

»Falsch«, sagte Dorothee.

»Ein malender Popstar stellt demnächst bei dir aus.«

»Auch falsch.«

»Vielleicht hat dir Pedro rückwirkend den Unterhalt bezahlt.«

»Erst recht falsch.«

Vera wußte im Moment nicht, was es darüber hinaus noch Erfreuliches geben konnte, überlegte eine Weile, dann sagte Dorothee: »Ich heirate.«

Vera glaubte sich verhört zu haben. Sie schluckte, als müßte dieser Satz nachgekostet werden, und hatte sichtlich

Mühe, diese Nachricht zu fassen. »Brendel hat mich gefragt, und ich habe ja gesagt.«

Vera wollte etwas sagen, doch plötzlich stand ihr die eigene Situation vor Augen. Um nicht zu zeigen, wie sehr sie Dorothee beneidete, meinte sie nur betont sachlich: »Heiraten. Toll. Dann bist du ja finanziell aus dem Schneider.«

»Darum geht es doch gar nicht! Brendel ist einfach einmalig.«

Vera wußte, daß Dorothee dazu neigte, den Mann, der sie gerade verehrte, jeweils für das herausragendste Exemplar seiner Gattung zu halten. Neulich noch ein »echt Netter« und heute schon »einfach einmalig«, und dabei hatte sie noch längst nicht alle Stufen der Steigerung erreicht. Nur diesmal kam Vera nichts übertrieben, sondern alles berechtigt vor. Fast abwesend sah sie zu, wie Dorothee den Sekt eingoß, trank ihr auch freudig zu, doch mit einem Mal überkam sie eine seltsame Traurigkeit. Im stillen stellte sie plötzlich Vergleiche an und fragte sich, warum sie von Zarth noch nicht gefragt worden war. An der fehlenden Zeit konnte es ja wohl nicht liegen. Brendel steckte auch mitten in dem Relaunch und war nicht weniger beschäftigt. Er setzte andere Prioritäten und wollte etwas. Wollen müssen – das war es eben. Dorothee hatte Glück: kannte Brendel keine acht Wochen und gleich ein solches Bekenntnis. Gleich der Spitzensatz. Vera dagegen war schon fast ein Jahr mit Zarth im Bunde und fühlte sich noch immer irgendwie als vorläufig. Als dauerhaftes Zwischenspiel. Seine ganze Entschlußkraft verbrauchte er fürs Radio. Für sie blieb nichts übrig. Genaugenommen ließ er doch alles laufen, was sie betraf. Und es schliff sich ja auch alles irgendwie ein. Aber eben nur irgendwie.

Dorothees Gedanken waren bereits bei der Hochzeitsfeier. Ein Riesenevent sollte es werden, und den Text der

Einladung hatte sie auch schon im Kopf. Sie fragte, ob Vera den Anfragenteil übernehmen wollte.

»Was denn für Anfragen?«

»Ins Kleingedruckte setze ich deinen Namen und deine Telefonnummer. An dich sind alle praktischen Fragen zu richten: Wann ist es, wo ist es, wie kommt man da hin und vor allem: Über welches Geschenk freut sich das Hochzeitspaar am meisten. Ich bestelle beim *Kaufhof* einen Hochzeitstisch. Das heißt, ich suche mir vorher dort aus, was ich haben will und was ich dringend brauche: Kaffeeservice, Teeservice, Rotwein- und Weißweingläser, Dampfbügelstation, Profi-Wok, Kochtopfset und so. Das kommt auf eine Liste, und du brauchst den Anrufern dann nur die Telefonnummer vom *Kaufhof* zu geben, und die teilen jedem dann mit, was noch auf der Liste steht. Der Betrag wird abgebucht, und das war's. Am Vorabend der Hochzeit baut mir der *Kaufhof* dann den Geschenktisch auf. Optimaler geht's nicht.«

Vera fand es ausgesprochen peinlich, solche Vorgaben zu machen, doch Dorothee meinte nur: »Wieso peinlich? Das ist üblich und auch vernünftig. Niemand braucht lange nach einem passenden Geschenk herumzulaufen oder sich gar Gedanken deshalb zu machen. Das spart Zeit. Zudem bekomme ich kein sinnloses Zeug geschenkt. Das nimmt bloß Platz weg, und ich ärgere mich darüber. Wenn sie schon Geld ausgeben, dann für nützliche Dinge. Also darf ich dich als ›Kontakt‹ auf die Einladung setzen?«

»Wenn es denn dem Glück der Brautleute dient«, sagte Vera und fühlte sich in eine Dienstleisterrolle versetzt. Alleinstehend, unabhängig, kinderlos – sie kannte das. Dorothee trank ihr zu und malte so begeistert erste Einzelheiten der kommenden Feier aus, daß Vera noch jedes Wort davon im Ohr klang, als sie Zarth am Abend mit dieser Neuigkeit überraschte.

»Die Entschlossenheit von Brendel ist wirklich imponierend«, sagte sie. »Toll, wenn ein Mann weiß, was er will. Das hat echt Format.«

»Du weißt doch, woher Brendel kommt«, warf er ein. »Für Leute aus dem Osten hat Familie einen ganz anderen Stellenwert. Die sind doch alle an die Freiheit noch nicht so gewöhnt.«

»Was hat denn das damit zu tun! Brendel liebt sie eben und schleicht nicht wie die Katze um den heißen Brei herum!«

»Der hat doch gar keine Ahnung, worauf er sich einläßt! Ehe! Was weiß der denn von Ehe!«

»Leben wir etwa anders? Du und dein Hang zur Mietgemeinschaft!«

Sie sah, wie lästig ihm das Gespräch wurde. Offenbar befürchtete er, über seine eigene Situation reden zu müssen, stand auf, ging in sein Online-Séparée und prüfte, ob seine Mitarbeiter die Homepage von Tera aktualisiert hatten. Doch derlei Fluchtbewegungen waren ihr ja nichts Neues. Hasenherz Zarth suchte immer das Weite, wenn es für sie einmal konkret zu werden versprach. Sich nur nicht festlegen. Alles schön in der Schwebe halten. Sie kannte die Ausrede. Angeblich lag das unverbindlich Unbestimmte, das Offene, wie er es nannte, nun mal in seiner Natur. Nein, es hatte nichts mit ihr zu tun. Er konnte nicht anders. Doch daran, das wußte sie, würde sie sich nie gewöhnen können. Dabei war es gerade seine Entschlossenheit, die sie von Anfang an so fasziniert hatte. Ein Mann, der das Risiko liebte, der wußte, was er wollte. Endlich mal keine Träne, kein Zauderer. Aber sie konnte ja nicht ahnen, daß er nur im Beruflichen entschlossen war und privat eine Vorliebe fürs Unentschiedene besaß. Zugegeben, sie hatte sich das alles ein bißchen anders vorgestellt. Und überhaupt – sie fand es schon ziemlich dürftig, wie er sich die Welt so zurechtrückte.

Irgendwie hatte sie den Eindruck, daß die komfortablen Verhältnisse, in die sie geraten war, auch nicht gerade den Gipfel des Glücks bedeuteten, und sagte sich im stillen, die Augen offenzuhalten konnte auf keinen Fall verkehrt sein.

Während Zarth sich in seiner eigenen Zeitrechnung bewegte und gar nicht mitbekam, daß schon der zweite Advent hinter ihm lag, sondern nur wußte, daß er sich in der 50. Woche befand und es nur noch 22 Manntage bis zum Programmstart waren, nutzte Vera die kurze Pause vor dem Münchener Auftrag, um auf ihre ganz eigene Weise den Streß hinter sich zu lassen und neue Kräfte zu sammeln: Sie bummelte durch die Geschäfte. Nicht um zu kaufen, sondern um zu schauen, Farben und Formen in sich aufzunehmen, was sie wie einen Streifzug der Phantasie empfand, der sie auf neue Ideen brachte.

Besonders gern ging sie in die Geschenkartikelabteilungen der großen Kaufhäuser, weil hier viel Überflüssiges, Unnützes, Sinnloses und Zierat aus aller Welt zusammengetragen war, das Skurrile neben dem Witzigen stand und jeder Gegenstand etwas ganz Eigenes und Unverwechselbares bekam. Bessere Designstudien hätte sie nicht machen können. Geduldig ertrug sie den Rummel und die schlechte Luft in den Kaufhäusern und absolvierte das Ganze wie ein professionelles Trainingsprogramm, das ihren Sinn fürs Detail schärfte.

Doch jetzt, kurz vor Weihnachten, genoß sie auf diesen Streifzügen auch die der Jahreszeit eigene Atmosphäre. Die Schaufenster waren heller erleuchtet als sonst, und die Lichterketten verliehen den Straßen einen zusätzlichen Glanz. Auf einem der großen Springbrunnen, der im Sommer wegen der Sparmaßnahmen abgeschaltet bleiben mußte, stand eine Weihnachtspyramide, die so hell erstrahlte, als sollte hier das Eingesparte in purem Übermaß verschwendet werden. Es tat gut, unterwegs zu sein und wenigstens einmal im Jahr vom schönen Schein berührt zu werden. Auch die Menschen boten um diese Zeit einen erfreulichen Anblick, denn sie waren dick verhüllt, trugen Mäntel, Jacken, Schals und Mützen, und daß von vielen nur die Nasenspitze zu sehen war, machte sich im Stadtbild vorteilhaft bemerkbar. Der Winter, der alles bedeckte, sorgte für seine eigene Ästhetik und war für Spaziergänge dieser Art die beste Jahreszeit.

Vor einem Kaufhaus wurde eine Neuheit für den Hund angepriesen: eine antiallergische Matratze mit der eigens von der NASA entwickelten Hightech-Isolierfaser Flectalon, die die Körperwärme reflektierte und dem Tier ein wohltemperiertes Behagen sicherte. Sie dachte an das schwache Immunsystem von Bi und kaufte, ohne zu zögern. Außerdem hatte sie für Anja damit zugleich ein Weihnachtsgeschenk, von dem sie sicher war, daß es sie auch freuen würde. Vera wollte sich jetzt nicht mit einem sperrigen Gegenstand belasten, bat, die Matratze zuzusenden, hinterließ ihre Adresse und zahlte die Liefergebühr. Sie schlenderte weiter, kam an einem Geschäft der KPM vorbei, blieb vor dem Schaufenster stehen, und plötzlich fiel ihr das Telefonat mit Irma Zarth ein. Sie ging in den Laden und kaufte für seine Mutter zum Geburtstag ein Dejeuner. Vera fand, das war genau das richtige für eine Frau, die schon alles besaß. So konnte sie stilvoll mit einer Freundin ihren Kaffee trinken und dabei die Leistungskraft ihres Sohnes preisen, was das Porzellan für Frau Irma ganz gewiß noch wertvoller machte. Vera ließ sich alles als ein Präsent verpacken und zweifelte nicht, daß sie Zarth damit eine Last abgenommen hatte. Geschenke auszusuchen war ihm so furchtbar wie der Zwang, Geburtstage zu feiern, die doch genaugenommen nur an das Elend erinnerten, wieder um ein Jahr älter geworden zu sein. Sie wußte, daß er den Karton nicht mehr öffnen würde, sondern ganz und gar ihrem Geschmack und ihrem Stil vertraute, was für ihn zwar sehr bequem war, anderseits ihr aber die Führung in diesen Dingen bestätigte und erneut an die Kräfteverteilung im Hause Pflüger-Zarth erinnerte.

Um sich einen Moment von ihrer Geschäftstour auszuruhen, ging sie nebenan in das Café, kaufte sich an der Bar einen Espresso, hielt nach einem freien Platz Ausschau, und plötzlich zuckte sie zusammen, denn an einem der Tische saß ihr Vater. Noch immer gutaussehend und so, als käme er gerade von einem Segeltörn: Dr. rer. pol. Pflüger. Am liebsten hätte sie sich still verdrückt, aber er hatte sie auch schon gesehen, stand auf, begrüßte sie, und sein Gesichtsausdruck ließ keinen Zweifel daran, daß seine Freude vornehmlich aus der Überraschung kam.

Seit dem Tod der Mutter hatte sie ihn nur zählbare Male gesehen, und eigentlich gab es nach allem, was passiert war, auch jetzt keinen Grund, ein Wort mit ihm zu wechseln. Sie zögerte einen Augenblick, weil sie wieder einmal unschlüssig war, ob sie für diesen Mann Mitleid oder bloß Verachtung empfinden sollte – ein Zweifel, der ihr bislang bei keiner Begegnung und keinem Gedanken an ihn erspart geblieben war. Nach der Beerdigung hatte er sie gleich aus der Wohnung gedrängt und ihr die Schlüssel abgenommen, hatte ihr mit Mühe und Not gerade noch das Stipendium bezahlt, hatte anschließend das Erbe der Mutter durchgebracht, und es wunderte Vera nicht, daß sie ihn auch jetzt wieder mit einer Frau traf. Sie kannte von ihm nichts anderes. Immer war er mit irgendwelchen Freundinnen unterwegs gewesen, war wochenlang aushäusig, wohnte ein und schlief bei und fand es legitim. Stellte ihn ihre Mutter zur Rede, warf er ihr eine spießige Weltsicht vor. Angeblich hatte sie einen spätbürgerlichen Treuebegriff und verstand das Wesen des Mannes nicht. Er als Wissenschaftler sah darin eine Freiheitserweiterung, eine Entsublimierung seiner Libido, und brauchte das, wie er sagte, zur Steigerung seiner Produktivität. Doch die Mutter wollte von seinen verschrobenen Theorien nichts wissen, nannte ihn schlicht einen Hurenbock und setzte ihn vor die Tür. Er kam immer wieder zurück, reumütig und zerknirscht, und sie ließ ihn ein, halb war es Mitleid, halb Versöhnung, ein kurzer Aufenthalt bis zum nächsten Rauswurf, ein ewiges Hin und Her, ein Drama ohne Ende und dann kurz vor ihrem Autounfall der bilanzierende Satz: Bloß nicht so einen, Vera, bloß nicht so einen!

Er stellte ihr seine Begleiterin vor. »Frau Dr. Behrens«, sagte er, und es sollte wohl nach Kollegin oder Mitarbeiterin oder sonstwie geschäftlich klingen, doch Vera dachte nur, wenn er all diese Frauen zu seiner Produktivität brauchte, müßte er heute schon ein sehr namhafter Wissenschaftler sein. Es mochte ja sein, daß er damals als Student kühne Reden an der Uni geschwungen hatte und die Proletarier aller Länder vereinigen wollte, aber mehr als eine dürftige Dissertation über die inneren Gesetzmäßigkeiten der Weltrevolution hatte er nicht zustande gebracht und sich danach gleich auf einen sicheren Beamtenposten geschwungen. Bis heute hockte Dr. pol. Pflüger in seinem dreimal großartigen Institut, erforschte in repräsentativen Feldstudien die politische Meinung der Menschen, deutete sie in wissenschaftlichen Kommentaren, aber hatte doch keine Ahnung, wie sie wirklich dachten. Vera war sich mit ihrer Mutter einig gewesen: Seine Wissenschaft, mit der er sich so gerne hervortat, war nur Vorwand. In Wirklichkeit ging es ihm nur um die Entsublimierung seiner Libido. Einwohnen und Beischlafen, davon verstand er etwas. Alles andere war Ornament und Dekoration und Dr. Pflüger ein darstellender Akademiker, ein Jongleur der Begriffe, mit denen er zu brillieren verstand.

Im allgemeinen war Vera um Worte nicht verlegen, aber im Augenblick wußte sie nicht, worüber sie mit diesem Mann reden sollte. »Frau Behrens ist Diplomgesellschaftswissenschaftlerin«, sagte er.

»War«, korrigierte sie lächelnd. »Wissen Sie, ich habe ein großes Haus, viel Platz und führe jetzt ein Reisebüro.«

»Sie ist nur für ein paar Tage hier. Wir ziehen demnächst auf den Weißen Hirsch.«

»Zu mir«, ergänzte sie, und es klang so, als wollte sie keine Mißverständnisse aufkommen lassen.

»Meine Wohnung behalte ich«, fügte er mit fast wichtigtuerischer Miene hinzu. »Wegen der beruflichen Verpflichtungen, du weißt ja.«

Vera sah ihren Vater an. Er war also wieder einmal im Begriff, einzuwohnen und sich möglicherweise gleich zur Ruhe zu setzen. Anscheinend hatte er nun auch jemanden gefunden, mit dem er stundenlang über die Gesetzmäßigkeiten der Weltrevolution reden konnte. Vielleicht hatte seine Freiheitserweiterung die Grenzen ihrer Ausdehnung erreicht. Zu gönnen war es ihm.

»Ich sehe, du kaufst teures Porzellan«, sagte er, »geht dir gut, was?« Es hörte sich fast vorwurfsvoll an.

»Ich kann nicht klagen«, entgegnete Vera mit einem stillen Triumph in der Stimme, denn er hatte ihr Studium stets als unnütz und überflüssig angesehen, quasi als einen postpubertären Spleen. »Ich bin mit Aufträgen eingedeckt.« Sie wollte eigentlich noch hinzufügen: Was man nicht ererbt, muß man sich eben erarbeiten, doch dann sagte sie sich, Bemerkungen dieser Art hatten für ihn einen so hohen allgemeinen Wahrheitsgehalt, daß er ihnen womöglich auch noch beigepflichtet hätte, und für diese Unverschämtheit wollte sie ihm keinen Anlaß bieten. Sich über ihn zu ärgern, hatte sie längst aufgegeben. Er hatte nun mal keinen Sinn für Familie, und die Tradition galt ihm nichts.

»Wenn ich Großvater werde, laß es mich wissen«, sagte er halb scherzend, und es blieb ihr nicht verborgen, daß er damit auf den Preis ihres beruflichen Erfolges anspielen wollte, doch sie meinte nur spitz: »Lieber nicht. Es könnte dir die Illusion von ewiger Jugend nehmen.«

Frau Dr. Behrens nickte ihr lächelnd zu, was Vera vermuten ließ, daß sie einen realen Blick auf Herrn Dr. Pflüger hatte, und sie hoffte nur, daß er wenigstens diesmal an die Richtige geraten war. Plötzlich hatte sie das Gefühl, schon viel zu lange an diesem Tisch gesessen zu haben, wünschte ein frohes Weihnachten und verabschiedete sich. Er gab ihr seine Visitenkarte. »Unser Institut ist umgezogen«, sagte er. »Ruf doch mal an.«

Sie war froh, daß sie ihren Kaffee schon bezahlt hatte, nahm ihre Tüte, steckte die Visitenkarte ein und dachte, soviel Fremdheit konnte nur vom eigenen Vater kommen. Doch im stillen fragte sie sich, ob er nicht längst, passend zum Zeitalter, eine virtuelle Erscheinung für sie geworden war. Vera begriff wieder einmal, wäre ihre Mutter nicht gewesen, hätte sie nie eine Vorstellung, geschweige denn eine Ahnung davon bekommen, was Familie wirklich sein konnte. Nur durch ihre Mutter wußte sie, was Zugehörigkeit bedeutete, was Mitfühlen und Mitgehen hieß.

Sie hatte das Gefühl, sich von dieser Begegnung wie von einem Schreck erholen zu müssen, und blieb noch bis zum Geschäftsschluß in der Stadt. Doch danach leerten sich die Straßen, die Menschen tauchten in die U-Bahnen ab, verschwanden in den Bussen, waren wie nie gesehen, ein paar Lichterketten hingen verloren an den Bäumen, und alles kam ihr plötzlich nur noch wie ein leergefegter Dorfanger vor. Spontan entschloß sie sich, noch einen Umweg zum

British Council zu machen und Anja abzuholen. Zarth war ständig in Sorge, wenn Anja abends allein durch die dunklen Nebenstraßen der Metropole ging oder eines von diesen gläsernen Karrees mit seinen verlassenen Ecken und dubiosen Gestalten durchqueren mußte, und er wollte auch nicht, daß sie irgendwo auf einem schaffnerlosen S-Bahnhof wartete, bis irgendwann der verspätete Zug eintraf, in dem dann auch nur ein versprengter windiger Geselle saß.

Vera sah zur Uhr und beeilte sich, um Anja noch am Eingang abzupassen. Ausnahmsweise waren die Ampeln einmal auf grüne Welle geschaltet, was so selten in dieser Stadt vorkam, daß es ihr fast wie ein Irrtum erschien. Sie freute sich, einmal keinen Baustellenstau umfahren zu müssen, fand sogar noch vor dem British Council eine Parklücke – auch so ein Zufall, der inzwischen längst zu den glücklichen Momenten des Unterwegsseins zählte, wollte aussteigen und auf den Eingang zugehen, da sah sie Anja am Türpfosten lehnen, eng umschlungen in den Armen eines Mannes. Er küßte sie, wühlte in ihrem Haar, und Vera mußte zweimal hinsehen, um zu begreifen, was da abging. Sie saß unschlüssig, überlegte, ob sie sich irgendwie bemerkbar machen sollte, doch dann entschloß sie sich, im Auto sitzen zu bleiben und zu warten, bis die Leidenschaft abgeklungen war. Plötzlich bemerkte sie, daß Anja sie gesehen hatte. Doch sie machte keine Anstalten, loszulassen und zu kommen, sondern gab bloß mit einer versteckten Handbewegung zu verstehen, daß sie nicht auf sie zu warten brauchte. Das allerdings war schon ziemlich dreist, und Vera fragte sich, was in Anja gefahren war, sich diese Frechheit herauszunehmen. Natürlich hätte Vera ohnehin nicht die Grande Première unterbrochen oder sich gar eingemischt, sondern still ergeben am Straßenrand gewartet, bis der Zarthsche Sproß seinen ersten Kuß gekostet hatte. Soviel Rücksicht auf Gefühle mußte schon sein.

Aber gleich weitergewunken zu werden wie ein störender Zaungast, das war dann doch ein ziemlich starkes Stück.

Vera steckte den Zündschlüssel ins Schloß und fuhr ärgerlich ab. Sie bog gerade in die Straße kurz vor ihrer Wohnung ein, als plötzlich auf dem Handy der Mosquito schrillte. »Du brauchst nicht auf mich zu warten«, sagte Anja, »Fabio bringt mich nach Hause.« Wenigstens hatte seine Tochter sie dieser Mitteilung für wert befunden. Das war ja immerhin auch schon etwas, ein Anhauch von Wahrnehmung, und vielleicht war es überhaupt das beste, sich nicht aufzuregen, sondern das kleinste vorhandene Positive dort zu nehmen, wo man es traf. Große Auswahl gab es ja nicht. Bedachte sie es genau, so waren sie nicht verabredet gewesen. Im nachhinein ärgerte sich Vera über sich selbst. Sie hätte gleich weiterfahren und so tun sollen, als hätte sie nichts gesehen. Denn was ging sie das alles an? Sie war ja schließlich nicht ihre Mutter und auch nicht die aufsichtführende Gouvernante. Je länger sie darüber nachdachte, desto mehr fand sie dies sogar eine gute Entwicklung. Nun sah Zarth, eine Tochter zu haben hieß mehr, als ein paar lockere Gespräche am Handy zu führen. Mit dem einfachen Handling, das er sonst so gerne beschwor, war es da wohl nicht getan. Nun mußte er mal kostbare Echtzeit opfern und sich mit ihr beschäftigen. Vielleicht war es ohnehin an der Zeit, und er wurde durch Anja zur Einsicht geführt, daß es noch mehr Dinge zwischen Himmel und Erde gab als sein großartiges, einziggeliebtes Radio, mit dem er den Singles glückliche Produkte ans Herz legen wollte. Einen solchen Relaunch seines Denkens hätte sie gar nicht verkehrt gefunden. Und was war Anja schon vorzuwerfen? Immerhin ging sie regelmäßig zur Schule, machte ihre Hausaufgaben, beherrschte auch das Mappepacken und lag nicht wie einige ihrer Mitschülerinnen nachmittags auf der Beauty Farm. Mehr war nicht zu wollen.

Fünfzehn, nun gut. Es begann eben alles etwas früher. Verglichen mit anderen war das nicht unnormal. Doch was war schon unnormal? Das Unnormale war doch längst das Normale, die Mehrheit längst die Minderheit und überhaupt alles schräg und seitenverkehrt. Vera bemerkte, daß sie sich innerlich bereits die Worte zurechtlegte, um Zarth in das Novum einzuweihen und sich Vorwürfe zu ersparen, daß sie davon gewußt, ihm aber nichts gesagt hatte. Ihn eigens deshalb anrufen wollte sie nicht, um nichts unnötig zu dramatisieren. Wenn er sich jetzt so kurz vor dem Sendestart aufregte, war keinem gedient, und sie schuf sich doch nicht die Nachteile, die sie am Ende dann selbst auszubaden hatte.

Auf einmal stand Anja in der Wohnung, spielte fröhlich mit Bi und sagte: »Fabio Schulze ist Fotograf. Er bereitet sich auf einen Job in den Staaten vor. Morgen gehe ich mit ihm ins Kino.« Die Selbstverständlichkeit, mit der sie das sagte, hatte etwas Aufsässiges, was ganz grundlos und überflüssig war, zumal sie doch wußte, daß sie von ihnen keinerlei Einschränkungen zu erwarten hatte. »Sag das deinem Vater«, meinte Vera.

»Wozu? Ron kann mir nichts verbieten. Das darf nur meine Mutter. Ich habe mit Inge bereits telefoniert. Bei euch bin ich nur geparkt.«

»Sag das trotzdem deinem Vater, damit er weiß, wo du bist.«

Anja unterbrach einen Augenblick ihr Spiel mit Bi, schaute kurz auf und meinte: »Komm Vera, du siehst das alles viel zu streng. Neben Ron gibt es nur eins: nicht viel fragen, nicht viel sagen, sondern cool sein eigenes Ding machen. Das weiß ich von Inge. Denk doch mal an dich! Nie ist er da. Wenn Ron seinen Sender mit ins Bett nehmen könnte, müßtest du ausziehen!«

Vera wußte im Moment nicht, was sie mehr verblüffte: die Wahrheit oder die Tatsache, daß sie von seiner Tochter kam.

Anja kam ihr überhaupt auf einmal irgendwie verändert, fast überlegen vor. »Ron hat für dich keine Zeit und für mich auch nicht. Wenn ihm was nicht paßt, wird er sich schon melden«, sagte sie, holte ihren Farbkasten und bat Vera, noch ein bißchen mit ihr zu zeichnen.

Zarth war in Eile, denn er durfte sich zur großen Präsentation von Tera nicht verspäten. Er nutzte die ungestörten Minuten im Fond seines Dienstwagens, um mit Vera zu telefonieren. Sie saß auch gerade im Auto und war unterwegs zu einer Besprechung im Architektenbüro. Zarth wollte wissen, wer dieser Fabio war, den Anja auf der SMS erwähnt hatte. »Ich weiß nur, daß er Fotograf ist«, sagte Vera.

»Diese Typen kenn' ich: hängen zwei Bilder in irgendeiner Kneipe auf und nennen sich Fotograf. Den müssen wir uns mal näher ansehen. Nur im Moment geht es bei mir nicht. Sei so gut und kümmere dich mal um diese Geschichte. Ich will keinen Ärger mit Inge haben. Den kann ich jetzt nicht gebrauchen.«

»Bin ich der Vater oder du? Anja meint ohnehin, daß sie bei uns nur geparkt ist. Von mir läßt sie sich schon gar nichts sagen. Ich an ihrer Stelle würde es auch so halten. Am besten, du kommst heute mal etwas früher nach Hause und sprichst selber mit ihr. Ich muß morgen nach München.«

»Das paßt heute schlecht«, sagte er und fragte, ob sich das mit München nicht verschieben ließ. »Ich weiß nicht mehr, wo mir der Kopf steht.«

»München ist dringend«, sagte sie. »Der Auftraggeber will noch vor Weihnachten die Details zur Büroetage mit mir besprechen.«

Zarth mußte das Gespräch beenden, denn sie waren am Ziel, und Wiesner öffnete ihm die Wagentür. Das Telefonat klang unbehaglich in ihm nach. Er ärgerte sich über Inge, die es sich ziemlich leicht mit allem machte. Schob alles zu ihm hin und alles auf ihn ab. Wenn das mit Anja schon jetzt so anfing, dann konnte er sich ja in den nächsten drei Jahren bis zum Abitur noch auf einiges gefaßt machen. Und das alles in dieser jämmerlichen Position, in der er sich seiner Tochter gegenüber befand – ein Vater ohne Sorgerecht. Keine Entscheidung, kein Machtwort, keine Einmischung. Entmündigt fürs Wesentliche. Nur zahlen konnte er, unentwegt zahlen. Für einen Wunsch in cash war er immer gut und immer da und dann natürlich sogar der väterlichste aller Väter. So ging das nicht weiter. Wenn der Eröffnungsstreß hinter ihm lag, mußte er mit Inge darüber reden. Doch im Moment hatte er keinen Nerv dafür.

In der alten Brauerei herrschte Betrieb. Er fuhr im gläsernen Fahrstuhl zur Event-Plattform und fand, daß der Ort für sein Vorhaben gut gewählt war. Trotzdem war er froh, daß er der Agentur bis ins letzte Detail die Richtung klar vorgegeben hatte, denn er wußte längst, wie über Präsentationen geredet wurde: alles überzogen, alles Luftnummern, Showeinlagen zum Zwecke der Selbstdarstellung und dahinter nichts und abermals nichts. Diesen Seifenblasenzirkus machte er selbstverständlich nicht mit. Bei ihnen ging es gehaltvoll zu, knapp und sachlich, fokussierte Power, die den Content als den Groove der Großstadt deutlich machte. Nicht mehr und nicht weniger. Anschließend Champagner und Kanapees, damit jeder sah, sie waren ein potentes Unternehmen, in das zu investieren lohnte.

Zarth war beeindruckt, wie viele gekommen waren. Marketingdirektoren der großen Kaufhäuser, der Modezentren, der Küchen- und Kosmetikstudios, der Baumärkte, der Möbel- und Autohäuser, der Technikzentren und mittendrin Schuchard allerhöchstpersönlich, was ihm ein gutes Omen zu sein schien. Die Agentur hatte große Videowände installieren lassen, über denen in raffinierter Lichttechnik das Thema des Abends leuchtete: Tera FM – das Radio der Weltstadt. Jetzt kam Zarths große Stunde, und er mußte den Vertretern der Werbewirtschaft die Senderphilosophie darstellen und sie davon überzeugen, daß mit Tera ein noch nicht dagewesener Content auf den Radiomarkt kam.

Um die neue Qualität zu betonen, vermied er Worte, die inzwischen jeder gebrauchte, die schal und abgegriffen waren, sprach nicht von der Metropole, die sich in ihrem Radioprogramm widerspiegeln sollte, sondern von dem metropolitanen Gefühl. Metropolitan klang mediterran, klang weltoffener, europäischer, klang nach leichter, beschwingter Lebensart. »Die Aktivitäten von Tera zielen auf die metropolitanen Gravitationszentren«, sagte er und brachte gleich die Wissenschaft ins Spiel, um keinen Zweifel an seiner Kompetenz aufkommen zu lassen. »Nach neusten Forschungen wird das metropolitane Gefühl von einem ganz bestimmten Bevölkerungssegment repräsentiert, das wir als unsere Kernzielgruppe fokussiert haben: Es ist der Single. Der swinging Großstadtsingle. Jung, selbstbewußt, im Beruf erfolgreich, immer auf Achse, für alles interessiert, Event-Hopper durch und durch, eine Upmarket Gruppe mit einem monatlichen Nettoeinkommen von 3000 aufwärts.« Zarth sah, mit diesem Hinweis hatte er den richtigen Ton getroffen und die ungeteilte Aufmerksamkeit geweckt. Es war ihm wichtig, den potentiellen Werbekunden zu zeigen, daß er als Radiomacher auf ein anderes, ganz neues Bild vom Single setzte. Er war nicht der arme, bedauernswerte Mitmensch, abgeblitzt, sitzen geblieben, alleinstehend, kontaktarm und kommunikationsgestört, erst recht nicht der einsame Waldgänger – er war der selbstbewußte Akteur. Im Programm von Tera spiegelte sich die Dynamik dieser Kernzielgruppe wider, die das Image der Stadt wie keine andere Gruppe prägte, denn sie war führend in Stil und Geschmack, stellte die Leistungsträger, brachte die Stadt voran, und ihr Kaufverhalten gab zu vollem Optimismus Anlaß.

Brendel hatte graphische Darstellungen zum Konsumverhalten der Singles vorbereitet, um die Ausführungen seines Chefs mit beeindruckenden Zahlen zu belegen. Zarth stand mit einem Laserpoint gegenüber der Videowand und zeigte auf die prächtigen statistischen Verlaufskurven, die Jahr für Jahr nach oben gingen, denn die Großstadtsingles kauften viel, kauften gern, setzten auf Qualität, bevorzugten Hochpreisprodukte, teure Klamotten, teure Autos, teure Reisen, teures Outfit, teure Hotels – für ihre Mobilität gaben sie mehr Geld als jeder andere aus. Drei prominente Jungunternehmer, die eigens von der Agentur eingeladen worden waren, ergriffen dazu das Wort und demonstrierten an ihrem Beispiel, wie richtig sie sich von der Statistik dargestellt fühlten.

Zarth hatte zum Abschluß noch eine besondere Überraschung vorbereitet. Jeder bekam in einer Coverbox mit drei CDs das *Weihnachtsoratorium* geschenkt. Das dazugehörende Booklet war ausgetauscht gegen ein Info-Bändchen, das noch einmal das neue Radioprogramm von Tera vorstellte, die Philosophie und die Programmkonzeption erläuterte, die führenden Mitarbeiter mit ihren Verantwortungsbereichen vorstellte, und quer über die Coverbox war ein rotes Band geklebt, das den Text des ersten Chorgesanges trug: Jauchzet, frohlocket. Jeder griff zu, und Zarth sah, einen besseren Abschluß hätte die Präsentation gar nicht finden können.

Schuchard war so begeistert von dem Radio für die Weltstadt, daß er den Tera-Chef noch spontan auf einen Drink einlud. Zarth zögerte, denn er mußte heute früher nach Hause, aber Schuchard meinte gut gelaunt: »Wenn Sie ausschlagen, setzen Sie eine Jahresbuchung aufs Spiel.«

Als Zarth das hörte, erwachte sofort sein Geschäftsführer-Sinn, und selbstverständlich hatte er immer Zeit für einen guten Freund. Schließlich war eine Jahresbuchung ein fester Posten im Businessplan, und so starten zu können, hatte Vorrang vor allem anderen.

Bedachte es Vera genau, so paßte sie eigentlich zu seiner Zielgruppe. Sie war ein Single. Zwar lebte sie nicht wie ein Single, aber sie fühlte sich so. Sie konnte nicht auf ihn zählen und war auf sich gestellt. Freilich hatte es ihn interessiert, wie es in München gewesen war, aber mehr als ein Ergebnis wollte er nicht hören. Es genügte ihm, daß alles gut gelaufen war. Keine Frage darüber hinaus, kein Kommentar, keine Bemerkung, als wäre die Kommunikation zwischen ihnen auf die dürre Ebene eines Sachstandsberichts heruntergebracht. Schon seit längerem hatte sie kein Gespräch mehr mit ihm geführt, einfach so reden, über Gott und die Welt, Großes und Beiläufiges, über die schmutzigen Straßen und die neusten Nachrichten, sich Wort für Wort aufeinander zu bewegen, sich gedanklich verankern und gegenseitig neu wahrnehmen – es fand nicht statt. Irgendwie hatte sie das Gefühl, auf der Stelle zu treten. Entweder kam sie ihm nicht näher, oder er rückte von ihr ab, oder sie war in eine Warteschleife geraten – was sie auch tat, es bewegte sich nichts. Ihr Wunsch nach einem Kind rückte in noch weitere Ferne. Er verlor kein Wort darüber, hatte keinen Gedanken daran, sie vernahm nicht den leisesten Anflug einer Vorstellung, wie es wäre, wenn. Nichts in dieser Richtung, von der fehlenden Tatzeit ganz zu schweigen. Nacht für Nacht lagen sie wie Geschwister nebeneinander, und sie ertappte sich dabei, daß sie halb fürsorglich, halb frustriert auf seinen Atem lauschte. Nie hätte sie an seinen heiligen Schlaf gerührt, zumal sie wußte, daß er den Schlaf gerade jetzt mehr als alles andere brauchte. Doch vermutlich mußte sie sich in Zukunft damit abfinden, daß alles in ihm Radio war. Jedes Gefühl, jeder Gedanke, jede Vorstellung, jede Regung, jeder Wunsch, jede Leidenschaft – alles war Zarth FM. Sich mit einer sanften Berührung vorzuwagen und zu erkunden, ob in dieser neuen Realität überhaupt noch Platz für sie war, hätte nichts gebracht und wäre ihm nur lästig gewesen. Außerdem war sie gerade in dieser Hinsicht nun mal hoffnungslos altmodisch. Entweder er wollte, oder er wollte nicht, und für ihre Begriffe mußte ein Mann wollen müssen. Alles andere ging ihr gegen die Natur.

Allerdings hatte seine steigende Reputation auch ihren ganz eigenen sinnlichen Reiz, auf den sie nicht verzichten wollte. Irgend etwas mußte ja das kleine galaktische Rauschen auslösen. Doch auch als sie noch nicht gewußt hatte, wer er war, und sie ihm das erste Mal gegenüberstand, spürte sie sofort: Dieser Mann hatte was. Seine hochgewachsene stattliche Gestalt strahlte so viel Überlegenheit aus, daß sie sich sicher schien, er gehörte zu den Männern, die den Dingen gewachsen waren, und das faszinierte sie. Sie mochte nun mal nicht diese kleinen spillerigen Typen mit ihren knöchrigen Schlüsselbeinen und ihrem ruhelosen Blick, eifernde Rumpelstilzchen, die immer in der Angst lebten, Großes zu versäumen, und daraus ihre ganze Aktivität ableiteten. Ein Mann, der ihr entsprach, mußte etwas Souveränes und Gelassenes haben, mußte in sich ruhen und irgendwie griffig sein. Ein Mann mußte gut in der Hand liegen und Fläche zum Anlehnen bieten. Das hatte sie bei Zarth auf Anhieb gespürt. Doch derzeit fühlte sie ihn nicht.

Wie immer, wenn sich am Zeichentisch Gedanken andrängten, die sie in ihrer Arbeit nicht voranbrachten, ließ sie alles stehen und liegen, zog sich ihre Joggingsachen an und lief eine Runde durch den nahegelegenen Park. Nicht daß sie damit irgendeinem Gesundheitsprogramm gefolgt wäre. Auf diese ständig wechselnden Empfehlungen, die mehr einer Industrie als dem einzelnen guttaten, gab sie ohnehin nichts. Hätte sie sich nach alldem gerichtet, wäre von Freude wohl nicht mehr viel übriggeblieben, und sie hätte das ganze Leben schon längst als schadstoffbelastet und krebserregend abbuchen können. Sie trank Kaffee und Tee, aß Schokolade, auch viel Obst und Gemüse und mied Fleisch, nicht weil Experten davor warnten, sondern weil ihr die Tiere leid taten, die so schlecht gehalten wurden. Vielfalt und Maß war ihr eigenes Rezept, und damit war sie bislang sehr gut gefahren. Sie ließ sich von all diesen Ratschlägen nicht verrückt machen und nahm auch nicht teil an den Wellen der Hysterie, die immer mal wieder ins Land schwappten. Mußte sie einmal zum Arzt gehen und bekam ein Medikament verschrieben, warf sie als erstes den Beipackzettel weg, weil sie wußte, daß sich bei ihr all die aufgezählten Nebenwirkungen genau in dem Augenblick zeigten, da sie von ihnen las. Sie ging ohnehin nur zur Frauenärztin, einmal im Jahr zum Abstrich, und reichte dann auch noch brav im Briefkuvert den okkulten Stuhl nach, wie sie es nannte, womit für ihre Begriffe Wesentliches für die Vorsorge getan war. Zu mehr war sie nicht zu bewegen, denn ständig sich mit solchen Fragen befassen zu müssen, machte nur krank. Doch gesund war man nur, wenn man das Gegenteil nicht kannte, und diesen sorglosen Zustand wollte sie sich nicht dadurch zerstören lassen, dauernd in der Angst gehalten zu werden, es könnte auch anders sein.

Genauso hielt sie es mit all diesen Theorien zu Fitneß und Bewegung. Ausgedehnte Spaziergänge mochten zwar ein taugliches Mittel zur Erhaltung der Kräfte sein, aber dafür hatte sie keine Zeit, wie es ihr anderseits auch wenig sinnvoll erschien, sich mehrmals wöchentlich in irgendeinem Fitneßcenter abzuarbeiten. Sich an Maschinen herauszufordern, noch dazu an einem Ort, wo es immer nach Schweiß und Öl roch und die Menschen alle etwas Häßliches bekamen – das wollte sie sich nicht antun. Sie machte ohnehin nur das, wozu ein Bedürfnis, eine Lust oder ein Appetit sie drängten, denn auf diese Stimmen, die wie ein Regulativ aus ihr selber kamen, konnte sie sich verlassen. Darum ging sie auch jetzt joggen, weil sie spürte, daß Bewegung ihr im Moment gut tat.

Im Park war wenig Betrieb. Ein paar Läufer kamen ihr entgegen, andere folgten ihr. Sie lief langsam, um nicht gleich außer Atem zu kommen, teilte sich die Luft ein, die kalt ins Gesicht schnitt, und plötzlich kam ihr ein großer Hund entgegen. Er lief frei, trug keinen Maulkorb und schien überhaupt herrenlos zu sein. Sie hielt einen Augenblick ein, sah sich unsicher um, und ein Mann, der hinter ihr joggte, sagte nur: »Den Hund kenn' ich, der tut nichts, da können Sie ruhig weiterrennen.« Er holte sie ein und lief neben ihr. Der Hund trabte vorbei, ein Mischling zwischen Schnauzer und Rottweiler, kein gerade harmloser Anblick, und sie atmete auf, als die Gefahr vorüber war. Der Mann neben ihr war unter der Pudelmütze kaum zu erkennen, aber sie trug gleichfalls eine Wollmütze, die vom Gesicht nicht viel frei ließ, und fand die Teilmaskierung im Augenblick wohltuend. Sie liefen eine Weile nebeneinander. Es war beruhigend, ihn neben sich zu haben. Er schien mehr in der Übung zu sein, denn er lief leichter als sie und umrundete das Gelände so mühelos, daß nicht einmal ein schnelleres Atmen von ihm zu hören war. Er sah, daß sie an den Händen fror, reichte ihr seine Handschuhe und meinte: »In der Nähe des Parks gibt es eine gute Bäckerei. Das ist der richtige Ort zum Aufwärmen.«

Allein schon die Vorstellung, jetzt einen heißen Kaffee trinken zu können, tat so gut, daß sie wie auf einer Zielgeraden neben ihm weiterlief. Als sie dann am Stehtisch der Bäckerei standen und er zwei Kaffee und zwei Mohnhörnchen kommen ließ, nahm er seine Pudelmütze ab und stellte sich ihr in aller Form vor. »Oliver Enderlein«, sagte er, und es klang sehr komisch, weil die Verniedlichung seines Namens ganz im Gegensatz zu seiner Erscheinung stand. Sie legte gleichfalls ihre Strickmütze auf den Tisch und stürzte sich auf den Kaffee, dessen Anblick selber schon ein Genuß war. Sie glaubte noch nie einen so guten Kaffee getrunken zu haben. Doch er meinte, dieser Eindruck entstünde nur dadurch, daß die Dinge an sich keine Eigenschaft hätten, sondern erst durch die Situation ihre Erscheinung und ihren Charakter bekämen, so wie alles Objektive nur das Ergebnis einer subjektiven Wahrnehmung sei. Je länger sie ihm zuhörte, desto mehr spürte sie, dieser Mann hatte einen feinen Schliff, und sie zweifelte nicht daran, an einen Philosophen geraten zu sein. Sie konnte sich nicht erinnern, in letzter Zeit eine so anregende Unterhaltung mit irgendwem gehabt zu haben. Vor allem empfand sie es als angenehm, daß er auf das obligate soziale Nachschnüffeln, diese penetrante Rasterfrage: Und was machen Sie beruflich? verzichtete, ja daß es ihn gar nicht zu interessieren schien. Im stillen war sie dann aber doch ein wenig erstaunt, als sie im Laufe des Gesprächs erfuhr, daß er Assessor war. »Spezialisiert auf Digesten und das olle Latein, doch zur Zeit ohne Job«, sagte er.

»Ein arbeitsloser Jurist«, bemerkte sie trocken. »Kein Wunder, wenn die Justiz nichts im Griff hat.« Doch er klärte sie auf, daß das eine mit dem anderen nichts zu tun hatte, und sprach von seiner Arbeitslosigkeit so selbstverständlich, als gehöre diese Erfahrung zur existentiellen Grundausstattung eines modernen Menschen. Daß Juristen allerdings recht seltsame Käuze waren, hatte sie schon im Studium gehört und fand es darum nicht ungewöhnlich, daß er eine solche Situation mit Humor nahm.

»Wenn Sie Lust haben, können wir morgen wieder ein paar Runden zusammen drehen«, sagte er. Sie setzte ihre Wollmütze auf, zog sie tief ins Gesicht und dachte, wenigstens einer, der mal nicht zur Krisenbewältigung durch die Gegend joggt, sondern einfach nur Zeit hat, was ihr im Moment wie der Luxus an sich erschien.

Zu Hause hing die Flurgarderobe voller Mäntel, und ein dumpfer Zigarettenqualm zog durch die Wohnung. Zarth war heute früher als gewöhnlich mit seinen Leuten gekommen. Seit Tagen saß er mit seiner Mannschaft im Conferencing Room, um den Businessplan zum Abschluß zu bringen. Er war erleichtert, dies ohne externen Sachverstand, sondern mit den eigenen Bordkräften bewerkstelligen zu können. Daß er bis jetzt mit seinen Vorschlägen bei den Kollegen einen solchen Anklang gefunden hatte, führte er im stillen auf das Ratsherrenambiente zurück, in dem er charismatisch gut rüberkam. Er hatte ja nie daran gezweifelt, daß Vera ihr Handwerk verstand. Er fand, ein Generalstab hätte nicht professioneller tagen können. Brendel hatte eine Karte besorgt, die groß an der Wand hing und einen Überblick über die rundfunktechnische Versorgung der Region gab. Die Reichweiten der Sender waren mit Kreisen markiert, so daß sie bei all ihren Überlegungen das Sendegebiet mit den Frequenzzonen der Konkurrenz vor Augen hatten. Zarth war klar, daß sie mit dem Tera-Programm eine Breitseite gegen die Öffentlich-Rechtlichen feuern mußten, wenn sie sich in einer Spitzenposition am Markt behaupten wollten. Jetzt galt es den Helm fester zu schnallen, denn nun ging es ums Ganze. Nun mußte der Content auf eine ökonomische Basis gestellt und schwarz auf weiß, Zahl für Zahl im Businessplan verankert werden. Er war in Superstimmung, denn bislang waren sie mit den Beratungen zügig vorangekommen. Keine

Müdigkeit, kein nachlassendes Interesse, kein Absacker. Fest stand, daß sie noch vor Weihnachten wunschgerecht den Businessplan nach Stamford faxen konnten. Es war großartig. »Na dann, an die Gewehre«, sagte er und läutete gut gelaunt die Schlußrunde ein.

Alle Handys waren ausgeschaltet, es wurde geraucht, die Kaffeetassen füllten sich, und die Schalen mit den Nüssen gingen von Hand zu Hand. Er war stolz auf seine Mannschaft, zu der seit kurzem auch Hassler und Raabe, die Männer für Marketing und Werbung, gehörten. Daß Raabe ursprünglich aus der Marketingabteilung einer großen Bierbrauerei kam und in wenigen Tagen bereits nennenswerte Posten regionaler Werbung akquiriert hatte, ja sogar schon einen Sponsor für die erste Sendung präsentieren konnte, wies ihn in Zarths Augen als besonders qualifiziert aus. Es bestätigte sich ihm wieder einmal, diese Leute aus dem Osten mit ihrem starken Nachholbedarf und ihrem Willen nach oben, die hatten so ein Power-Gen im Blut, wie es nur einer haben konnte, der aus einer historischen Randlage kam. Kleines ehrgeiziges Bergvolk zwischen Oder und Unstrut – es war irgendwie beruhigend, sie im Boot zu haben. Auch Ismet betrachtete er als einen Gewinn. Ismet stand in dem Ruf, schöne Bilanzen erstellen zu können, und darum hatte ihn Zarth gegen ein gutes Angebot aus einem schwächelnden Kabelsender zu sich ins UKW-Reich geholt. Der kleine Rendite-Optimierer war auch heute wieder der stillste von allen und wußte es auch zu begründen: »Chef, ich rede nicht, ich rechne.« Das imponierte Zarth. Männer, die ihre Materie beherrschten, waren inzwischen für ihn rare Erscheinungen, die ganz besonders gehegt und gepflegt werden mußten.

Bruno, ein ekstatischer Schlipsträger und Szenekenner, hatte schon die Playlists zusammengestellt und konnte den

Sendestart kaum erwarten. Darüber waren sich alle am Tisch einig: Das Musikformat war das Wichtigste. Die Musik war der Einschaltimpuls und wichtiger als jedes Wort, denn erst mit der Musikfarbe bekam der Sender sein unverwechselbares Profil. Tagelang hatten sie darüber diskutiert, gehadert und gestritten, denn sie wollten alles Bisherige übertreffen und mit Tera das musikalische Epizentrum der Metropole werden. »Auf keinen Fall dürfen wir uns mit peppiger Kost an die jungen Singles ranwanzen«, sagte Bruno und schwor die anderen auf ein gut sortiertes AC-Format ein. »Eine gediegene Mischung aus Oldies, New Age, Blues, Schlager, Rock Pop und aktuellen Charthits. Am frühen Morgen uptempo, nachts relaxing, 70 % Musik und 30 % Wort, und die Sache ist geritzt.«

Brendel hatte die Programmuhren perfekt erarbeitet und für jedes Segment säuberlich Stunde um Stunde skizziert. Bewußt hatte er den Uhren keine amerikanische Stunde zugrunde gelegt, die ihr eigenes Zeitmaß besaß und 60 Minuten minus Werbeunterbrecher und Promos zählte, sondern die gewohnte gute alte Stunde mit ihren 3600 Sekunden Ewigkeit, in denen alles und nichts geschehen konnte. Der tägliche Sendeablauf war klar: Morningshow, Lifestyle, Wellness, Megamix, Late Night und nachts Konserve. Dazwischen natürlich die Werbeinseln. In jedem Segment ein Kurzmagazin. Freilich kein gebauter Beitrag und erst recht kein investigatives Feature, sondern ein knapper, erlebnisorientierter Sachbericht. Für die Wortbeiträge galt ganz allgemein: aktuell, exklusiv, relevant. Das mußte über den Sender kommen. Zur vollen Stunde dann die Nachrichten, frische Agenturware, doch keine konfektionierten Infos. Anschließend das Biowetter mit den gefühlten Temperaturen, danach ein paar Updates zur Börse samt Serviceblock und alles klar durchformatiert. Mehr Live Content war den Singles nicht zu bieten.

Zarth dachte an die gelungene Präsentation vor den Werbetreibenden und war sich ganz sicher: Wenn er die Sendezeiten über sein Konzept verkaufte und für seine Kunden auch noch die Werbespots produzieren ließ und zwar so, daß sie sich in die Programmphilosophie fügten, dann schrieb er auch mit Tera bald seine erste schwarze Null. Singles hin, Singles her, gefiel sein Programm der Werbewirtschaft, war er gemacht. Die Position im Werbemarkt auszubauen, das war das Entscheidende. So gesehen – das wurde ihm spontan bewußt – hätte er eigentlich auf das Wort ›Programm‹ verzichten können. Er schuf Werbeumfelder. Das war der wahre Content und das Geheimnis allen Radioerfolgs. Doch darüber wollte er jetzt nicht nachdenken müssen. Im stillen war er stolz auf sich, daß es ihm in der kurzen Zeit des Relaunch gelungen war, alle Voraussetzungen dafür geschaffen zu haben: Das Wichtigste, die Verkaufsmannschaft, stand. Zwar beauftragte er für die nationale Werbung eine Agentur, doch die regionale Werbung übernahmen die eigenen Leute, Raabe und sein Trupp, für die er zwei der erfahrensten Werbezeitverkäufer ins Boot holen konnte. Darüber hinaus hatten sie ihre Zielgruppe, hatten ein Gefühl für die Stadt, und sie hatten die Macher mit Persönlichkeit. Sie waren gerüstet.

Ismet stützte das Programmkonzept mit den Einnahmen und Ausgaben, die er für die kommenden fünf Betriebsjahre veranschlagt hatte, und präsentierte Summe für Summe bis in die kleinste Unkostenmenge. »Wenn die erwarteten Werbeumsätze eintreffen«, sagte er, »erreichen wir spätestens in drei Jahren den Break Even.«

Das war für Zarth der Satz aller Sätze. Das war Licht am Ende des Tunnels. In spätestens drei Jahren in der Gewinnzone – das mußte noch heute nacht in den Ticker Gottes eingegeben werden. Eine Frohe Botschaft faxte er gerne über den Teich. In 36 Monaten erreichen wir den Break Even

Point! Es kam eben auf die Feinheiten der Formulierung an. Das Klangdesign durfte auch hier nicht unterschätzt werden. 36 Monate klang kürzer als drei Jahre, und nur kurze Zeiträume bis zur Erfolgsbilanz hielten die Investoren in guter Stimmung. Zarth stand auf und öffnete das Fenster. Eine kalte Dezemberluft strömte in den Raum. Er atmete tief und befreiend durch. Alles war so sehr zu seiner Zufriedenheit gelungen, daß er nur noch Großes und Geglücktes vor sich sah und von einem Gefühl der Steigerung erfaßt wurde. Er war sich ganz sicher: Mit diesem Content machten sie Furore. So etwas hatte es in der Metropole noch nicht gegeben. Eine Heimat für die Singles – wer bot die schon? Tera FM – der Radiopartner fürs Leben. Ein großes, tragfähiges Konzept, das genau zum richtigen Zeitpunkt kam. Sie rangierten nicht unter der Kategorie More from the same – immer mehr vom selben, sie waren einzigartig und unvergleichlich. Er zweifelte keinen Augenblick daran, daß er mit Tera die gesamte Radiolandschaft verändern würde. Schon der Starttermin war symbolisch für die neue Ära. Erster Erster, null Uhr. Nicht still und bescheiden schlichen sie sich auf den Markt, nein, Tera erschien mit einem Donner. Dasein und wahrgenommen werden – alles andere war umsonst.

Er schloß die Augen. Die Stunde des Sendestarts leuchtete ihm plötzlich in den schönsten Farben. Während der erste Ton im weichen Musikbett terrestrisch in den Äther ging, wurde ein riesiges Silvesterfeuerwerk gezündet, und plötzlich stand in glutroten Flammensäulen ein TERA ÜBER ALLEM am nächtlichen Himmel. Wie Kometen leuchteten die Buchstaben über den Dächern der Stadt, glichen einem Naturereignis, machten die Nacht zum Tag, wurden bestaunt und bejubelt, brannten sich in Millionen Herzen und waren für immer ein unauslöschlicher Begriff – TERA ÜBER ALLEM in saecula saeculorum.

Jäh wandte er sich vom Fenster ab, ging zu Vera, und Augenblicke später standen Sektgläser auf dem Tisch. Zwar hätte Zarth um diese Zeit lieber Rotwein als Sekt getrunken, aber es war ihm ein Bedürfnis, mit seiner Mannschaft das Geräusch des Sendebeginns vorwegzunehmen. »Wir starten mit einem Urknall«, sagte er.

Vera freute sich, daß er wenigstens am Weihnachtsabend einmal früher als gewöhnlich nach Hause kam und sie die Zeit hatten, rare Zarthsche Echtzeit, um miteinander zu reden, über sich, das Tagtägliche und über all das, was einmal nicht sein Radio betraf. Sie freute sich auf ein paar kontemplative Stunden, da Anja über Weihnachten zu ihren Großeltern nach Frankfurt geflogen war und sie endlich einmal allein waren.

Es schien ganz so, als hätte sich die Symmetrie wiederhergestellt, und Vera genoß es, in der Wohnung schalten und walten zu können, ohne das Gefühl zu haben, daß jeder Handgriff beobachtet und jedes Wort hinausgetragen wurde. Draußen auf der Dachterrasse hatte sie einen Weihnachtsbaum aufgestellt, dessen Lichter mit anbrechender Dunkelheit wie Sterne ins Zimmer funkeln und allem etwas Besinnliches geben sollten. Einen zweiten Baum hatte sie neben den Kamin gestellt und mit den Königsfarben Rot und Gold geschmückt. Karfunkelrot und Sonnengold – eine Farbkombination, von der es schien, als würden aus ihr alle Steigerungen von Glanz und Wärme kommen. Selbstverständlich waren es richtige Bäume, Echtholzexemplare, und nicht diese Plastikimitate, diese vorgefertigten Dekorationsobjekte einer Fest- und Feierindustrie, sondern dichtnadelige Fichten, die etwas von dem erdigen Harzgeruch des Waldes ins Zimmer trugen. Um den weihnachtlichen Duft zu steigern, hatte sie rasch noch ein paar Plätzchen gebacken, damit sich dieses Zuckergußaroma, dieses Gemisch aus Vanille, Mandel und Nuß verströmte, das allem eine zusätzliche Dimension des Behagens verlieh. Gerade an solchen Tagen wie Weihnachten, solchen Brückentagen für die Seele, war es wichtig, ihm zu zeigen, daß er Familie hatte und daß sie, niemand anders als sie, diese Familie war. Zarth stellte das Handy ab, legte ein Schächtelchen unter den Weihnachtsbaum und setzte sich hungrig an den Tisch, den Vera für ein Candlelight-Dinner festlich gedeckt hatte, mit Platztellern und Stoffservietten. Er achtete nicht darauf, was Giovanni geliefert hatte, langte nur begierig zu, schien sich überhaupt für den weihnachtlichen Schmuck nicht zu interessieren, denn er kam gerade von einer der letzten großen Besprechungen vor dem Sendestart und schwärmte, wie sich seine Mannschaft ins Zeug legte.

Sie dachte eigentlich, er würde einmal auf den schön geschmückten Baum eingehen, würde davor innehalten, sich freuen, daß sie endlich einmal allein waren, zweisam allein, hatte gehofft, sie würde wenigstens am Weihnachtsabend mit ihm eine Nettostunde verbringen können, 60 hehre Schöpfungsminuten minus irgendeiner Radioreflektion, aber dies schien ihr nicht vergönnt zu sein. Im stillen hatte sie auch erwartet, er würde mit einem Wort, einer Anspielung, irgendeinem beiläufigen Sätzchen ihr Äußeres bewundern, denn sie hatte heute auf Jeans und Shirt, ihren werktäglichen Arbeitsdress am Zeichentisch verzichtet, trug einen engen Rock, einen breiten Designergürtel und einen Rolli, was ihrer Erscheinung etwas Fließendes und Sinnliches gab. Sie hatte sich auch leicht geschminkt, um die Konturen ihrer Lippen zu betonen, und sich die Wimpern getuscht, weil dies das Blau ihrer Augen dunkler und glänzender machte, und fühlte sich in diesem Aufzug besonders weiblich und besonders wohl. Zugegeben, sie war insgeheim ein bißchen auf

Verführung aus, wollte ihm gefallen und fand, dies gehörte zum Bild einer schönen Festlichkeit. Sie wartete darauf, daß er dies bemerken würde, aber als so gar nichts kam und er nicht den geringsten Blick, ja nicht den leisesten Nerv dafür zu haben schien, tröstete sie sich und meinte, daß die Verwandlung ins Sinnliche in keinem Fall umsonst sein konnte, denn ob er sie nun wahrnahm oder nicht – das Wichtigste war wohl immer noch, sich selbst zu gefallen und dabei wohl zu fühlen.

Er aß hastig, was auch nicht gerade ein erhebender Anblick war, und überraschte sie mit einem ganz besonderen Vorhaben. »Der Sender muß eine junge, frische Optik bekommen. Alles muß neu gestaltet werden, und zwar so, daß sich die Programmphilosophie in den Räumen wiederfindet. Tera muß wie ein Gesamtkunstwerk erscheinen. Wer die Räume des Senders betritt, erkennt das Programm und wer das Programm hört, den zieht es in die Räume des Senders, der Pilgerstätte für die Singles, und nur eine Innenarchitektin wie Vera Pflüger kann das leisten.«

Sie sah ihn verdutzt an, denn sie wußte nicht, was er wollte. »Unsere Programmphilosophie ist klar. Wir sagen dem Single, wer er ist und machen deutlich: Er bringt für die anderen ein Opfer. Er verzichtet auf Freizeit und Familie, gönnt sich keine Pause, arbeitet Tag und Nacht und bringt die Gesellschaft voran. Der Single steht für Erfolg und Fortschritt, er prägt Stil und Geschmack, und genau diese Philosophie setzt du in ein Raumgefühl um. Einmal in der Woche berichtest du live im Sender über den Fortgang deiner Arbeit. Die Hörer können verfolgen, wie du bei der Gestaltung des Senders vorgehst, mal sprichst du über Farben, mal über Formen und Stoffe, mal über Lichtachsen und Raumenergien – über alles, was dich bei der Einrichtung beschäftigt. Damit bindest du für uns Hörer und gibst ihnen gleichzeitig

Lebensart. Der Leistungsträger nimmt an der räumlichen Gestaltung seines Senders teil. *Lifestyle live* – eine Bombenidee! Ich sage dir, darauf ist noch gar keiner gekommen. Auf diese Weise erreicht Tera streuverlustfrei seine Zielgruppe. Für die Firmen, die du bei der Neugestaltung des Senders mit einbeziehen mußt, ist das natürlich eine Riesenwerbung. Diese mehrfache Namensnennung lassen wir uns selbstverständlich über Sponsoring bezahlen. Du bekommst das doppelte Honorar, einmal für die gesamte Raumgestaltung und zum anderen für den Bericht darüber. Vier Live-Beiträge pro Monat und spätestens in einem Vierteljahr hat der Sender ein neues Outfit!«

Bezüglich der Bezahlung war sie zwar etwas skeptisch und meinte nur: »Ich denke, du sollst die Anlaufkosten besonders niedrig halten.« Doch ihre Befürchtungen konnten ihm nur ein Schmunzeln abgewinnen. »Bei unserer Konzeption kommen wir im Handumdrehen auf die nötige Reichweite und holen das alles über die Werbung rein«, sagte er. »Die Buchungen fürs erste Quartal können sich sehen lassen!«

Vera mußte sich mit diesem Gedanken erst einmal vertraut machen, denn der Vorschlag kam überraschend, und so wie sie Zarth kannte, hatte natürlich alles von heute auf morgen zu geschehen und am besten schneller als sofort. Schließlich stand die Ausgestaltung der Büroetage in München bevor. Wenn es sich um einen kleinen Auftrag gehandelt hätte, wäre alles zu machen gewesen, aber Großaufträge von Freunden oder Bekannten anzunehmen, widerstrebte ihr. Sie wußte von Kollegen, daß so etwas nie gutging und bloß im gegenseitigen Verdruß endete. Anderseits überlegte sie, daß dies natürlich auch eine beachtliche Werbung für sie war. Einmal wöchentlich live im Rundfunk über den Fortgang ihrer Arbeit berichten – wer hatte schon diese Möglichkeit! So gesehen gefiel ihr sein Vorschlag nicht schlecht.

Gut gelaunt schenkte er ihr nach, als plötzlich das Telefon klingelte. Sichtlich gestört stand er auf, nahm das Mobilteil vom Kamin, und mit einem Mal verlor sein Ton das geschäftlich Forsche. Seine Stimme bekam dieses weiche Schwingen, diesen Anhauch von Zärtlichkeit. Vera wußte sofort, Inge war am Apparat. Er setzte sich etwas abgewandt mit dem Telefon an den Kamin, direkt neben den schön geschmückten Baum, machte keinerlei Anstalten, sich kurz zu fassen – im Gegenteil: Er holte sich noch sein Glas, und schien sich darauf einzurichten, das ganze Jahr verbal abzuarbeiten. So wie er da saß, locker, entstreßt und freudig in den Sessel geflätzt, sah Vera, daß das eigentliche Weihnachten erst jetzt für ihn begonnen hatte, und ärgerte sich. Er schien es bemerkt zu haben, denn er gab ihr ein Zeichen, das Schächtelchen unter dem Weihnachtsbaum zu öffnen, doch sie hatte keine Lust, nach dem Geschenk zu sehen. Sie überlegte, ob sie eine Runde joggen sollte, aber es war zu spät und zu dunkel, um sich jetzt noch in den Park zu wagen. Sie ärgerte sich, den Baum geschmückt und in einem Anfall perfekter Weihnachtsstimmung auch noch die Plätzchen gebacken zu haben, ärgerte sich über all das Schöne, das seiner Erholung dienen sollte und von dem sie wieder einmal sah, daß er entweder kein Auge dafür hatte oder daß ihm alles schon viel zu selbstverständlich war. Auf einmal dachte sie, daß sie wohl nie eine richtige Familie haben würde, denn es wurde ihr spontan bewußt, sie konnte sich noch soviel Mühe geben, es nutzte nichts, es war alles umsonst. Entweder er wollte oder er wollte nicht, und ein Mann mußte wollen müssen.

Da Zarth nicht aufhörte, mit seiner Welt-Inge zu telefonieren, gab Vera Bi ein Zeichen, ließ ihn auf den Stuhl springen und an Zarths Stelle am Tisch Platz nehmen. Sie belud seinen Teller mit all den Köstlichkeiten, die sie bei Giovanni für das Weihnachtsdinner bestellt hatte, sah zu, wie Bi behutsam daran zu schnuppern begann, schließlich am Tellerrand leckte und dann alles in einem Zuge selig gierig verschlang. Vera genoß den Anblick halb belustigt, halb schadenfroh; wenigstens war es ein Candlelight-Dinner fürs Mitgeschöpf und hatte so gesehen seinen Zweck erfüllt. Wahrlich, ein großer Abend der Nächstenliebe. Zarth unterbrach mit einem Tastendruck das Telefonat, entschuldigte sich, daß das Gespräch so lange dauerte, aber es gab nun mal viel zu besprechen. Erwartungsvoll strahlend legte er ihr das Schächtelchen neben den Teller. Dann nahm er mit diesem ergeben hingehauchten Ton das Gespräch wieder auf. Vera hob Bi vom Stuhl, band ihm das Halsband um, nahm die Leine und verließ die Wohnung. Mit dem Hund ums Karree zu gehen, schien ihr wichtiger und erholsamer, als zu warten, bis Inges Ex sein Herzensgespräch beendet hatte.

Doch dann, als Vera die fast autoleere Straße überquerte, stand Zarth plötzlich neben ihr, legte seinen Arm um sie und sagte fast vorwurfsvoll: »Lauf doch nicht so schnell, wir wollten doch zusammen gehen.«

Tage später stieg Vera mit der Nobeltüte der KPM am Frankfurter Hauptbahnhof aus und war auf dem Weg nach Dietzendorf. Eigentlich konnte sie es sich gar nicht leisten, zum Geburtstag seiner Mutter zu fahren. Das Münchener Projekt stand bevor, und parallel dazu wollten sie und Kuno mit der Sendergestaltung beginnen. Auf ihrem Zeichentisch türmten sich Berge neuer Arbeit, doch Zarth hatte sie gebeten, ja geradezu gebettelt, ihr diese familiäre Pflicht abzunehmen. Selbstverständlich sollte sie sich die Strapazen mit der Regionalbahn nicht antun, denn es war ja bekannt, daß sie mit planmäßiger Verspätung fuhr, immer vollbesetzt und immer laut. Sie sollte auch die übliche Kombination U-Bahn, Bus und Fußweg meiden, sondern gleich ab Hauptbahnhof

Frankfurt ein Taxi nehmen, um wenigstens nicht ganz erschöpft in dieser Endmoräne anzukommen. Er hatte viele schöne Worte gebraucht – wen soll ich sonst bitten, wenn nicht meine Frau; du gehörst nun mal zu mir und weißt doch, wie sehr ich dich brauche. Auch die Steigerungen klangen gut – meine Nestbauerin, Vera Woman, Vera Liebling, Vera Venus, Vera zart – gib dir einen Ruck und spring für mich ein. Sie hatte ihn lange betteln lassen, hatte jedes Wort, jeden Buchstaben gekostet und genossen und sich betont unwillig gezeigt, um noch mehr davon zu hören und sich eine kleine Reserve davon anzulegen, bevor ihn ein neuer Streß in die Periode phonetischer Dürre trieb.

Außerdem war da noch dieses Schächtelchen, sein Weihnachtsgeschenk, der Überraschungsschock, eine Uhr von Lange & Söhne. Immerhin, einen Kleinwagen am Arm zu tragen – das war auch für ihn keine geringe Ausgabe und zeigte, wie sehr er sie schätzte und wie genau er wußte, was er an ihr hatte. Es wäre unfair gewesen, ihn jetzt, 48 Stunden vor dem Radiostart, im Stich zu lassen. Irgendwie fühlte sie sich verpflichtet, ihm diese Last abzunehmen. Das hatte man eben davon, wenn man kein Single sein wollte! Aber sie wußte natürlich auch, daß er eine Geburtstagsallergie besaß und heilfroh war, wenn er sich erfolgreich um das Übel drükken konnte. Ja, er haßte Geburtstage. In ihnen sah er das fade, jährlich wiederkehrende Ritual treuer Pflichterfüllung, das mit nichts als Erwartungen verbunden war: zu kommen, ein Geschenk abzugeben, fröhlich mit den Gästen zu plaudern und sich rechtzeitig wieder auf den Weg zu machen. Das Geschenk sollte natürlich etwas Besonderes oder zumindest originell sein und zeigen, man hatte sich etwas dabei gedacht, hatte Zeit und Ideen investiert, und beides ging ihm für derlei Anlässe total ab. Schon diese klammheimliche Erwartung war für ihn der Zwang an sich und erstickte jede Freude und jede Freiwilligkeit im Keim, so daß ihn die Teilnahme an Geburtstagen jedweder Art eine innere Überwindung kostete. Dazu kam, daß er Dietzendorf für die verschärfte Variante hielt: jedes Jahr dasselbe. Nicht nur, daß er einen halben Tag über die Autobahn jagen mußte, um pünktlich in diesem absonnigen Flecken an der Kaffeetafel einzutreffen, er mußte auch noch den Kuchen essen, den er nicht mochte, den Sekt trinken, den er nicht vertrug, neben seiner Tante aus Hattingen sitzen, die er nicht leiden konnte, seinem Onkel aus Bochum recht geben, wenn er auf die Regierung schimpfte, und sich das ewig währende Ehedrama seiner Cousine anhören. Das alles nannte sich dann eine schöne Geburtstagsfeier, die seiner Mutter die Befriedigung gab, wenigstens diesen Tag nicht wie die anderen Tage in gepflegter Langeweile verbracht zu haben. Denn darin sah er das eigentliche Übel: in diesem elenden Vorruhestand, der seine Eltern in den grausamen Zustand versetzte, zuviel Zeit zu haben, mit der sie nichts anzufangen wußten. Er fand es zwar traurig, wie alles gekommen war – vier große Schaufenster *Antikwaren & Geschenkartikel* in bester Citylage in Frankfurt heldenhaft verteidigt gegen den Zugriff von Nachtklubbesitzern, Peepshowbetreibern und Pornoproduzenten und dann doch dem Mietkampf erlegen, so daß sie räumen mußten, alles aufgaben und sich für ein beschauliches Leben auf dem Lande entschieden. Doch er sah nicht ein, weshalb er nun derjenige sein sollte, der ihnen die Zeit vertrieb.

Vera hatte ihn zwar in seinem Unmut zu besänftigen versucht und darauf hingewiesen, daß es immerhin der 55. Geburtstag seiner Mutter war, doch er hatte bloß gemeint: »Na und, was sagt das schon? Bei ihr ist ein Geburtstag wie der andere, und 50 plus signalisiert doch auch nichts anderes, als daß das Alter vor der Tür steht, daß die Blätter fallen und der Herbst beginnt und man sich irgendwann freundlich verständnisvoll sagen lassen muß, daß auch eine welke Rose in ihrem Wesen immer Rose bleibt. Das zu feiern ist doch geradezu pervers!«

Vera hätte viel darum gegeben, den Geburtstag ihrer Mutter feiern zu dürfen, erinnerte ihn an ihre eigene Situation, doch er schien in dieser Frage keinen vermittelnden Argumenten zugänglich zu sein. Auch darum opferte sie die Zeit, die sie zwar gleichfalls nicht hatte, sich aber im Gegensatz zu ihm anders einteilen konnte, und nahm ihm die Fahrt nach Dietzendorf ab, denn sie wollte, daß er ein gutes Verhältnis zu seinen Eltern behielt. Schließlich hatten sie ihn immer unterstützt und ohne zu zögern seine Ausbildung bezahlt – im Vergleich zu ihr war es ihm gut ergangen. Außerdem fand sie es ganz aufschlußreich, einmal zu sehen, wie seine Eltern lebten und aus welchen Verhältnissen er kam.

Selbstverständlich hatte Vera ein Hotelzimmer gebucht. Sie wollte seinen Verwandten nicht zur Last fallen oder gar abhängig von ihrem Rhythmus und ihren Gewohnheiten sein, sondern auch hier ihre Eigenständigkeit demonstrieren. Alles andere, zuviel Nähe, gab bloß Anlaß zu Gerede, und Distanz erhielt nun mal ein freundliches Klima. Von den Verwandten beäugt, überreichte Vera seiner Mutter die KPM-Tüte. Irma Zarth packte mit fast kindlicher Neugier das Dejeuner aus, betrachtete es mit fachmännischem Blick, war entzückt, daß der Sohn ihren Geschmack so vollkommen getroffen hatte, und zeigte den Gästen stolz das Geschenk. Doch sie schien enttäuscht, daß er nicht selber gekommen war. Vera bemühte sich, allen am Tisch seine momentane Situation zu erklären, sprach von seiner Verantwortung, von seinem Erfolgszwang und schilderte das Metropolenradio als etwas so Großes und Einmaliges, das ihn notwendigerweise derzeit unabkömmlich machte, so daß seine Mutter spontan Verständnis für seine Arbeit bekundete, ja sogar einen gewissen Respekt dafür bezeugte und wie zum Trost sagte: »Aber dafür hat Inge angerufen. Die weiß, was sich gehört. Schließlich kommt sie ja auch aus gutem Hause. Eine Stunde lang hat sie mit mir gesprochen! Obwohl sie gerade dabei ist, ein Internetz-Unternehmen aufzubauen und wahnsinnig unter Druck steht, hat sie mir soviel von ihrer kostbaren Zeit geschenkt!« Dabei leuchteten die Augen seiner Mutter, als wäre ihr eine große Ehre widerfahren, ja als wäre es die Krönung ihres Dietzendorfer Daseins, mit der Internetz-Schwiegertochter gesprochen zu haben, daß Vera es bereute, gekommen zu sein. Sie stellte sich etwas abseits, sagte per Handy ihr Hotel ab und erkundigte sich, wann der letzte Zug vom Frankfurter Hauptbahnhof abfuhr.

Sprache ist noch immer der helle Spiegel des Verstandes. Ohne Sprache keine Kommunikation. Aber da ist noch mehr drin. Sie gibt Ihrem Prestige den letzten Pep! Wer in seinem Kreis nichts ist, kann durch die Wahl der richtigen Worte sehr bald etwas sein. Nicht die vertrauten, üblichen Begriffe, die jeder versteht, taugen dazu, nein, imposante Worte müssen her, die worldwide klingen und dem Gegenüber die eigene Provinzialität erschreckend vor Augen führen. Nur das Schwerverständliche läßt Größe ahnen! Erwerben Sie Kenntnisse im Linguatainment, dem Showbizz der Sprache, und Sie haben die Zukunft auf Ihrer Seite!

Wollen Sie noch heute zur interessanten Erscheinung werden, zerknüllen Sie das Schreiben, in dem Sie Mitarbeiter, Kollegen oder Freunde um Vorschläge bitten. Senden Sie einen Call for Proposals, und der Empfänger, der auf sich hält, antwortet umgehend mit einem Letter of Intent. Bleiben die Vorschläge zum vereinbarten Termin aus und Sie stehen mit leeren Händen da, verzagen Sie nicht; erklären Sie erhobenen Hauptes, daß Sie dank der zahlreichen Beteiligung in einem Bottleneck stecken. Die fachkundige Auskunft wird akzeptiert, niemand wird sich bloßstellen und nach der Ursache des Engpasses fragen.

Ihre Programme, Ihre Angebote finden nicht den Anklang? Kein Problem, das kann jedem passieren! Nur sagen Sie jetzt nicht, Sie müssen Ihre Programme oder Angebote erneuern. Das hieße ja, sie waren veraltet. Wer so spricht, dem glaubt niemand, daß er überhaupt imstande ist, eine neue Idee zu finden. Veranstalten Sie einen Relaunch, warten Sie nicht länger auf ein Feedback, laden Sie zum Brainstorming, damit jedermann weiß, da macht sich nicht irgendwer Gedanken, da kommen die Innovationen aus der geistigen

Führungsetage. Nehmen Sie Wort für Wort Kurs auf den Erfolg! Dann wird es nicht mehr lange dauern, und Sie halten in einem Memorandum of Understanding fest, daß sich im Business Development der Contentprovider eine Tendenz zum steigenden Turnover abzeichnet, so daß in Kürze mit einem Return of Investment gerechnet werden kann. Die Sprache der Tüchtigen. Der Kernkompetenten. Allein schon die Begriffswahl ist ein Event und zeigt: Sie kennen sich aus. Sie sind im Global Village zu Hause. Sie sind angekommen! Wie unprofessionell klingt es dagegen, in einer Erklärung festzuhalten, daß sich in der Geschäftsentwicklung der Programmanbieter eine Tendenz zum steigenden Umsatz abzeichnet, so daß man in Kürze aus den roten Zahlen kommen wird. Ein solcher Hinweis ist dröge und motiviert nicht.

Aber auch wenn Sie durch eine Reihe unseliger Verquikkungen, falsche Personalauswahl, Fehlkalkulationen, Führungsschwäche und was sich sonst noch an gemeinen Teufelchen um Ihren Schreibtisch gruppiert haben mag, trotz schönster Formulierungen tiefer und tiefer ins Minus rutschen und Ihnen selbst die gutwilligste Bank den Kredit versagt, meiden Sie das unzeitgemäße Wörtchen Konkurs, und sagen Sie um Gottes willen niemals Pleite. Pleite klingt nach persönlichem Versagen. Doch ein positiv denkender Mensch geht nicht pleite, er schämt sich zu wissen, was das ist. Er gerät in den – Worstcase. Wer denkt da nicht sofort an übergeordnete Kräfte, an Marktschwankungen und Strukturdefizite, und wer gelangt nicht, noch während er dieses ausspricht, in den Bann positiver Schwingungen, die letztlich nur eines fühlen lassen: den kommenden Aufwärtstrend.

Längst steht es fest: Das Linguatainment ist Führungsstil geworden. Darum vernachlässigen Sie die kleine Silbe -ing nicht. Sie weist zum einen auf permanente, nimmermüde Tätigkeit hin, geschäftig bei Tag, geschäftig bei Nacht, wie man es vom Spitzenmanagement erwartet. Zum anderen macht sie die kleinste Nebentätigkeit zum bedeutungsschweren Vorgang, gibt ihr Größe und Gewicht. Haben Sie einen Stand, haben Sie im Grunde noch gar nichts. Erst wenn Sie ein Standing haben, haben Sie ihn. Bilden Sie sich nichts auf Ihren Rang ein. Marktwert hat erst, wer Ranking hat. Und selbst Tiefkühlkost wird durch ein entsprechendes Catering für den Gourmet bekömmlich. Sollte Ihr Chef Sie einmal am Schreibtisch bei einem Nickerchen erwischen, so verbitten Sie sich lauthals, nochmals beim Powernapping gestört zu werden. Konferieren Sie nicht mit den Mitarbeitern, da sitzt zuviel Langeweile am Tisch. Laden Sie zum Conferencing, und Sie brauchen sich nicht mehr über ständiges Gähnen zu ärgern. Schlurfen Sie nicht herum, bleiben Sie immer und überall going, und heißt es gar, Sie bereiten das Going Public vor, können Sie davon ausgehen, das perfekte Linguatainment hat Sie weit gebracht. Dann steht der Gang an die Börse bevor, und jeder weiß, der Advent für den Tüchtigen ist gekommen.

Wer nicht länger ein belächelter Niemand sein will, besucht unsere Weekendseminare oder noch besser – bewirbt sich für unser Surplusangebot. Nach sechs verlängerten Wochenendkursen erhalten Sie ein Diplom als ML, Master of Linguatainment. Damit wird Ihnen bestätigt, daß Sie für jede Tätigkeit in jeder Etage qualifiziert sind. Der Erfolg wächst mit der Kunst, zeitgemäß zu formulieren. Nicht nur Kleider, nein, auch Worte machen Leute! Designen Sie Ihre Sprache! Klingen Sie kompetent, und der Erfolg ist auf Ihrer Seite! Welcher Haushalt, welches Unternehmen möchte darauf verzichten! Fordern Sie am besten noch heute einen unserer Prospekte an, doch denken Sie daran: Jeder will dabeisein, denn mitspielen ist alles!

Der Start von Tera übertraf alle Erwartungen. Die Zahlen der ersten Media Analyse katapultierten den Sender in die Spitzengruppe der führenden fünf Radios der Region. Es lief atemberaubend gut und steigerte sich noch, als die zweite Media Analyse dem Sender das Traumergebnis von 100 000 Hörern in der Stunde bescheinigte. Der Sprung in die sechsstellige Reichweite war geglückt. Zarth schwebte in kosmischen Dimensionen. Jeder Anruf, jedes Fax, jede E-Mail und jeder Brief bestätigten ihm, er hatte in Wort und Musik den Ton der Weltstadt getroffen. Von Stund an galt er als die unumstrittene Radiokapazität, als ein Mann, der wußte, wie Erfolg gemacht wurde. Aus dem Ticker Gottes kamen Zuspruch und Jubel. Die Chefs in Stamford bestätigten ihm noch einmal, wie froh sie waren, ihn und keinen anderen mit dieser Aufgabe betraut zu haben, und kündigten ihm an, das Senderbudget zu erhöhen. Jetzt gab es für ihn nur noch eins: die magische Reichweitenschwelle von 100 000 Hörern zu überschreiten, Kurs zu nehmen auf die Marktführerschaft und Tera als Flaggschiff des Privatfunks zu positionieren.

Zarth gönnte sich ein kurzes Ausruhen, fuhr mit Vera nach Sylt, weckte sie mit unrasierten Küssen, holte nach, was nachzuholen war, legte das Generalgeständnis ab, daß er ohne sie nur halb soweit gekommen wäre, pries seine Nestbauerin, seine Vera zart, war ausgelassen und heiter wie nie, bot ihr sonnige Nettotage, Tage ohne Tera, und tauchte dann wieder in seine Radiowelt ein, um auf das neue Ziel zuzugehen.

Anja ließ es sich nicht nehmen, ab und an den Sender einzuschalten, um zu hören, was Ron sich als Radiomacher so einfallen ließ, und telefonierte darüber jedesmal mit Inge. »Wenn du das länger hörst, kriegst du 'ne Krise«, sagte sie. »Die Musik ist echt verkeimt. Kein Rapper, kein Notorious

B, kein Trash Metal. Nur der übliche Proll-Pop. Aber es ist das Lieblingsprogramm der Heckert. Du weißt schon, unsere Deutschlehrerin, die immer so ätzend rumsülzt. Die fährt total auf den Schwachfug ab. Neulich hat sie mich sogar gefragt, ob mein Vater bereit wäre, in der Medienwerkstatt den Schülern einmal einen Blick hinter die Radiokulissen zu geben. Dazu fällt einem doch echt nichts mehr ein!«

»Roland soll unbedingt zusagen«, warf Inge ein, »das kann nur positiv für dich sein. Ich werde ihn daran erinnern. Die Zeit muß er sich nehmen.«

»Du hast gut reden!«

»Kümmert er sich nicht um dich?«

»Meist sehe ich ihn nur morgens, wenn ich vor dem Badezimmer stehe und darauf warte, daß er endlich herauskommt, damit ich duschen kann. Tagsüber schicken wir uns ab und an eine SMS. Keine Ahnung, warum er sich für so ein ödes Programm derart verausgabt. Düst die ganze Woche herum, aber über den Sender kommt nichts. Hamburg, München, Zug und Flieger, und alles angeblich superwichtig. Ich habe Vera schon gesagt, wenn er überall so gefragt ist, dann soll er sich doch am besten gleich ins Internet stellen, damit sich jeder seinen Zarth herunterladen kann.«

Dieses Bild fand Inge genial, aber sie zweifelte, ob Anjas Urteil über sein Radio nicht doch zu extrem war. »Ich habe in den Zeitungen bis jetzt nur Gutes über Tera FM gelesen«, sagte sie.

»Deswegen kann es doch trotzdem Schrott sein«, entgegnete Anja, und Inge meinte: »Da hast du auch wieder recht. Aber denk dran: Kritik verträgt dein Vater nicht. Das baut ihn bloß gegen dich auf.«

»Das brauchst du mir nicht sagen. Hab ich doch längst auf dem Schirm.«

Zarth ließ sich von Herrn Wiesner zur Magic Night fahren, zu der Shiva TV eingeladen hatte. Seit Tagen war dieses Ereignis in den Zeitungen so groß angekündigt worden, daß viele aus der Szene danach drängten, noch eine Einladungskarte zu ergattern, weil sie glaubten, wer nicht dabei war, gehörte nicht dazu. Zarth allerdings nutzte solche Gelegenheiten, um ganz ungezwungen mit Kollegen und maßgebenden Leuten ins Gespräch zu kommen, denn die persönlichen Kontakte schienen ihm weit effektiver, als für die kleinste Anfrage den langen trockenen Papierweg einschlagen zu müssen und nie zu wissen, ob die Antwort sich wegen Faulheit, Gründlichkeit oder Desinteresse verzögerte. Für diesen ewigen Schriftkram, diesen ganzen Lettermist, wie er es nannte, wäre eine Schadstoffzulage angemessen gewesen, es sei denn, es hätte sich um Büttenpapier mit dem Großen Staatswappen gehandelt. Doch derlei hohe Briefpost war noch nicht eingegangen.

Zarth fuhr zu Hause vor, um Vera abzuholen, was sich auch diesmal als kompliziert erwies. Aussteigen, klingeln und warten, bis sie herunterkam, um ihr beim Einsteigen die Tür aufzuhalten – ein Halteverbotsschild erinnerte daran, daß zuvorkommende Gesten in der Straßenverkehrsordnung nicht vorgesehen waren. Schon gar nicht in der zweiten Spur und vor allem nicht in der Innenstadt, wo die Oberhüter darauf aus waren, die kleinste Ordnungswidrigkeit mit Bußgeld zu ahnden, um planmäßig die leeren Kassen aufzufüllen. Wie ein Pilot den Anflug auf eine Stadt, kündigte er sein Erscheinen Vera per Handy an, sagte, daß er in genau fünf Minuten eintreffen werde, und atmete auf, als er sie Augenblicke später im kleinen Roten vor dem Haus stehen sah. Er war wieder einmal beeindruckt von der Eleganz ihrer Erscheinung und wußte nicht, sollte er sich mehr über ihr Aussehen oder ihre Verläßlichkeit freuen, ohne die er sich gar nicht mehr denken konnte.

Vera war eigens einen Tag früher aus München gekommen und nahm mit gemischten Gefühlen neben ihm Platz. Denn anstatt ihn zur Magic Night zu begleiten, hätte sie lieber gearbeitet, zumal sie mit den neuen Projekten unter großem Termindruck stand. Anderseits waren solche Anlässe inzwischen fast die einzige Möglichkeit, ihn bei nichtschlafender Zeit zu Gesicht zu bekommen.

Herr Wiesner fuhr am Festort vor. Ein weißüberdachter Steg führte zum VIP-Zelt, einem großräumig verglasten Innenhof, an dessen Seitenwänden sich das Büfett wie eine bunte Girlande entlangzog. Hoch über den Köpfen waren Videowände installiert, auf denen die Stars von Shiva TV mit Begrüßungssketches die Gäste willkommen hießen. Im Zelt herrschte ein großes Gedränge. Zarth hatte kaum die ersten begrüßt, da bildete sich schon ein Kreis um ihn. Vera kannte zwar all die medienwichtigen und medientüchtigen Gesichter nicht, aber sie fühlte sich wohl an seiner Seite. Sie hatte ja immer einen Mann gewollt, der etwas darstellte und mit dem sie sich schmücken konnte. Sie hatte nun mal diesen Anspruch. Hoch oder gar nicht. Aber ihr war auch klar: Eine Frau, die an der Seite eines herausgehobenen Mannes stand, mußte selber etwas sein und selber Format haben, wenn sie ernst genommen werden wollte. Darum schien sie sich auch heute gar nicht so sicher, ob sie an seiner Seite mehr ihn oder mehr sich selbst genoß, sondern spürte bloß: Sie bestätigten sich gegenseitig.

Zarth stellte sich bewußt etwas abseits. Er hatte Spaß daran, ein bißchen Hof zu halten, die Kollegen auf sich zukommen zu sehen und ihre Bewunderung entgegenzunehmen. Seit ihm die jüngste Media Analyse eine sechsstellige Stundenreichweite bescheinigt hatte, fühlte er sich mit seinem Sender auf dem Weg zum Ranking Primus. Runke, der Chefredakteur der auflagenstarken Programmzeitschrift, beglückwünschte ihn zu dem prächtigen Ergebnis und kündigte an, daß sie Tera in der kommenden Ausgabe als den neuen Shootingstar feiern würden. Zarth nahm diese Mitteilung mit einem gelassenen Lächeln zur Kenntnis, als wollte er sagen, daß er nichts anderes von ihm erwartet hatte. Letzte Woche das gesamte Tera-Team als Cover auf dem *Medienkurier*, und gerade war in einer großen Illustrierten eine Homestory von Zarth erschienen, in der der Name des Senders immerhin achtmal fettgedruckt genannt wurde, und nun erneut eine satte Printwerbung, die einen weiteren Hörerzuwachs versprach – eine bessere Medienpräsentation für den Sender hätte es gar nicht geben können. Zarths Genugtuung war doppelt groß. Nie hätte er soviel öffentliche Beachtung aus dem eigenen Etat finanzieren können. Aber er war auch stolz auf sich, denn seine Philosophie griff, und seine Prognose hatte sich bewahrheitet: Der richtige Content schuf die richtige Community, und wo eine Community war, gab es Commerce, und über den richtigen Commerce gab es den richtigen Content – er verstand sich auf die drei großen C. Er genoß es, hier zu stehen, und es tat ihm gut, all den anderen Radiomachern einmal vorzuführen, daß alles von selbst lief und steil nach oben ging, wenn man die Geheimnisse des Erfolgskreislaufes entschlüsselt hatte.

Vera hielt nach Bekannten Ausschau, entdeckte Dr. Anne, ganz in ihrer Nähe Staatssekretär Möhl, und plötzlich stand Dorothee neben ihr, die mit Brendel gekommen war und wieder von nichts als von ihrer Hochzeit sprach. Freudig teilte sie ihr mit, daß sie mindestens hundert Leute einladen wollte. Vera schaute leicht erschrocken, denn dies bedeutete, hundertmal angerufen zu werden und den Kontakt zum Hochzeitstisch im *Kaufhof* herstellen zu müssen, was nach einem Vollzeitjob klang. Aber glücklicherweise war dies noch eine Weile hin. Die beiden beobachteten amüsiert das

Treiben. Vera erlebte Zarth in dienstlicher Aktion und bekam wieder einmal eine sinnliche Anschauung davon, wie wichtig, wie gefragt er war. Ständig kam jemand auf ihn zu, und plötzlich standen zwei schöne junge Frauen neben ihm, trugen durchsichtige T-Shirts und nichts drunter, wußten offenbar, wie man bei einer Magic Night die Blicke auf sich zog, und drängten sich an Zarth.

»Da sieht man wieder einmal«, meinte Dorothee, »sobald ein Mann Erfolg hat, steigt sein Bettwert. Leicht griffige Löwin. Das zieht noch immer. Du mußt aufpassen.«

»Die kenn' ich«, sagte Vera, »das sind die Moderatorinnen von Taff FM. Die Morgen- und die Mittagsschiene. Vielleicht wollen sie einen besseren Job haben.«

»Eben. Das sag ich ja.«

»Er ist mehr am Handy als im Bett.«

»Neulich habe ich gelesen, wenn es einer Ehefrau gelingt, ihren Mann sexuell zu stabilisieren, passieren solche Abstecher nicht.«

»Dann weißt du ja, was auf dich zukommt«, entgegnete Vera, »aber ich sag dir: Da kannst du dich noch so sehr abrackern, einen Treuebonus kriegst du dafür nicht.«

Zarth winkte Vera und Dorothee zu sich. Sie begrüßten den Medienbeauftragten. Weill war erleichtert, daß Shiva TV sein Produktionszentrum in die Metropole verlagert hatte. »Die Entscheidung zum Umzug haben wir mit einem reichweitenstarken Kanal belohnt, und ein guter Kabelplatz ist ihnen auch garantiert. Ist doch selbstverständlich«, sagte er und berichtete stolz, wieviel Arbeitsplätze mit Shiva TV in der Stadt geschaffen wurden. Axel, der prominente Frontmann, gesellte sich dazu. »Ich bereite gerade eine Nachmittagssendung für Teens vor und suche dafür dringend eine Moderatorin. Hätte deine Tochter nicht Lust?« fragte er Zarth. »Fühl doch mal vor, wenn sie will, soll sie zum Casting kommen.«

Während er sich mit den beiden Frauen unterhielt, sah Zarth, daß der Wirtschaftsminister das VIP-Zelt betrat, zielstrebig am Büfett vorbei auf eine Treppe zuging und dort verschwand. Einige Gäste folgten ihm und waren gleichfalls nicht mehr gesehen. Zarth wollte wissen, wohin sie gingen, und Weill meinte nur lächelnd: »Nicht für uns. Das ist die Super-VIP-Lounge. Ein kleiner erlauchter Kreis. Global Player, versteht sich. Für die sind wir doch alle hier bloß die Lokalmatadore.«

Ein Fraktionsvorsitzender und ein Gewerkschaftschef verschwanden gleichfalls in der Super-VIP-Lounge.

»Alles eine Frage der Bodenhaftung«, meinte Zarth. Sie lachten. Leuschner und Brendel gesellten sich zu ihnen. »Bitte keine Witze über die Super-VIP-Lounge«, sagte Leuschner. »Immerhin versammelt sich dort die ganze Prominenz, und ihr wißt ja, Prominenz ist der eigentliche menschliche Mehrwert. Also mehr Respekt, meine Herren!«

»Das letzte Mal war ich auch im Super-VIP-Zelt«, warf Brendel ein, »doch bei mir hat das Gesetz vom tendenziellen Fall der Bedeutungsrate anscheinend schon gewirkt. Ihr seht: Jeder kommt mal ran.«

Auch Staatssekretär Möhl nahm das Ganze heiter. »Gehen wir zur Massenspeisung ans Volksbüfett«, sagte er. »Finden Sie sich damit ab: Wenn die großen Tiere in die Metropole kommen, sind wir vor Ort alle nur Kleinvieh. Daran müssen wir uns gewöhnen. Aber da mag einfliegen, wer will – für diese Stadt gilt dasselbe wie für die Liebe: Hausherr ist immer der, der den anderen den Vortritt läßt.« Dabei lächelte er vielsagend zu Anne, als hätte er damit eine wichtige Aussage über ihre gemeinsame Zukunft treffen wollen. Nur Axel nahm es heiter. »Typisch Shiva TV, wenn wir kommen, teilt sich der Kosmos.«

»Da wäre ich mir nicht so sicher«, meinte Leuschner, wandte sich ab, nahm Zarth zur Seite und steckte ihm zu, daß bei der neuen Frequenzausschreibung wieder dieses Metropolenradio dabei war. »Aus verläßlicher Quelle habe ich gehört, sie werden diesmal den Zuschlag bekommen.«

Zarth ließ sich nicht anmerken, wie sehr ihn diese Hiobsbotschaft traf. Er wußte zwar, daß keiner in dieser Stadt lange konkurrenzlos blieb, aber daß es so schnell gehen würde, überraschte ihn dann doch. Eines war ihm sofort klar: Sollte das wahr werden, brauchte er schleunigst die versprochene Aufstockung des Budgets. Er hielt nach Blumberg von Antenne 1 und Rudnick von Taff FM Ausschau. Als er sie endlich im dichten Gewühl gefunden hatte, brachte er gezielt das Gespräch auf eine Kostenminimierung und testete behutsam vor, ob sie ihre drei Sender nicht zusammen vermarkten und in eine Werbekombi gehen sollten. Er erwartete noch keine konkrete Antwort, aber dort, wo Konkurrenz im Anmarsch war, hielt er es für geraten, im Interesse der Besitzstandswahrung zusammenzurücken.

Der oberste Konzernchef wurde mit einem Doppeltusch angekündigt und erschien wie vom Himmel gesandt auf der Videowand. Er erläuterte, mit welchem Investitionsvolumen sie in die Metropole gekommen waren, und zog die große Erfolgsbilanz. Prächtige Zahlen, prächtige Prozente, hohe Anteile, höchste Erwartungen; Weihrauchworte für diesen, Weihrauchworte für jenen, alles großartig und überragend. Zarth sah zur Uhr. »Was jetzt kommt, können wir uns klemmen«, sagte er zu Vera. »Fürs Business hat sich der Abend bereits voll gelohnt.«

Auch Vera schien froh, daß er gehen wollte, denn sie hoffte, die gewonnene Zeit nutzen zu können, um mit ihm einmal in aller Ruhe über ihre Arbeiten zur Senderneugestaltung zu sprechen. Er rief übers Handy Herrn Wiesner, und dann, als sie zu Hause waren, war er froh, den Rummel hinter sich zu haben, nahm Vera fast aufatmend in die Arme, holte sich als erstes ein Mineralwasser aus dem Kühlschrank und tauschte erleichtert seinen Businessdress gegen den Seidenkimono aus. Plötzlich hörte er nebenan Gelächter. Er schaute ins Kaminzimmer und sah Anja auf dem Schoß eines jungen Mannes sitzen. »Was ist denn hier los?«

»Das ist Fabio«, sagte Anja, »Fabio Schulze.«

Fabio blieb sitzen und winkte Zarth cool zu. Als Anja merkte, daß sich das Gesicht ihres Vaters zu verfärben begann, sagte sie nur: »Fabio wollte sowieso gerade gehen«, stand auf und brachte ihn zur Tür. »Es ist besser so«, meinte sie leise zu ihm, »wenn Puff Daddy gestreßt nach Hause kommt, ist er leicht von der Rolle. Wir sehen uns morgen.« Gelangweilt schlurfte sie ins Zimmer zurück, stellte fast demonstrativ den Nagellackentferner auf den Tisch und begann, sich die Fingernägel zu reinigen.

Zarth sah einen Augenblick fassungslos zu und mußte an sich halten. »Findest du das richtig, in unserer Abwesenheit so einen gammligen Typen anzuschleppen?«

»Sei doch nicht so abgenervt. Ich habe dir auf dem Handy mitgeteilt, daß ich Fabio heute mit nach Hause bringe. Wenn du nicht einmal mehr Zeit hast, meine SMS zu lesen, dann gibt es eben solche Überraschungen. Und von gammlig kann keine Rede sein.«

Zarth war über den Ton und die Antwort so irritiert, daß er hilfesuchend zu Vera sah, doch die hielt sich heraus und tat, als wäre sie intensiv mit dem Öffnen einer Rotweinflasche beschäftigt. Zum einen wollte sie keine Front zwischen Vater und Tochter aufbauen, denn sie wußte: Heute schäumte er über vor Wut, und morgen war es wieder sein liebstes Anjalein. Solche Wandlungen konnte sie selbstverständlich in ihrer Tiefe nicht begreifen, denn sie hatte ja keine Kinder – seine Reaktion war absehbar. Zum anderen hatte

Anja bereits deutlich verlauten lassen, daß sie bei ihnen bloß geparkt war. Die Zuständigkeiten waren klar.

»Wir sprechen morgen darüber«, sagte er zu Anja. »Geh jetzt schlafen.«

Vera gab seiner Tochter einen Gutenachtkuß, um den Abend nicht allzu dramatisch ausklingen zu lassen, und versuchte Zarth zu beruhigen. Doch der war für nichts mehr ansprechbar, stürzte seinen Wein hinunter, ging zu Bett und fand wider alle Gewohnheiten keinen Schlaf. »Gegelt bis in die Haarspitzen! So sieht doch kein Fotograf aus.«

»Da kann man sich inzwischen sehr täuschen«, meinte sie.

»Diese Typen kenn' ich. 20 Jahre und nichts gelernt. Früh Fitnesskeller, abends Diskoschuppen und zwischendurch ein paar Geschäfte mit Ecstasy.«

»Nun übertreib nicht.« Vera wußte, wenn es ein Mitschüler vom Gymnasium gewesen wäre, vielleicht sogar noch einer mit Background, hätte er sich vermutlich weniger aufgeregt.

»Du kennst ja mein Dilemma. Ob ich mit Anja rede oder nicht, sagen läßt sie sich ohnehin nur etwas von ihrer Mutter. Aber auf die hört sie auch nur, weil sie so weit weg ist.« Verärgert rückte er sein Kopfkissen zurecht und drehte sich wie ein brummiger Hausvater auf die andere Seite.

Vera lag noch eine Weile wach, hörte seine langen, tiefen Atemzüge, die das Einschlafen signalisierten, und fragte sich, was das Magische an dieser Magic Night gewesen sein sollte. Wäre sie zu Hause geblieben, hätte sie nichts versäumt und überhaupt hätten sie seine schöne Echtzeit nutzen und sich auch wieder einmal mit sich selbst beschäftigen können. Denn wenn ein Mann, den sie bewunderte, mit ihr schlief, dann waren dies Augenblicke, in denen sie das Gefühl einer Überlegenheit voll ausleben konnte. Wenn auch nur für wenige Augenblicke, aber dieses Empfinden war tief und nachhaltig und gab ihr über alles Berufliche hinaus eine

Selbstsicherheit, die die Wirkung gerade auf ihn, den Erfolgsverwöhnten, spürbar erneuerte. Etwas von dieser Bestätigung vermißte sie. Vielleicht lag es an ihr, und sie bewunderte ihn nicht mehr genug, weshalb der kleine Rausch ausbleiben mußte. Vielleicht lag es auch an ihm, und er begnügte sich inzwischen mit dem Wissen um die Möglichkeit und fand es ausreichend, als virtuelle Erscheinung neben ihr zu liegen – was auch die Ursachen sein mochten, sie fühlte sich in dieser Hinsicht um ihre Wirkung gebracht, und das tat beiden nicht gut.

Bislang hatte es Vera abgelehnt, an zwei Aufträgen gleichzeitig zu arbeiten, weil sie befürchtete, dann weder dem einen noch dem anderen gerecht zu werden und ihren fachlichen Ruf doppelt aufs Spiel zu setzen. Sie war mehr für ein gediegenes überschaubares Nacheinander, auf das sie sich von Mal zu Mal mit neuen Ideen einstellen konnte. Außerdem mußte eine Sache abgeschlossen sein, mußte hinter ihr liegen und sie innerlich nicht mehr beschäftigen, damit sie sich auf etwas Neues konzentrieren konnte. Doch diesmal behielt sie in allem bloß die Entwurfsführung und teilte sich sämtliche ausführenden Arbeiten mit Kuno, der sich seinerseits noch zwei Kollegen für die Mitarbeit geholt hatte. Darum übernahm sie neben den Münchener Büros auch das Senderprojekt ohne Zögern und Bedenken, zumal sie gerade bei letzterem ein stiller Ehrgeiz gepackt hatte. Abgesehen von der Werbung, lag darin für sie noch ein ganz besonderer Reiz: Von wegen Zarth schuf für die große Öffentlichkeit und sie nur für einen kleinen Kreis. Mit dieser Gewichtung, das ahnte sie, war es anschließend vorbei, und sie konnte ihm einmal vorführen, wie aus einer unbekannten Innenarchitektin, wenn sie nur regelmäßig ihre Arbeit im Medium präsentierte, eine bekannte Innenarchitektin wurde und wie im

Zauberspiegel von Presse und Rundfunk alles zu Größe und Bedeutung kam. Das war den Mehraufwand schon wert.

Sie hatte schon genaue Vorstellungen, wie sie die Hörer in die Materie einführen würde, saß am Zeichentisch, arbeitete an Varianten für eine Eingangsgestaltung und hörte Tera FM. Doch es war jedesmal dasselbe: Je länger sie zuhörte, um so größer wurde ihre Enttäuschung. Vera fragte sich, warum keiner mehr normal sprach. Sie hatte Mühe, diesen hyperventilierenden Morgenmoderatoren zu folgen. Sie redeten durcheinander, redeten, was ihnen in den Sinn kam, kicherten die Worte in den Äther, damit sich alles locker, spaßig und nach Gutdraufsein anhörte. Vera wußte nicht recht, worum es eigentlich ging, bis sie nach einer Weile mitbekam, daß über die Frage gestritten wurde, ob man bei Aprilwetter mit oder ohne Regenschirm das Haus verlassen sollte. Eine wahrlich mitteilenswerte Botschaft für berufstätige Singles. Diese aufgesetzten Gutelaunestimmen mit ihrem nichtigen Palaver nervten sie. Allzu deutlich war herauszuhören, daß sie einen professionellen Tagesoptimismus zu verbreiten hatten, der auf sie jedoch nicht überspringen wollte, weil alles aufgepeppt klang und statt einer normalen Mitteilung mehr einer Showeinlage und einem Werbespot glich. Es war eine Strapaze, dem zuzuhören. Sie fragte sich, wo da die neue Qualität sein sollte. Das Einmalige und Unvergleichliche, das Zarth beschworen hatte, seine große Philosophie des Audio ergo sum konnte sie beim besten Willen nicht erkennen. Reden mochte für ihn ja Silber und Hören Gold sein – dies war eine Zumutung. Es klang beliebig und unterschied sich kaum von dem, was andere Sender machten.

Auch nachmittags waren sie da, diese berufsmäßigen Jauchzer, überschlugen sich vor Heiterkeit und kündigten den Megamix mit dem großen Bildungsservice an: »Weltberühmte, wie sie keiner kennt. Ihr wißt nicht, wer Kolumbus war? Kolumbus war der erste Sozialist. Er fuhr ab und wußte nicht wohin. Er kam an und wußte nicht wo. Er kam zurück und wußte nicht woher, und das alles mit fremder Leute Geld. Stark, nicht? Eine echte Tera-Präsentation, und morgen nehmen wir uns Cäsar vor.« Und wieder hörte sie diese konfektionierten Casting-Stimmen mit ihrer unerträglich simulierten Fröhlichkeit. Dann doch lieber keine Worte und gleich Musik. Vera gestand sich ein: Hätte sie Zarth nicht gekannt, hätte sie längst abgeschaltet.

Überhaupt fragte sie sich, ob er sich nicht gehörig in seiner Zielgruppe täuschte. Er mochte ja überall nur bekennende Singles sehen, die glücklich über ihre Situation waren – sie fand diese Art zu leben nicht gerade erstrebenswert. Als ob es eine Freude war, ein Single zu sein oder wie sie als Single im Doppelpack zu leben! Wahrlich, es gab Besseres. Auch wenn sich manche eine gutklingende Theorie dafür zurechtlegten – sie redeten doch nur aus Verlegenheit schön, was diesen Namen nicht verdiente. Und die dicken Telefonbücher mit den vielen Adressen der vielen guten Freunde und vielen guten Bekannten waren doch auch nur zur Selbsttäuschung da. Ein Kreis, der mal größer, mal kleiner wurde, sich immer neu ordnete, immer in Bewegung, immer in Rotation war, aber in der Tiefe keinen wirklichen Halt und keine Konstanz bot, sondern bloß die Illusion nährte, viele um sich zu haben und sich nie einsam fühlen zu müssen. Sie konnte dem nichts abgewinnen. Sie wollte Verläßlichkeit und Wurzeln schlagen, wollte einen Fixpunkt, einen Menschen, mit dem sie mitgehen konnte, der sie begleitete und ihr das Gefühl gab, Zentrum zu sein. Es war doch nicht zuviel verlangt, für Zählbare ein Zentrum zu sein. Sie wollte eine Familie, keine Als-ob-Variante, nein, eine richtige Familie mit den dazugehörenden Papieren und Urkunden, ein klares Bekenntnis vor den Augen aller, und nicht dieses Scheinverhältnis, das den Charakter des ewigen Provisoriums trug. Von wegen seine Langzeitbekannte! Seine treusorgende Lebensabschnittsgefährtin! Sie kannte die Zuordnungen: Am Ende stand sie noch als Haushälterin mit Intimkontakt da. Nein, sie wollte kein Single sein. So gesehen gehörte sie auch nicht zu seiner Zielgruppe. Sie war eben Streuverlust. Am Rande triftender Streuverlust. Trotzdem bezweifelte sie, ob ein Single auch wirklich einen Sender für Singles hören wollte. Und dann noch einen, der so beliebig klang!

Natürlich wollte sie ihm ihre Kritik nicht so direkt sagen, ihn auch nicht verletzen oder ihm gar seinen Elan nehmen, denn immerhin bekam er dafür das doppelte Jahresgehalt, und sie lebten nicht schlecht davon. Aber dann, als sie an einem sonnigen Sonntagmorgen auf der Dachterrasse frühstückten, die erste warme Mailuft genossen und er ihr voller Begeisterung von den neusten Tera-Aktivitäten berichtete, unterbrach sie ihn und sagte: »Radio ist Stimme. In erster Linie Stimme. Die Stimme ist das unverwechselbare Markenzeichen, das Gesicht des Senders. Die Stimme muß Appeal haben. Muß einen anwehen, packen, durchströmen und ins Medium ziehen. Wenn aus der Stimme nichts kommt und nichts überspringt, ist es mit dem Zuhören schon gelaufen. Unser Musiklehrer hat immer gesagt: Ein Lied muß man mit dem Ohr der Seele hören. Und so ist auch mit dem Radio. Jedenfalls für meine Begriffe. Diese kicksigen bekifften Spaßstimmen mit ihrem Pausenblabla nerven doch bloß. Alle klingen gleich. Jeder Laut kommt von der Stange. Der berufsmäßige Sorgloston ist ohne Gesicht und ohne Sprache. Auf allen Sendern Happy Hour. Langweilig und fad. Denk dran: Stimmung kommt von Stimme, und es ist nun mal so: Wenn die Stimme nicht stimmt, stimmt die Stimmung nicht.«

Zarth sah sie leicht irritiert an. Ohne Frage, theoretisch gesehen hatte sie vollkommen recht. Doch er mußte an die

Praxis denken, und da waren derart hohe Ansprüche nicht gefragt. »Beim Radiohören kannst du nicht von dir ausgehen«, sagte er. »Du mußt die gesamte Situation sehen. Überall wird gelabert und geschwafelt. Wir machen das Gegenangebot. Wir reden nicht lange herum, wir bringen es auf den Punkt: Die Welt in drei Minuten. Ist Krieg, ist kein Krieg, wer wurde auf dem Marktplatz überfallen, und was mache ich heute abend. Das genügt. Aus die Maus. Unsere Philosophie ist klar.«

»Philosophie?« Sie kam sich veralbert vor. »Die höre ich beim besten Willen nicht heraus! An keiner Stelle im Programm ist etwas von dir wiederzufinden, kein eigener Gedanke, keine Analyse, nichts!«

»Wenn du eine große Reichweite erzielen willst, darfst du die Marge nicht zu hoch hängen und die Hörer nicht überfordern«, meinte er leicht verärgert. »Für uns ist das Programm auch nicht gemacht. Erstens sind wir keine Singles und zweitens viel zu intelligent.«

Diese Bemerkung fand sie zwar in jeder Hinsicht aufschlußreich, aber wollte nun doch wissen, wer dann eigentlich ihre Beiträge zum Lifestyle hören sollte.

»Es sind Farbtupfer«, sagte er. »Wir testen damit bei unseren Hörern die Akzeptanzgrenzen aus.«

Welchen Verwendungszweck er sich auch ausgedacht hatte – sie zweifelte nicht daran, daß ein hohes Niveau sich ganz von selber seine Gemeinde schuf und mit ihr ein anderer Ton ins Programm kam, der den Singles ein Empfinden für Stil und Geschmack vermitteln konnte. Doch darüber jetzt eine Debatte zu beginnen, hatte sie partout keine Lust, denn sie wollte nicht jeden Gedanken bei Tera enden lassen. Seit Monaten immer nur über Tera und nichts als Tera zu reden, kam ihr allmählich so vor, als sollte sie in all ihren Äußerungen zurechtgestutzt und in all ihren Möglichkeiten eingeschränkt werden, was sie wie einen mentalen Rückbau empfand, der für ihre Begriffe nicht jetzt schon einsetzen mußte. Schließlich gab es noch mehr Dinge auf der Welt als seinen Megahertzbetrieb. Diese Monothematik ging ihr auf den Geist. Über alles hätte sie im Moment lieber gesprochen und sei es über die 85 Arten, eine Krawatte zu binden oder die Aura eines Komposthaufens – alles wäre interessanter gewesen, als zum hundertundtausendsten Male über Tera zu sprechen. Sie ärgerte sich, überhaupt etwas zu seinem geliebten Radio angemerkt zu haben, denn nun fühlte er sich auch noch bemüßigt, ihr das Besondere an seinem Programm zu erklären. Wenn sie künftig Tera hörte, sollte sie unbedingt auf die Musik achten. Kein Sender der Region hatte dieses einmalige unverwechselbare Musikformat. Softhit Rockpop. Aufregend anregend. Ein überdurchschnittliches Angebot. Die letzte Research hatte es ihm bestätigt: Damit deckten sie eine Marktlücke ab und leisteten einen bedeutenden Beitrag zur Vielfalt. Vor allem sollte sie auf die subtil pointierte Zusammenstellung der Musiktitel achten, mit der sie den Rhythmus der Stadt begleiteten: morgens Drive und Power, mittags Cool relaxing, für die Rush Hour Heartbreakers und nachts Trance. Der beste Mix aller Zeiten. Nein, kein anderer Sender konnte ein solches Musikformat vorweisen. Damit, nur damit holten sie die Hörer ab, und darauf kam es letztlich an.

Das mochte ja alles so sein, nur änderte es an ihrem Eindruck nichts. Sie schwieg, um keine neue Debatte heraufzubeschwören. Doch Zarth schien über nichts anderes reden zu wollen. Er stand auf, zog sich in sein Online-Séparée zurück und ging ins Netz. Es war inzwischen sein liebster Sonntagsspaziergang, der schlagartig die Atmosphäre in der Wohnung veränderte.

War er im Netz, trat eine seltsame Spannung zwischen seiner An- und seiner Abwesenheit auf. Da war er inhäusig, aber irgendwie auch aushäusig, und befand sich in einem Zustand, der einem verhaltenen Schweben zwischen Andacht und Abenteuer glich und in dem er nicht gestört werden wollte. Da klickte er sich hinaus, dockte an die Welt an, die von ihm mit dem kritischen Geschäftsblick des Konkurrenten durchmustert wurde. Auch heute hörte er die Internetradios ab, spürte Trends und Tendenzen auf, suchte nach Events und kontrollierte seine Mitarbeiter, die das Gewicht der Selbstpräsentation noch immer unterschätzten und der Homepage von Tera FM nicht die nötige Aufmerksamkeit schenkten. Wieder saß er so hochkonzentriert, so hochempfänglich, so voller Neugier, ja geradezu lauernd vor dem Bildschirm, daß Vera den Eindruck hatte, er empfange Botschaften, die mindestens himmlischer oder außerirdischer Natur sein mußten. Nie hätte sie gewagt, ihn in diesen bedeutsam stillen Stunden mit irgendeiner Alltagsbanalität von seiner Weltweit-Inspektion abzuhalten.

Da erst am Nachmittag das Essen von Giovanni kam, nutzte sie seinen Webspaziergang und ging joggen. Viel zu lange hatte sie nichts mehr für ihre Bewegung getan, hatte immer nur am Zeichentisch gesessen, so daß es ihr höchste Zeit schien, einmal wieder außer Atem zu kommen. Gerne hätte sie Bi mitgenommen, aber der Molosser der Moderne vertrug schnelles Laufen nicht und lag am liebsten nur noch auf seiner antiallergischen Matratze.

Im Park waren viele Spaziergänger und zwischen ihnen fast ebenso viele unangeleinte Hunde – ein Anblick, der ihr zwar längst vertraut war, aber doch jedesmal wie eine Freiheitsberaubung erschien. Sie drehte ein paar Runden, und plötzlich lief der Assessor neben ihr. Seine unerwartete Nähe hatte etwas Angenehmes, fast Beruhigendes. Sie merkte, daß sie regelmäßiger laufen mußte. Sie war aus der Übung, hatte keine Atemtechnik mehr, bekam Seitenstechen und mußte sich für ein paar Augenblicke auf einer Bank ausruhen. Er nahm neben ihr Platz. »Ich dachte schon, Sie sind weggezogen.«

»Ich hatte zu viel zu tun«, entgegnete sie und sah auf einmal einen Fliederbusch vor sich, dessen weiße Blütenkerzen wie brennende Lichter vor den hohen maigrünen Parkbäumen standen. Das war schon ein anderer Anblick, als vor dem Bildschirm zu hocken und auf das Graphikprogramm zu starren! Und doch, es schien seltsam: So oft war sie hier schon entlanggegangen, aber noch nie war ihr der Strauch aufgefallen. Sie fragte sich, ob dieses Weiß eine Farbe oder nur eine schöne Empfindung war oder ob seine Leuchtkraft gar von dem Mann kam, der neben ihr saß. Jedenfalls ließ sich eine gesteigerte Wahrnehmung nicht leugnen. Sie sagte nichts und spürte bloß, daß auch er diesen Anblick genoß, und plötzlich hatte sie das Gefühl, es verband sie eine Gemeinsamkeit. Er lehnte sich entspannt in die Bank zurück. »Schauen Sie genau hin«, sagte er. »Durch die Poren des Weiß fällt das kosmische Licht. Darum bevorzuge ich weiße Räume. Weiße Räume sind ohne Dämmerung.«

Nach diesem Satz vergaß sie, daß sie noch ein paar Runden laufen wollte, blieb auf der Bank sitzen, unterhielt sich lange mit ihm und gab ihm recht: Weiß ist keine Farbe, Weiß ist Kult. Auf einmal war ihr klar, daß sie damit ihre erste Sendung beginnen würde. Eigentlich hätte sie sich nach seiner Situation erkundigen müssen, hätte ihn fragen müssen, ob er inzwischen einen Job bekommen hatte, aber da sie nicht wußte, ob er überhaupt darüber reden wollte, fand sie es besser zu warten, bis er selber davon anfing. Auf keinen Fall wollte sie das Gespräch profanieren, sondern freute sich, ihn getroffen zu haben. Einen Mann neben sich zu haben, der Zeit hatte, mit dem sie reden konnte, der ihre Intention aufnahm, ihr ein Echo gab und sie in ihrer gedanklichen Welt wahrnahm, das war, als hätte sie einen Energieschub bekommen. Sie ließ sich seine Adresse geben. Daß er aus seiner Joggingjacke eine Visitenkarte zog, fand sie wie alles an ihm amüsant.

Als sie Stunden später gut gelaunt nach Hause kam, stand Zarth voller Mißmut in der Tür und fragte verärgert, wo sie denn so lange gewesen war. Er hatte sich schon Sorgen gemacht. Doch nach Sorgen sah er nicht aus, sondern schien vielmehr nur Hunger zu haben. Aber irgendwie ließ sie das alles seltsam unberührt, und sie dachte nur, wenn er essen wollte, hätte er bloß Giovanni anrufen müssen. Er hätte auch eine Stunde früher geliefert.

Zarth war gespalten: Manchmal hätte er sich für Vera einen Beruf gewünscht, der sie weniger in Anspruch nahm. Irgendetwas Regelmäßiges und klar Strukturiertes. Morgens zu einer bestimmten Zeit aus dem Haus gehen, nachmittags zu einer bestimmten Zeit zurückkehren – alles in einem festgefügten verläßlichen Rhythmus und jeder Tag schon im voraus kalkulierbar. Es gab genug schöne Posten, bei denen allein schon die Anwesenheit der Befähigungsnachweis war, zuzüglich Weihnachts- und Urlaubsgeld, so einen Sorglosjob, der die ganze Energie auf den Feierabend konzentrierte und dies in dem einfühlsam sozialen Bewußtsein, daß mit dem Feierabend die Freiheit und Ichwerdung des werktäglich arbeitenden Menschen begann. So einen sonnigen Posten hätte er sich manchmal für sie gewünscht, um dann, wenn er nach Hause kam, auf eine ausgeruhte Frau zu treffen, locker, gelöst, gut drauf und ganz auf ihn eingestellt. Abends sich an einen schön gedeckten Tisch setzen, erzählen, was gewesen war, seinen ganzen Tagesstreß Wort für Wort abreden zu können und nichts als Teilnahme und zugegebenermaßen auch ein bißchen Bewunderung zu spüren –

das hätte ihm gutgetan. Eine Frau, die das gesamte Hinterland verwaltete, die immer da war, eine verläßliche Home Base, einen Anker und Ruhepol – so etwas brauchte ein Mann, der eine 70-Stunden-Woche hatte, ständig strategische Entscheidungen treffen mußte, von einem Ereignis zum anderen jagte, mit hunderterlei Problemen konfrontiert war und manchmal nicht mehr wußte, wo ihm der Kopf stand.

Anderseits fand er es aber auch gerade gut, daß Vera einen Beruf hatte, der sie ganz in Anspruch nahm, denn auf diese Weise brauchte er sich zumindest keine Vorwürfe zu machen, daß er so wenig Zeit für sie hatte, und – so wie die Dinge momentan lagen – noch immer nicht an eine größere gemeinsame Unternehmung denken konnte. Kein Urlaub, kein Sylt, kein Salzburg, kein Kurztrip nach nirgendwohin, und sie forderte nichts, sagte nichts, bedrängte ihn nicht, sondern war ganz mit ihren eigenen Dingen beschäftigt. Das empfand er als wohltuend. Es machte alles unkompliziert und nahm ihm die Schuldgefühle, denn es wäre ihm unerträglich gewesen, ihr gegenüber ein schlechtes Gewissen haben zu müssen. So jedoch, da sie es weder direkt noch indirekt auf seine Echtzeit abgesehen hatte und keine Anstalten machte, dieses rare Budget zu belasten, nichts in dieser Hinsicht von ihm verlangte und nichts erwartete, gab sie ihm das Gefühl einer großen Unabhängigkeit. Genau das aber hatte eine so starke Priorität für ihn, daß es sein Verhältnis zu ihr noch enger machte, obwohl er sich auch die andere Art, mit ihr zu leben, gut vorstellen konnte.

Gewiß, er war in der Radioszene ganz oben, doch er machte sich keine Illusionen: Einen Sender mit einer Stundenreichweite von 100 000 Hörern am Markt zu verankern, gestattete keinerlei Ausruhen, im Gegenteil: Jetzt mußte er erst richtig loslegen und alle Geschütze auffahren, denn diese Höhe galt es zu verteidigen. Um die Spitzengruppe wehte ein rauher Wind. Er wußte zwar, was es hieß, Geschäftsführer eines solchen Unternehmens zu sein, denn er trug ja nicht nur die Verantwortung für 45 Vollzeitkräfte und 30 Teilzeitbeschäftigte, sondern saß selber auf einem Schleudersitz und konnte sich nur halten, solange das wirtschaftliche Ergebnis der Umsatzerwartung der Gesellschafter entsprach. Er hatte noch gut im Ohr, was ihm in Stamford gesagt worden war: Sein Vorgänger hatte das Kerngeschäftsfeld der Werbung vernachlässigt, darum mußte er ersetzt werden. Genaugenommen konnte Zarth einen beliebigen Content in den Äther schicken, konnte für Katzen und Hunde senden – seine transatlantischen Chefs interessierten nur die schwarzen Zahlen. Daily, weekly, monthly, yearly Black Numbers! Blieben sie aus, war er nicht mehr der Dear Friend, sondern Mr. Loser, inkompetent und einfallslos, eben der Mann, der ersetzt werden mußte. Er kannte das ewig rotierende Geschäftsführerkarussell, aber er fürchtete es nicht, denn er hatte nie anders als mit diesem Risiko gelebt. Dennoch gab es Momente wie jetzt, wo er seine Möglichkeiten klar einschätzte und sich in diesem hochdotierten Spiel nicht als den großen überragenden Senderchef sah, sondern mehr als den Joker vom Dienst. Diesen nüchternen Blick wollte er sich nicht nehmen lassen, denn aus Erfahrung wußte er, nur wenn er die Dinge realistisch sah, hatte er eine Chance.

Tag und Nacht studierte er die Marktanalysen, las die Hörerpost, verfolgte das Programm der anderen Sender und sah ganz klar: Die Off Air-Aktivitäten mußten verstärkt werden, gerade in Bezug auf die zu erwartende Konkurrenz. Zarth berief Hassler zum Event-Manager und gründete Tera Clubs, um der Dynamik seiner Zielgruppe noch mehr zu entsprechen. Jede Woche trafen sich die Hörer in einem anderen Club, immer war ein Ü-Wagen vor Ort, zwei der bekanntesten DJs spielten die Tera Hits vom Wunschwochenende, es gab Call ins, die Gäste kamen live auf Sendung, und jeder hatte das Gefühl, wo Tera war, war was los. Zarth hatte bereits Angebote von Gastwirten, die die Sendung sponsern wollten – es lief prächtig.

Das Top Event jedoch war das Seminarschiff. Abends fuhr es hell erleuchtet durch die Gewässer der Stadt, geschmückt mit zwei Fahnen, die das Tera Logo trugen – eine stilisierte Antenne über der Skyline der Metropole. In dem großen Vortragsraum unterwies ein Sozialanthropologe die geschäftsreisenden Singles im Umgang mit anderen Kulturen. In Indien kein Portemonnaie aus Rindsleder tragen, in Japan keinem die Hand geben, in Arabien nichts auf den Märkten berühren – genau das richtige Training für Business-Hörer, die in der Welt unterwegs waren. Keine Dancing Party, eine Learning Party. Zeitungen berichteten über die Schiffstour von Tera, und die Buchungen stiegen traumhaft an. Zu Lande, zu Luft, zu Wasser – Tera war nicht nur omnipräsent, es war im Gespräch. Ging es so weiter, konnten sie schon bald das Trendbarometer der Stadt sein und die sechsstellige Reichweitenschwelle überschreiten. Er wollte ja nicht die versprochene Budgeterhöhung anmahnen, aber steigende Hörerzahlen waren das überzeugendste Argument, die Gesellschafter an ihre Zusage zu erinnern.

Frau Zeller besprach mit ihm die Termine für die kommende Woche. Es prasselte wieder einmal hageldicht auf ihn nieder. Einladungen zu Foren, Podiumsgesprächen, Workshops und Vorträgen, auch für ein Impulsreferat an der Radio-Akademie war er angefragt, dazu kamen die Spättermine, die sich neuerdings häuften – Empfänge, Jours fixes, Afterworkpartys, und eine wohltönende Night jagte die andere wohltönende Night: Dream Night, Media Night, Web Night, Meet Night, Wild Night, diesmal stand sogar eine Wild Wild Night an, doch wichtig war ihm im Moment nur eins: mit Anja zum

Casting bei Shiva TV zu gehen. Nicht nur, weil er ihr versprochen hatte, sie zu begleiten, sondern er fand, in wichtigen und einschneidenden Momenten mußte ein Vater ganz einfach für seine Tochter dasein. Das verband fürs Leben. Aber er hatte noch einen Hintergedanken, denn wenn er Anja für Nachmittagssendungen beim Fernsehen unterbringen konnte, war das die Chance, sie von diesem gammligen Fabio wegzubringen. Für diesen Fotofaxen würde dann nicht mehr viel Zeit bleiben. Er fand dies einen gelungenen Schachzug, der ihm weit wirksamer schien, als ihr ins Gewissen zu reden, von diesem Typen die Hände zu lassen, und sich damit womöglich noch sämtliche Sympathien bei der Tochter zu verscherzen.

Seit Tagen hatte er schon mit ihr geübt, hatte immer wieder Stichworte auf ihr Handy gesprochen – Schule, Label, Disko, Inlineskaten, Konfliktlotse, Surfen, Snowboarden – und sie hatte ihm auf sein Handy geantwortet, was ihr spontan dazu einfiel. Er fand ihre Darstellung natürlich, frisch und altersgerecht. Außerdem konnte sie fließend und fehlerfrei vom Blatt lesen, was auch nicht mehr selbstverständlich war und ihn hoffnungsvoll stimmte: Sie brachte beste Voraussetzungen mit. Vor allem riet er ihr, sobald die Kamera aufleuchtete, sollte sie reden, munter und unverkrampft drauflosreden und dabei lächeln. »Was du sagst, mußt du lächelnd sagen«, meinte er, »dann hast du schon gepunktet. Zum einen kommst du sympathischer rüber, und zum anderen haben die Zuschauer ein Recht darauf, wenigstens auf dem Bildschirm ein strahlendes Gesicht zu sehen.«

Er holte sie von der Schule ab, ließ sich mit ihr von Herrn Wiesner zu Shiva TV fahren und blieb die ganze Zeit an ihrer Seite.

Stunden später schrillte auf Veras Handy der Mosquitoton. Anja teilte ihr jubelnd mit, daß sie künftig zweimal in der

Woche in Axels Sendung zu sehen war und Ron gerade für sie den Vertrag unterschrieb. Die Nachricht kam für Vera so überraschend, daß sie gar nicht wußte, was sie dazu sagen sollte, und bloß meinte: »Axel? Das war doch dieses schleimige Monster, das ich dir seinerzeit vom Hals halten sollte!«

»Nein, der ist voll gut drauf. Wenn man mit ihm arbeitet, wird er echt sympathisch. Er nennt sich jetzt Amok-Axel, und wir moderieren zusammen eine Chaossendung für Teens.«

Es kam soviel Jubel aus Anjas Stimme, daß jede Skepsis im Moment völlig unangebracht schien.

Vera war mit Zarth im Sender verabredet. Sie freute sich, die beiden Aufträge zu haben, und empfand eine gewisse Genugtuung bei dem Gedanken, daß er sich nun selbst einmal um seine Tochter kümmern mußte. Denn eines ließ sich absehen: Wenn Anja zum Quotendarling aufstieg, dann war das liebe Kind so sehr beschäftigt, daß Vera mit vielen kleinen Diensten zur Stelle sein mußte, um sie in alldem zu unterstützen, was sich die ferne Mama und der abwesende Papa für ihre Entwicklung ausgedacht hatten. Zwar war in dieser Hinsicht noch kein Wort gefallen, aber sie kannte diesen schleichenden stillen Übergang von der Gefälligkeit zur Pflicht. Aus der Gefälligkeit wurde die Gewohnheit, aus der Gewohnheit der Anspruch und aus dem Anspruch die Pflicht. Sie zweifelte nicht daran, daß es so kommen würde: Inge hinterm Atlantik, er Tag und Nacht im Sender, und sie am Zeichentisch stand-by; immer erreichbar, immer verfügbar, weil, wie er meinte, seine Nestbauerin ein so spielerisches Verhältnis zur Welt besaß. Nur diesmal sollte er sich wundern.

Überpünktlich erschien sie in Zarths Büro, der sie zu ihrer ersten Sendung *Lifestyle live* begleiten wollte. Doch Frau

Zeller ließ ihn entschuldigen und sagte ihr, daß er überraschend einen dringenden Außentermin wahrnehmen mußte. Vera lächelte nur, als hätte sie nichts anderes erwartet: Wenn es wichtig für sie wurde, war er nicht da. Der große Chef, Zarth himself, wie gehabt verhindert. Brendel kam und begrüßte sie. »Heute geht hier alles drunter und drüber«, sagte er, »der Rechner vom Wetterdienst ist abgestürzt, einer unserer großen Werbeflächenvermieter hat mit Kündigung gedroht, und ich telefoniere mir seit Stunden die Finger wund, um einen zu finden, der für uns die Verbrauchertips macht.«

»Das kann doch nicht so schwer sein!«

»Du brauchst jemanden mit juristischen Kenntnissen, das ist die Crux.«

Vera fiel spontan der Assessor ein. »Ich wüßte da jemanden«, sagte sie, »zwar ein Spezialist für Digesten, mit erstem und zweiten Staatsexamen, aber recht eloquent. Hat den komischen Namen Enderlein. Oliver Enderlein.« Sie sagte natürlich nicht, daß er arbeitslos war, verzichtete auch auf die diskretere Formulierung, diesen verschlüsselten Hinweis, daß sein Tag derzeit keine Struktur hatte, denn das Verständnis dafür mochte noch so groß sein – eine Empfehlung war es nicht und klang bestenfalls nur mitleiderregend.

»Hast du die Adresse?«

Sie gab ihm seine Visitenkarte, und Brendel schrieb sich seine Telefonnummer, Fax und E-Mail ab. »Wenn der o. k. ist, sind wir aus dem Schneider«, sagte er, gab ihr die Karte zurück und begleitete sie ins Aufnahmestudio. Er blätterte kurz in ihrem Manuskript. »Drei Seiten, das ist ja irrsinnig viel Text! Wenn's geht, so wenig wie möglich ablesen. Am besten frei reden. Keinen Vortrag, kein Statement. Die Leute wollen nicht belehrt werden. Bring alles spontan rüber, als seist du mittenbei. Du hast genau acht Minuten. Das ist riesig viel Zeit! Leg Drive rein, und die Hörer bleiben dran!« Er gab ihr noch ein paar Hinweise, wie die Technik zu handhaben war, dann schloß er die schwere Studiotür hinter sich. Einen Augenblick lang nahm sie nichts als eine weltabgeschiedene Stille wahr. Sie sah auf ihr Manuskript und dachte, diese Profis haben gut reden. Von wegen so wenig wie möglich ablesen! Wie er sich das vorstellte! Frei reden, ohne Übung! Außerdem war das so nicht abgesprochen. Zarth hatte ihr nichts davon gesagt. Aber was hatte er ihr überhaupt dazu gesagt? Du wirst es schon machen. Sein großartiger Ratgebersatz. Für alle Lebenslagen die passende Ausrede, um sich mit ihren Angelegenheiten nicht befassen zu müssen. Doch da leuchtete schon das rote Lämpchen auf, und sie bekam hinter der Scheibe das Zeichen zu beginnen. Sie erläuterte das Projekt, schilderte die Vorgehensweise, begann mit der Eingangslösung, berührte die Sichtachsen und kam zum Grundton des Ganzen, der Farbe. Plötzlich dachte sie an den blühenden Fliederbusch, an das Gespräch mit dem Assessor, schob das Manuskript beiseite und sprach über die selbstleuchtende Wirkung des Weiß. Sie brauchte nicht lange nach Erklärungen suchen, die Worte kamen ihr wie von selber in den Sinn, flogen ihr zu, bekamen etwas Klares und zugleich auch Schwärmerisches, als würde alles einem Gefühl der Steigerung entspringen. Sie vergaß, wo sie war und für wen sie sprach, sondern dachte bloß, sie würde ihr Gespräch mit dem Parkbankphilosophen fortsetzen wollen, stieg immer tiefer in die Materie – Weiß barg das Hindurchleuchtende, Offene, den weiten Blick, und als der große Minutenanzeiger an der Wand auf die Acht zuging, nannte sie rasch noch die Begründung, weshalb der Sender dieses Farbsignet bekommen sollte. »Weiße Räume sind ohne Dämmerung«, sagte sie und fand, das paßte für ein Programm wie Tera FM.

Sie sah hinter der Scheibe den hochgestreckten Daumen der Tonmeisterin, was heißen sollte, daß die Sendung gelungen war, und Augenblicke später stürzte Brendel ins Studio und sagte voller Begeisterung, daß es während der Sendung drei Anrufe gegeben hatte. »Soviel Spontanecho zu einer Wortsendung haben wir noch nicht bekommen. Wir rechnen jeden Anruf auf hundert hoch. Ein Superauftakt, gratuliere!« Er brachte sie zum Ausgang. Vera konnte gerade noch sagen, daß er die Mitarbeiter auf den Umbau vorbereiten sollte, damit sie wußten, was auf sie zukam, wenn die Handwerker hier Einzug hielten, doch dann wurde er schon in sein Büro gerufen und verschwand.

Vera eilte zum Auto und fuhr auf dem kürzesten Weg nach Hause. In der Wohnung packte sie rasch ein paar Sachen zusammen, denn sie wollte noch den Mittagszug nach München bekommen. Sie schrieb Zarth einen Zettel, wann sie zurückkommen würde, steckte vor allem ihre Unterlagen für die Büroetage in die Tasche, die Zeichnungen, die Lieferverträge, und plötzlich klingelte das Telefon. Sie sah nervös zur Uhr. Dieses Telefon war eine Krankheit. Eigentlich hatten sie den Festanschluß nur noch in der Wohnung, um all den unliebsamen Offiziellen, voran den Ämtern und Behörden, nicht ihre Handynummer geben zu müssen. Sie wollte es ausklingeln lassen, denn wichtig war jetzt nur, den Zug nach München zu erreichen, aber da das Klingeln kein Ende nahm, griff sie dann doch noch rasch zum Hörer. Zu ihrer Verblüffung war Inge am Apparat. »Gut, daß ich wenigstens Sie erreiche«, sagte Inge. »Roland hat sein Handy abgeschaltet, und ich muß ihn dringend sprechen wegen der Vollmacht.«

»Vollmacht?«

»Ja, Anja hat mir von der Fernsehmoderation berichtet. Eine tolle Sache. Er hätte sich zwar vorher mit mir darüber abstimmen können, aber ich bin einverstanden. Trotzdem braucht sie für die Vertragsunterzeichnung, wie ich gehört habe, eine Vollmacht von mir.«

Vera war über diese Dinge nicht im Bilde, wußte auch nicht, was vereinbart worden war, und sagte nur: »Ich werde ihm ausrichten, daß Sie angerufen haben.«

»Vielleicht genügt auch meine mündliche Zustimmung, das würde vieles erleichtern«, meinte Inge. »Sie kennen doch da einen Juristen, mit dem Sie immer joggen, könnten Sie den nicht mal fragen?«

Vera glaubte sich verhört zu haben, versuchte die Fassung zu behalten und bemerkte nur ganz sachlich: »Tera hat eine sehr gute Anwältin, die weiß in Vertragsdingen bestens Bescheid.«

Sie tauschten noch kurz ein paar Worte, und als Vera auflegte, begriff sie, im Gegensatz zu jedem normalen Menschen eine gläserne Existenz zu führen. Kein Wort, keine Nebenbemerkung, kein Seitenblick, kein Ausruf, keine Andeutung, kein Handgriff, keine Geste – nichts blieb bei ihr. Das liebe Schnüffelkind nahm ihr alle Privatheit, und sie war sich ganz sicher, auch das Schweigen ging über den Ozean. So hatte sie sich das alles einmal nicht vorgestellt. Wenn Anja eine Medienlaufbahn einschlug, dann war wohl auch an ein Studium in Kanada nicht mehr zu denken, und sie blieb noch lange in der Nähe des Papas. Wahrlich, rosige Aussichten wären etwas anderes gewesen.

Doch erst als sie im ICE nach München saß, kam ihr die Situation so recht zu Bewußtsein. Sie hatte einen Papierstapel auf den Knien, den sie durcharbeiten wollte, um für das Vor-Ort-Gespräch präpariert zu sein, aber es fehlte ihr die Konzentration. Irgendwie hatte sie das Gefühl, ihr Leben würde sich nicht mehr auf der Guthabenbasis bewegen. Mochte er ihr auch noch für den zweiten Arm einen Kleinwagen schenken, den Aktiengewinn mit ihr teilen und die Großzügigkeit selber sein, mochte auch sein Ansehen immer mehr steigen – was hatte sie davon? Früh verließ er die

Wohnung, um Mitternacht kehrte er zurück. Stand sie auf, war er schon fort, ging sie schlafen, war er noch nicht da. Zwischendurch ein paar Kurzkontakte auf dem Handy, und am Wochenende war er im Netz. Eine berauschend schöne Gemeinsamkeit. Von dem Gedanken an eine eigene Familie konnte sie sich verabschieden. Von einem eigenen Kind ganz zu schweigen. Er hatte ihr ja bereits deutlich gesagt: Wir haben doch schon eine schöne Tochter, was wollen wir mehr? Sie machte sich keine Illusionen: An seiner Seite wurde sie immer mehr zum gefühlten Single. Nur mit einem Unterschied: Hätte sie konsequent allein gelebt, wäre alles viel fröhlicher gewesen. Selbst im Singledasein war es bei ihr nichts Halbes und nichts Ganzes. Sie war immer irgendwie zwischendrin, auf irgend so einem faden Kompromißpfad mit irgend so einer faden Hoffnung. Doch mit dem, was sie wirklich wollte, lief nichts: Nullsumme, Zero. Ihr fehlte das Glückshormon. Keine Produktion, keine Ausschüttung – alles lag brach. Seelische Menopause. Eigentlich hatte sie gedacht, nach dem Radiostart würde sich alles wieder auf ein normales Zeitmaß reduzieren und er würde die Dinge so gut im Griff haben, daß für sie beide auch noch eine gewisse Verweildauer blieb, aber auch darin hatte sie sich getäuscht.

Sie nahm den Papierstapel von den Knien und packte ihn in die Tasche zurück. Der Großraumwagen war fast leer. Niemand saß neben ihr, einem Gegenüberblick war sie nicht ausgesetzt, was sie als besonders angenehm empfand. Sie kippte ihren Sitz nach hinten, lehnte sich tief zurück und sah in den Himmel. Sie wußte nicht, rasten die Wolken oder raste der Zug, alles flog so schnell vorbei, daß sie den Eindruck hatte, nichts würde sich bewegen, nichts von sich selber ablenken, so daß sie ganz ungestört ihren Gedanken folgen könnte. Plötzlich stand das Bild des Assessors vor ihr. Es wehte sie an. Es klang etwas von ihm in ihr nach. Vielleicht war es die Art, wie er die Dinge betrachtete, wie er auf sie einging, wie er sie wahrnahm – es war nicht zu ergründen. Sie wußte nur: Er gefiel ihr. Sie war empfänglich für seinen eigenwilligen Ton. Zwar hatte er null Sozialprestige, aber doch immerhin ein A-A-Examen. Zweimal Ausreichend. Es konnte ja nicht jeder ein Genie sein. Zumindest hatte er sein Studium abgeschlossen und damit wenigstens Chaoskompetenz bewiesen. Das fand sie ehrlicher als diese hochtönenden Stationen: ein Semester in den Staaten, ein Semester in Paris, ein Semester in Liverpool, hier ein bißchen Zeitgeschichte, dort ein bißchen Soziologie, an allem genippt und genascht, akademisch antherapiert und liegengelassen und dann ohne Abschluß bei Bewerbungen die guten Auslandserfahrungen ins Spiel gebracht und ganz großartig sein Curriculum vitae präsentiert. Sie kannte diese Typen, doch anderseits war nicht zu bestreiten, daß man es hierzulande mit einer Woche Harvard erstaunlich weit bringen konnte.

Sie stellte sich vor, wie schön es wäre, wenn dieser Enderlein jetzt neben ihr sitzen würde und sie miteinander reden könnten. Sie besaß zwar seine Telefonnummer und hätte ihn auch anrufen können, zumal ein Anlaß mehr als gegeben war, denn immerhin hatte sie ihn für den Rundfunk empfohlen, aber das wollte sie nicht. Wohin sollte es auch führen? Auch wenn Zarth seine Defizite hatte, immerhin schränkte er sie beruflich nicht ein, und einen stellungslosen Schöngeist an ihrer Seite zu haben, konnte sie sich auf die Dauer genaugenommen zeitlich gar nicht leisten. Am Ende kosteten die schönen Worte, die sie von ihrer Arbeit abhielten, mehr, als sie wert waren. Und sie hatte ja ihre Erfahrung. Zu guter Letzt erwies er sich gar als Träne, und sie konnte sehen, wie sie aus dem emotionalen Desaster herauskam. Nein, ein gefühlter Single wie sie mußte die Dinge nüchtern betrachten.

Vera war so mit ihren Gedanken beschäftigt, daß sie gar nicht merkte, wie die Zeit verging. Als sie in München ausstieg und Kuno winkend auf dem Bahnsteig sah, dachte sie fast aufatmend, wenigstens mit ihrer Arbeit lief alles wunschgemäß.

Voller Erwartung stieg Zarth in den Flieger nach Brüssel. Die US Radio Group eröffnete ihre europäische Niederlassung, und eigens dazu hatte er ein Handschreiben des Hauptgesellschafters bekommen. Nicht einfach so ein paar lasergedruckte Zeilen aus dem Ticker Gottes, nein, ganz persönlich für ihn eine handschriftliche Einladung zu einem strategischen Gedankenaustausch. Das war verheißungsvoll und zeigte, sie wollten auf seine Anwesenheit nicht verzichten. Sie wußten, was sie an ihm hatten, denn sie sahen ja selbst, wie rasch er mit Tera eine Spitzenposition am Markt erobert hatte. Vielleicht wollten sie über die versprochene Budgeterhöhung hinaus noch kräftiger zulegen, damit er die Reichweitenschwelle von 100 000 Hörern in der Stunde mit der kommenden MA-Welle zügig überschreiten konnte. Zarth war für das Gespräch bestens gerüstet, denn nichts sprach mehr für ihn als der Erfolg. Die Wertschätzung seiner Chefs war mehr als begründet, denn eines hatten sie ganz klar im Blick: Je früher er Tera als Flaggschiff positionierte, um so näher kamen sie ihrem Renditepostulat: 10 % plus x. Ohne jede Übertreibung konnte er heute den Gesellschaftern die Prognose geben, daß die hohe Reichweite auch hohe Werbeeinbuchungen bringen würde. Die Zukunft sah gut aus. Falls er darüber hinaus gefragt werden sollte, war er auch bereit, einen ganz konkreten Betrag für die Budgeterhöhung zu nennen, den er natürlich vorsorglich schon mal errechnet hatte. Womöglich war der rasche Aufstieg von Tera aber auch der Anlaß, ihn für die größeren Pläne in Betracht zu ziehen.

Schließlich wollten sie ein Netz von Metropolenradios schaffen – Moskau, Warschau, Prag, Budapest – und er sollte Chief Leader von Osteuropa werden.

Kurz vor dem Abflug hatte er ungewöhnlich lange mit Vera am Handy telefoniert und herausgehört, wie sehr auch sie auf die neue Etappe seiner Zukunft gespannt war, was seine Aufbruchsstimmung noch verstärkte. Sie sagte ihm nicht, daß sie diesmal ein Überraschungsei in seinen Koffer gepackt hatte, ein Mitbringsel aus München: eine Ultraschallzahnbürste mit 18 000 Schwingungen pro Minute, integriertem Hochleistungs-Ultraschallprozessor und unterwegs vier Tage ohne Ladegerät einsatzbereit. Das teure Stück übertraf alle elektrischen Zahnbürsten, denn die Ultraschallwellen säuberten dort, wo die Borsten nicht wirkten, drangen sogar in die Zahnfleischtaschen vor, putzten alle Bakterien weg, ersetzten die Wirkung von Zahnseide, und nach drei Minuten schaltete das Gerät automatisch ab. Für ihn wie geschaffen.

Wegen der Verspätung des Fliegers hatte Zarth gerade noch Zeit, seinen Koffer im Hotel abzustellen, und ließ sich dann gleich zur Rue du Lombard fahren. Der repräsentative Ort, den die Radio Group für ihre Niederlassung gewählt hatte, bestätigte ihn in seiner Vermutung, daß die Konzernpläne auf Erweiterung gerichtet waren. Freudig und fast ein bißchen aufgeregt betrat er das neue Headquarter, als schon der Hauptgesellschafter mit ausgestreckten Händen auf ihn zukam, ihn wie einen Vorzugsgast begrüßte und sofort mit ein paar wichtigen Leuten bekannt machte. Er stellte ihn als den Radiopionier aus Germany vor, was Zarth in seinen Zukunftsahnungen noch bestärkte.

Bevor der offizielle Empfang am frühen Abend begann, bat der Gastgeber zum Gedankenaustausch in ein Büro, das die höchsten Anforderungen an die Repräsentation noch zu übertreffen schien, und war voll des Lobes, daß es Mr. Zarth gelungen war, in einer bedeutsamen Pilotregion einen leckgeschlagenen Sender in kurzer Zeit wieder flottzumachen. Zarth hörte sich das voller Genugtuung an. Es war, als würde er im Moment mit höchsten Orden dekoriert, und es tat ihm gut, daß sein Einsatz derart gewürdigt wurde. Aber mehr noch war er gespannt, um wieviel sie das Senderbudget erhöhen würden. Bei einer so verheißungsvollen Schwellenreichweite konnten sie eigentlich gut um die Hälfte aufstocken. Noch war er nur in der Spitzengruppe. Bis zur Marktführerposition war es noch ein gutes Stück Arbeit, und gerade darum mußte kräftig investiert werden. Doch wieviel sie ihm auch zugestanden – er war bereit, größere Aufgaben zu übernehmen.

»So wie wir Sie kennen, werden Sie auch künftig imstande sein, die schwierigsten Hürden zu nehmen«, sagte der Hauptgesellschafter. Zarth nickte kühl und erwartungsvoll. Denn eines schien ihm sicher: Bei den Big Playern hatten Leistungen noch ihren eigenen Stellenwert und wurden auch belohnt.

»Leider sind zwei unserer wichtigsten Gesellschafter ausgestiegen, und haben die Group in eine sehr schwierige Lage gebracht. Darum habe ich Sie zu dem persönlichen Gespräch gebeten, um Ihnen zu sagen, daß ab sofort strengste Kostenreduzierung in allen Positionen angesagt ist. Natürlich darf die Programmqualität nicht darunter leiden, aber alles nicht unbedingt Nötige muß radikal gestrichen werden. Mit Ihnen, das wissen wir, werden wir die prekäre Situation meistern.«

Zarth hatte plötzlich das Gefühl, in eine Realität abzustürzen, die bislang fern seiner Wahrnehmung gelegen hatte. Mit allem hatte er gerechnet, damit nicht. Er meinte, jeden Augenblick müßten die attackierenden Ohrengeräusche kommen, dieses nervende Hämmern, Schlagen, Zischen und Pochen, meinte, kurz vor einem Tinnitus zu stehen, versuchte aber gelassen zu bleiben und sich nichts von seinem Schock anmerken zu lassen. Betont sachlich unterkühlt fragte er nur: »Kürzen? Um wieviel?«

»Um mindestens ein Drittel, vermutlich noch mehr.«

Zarth begriff sofort, gemeint war die Hälfte, und wußte, daß dies in normalen Fällen das Aus bedeutete. Darum diese billige Lobestour, um ihn für das kommende Katastrophenmanagement zu motivieren. Er sollte über ihr Finanzdefizit hinwegfunken und sah natürlich, was das bedeutete: alles zurückdrehen, alles verschlanken. Trommeln zum Eiertanz. Ein Programm mit Low Budget fahren! Das machte alle Ansprüche zunichte. Ins Koma funken. Mehr blieb doch nicht. Hätte er das geahnt, hätte er den Job nie angenommen. Und das gerade jetzt, wo Tera im Begriff war, sich als eine unverwechselbare Programmarke zu etablieren!

Der Hauptgesellschafter schien seine Gedanken zu erahnen und wollte ihn selbstverständlich mit den Schwierigkeiten nicht allein lassen. Er stellte ihm die beiden Männer vor, die zukünftig in allen finanziellen Fragen ihm zur Seite standen: »Mr. Greenwood und Mr. Redstone. Sie leiten in Brüssel unser Büro und sind ab heute Ihr Direktkontakt.«

Zarth wußte natürlich sofort, daß die beiden ihm als Mangelverwalter vor die Nase gesetzt waren, begrüßte sie aber mit gesprächsbereiter Miene, denn wenn er sich jetzt nicht vom ersten Augenblick an kooperativ zeigte, war ohnehin alles verloren. Am Ende blieb nichts als die Feststellung: Alles im Eimer, und der Eimer gehörte der Hausbank. Er kannte die ganze Abfolge eines finanziellen Desasters. Mr. Greenwood und Mr. Redstone, die überlegen und mit höflicher Unverbindlichkeit lächelten, hatten diesen kalten rechnerischen Blick, der nur Finanzbeamten eigen war, die nichts von der Welt verstanden, als Bilanzen zu lesen, aufzubuchen und umzubuchen, und deren einzige Message es war, die Schatullen geschlossen zu halten. Angesichts der beiden Herren, die ihm wie zwei Posaunenengel der Apokalypse erschienen, hätte er eigentlich alles hinschmeißen müssen, denn es war ihm klar, daß von nun an jedes Wort quasi nur noch über Notstromaggregat gesendet werden konnte. Anderseits war er nicht der Typ, der kapitulierte. Genaugenommen wußte er doch, in welch großartigen Zeiten sie lebten, und kannte das von zu Hause, wo die Kassen leer waren und die Schulden als Sondervermögen geführt wurden. Daß ihn dies nun auch von transatlantischer Seite einholte, trübte zwar seine Weltsicht, aber da mußte es noch dicker kommen, bevor er aufgab. Bislang war es seine Stärke gewesen, variabel zu sein, und solange sie ihm dieses Jahresgehalt zahlten, war er motiviert, sich etwas einfallen zu lassen. Das fehlende Geld für den Sender mußten neue Gedanken ersetzen.

Zarth sah auf einmal keinen Sinn mehr darin, seine kostbare Echtzeit auf dem anschließenden Empfang zu vertun. Es war alles gesagt. Er stornierte das Hotelzimmer, buchte den Flug um und atmete auf, als er hörte, daß noch ein Platz in der Abendmaschine frei war. Auf dem Weg zum Flughafen teilte er Brendel am Handy die Dramatik der neuen Situation mit und sagte nur: »Ruf die Mannschaft zusammen. Morgen früh 8 Uhr bei mir zur Krisensitzung.« Dann rief er Herrn Wiesner an, bestellte ihn zum Flughafen-Terminal, und da noch etwas Zeit bis zum Abflug blieb, kaufte er sich die Tageszeitung von morgen, die gerade ausgeliefert wurde, setzte sich ins Café, trank einen Espresso, überflog mit gewohnt teilnahmsloser Routine die Nachrichten, und plötzlich fiel ihm auf der Medienseite eine kleine Notiz ins Auge: »Cult FM, das neue Metropolenradio, hat vom Medienrat die Zulassung erhalten und wird noch in diesem

Quartal auf Sendung gehen. Damit erhöht sich die Zahl der Privatradios in der Region auf 15.« Es schien, als würde sich im Augenblick alle Welt gegen ihn verschwören. Er wußte zwar, daß Katastrophen die Eigenschaft besaßen, nie einzeln, sondern immer zusammen zu kommen, immer so fatal im Verbund, aber zwei Tiefschläge so kurz hintereinander – das war Körperverletzung. Er konnte gar nicht anders, als diese Nachricht mit einem fast schützenden Zynismus wegzustecken, denn er spürte deutlich: Jetzt begann der Radiokrieg richtig. Der Aufruf zum Boarding unterbrach seine Gedanken. Er rief noch rasch Vera an, die bereits an seinem Tonfall hörte, daß einiges anders als erwartet gelaufen sein mußte, und Stunden später, als er neben ihr auf der Dachterrasse saß, war ihr klar, daß es keinen weiteren Aufstieg für ihn geben würde.

Er zündete sich eine Zigarette an. Das war mehr als ungewöhnlich und ließ nichts Gutes ahnen. Bislang hatte er noch nie geraucht, geschweige denn auch nur das leiseste Verlangen danach verspürt. Außerdem wußte er, daß sie keinen Rauch vertrug und von dieser kratzig dumpfen Qualmluft Husten bekam, ja überhaupt diese Form einer Zwangsberauchung als eine Zumutung, einen Angriff auf ihre Gesundheit empfand. Doch im Moment sagte sie nichts, weil sie spürte, sie hätte ihm etwas weggenommen, von dem er sich offenbar eine Beruhigung versprach. Er hatte sich noch nicht einmal umgezogen, sondern saß in seinem Geschäftsführerdress, ganz im Dienstgrau, ihr gegenüber, ließ auch sein Handy angeschaltet und trank statt Rotwein grünen Tee, als hätte er noch ein riesiges Arbeitspensum vor sich.

»Deine gesamte Senderumgestaltung muß gestoppt werden«, sagte er, platzte förmlich damit heraus, als wollte er diesen Satz schnell loswerden und überhaupt das leidige Thema hinter sich bringen. Vera begriff nicht, was er meinte.

»Wir hängen ab heute mit halbiertem Budget am Tropf. Die Sendung *Lifestyle live* behalten wir bei, nur auf den gleichzeitigen Umbau müssen wir verzichten.«

»Aber das war doch gerade der Witz! Die Senderphilosophie in ein Raumgefühl umsetzen! Wie die Räume, so das Programm. Tera als Gesamtkunstwerk!«

»Den Gedanken behalten wir natürlich bei, und es läuft auch alles weiter wie vorgesehen. Mit einem Unterschied: Du tust lediglich so, als würdest du mit deinen Beiträgen den fortlaufenden Umbau begleiten.«

»Ich soll also über etwas reden, das in Wirklichkeit gar nicht stattfindet.«

»Das merkt doch keiner. Ist ja auch nicht unüblich. Das machen fast alle. Damit liegen wir voll im Trend. Was gesendet wird, ist wirklich. So mußt du das sehen. Du bringst, wie geplant, die junge frische Optik in den Sender – bloß eben virtuell. Damit ist allen gedient: Wir haben die Kosten für den Umbau gespart, die Werbekunden denken, bei uns fließt das große Geld, wir sind erfolgreich und liquid, und die Außenwirkung des Senders ist nicht beschädigt, denn bei einem solchen Projekt kommt keiner auf den Gedanken, daß wir finanziell im Engpaß stecken. Das ist eben der Vorteil der Medien. Sie können immer so tun, als ob. Niemand zweifelt den Wahrheitsgehalt an, von der Realität ganz zu schweigen.«

»Und wenn ein Hörer dann die neuen Räume sehen will?«

»Dann sind wir gerade dabei, in ein noch größeres Haus umzuziehen. Es wird uns schon was einfallen.«

»Das ganze Unternehmen jetzt stoppen! Wie stellst du dir das vor?«

»Kuno und seine beiden Kollegen bekommen ein Ausfallhonorar, und die Handwerkerfirmen, denen du bereits Aufträge erteilt hast, werden vertragsgemäß entschädigt für die Leistungen, die sie schon erbracht haben. Und was deine

Arbeit angeht, so bitte ich dich, die Forderungen vorerst zurückzustellen. Tu's mir zuliebe. Später wird sich eine Lösung finden. Nur jetzt bitte nicht, da ich jeden Pfennig brauche, damit das Programm hörbar bleibt.«

Sie hätte wissen müssen, daß Großaufträge von Freunden und Bekannten zu keinem guten Ende führen konnten. Er brachte sie in eine peinliche Lage. Mit Kuno mochte es ja noch hingehen, doch in ihrer Branche in den Ruf der Unzuverlässigkeit zu kommen, war alles andere als förderlich. Wenn sich das herumsprach, beteiligte sich so schnell keiner mehr an gemeinsamen Projekten mit ihr.

Vera stand auf, holte ihre Mappe mit den Entwürfen und packte sie ihm auf den Schoß. »Dann sieh dir wenigstens die letzten Zeichnungen an, damit du weißt, wie der Sender hätte werden können. Es kann nichts schaden, auch vom Virtuellen eine Vorstellung zu haben.«

Während er etwas schuldbewußt in den Entwürfen blätterte, dankte sie im stillen ihrer Weitsicht, für das Senderprojekt nicht auch noch den Münchener Auftrag zurückgestellt zu haben. Wenigstens eine verläßliche Säule stand, und die Sendung blieb immerhin bestehen. Der Chef des Architektenbüros hatte ihr schon dazu gratuliert, war begeistert, daß sie mit diesen Beiträgen so viel zum Ansehen der Zunft beitrug, und hatte ihr bereits zwei neue Aufträge angekündigt. Auch wenn ihr der fehlende Umbau einen erheblichen materiellen Schaden zufügte – der ideelle Gewinn, der ihr allein das Kommentieren dieses Projektes brachte, glich etliches aus. Einen Bekanntheitsgrad zu erwerben, das sah sie jetzt, war die beste Promotion und mitunter mehr wert als so manches lukrative Honorar.

Anderseits war aber auch der finanzielle Verlust gar nicht so hoch, denn bedachte sie es genau, hätten zwei Großaufträge bloß die Steuer nach oben getrieben, und der Gedanke, die Hälfte des Jahres für das Finanzamt zu arbeiten, war alles andere als anspornend. Vielleicht war die freie Zeit, die sie dadurch gewann, überhaupt das Allerwertvollste. Doch sie wollte sich darüber keine weiteren Gedanken machen. Sie freute sich, daß er früher gekommen war, und konnte sich nicht erinnern, in letzter Zeit einmal abends mit ihm auf der Dachterrasse gesessen zu haben. So gesehen war es fast schon wieder eine gute Nachricht, daß die Karriere erst mal zum Stillstand gekommen war. Allerdings hatte sie wenig Lust, über seine Arbeit zu reden. Schließlich bestand die Welt nicht nur aus Radiomaterie. Gerade jetzt, wo das ganz große Geld für ihn ausblieb, hätten sie ja mal übers Heiraten sprechen können. Wenn Zarth auch keine Notwendigkeit dafür sah, zumindest der finanzielle Vorteil ließ sich nicht leugnen: Steuerklasse II, immerhin eine Vergünstigung. Die Zeiten waren schließlich nicht so großartig, als daß man so ohne weiteres auf dieses Sonderangebot vom Fiskus verzichten konnte. Darüber hätte ein Nachdenken gelohnt. Überhaupt war ihr jetzt danach, etwas Schönes von ihm zu hören, das nur ihr galt und das nur sie hören konnte. Im stillen dachte sie, er müßte eigentlich etwas von ihren Gedanken erraten, müßte fühlen, was sie fühlte, spüren, was sie spürte, und plötzlich fragte sie: »Liebst du mich?« Fragte es mehr in die Nacht hinein, ins Dunkle und Ungewisse, doch er sagte nur ungehalten: »Fang doch jetzt nicht damit an! Das weißt du doch!«

Es hörte sich so an, als sei es ihm lästig, antworten zu müssen. Eigentlich hätte er gar nichts erwidern müssen. Nur aufstehen, sie umarmen, nur eine Geste – es hätte genügt. Stattdessen dieses mißmutig hingeworfene: Das weißt du doch! Nichts wußte sie, gar nichts, und doch steckte in diesen paar kümmerlich abdestillierten Worten schon alles, schon mehr als genug und viel zuviel – die totale Ernüchterung. Sie machte sich Vorwürfe, überhaupt gefragt zu haben, denn die Antwort klang so schroff, als hätte sie die zarthe Seele bedrängen oder den großen Roland erpressen wollen. Sie ärgerte sich. Wie konnte sie nur so dumm sein, etwas von ihm hören zu wollen, was er offenbar nicht empfand. Sie war selber schuld, daß er so reagierte. Peinlich, dieser seelische Ausrutscher, denn letztlich war es eine überflüssige Frage. In ihr lag bloß Unsicherheit und Zweifel, und so was sprach nur gegen sie. Sie hatte sich klein gemacht, war versehentlich ins Parterre gerutscht. Es sollte nicht mehr vorkommen.

Plötzlich dachte sie an seine Telefonate mit Inge und ärgerte sich noch mehr. Wenn er wollte, dann konnte er auch. Wollen müssen, das war es eben. Für seine Worldwide-Inge fiel ihm so manches schöne Sätzchen ein. Inge überm Sternenzelt. In jeder Silbe alles und dann dieses Fieber in seiner Stimme! Dieses alberne Zittern, dieses lyrische Schüler-Trema, jedes Wort hingehaucht und ihr zu Füßen gelegt, postpubertäres Glücksgeklimper vom ersten bis zum letzten Ton. Vera war doch nicht taub! Ihr konnte er doch nichts vormachen! Die ferne Ex wehte eben so einen Wind in sein Herz, und schon war alles geweckt. Nein, nie mehr mit einer Frage Inges Romeo in Verlegenheit bringen!

Mit einem Mal war der grüne Tee abgeräumt, und es standen zwei Gläser und eine Flasche Rotwein auf dem Tisch. »Sei nicht böse«, sagte er und schaltete das Handy aus, »ich bin einfach ein bißchen maulig. Es ist alles extrem schwierig. Jetzt gibt es Krieg – aber wir gewinnen.«

Mit diesem Satz eröffnete er im Conferencing Room die Krisensitzung. Brendel, Hassler, Raabe, Ismet, Bruno – alle wichtigen Männer des Leitungsteams waren gekommen. Zarth wußte, wenn schon die Lage katastrophal war, mußte wenigstens der Ton optimistisch bleiben, um die Mitarbeiter nicht von vornherein zu entmutigen. Als erstes betonte er, daß diese Sitzung streng vertraulich war. Kein Wort, das heute hier an diesem Tisch fiel, durfte in die Öffentlichkeit dringen, denn in einer solchen Situation schadete die kleinste Wahrheit der Außenwirkung. Dann schilderte er ihnen den Ernst der Lage und zog das Fazit: »In allen Positionen ist eine drastische Kostensenkung angesagt. Ein Drittel des Personalbestandes werden wir freisetzen müssen, sozial verträglich. Jung, kinderlos, ledig, kurze Betriebszugehörigkeit. Ihr wißt schon. Im Programmbereich müssen wir uns vom hohen Wortanteil verabschieden. Das wird zu teuer. Wenn, dann nur noch Nutzwertthemen. Wetter, Verkehr, Service, Kurzinfo und zur vollen Stunde Nachrichten. Der Rest ist Musik und Gewinnspiele. Anders geht's nicht. Die Hörer müssen um jeden Preis dranbleiben. Wenigstens einmal in der Woche ein Tabu brechen, sich trauen, was sich keiner traut. Nur das Spektakuläre zieht. Ich weiß auch, Aufsehen ist noch kein Ansehen, aber entscheidend ist die Reichweite. Off Air-Aktivitäten stellen wir vorerst ein. Außer den Tera Clubs. Die kosten nichts. Sorge macht mir das Seminarschiff. Das können wir uns nicht mehr leisten. Nur merken darf es keiner. Wenn bekannt wird, daß wir mit Low Budget fahren, ist es mit unserem Standing vorbei. Eines muß klar sein: Wir dürfen um nichts in der Welt das Vertrauen der Werbewirtschaft verlieren. Alles muß so weiterlaufen wie bisher – bloß modifiziert. Wir werden für das Schiff einen Sponsor finden und die Seminargebühr erhöhen. Gutes ist nun mal teuer, das wird sich inzwischen ja herumgesprochen haben.« Zarth bemühte sich um ein Lächeln. »So weit, so gut. Und nun noch die schlechte Nachricht: Im kommenden Quartal geht das zweite Metropolenradio auf Sendung. *Cult FM*. Nicht gerade sehr einfallsreich, aber für uns heißt das: Der Kampf ums Überleben hat begonnen. Wer–Wen – das ist ab jetzt die Frage.«

Es herrschte betretenes Schweigen. Nur Brendel schmunzelte, kam ihm doch diese Frage Wer–Wen gut bekannt vor, denn mit ihr war er groß geworden. Allerdings sah er die Situation etwas anders als sein Chef. »Die Lage ist ernst, aber nicht hoffnungslos. Unser Kampfprogramm steht. Statt es zurückzunehmen, setzen wir noch eins drauf und starten eine Offensive. Wenn es sein muß, verabschieden wir uns vom Wort. Aber bitte nicht sofort, sondern nach und nach. Nach außen muß unser Anspruch an Kompetenz gewahrt bleiben. Keine Billigschiene. Wir müssen uns da was einfallen lassen. Nicht daß wir am Ende als Konservenfunk durch die Presse gehen. Die gerade angelaufenen Verbrauchertips *Ollis guter Rat* sind ein echter Startup-Erfolg. Daran wird nicht gerüttelt. Auch Veras *Lifestyle live* bringt noch gute Quoten, aber ein Kracher sind sie nicht, und ich fürchte, wir werden ihre Sendezeit halbieren müssen. Ebenso das *Wochenthema* mit Staatssekretär Möhl. Wenn wir uns schon an den Massengeschmack anpassen müssen, dann weniger Haute Couture und mehr Prêt-à-porter. Sonst müssen wir uns von unseren Hochpreissingles verabschieden. Darum die Programmoffensive. Vorschlag: Wir schicken unsere gesamte Ü-Wagen-Flotte raus, stehen vor Ort an den Brennpunkten und starten in der Vormittagsschiene einen neuen Tera Hype als Topthema. Wir greifen das Phlegma der Behörden an. Das kostet nicht viel und bringt uns Hörersympathien. Ran an den Öffentlichen Dienst! Motto: Wir machen den Dienst öffentlich! Rein in die Ämter mit dem Mikro und auf die Schreibtische geschaut. Das ist offensiv und preiswert. Wir folgen dem Reality-Trend und zeigen, bei Tera ist das Unberechenbare Programm. Das erwarten die Hörer von uns, und das haben wir ihnen auch versprochen. Damit sich unser Kampfprogramm rechnet, müssen wir vor allem mit Praktikanten arbeiten. Natürlich darf es nicht so aussehen, als bedienten wir uns billiger Arbeitskräfte. Wir geben uns ausbildungsfreundlich und verkaufen das Ganze als Talentschmiede. Tera, der Sender, bei dem kein Talent untergeht oder so.«

Hassler setzte noch eins drauf: »Parallel zur Programmoffensive starten wir eine Marketingoffensive. Wir gehen in eine Werbekombi mit Taff und Antenne 1 und bieten zudem jedem unserer Werbekunden an, die Spots bei uns produzieren zu lassen. Das ist für sie der Fullservice, und uns bringt es noch einmal eine erhebliche Kosteneinsparung.«

Nur Bruno, der Musikredakteur, sah im Moment keinen Anlaß für eine Veränderung, im Gegenteil. »Das Musikformat hat sich bewährt«, sagte er. »Die Softhit Rockpop Farbe ist einmalig in der Region. Diese Position müssen wir halten. Die jüngste Musikresearch hat bestätigt: Mit diesem Soft-Hot-AC-Mix ist uns ein unverwechselbares Format gelungen. Das werden wir ausbauen. Einen besseren Einschaltimpuls gibt es nicht.«

Ismet bot sofort an, den Businessplan mit dem halbierten Budget noch einmal neu zu erstellen, damit sie wußten, wohin sie steuerten und womit sie rechnen konnten. Zarth war erleichtert. Daß er trotz allem auf eine so gute Stimmung in der Truppe traf, hatte er nicht erwartet. Er fühlte sich von seiner Mannschaft nicht nur verstanden, sondern aufgerichtet. Programmoffensive und Marketingoffensive – das war genau die kämpferische Haltung, die er jetzt brauchte. Von wegen in Deckung gehen und sich vor der Konkurrenz abducken! Sie waren auf Angriff gestimmt. Sie stürmten mit ihren Ideen nach vorn. Seine Mannschaft war Gold wert. Jetzt wußte er: Mit diesen Jungs ließ sich ein finanzieller Notstand meistern. Noch waren Ideen preiswerter als Geld. Brendel hatte recht: Der Content mußte nicht teuer, sondern einfallsreich sein. Wenn sie das schafften, waren sie über den Berg.

Zarth spürte, er hatte seine Balance zurückgewonnen. Als er die Sitzung beendete, war er fast wieder guter Dinge. »Na dann, an die Gewehre«, rief er ihnen beim Auseinandergehen zu und fand, eine bessere Losung für den neuen Relaunch konnte es nicht geben.

»Da haben wir schon ganz andere Höhen der Kultur gestürmt«, flüsterte Brendel seinen Kollegen Hassler und Raabe zu, und die drei schmunzelten bedeutsam und sandten sich einen solidarischen Blick.

Anja war verärgert. Seit Tagen versuchte sie ihrem Vater den Mitschnitt ihrer ersten Sendung vorzuführen, aber er vertröstete sie von Mal zu Mal mit immer neuen wichtigen Terminen. Zwar hatte Vera schon die Sendung gesehen, doch auf Rons Urteil wollte sie nicht verzichten, denn seit dem Casting war ihr deutlich geworden, was für ein Ansehen er in der Branche genoß, wie respektvoll die Mienen wurden, wenn sein Name fiel, und auch Axel hatte voller Ehrfurcht gemeint, daß ihr Vater echt was auf der Pfanne hätte und eine große Nummer sei. Sie fand, es war nicht zuviel von Ron verlangt, einmal als Fachmann einen Blick auf ihre erste Sendung zu werfen. Sie behelligte ihn ja sonst mit nichts, und es war auch kein übertriebener Wunsch, seiner Tochter dieselbe Aufmerksamkeit zukommen zu lassen wie jedem beliebigen Kollegen. Betteln um ein halbes Stündchen gnädiger Wahrnehmung kam für sie nicht in Frage, und noch weitere Tage warten, bis er sich endlich die Zeit dafür nahm, wollte sie auch nicht. Von Inge wußte sie, daß man rigoros werden mußte, um sich bei ihm durchzusetzen, und dann, als er nach dem sonnabendlichen Frühstück gleich aufstand, um in den Sender zu fahren, war Anjas Geduld zu Ende.

Sie schob den Fernseher an den Kamin, legte die Kassette ein und meinte mit dem Unterton des Protestes: »Du freust dich doch auch, wenn ich dein Radio höre, um dir zu sagen, wie es bei mir ankommt, Zielgruppe 15 plus, und du willst dir keine halbe Stunde abdrücken, um dir meine Sendung anzusehen! Findest du das richtig? Jetzt machst du keinen Abflug, jetzt bin ich dein wichtigster Termin!«

Zarth sah nervös zur Uhr. Der Ton seiner Tochter erinnerte ihn daran, daß er sein Versprechen einlösen mußte. Obwohl ihm alles sichtlich ungelegen kam, rief er mürrisch Herrn Wiesner an und bat ihn, eine halbe Stunde später zu kommen. Dann setzte er sich voller Ungeduld vor den Fernseher und zündete sich eine Zigarette an.

»Seit wann wird hier geraucht!« sagte Anja, schaltete die Geräte ein, hockte sich neben Ron, nahm ihm entschlossen die Zigarette aus dem Mund und drückte sie im Aschenbecher aus. »So was schwächt dich bloß, lieber Vater. Damit fangen wir gar nicht erst an. Das läßt du schön bleiben.«

Dieser kategorisch fürsorgliche Ton, von dem er meinte, er müsse bevorzugt alten und kranken Leuten gelten, war ihm sichtlich peinlich, doch noch ehe er erwidern konnte, lief schon die Chaossendung mit dem Amok-Axel. Vera gesellte sich dazu, und Anja beobachtete ihren Vater von der Seite. Sie ließ keinen Blick von ihm und täuschte sich nicht, daß er voller Mißmut auf den Bildschirm schaute und alles als eine Störung betrachtete. Notgedrungen verfolgte er, wie sie auf der Schülermesse mit dem Mikrofon von einem Stand zum andern ging und kleine Interviews machte. Doch dann bemerkte sie, daß er fast wider Willen zuzuschauen begann, daß er mit ihr mitging, daß er lächelte, sich schließlich freute, und als sie den Kult-Talker Tommy vorstellte, war er begeistert. »Die Kassette mußt du unbedingt Inge schicken«, sagte er, und Anja entgegnete nur: »Hat sie längst. Wir haben schon darüber telefoniert. Jetzt noch ein gutes Abitur, hat sie gesagt, und dann nimmst du Kurs auf eine Fernsehkarriere. Auch

Frau Heckert, unsere Deutschlehrerin, die an alles immer tierisch hohe Ansprüche stellt, fand die Sendung ganz toll. Und Axel hat mir auch schon eine große Laufbahn vorausgesagt.«

»Wenn es soweit ist, werden wir schon das richtige für dich finden«, meinte Zarth. »Die Voraussetzungen für das Metier hast du jedenfalls.«

Anjas anfänglicher Ärger war schlagartig verflogen, sie umarmte ihren Vater, er war wieder ihr liebster Ron, und Vera begriff, daß es mit dem geplanten Studium in Kanada wohl nichts werden würde. Offenbar hatte das Zarthsche Herzenstrio bereits eine ganz neue Zukunft für sie im Blick. Das Klingeln seines Handys unterbrach die morgendliche Idylle. »Bin schon auf dem Weg«, sagte er, nahm seine Aktenmappe, hauchte Vera einen Kuß auf die Wange und ging zur Tür. Anja begleitete ihn und flüsterte ihr im Vorbeigehen zu: »Du siehst ja, was wirkt: Volle Kanne – und schon hat er Zeit.« Dann verließ sie eng umschlungen mit Ron die Wohnung.

Vera stand einen Moment lang unschlüssig. Wie hätte es auch anders sein sollen: Er stand auf und entschwand ins Business. Ein Tag wie der andere, und jeder Tag ein Radiotag. Sie kannte das. Doch sie hatte keine Lust, jetzt zu Hause zu bleiben. Nicht an einem so strahlend schönen Tag. Es zog sie hinaus. Selbst die Dachterrasse genügte ihr heute nicht. Sie mußte unter Menschen, wollte Farben sehen, ein paar Blicke auffangen und sich ins bunte Treiben mischen. Sie packte in einen Klarsichtbeutel Möhren, Äpfel und gekochten Rosenkohl, was Bi schon von weitem sah und ihn in eine unruhige Vorfreude stürzte. Dann legte sie ihm das Halsband um, nahm die Leine und ging zum Auto. Wie eine Trophäe trug sie den Beutel voran. Bi folgte ihm begierig, und kaum daß der Beutel auf dem Rücksitz lag, setzte er mit einem großen Sprung hinterher und bewachte lauernd sein Vitalpaket. Ab und zu warf sie einen Blick in den Rückspiegel, dachte, daß der Bulldog der einzige war, mit dem sie sich immer besser verstand und die Vorstellung, Anja könnte ausziehen und ihn mitnehmen, war seinetwegen nicht mehr wünschenswert. Immerhin hatte Vera seine Leidenschaft fürs Vegetarische entdeckt, was ganz wesentlich zur Verbesserung seines Wohlbefindens beitrug. Seitdem fiel ihm auch das Fell nicht mehr aus, die Entzündungen wurden seltener, und er war wieder dieser prächtige Canis molossus gladiator, mit dem sich an Tagen wie heute gebührend renommieren ließ. Ein bißchen Parade laufen, Blickfang sein und sich selbst spazierenführen – das gehörte nun mal für sie zur Sonne.

In der Nähe des Stadtzentrums fuhr sie langsamer und hielt nach der ersten freien Parklücke Ausschau. Plötzlich klingelte am Handy die Reveille. »Hör mal«, sagte Zarth, »ich habe Anja noch schnell in der Redaktion abgesetzt. Sie macht ihre Sache wirklich gut, findest du nicht? Achte doch mal drauf, ob bei ihr noch von diesem gammligen Typen die Rede ist. Du weißt schon, dieser Fabio. Ich glaube fast, seit sie so viel mit den Sendungen zu tun hat, ist er von der Bildfläche verschwunden. Das wäre ja dann ein Doppelerfolg!«

Vera hörte ihm zu und sagte nichts. Bi zerkaute eine Möhre. »Was sind denn das für Geräusche im Hintergrund? Was machst du gerade?«

»Ich suche einen Parkplatz. Bi muß unter Menschen.«

»Du hast es gut. Schade, daß ich nicht dabeisein kann. Ich würde jetzt auch gerne durch die Stadt spazieren. Bring mir was Schönes mit. Ich freue mich immer so, wenn du mich mit schönen Dingen überraschst. Dann weiß ich, du hast an mich gedacht. Drück mir die Daumen, ich habe jetzt Open Door und muß mindestens zehn Leute auf ihre Kündigung vorbereiten. Shit, sag ich dir, echt Shit. Auf ihre Black Numbers werden Greenwood und Redstone wohl noch lange warten müssen.«

Plötzlich wurde seine Stimme fast tonlos. Sie fühlte, daß er unter einem großen Druck stand. Irgendwie spürte sie, daß er sich anlehnen wollte und einen Halt suchte. Auf einmal tat er ihr leid. Doch bedauern half ihm nichts. Anja hatte ihr soeben das wirkungsvolle Kontrastprogramm vorgeführt: rigoros werden. Das brachte ihn zur Einsicht. Denn so wie bisher konnte es nicht weitergehen. Er ruinierte sich. Er gönnte sich keine Atempause, kam nicht zur Besinnung, schlief immer weniger, war am Wochenende nicht mal mehr im Netz, und daß er neuerdings zu rauchen begann, schien ihr mehr als ein bedenkliches Zeichen. »Zeig bloß keinen falschen Ehrgeiz«, sagte sie. »Wenn die mit ihren Gesellschaftern nicht klarkommen und kein Geld mehr haben, bist du nicht das Beschaffungsamt. Du machst dich nur kaputt. Am Ende liegst du auf der Nase, und es gibt dir keiner was. Mach langsamer! Bei der Kürzung können sie froh sein, daß du ihnen nicht den ganzen Kram vor die Füße schmeißt! So schön dein Gehalt auch ist – du hast ja nicht mal die Zeit, es auszugeben. Mit weniger kämen wir genausogut zurecht, lebten viel fröhlicher und vor allem auch mal für uns. Du gehörst doch gar nicht mehr dir selbst! Powerst dich aus, um denen irgendwelche Gewinne einzufahren! Jeder Tag ein Energieabsauger, und am Ende zahlst du bloß drauf. Die können sich zwar dann freuen, aber du bist erledigt. Der Rest geht an die Steuer. Ich sage dir, es gibt Besseres. Vorschlag: Du machst heute bald Schluß, und wir nutzen die Sonne und fahren noch an einen See. Da haben wir beide was von.«

Doch dann klopfte schon ein anderer an sein Handy, und er sagte nur: »Ich melde mich noch mal« und beendete das Gespräch. Vera hatte ihm so gehörig ins Gewissen geredet, daß sie jetzt erst bemerkte, das Einparken vergessen zu haben, und noch einmal zurückfuhr, um eine Parklücke zu suchen. Es fiel ihr schwer, ihn zu begreifen. Wenn Tera wenigstens noch ein anspruchsvolles Programm gewesen wäre! Aber sich für dieses Gedudel derart aufzureiben – das stand doch in gar keinem Verhältnis! Sie überlegte, womit sie Zarth erfreuen konnte. Plötzlich dachte sie daran, daß ihm nicht einmal mehr die Zeit blieb, um am Ende des Tages in eine andere Befindlichkeit zu wechseln. Wenn er schon spätabends das angenehme Kimonogefühl entbehren mußte, dann sollte er es wenigstens tagsüber verspüren, und darum entschloß sie sich spontan, ihm seidene Unterwäsche zu kaufen. Nicht Maco-Baumwolle, nicht Stretch Cotton, nicht Microfaser und auch nicht seidige Unterwäsche sollte es sein, nein, reine Seide. Natur pur, die wie ein kühler Schatten die Haut umspielte und alle Schwankungen von Hitze bis Kälte unmerklich ausglich. Die deutsche Doppelrippe mit ihrer gediegenen Holzfällerqualität mochte noch so sitzfest, weich und warm sein – sie konnte nichts Neues mehr bieten. Zarth brauchte jetzt eine textile Dröhnung.

Sie hielt Bi an der kurzen Leine, damit er nicht freudig die Vorübergehenden ansprang, ging geradewegs in das Nobelkaufhaus und arbeitete sich zielstrebig im Dschungel der Unterwäscheabteilung zu den Hochpreisprodukten vor. Die Vielzahl der Formen verwirrte sie nicht, denn für ihn kam ohnehin nur das Unauffällige und Seriöse in Frage. Strings und Tangas hätte sie ihm nie gekauft. Slips mit Eingriff und Glanzeffekten schieden von vornherein aus, und Shorts und Boxer trugen bloß auf. Am besten fand sie Pants. Gediegen in der Form, sachlich im Zweck. Die Verkäuferin holte die einzelnen Stücke aus den Glasvitrinen. Vera prüfte sorgfältig das Material, Modell für Modell, und wurde bei Zimmerli fündig. Sie fühlte den Stoff und spürte, wie die Seide leicht und kühl zwischen den Fingern dahinglitt. Dann nahm sie die zum Hemd passende Unterhose aus der Schachtel, breitete sie vor sich aus, um einen Gesamteindruck zu haben, betrachtete sie von vorne und von hinten, prüfte die Elastizität des Gummis, das nicht einschnüren durfte, und plötzlich fragte sie sich, was sie eigentlich hier machte und ob sie nichts Wichtigeres zu tun hatte. Von den Socken bis zu den Krawatten eine Vollbetreuung. Das wußte er doch gar nicht zu schätzen! Big Zarth im großen Streß und sie ständig dabei, ihm den abzubauen. Sein Fleißiges Lieschen. Am Ende sah es noch so aus, als wollte sie mit dem Unterhosenkauf ihre Unentbehrlichkeit demonstrieren! Aber schließlich mußte sich ja einer darum kümmern! Wer, wenn nicht sie. Sie war es nun mal, die Stil in sein Leben brachte. Auch im Underwear-Bereich mußte ein Geschäftsführer gut gedresst sein. Und wenn er sich wohl fühlte und bis in die letzte Pore gut drauf war, hatte auch sie einen Gewinn.

Sie ließ sich gleich zwei verschiedene Kombinationen in unterschiedlichen Farben einpacken. Natürlich nicht in Weiß, denn Weiß sah immer so klinisch, so langweilig und trockenschleuderfest aus. Auch Sandwashed- und Champagnertöne mied sie, weil sie zu fad, zu hautfarben wirkten. Sie entschied sie sich für Aubergine und Titan. Aus diesen Farben kam Entschlossenheit und Kraft, und beides brauchte er jetzt: Manpower als höchster Tragekomfort.

Die ganze Zeit über wartete sie ungeduldig auf seinen Anruf, denn sie hoffte, daß er sich ihre Demarche zu Herzen nahm, doch vergebens. Als er spätabends nach Hause kam, zeigte sie ihm, daß sie an ihn gedacht hatte, nannte es eine Dienstleistung für sein Wohlbefinden, doch er war gereizt und nervös, denn er hatte im Moment ganz andere Dinge im Kopf, wollte nichts sehen und nichts hören und nicht mit solchem Kram behelligt werden. Sie schmiß die teuren Schächtelchen in den Schrank und sagte nur: »Dann kauf dir doch in Zukunft dein Zeug selber!«

Als Vera aus München zurückkam, überraschte er sie mit einem Super-Highlight, der Großen Tera Nacht, für die der Sender eigens das *Seeschlößchen* gemietet hatte, den In-Tip für Genießer und Romantiker. Drei der beliebtesten Popstars konnte er dafür engagieren, die DJs vom *Wunschwochenende* waren mit von der Partie, und alles wurde live im Rundfunk übertragen, damit weithin bekannt wurde: Tera setzte die Trends und dafür boten sie alles auf, was gut und teuer war.

Vera verstand ihn nicht. Ihr stornierte er wegen Geldmangel die Umgestaltung der Senderräume, zahlte nicht einmal ein Ausfallhonorar, mußte sogar Leute entlassen, aber anscheinend war noch genügend Geld da, um es zum Fenster hinauszuwerfen. Sie fragte sich, was in ihn gefahren war. Bislang hatte sie der einfachen Rechenart vertraut, die besagte: Wer nichts hat, kann nichts ausgeben. Und so hatte sie ihn eigentlich auch verstanden, jüngst in seiner Niedergeschlagenheit, als er aus Brüssel kam. Doch offenbar galt für ihn jetzt eine andere Algebra. Gerade weil der Sender kein Geld mehr hatte, taten sie so, als gäbe es reichlich davon. Sie fühlte sich veralbert und hatte nicht die geringste Lust, sich von ihm in der Verkehrung der Begriffe unterweisen zu lassen.

»Glaub mir, das ist kein herausgeworfenes Geld«, sagte er, »im Gegenteil. Die Konkurrenz muß sehen, wir sind nicht die kleine Kommerzstation, sondern ein Sender, der mit den großen Hunden pinkelt. Das macht Eindruck. Auch bei der Werbewirtschaft. Dafür lohnt es sogar, einen Kredit aufzunehmen. So ein Super-Fest ist eine strategische Investition und Teil der Überlebenskunst. Würde unsere wahre Finanzlage bekannt, wären wir erledigt. Nein, umgekehrt löst sich das Elend: Wenn kein Geld in der Kasse ist, mußt du erst recht richtig auf die Glocke haun.«

Sie wollte sich nicht einmischen in seine glorreichen Geschäfte, aber da sie sich in Geldfragen nun mal vom gesunden Menschenverstand leiten ließ, fühlte sie, daß dies der falsche Weg war. Er täuschte Wirklichkeiten vor, die es nicht gab. Dabei hatte er sich immer abfällig geäußert über Kollegen, die aus dem Vorspiegeln falscher Tatsachen eine schöne Rendite zogen, und er hatte ihr recht gegeben, daß hinter den Hochglanzprospekten die nackte Bärme lag; Menschliches, allzu Menschliches, das bei genauerem Hinsehen nichts als die beeindruckende Vielfalt des Stümperhaften, Primitiven und Beschränkten zum Vorschein brachte. Doch daß er jetzt gleichfalls in dieses verlogene Horn stieß – das enttäuschte sie.

Lustlos und nur weil er sie darum gebeten hatte, begleitete sie ihn ins *Seeschlößchen*. Vor dem Eingang hatte sich ein Ü-Wagen postiert und deutete unmißverständlich auf die Gewichtigkeit des Ereignisses hin. Alles war hell erleuchtet. Die Fahnen mit dem Tera Logo wehten. Dicht an dicht parkten die Autos bis in die Nebenstraßen, und wie in einer Drift bewegten sich die Menschen auf den Festort zu. Vera traute ihren Augen nicht. Wo sie hinsah – Hülle und Fülle. In den Festzelten sich biegende Büfetts, Kellner und Köche zuhauf, Wein in Strömen, Sänger auf den Bühnen, überall angestrahlte Bäume, ein märchenhaftes Arrangement, das von allen Seiten den Blick auf den See frei ließ, auf dessen nachtschwarzer Oberfläche die Lichterketten der Tanzfläche wie Sterne glitzerten. Zarth ging mit ihr geradewegs auf Schuchard zu und freute sich, ihm zur Feier des Tages noch eine besondere Überraschung präsentieren zu können: für ihn und seine Frau einen Kurztrip nach Tokio, einkaufen in Shibuya, dem Geschäftszentrum des Universums – ein kleines Dankeschön vom Tera-Team für die gute Zusammenarbeit. Er konnte sich aussuchen, wann sie die

Reise für ihn buchen sollten. Sie richteten sich ganz nach seinem Terminkalender.

Vera zweifelte nicht, daß Zarth im Begriff war, den Boden der Realität zu verlassen. Roland, der Geber, teilte aus. Ob er aus dem vollen oder dem leeren schöpfte, war nicht auszumachen, doch es schien ihr: Hauptsache, er schöpfte. Im Moment kam er ihr wie der Tenno von Tera vor, der sich gewichtig und geschäftig, ja geradezu hoheitsvoll durch das dichte Gewühl der Gäste bewegte. Viele drängten heran, um ihn zu begrüßen und die Ehre zu haben, ein paar Worte mit ihm zu wechseln; sie kam gar nicht so schnell hinterher, und mit einem Mal war er in der Menge verschwunden. Ganz hinten im Zelt sah sie Dorothee und Brendel. Ihn wollte sie fragen, ob sie nicht doch im Begriff waren, ein Potemkinsches Dorf aufzubauen, wollte für sich die Gewißheit holen, die Dinge letztendlich doch nicht seitenverkehrt zu sehen, sondern bloß kreuznormal und nüchtern realistisch, als plötzlich der Assessor vor ihr stand. Es war, als wäre er vom Himmel gefallen, direkt vor ihre Füße. Der Mann passend zum Abend. Er war so überrascht, daß ihm nichts Originelleres einfiel als die Frage: »Was machen S i e denn hier?«

»Ich gehöre zum Freundeskreis von Tera«, sagte sie heiter, fast ausgelassen. Einen Moment lang stutzte er, schien zu überlegen, dann meinte er nur: »Das erklärt mir einiges«, und ging mit ihr hinunter ans Seeufer zur Tanzfläche. Sie genoß es, einmal auf ihre äußere Erscheinung angesprochen zu werden, auf ihre Figur, ihre Augen, auf alles, was Zarth nicht mehr zu bemerken schien. Sie ließ sich diesen Kopf-Fuß-Blick gern gefallen, denn es war keiner dieser abtastenden, taxierenden Männerblicke, die sie sonst als plump und anmachend empfand. Aus ihm sprach eine Bewunderung, die ihr guttat und zeigte: Sie war zwar ein erfolgreich arbeitendes Wesen, doch noch etwas darüber hinaus. Genau das Darüberhinaus wollte sie jetzt spüren. Plötzlich wurde ihr aber auch bewußt, daß sie schon lange nicht mehr getanzt hatte und mit einem notorischen Nichttänzer wie Zarth vieles versäumen mußte. Immer stand er am Rande, tat, als interessierte ihn alles nicht, als hätte er nur sein Business und all die heiligen Sachen im Kopf, gab sich elitär und hatte sich für sein Unvermögen natürlich auch eine Theorie zurechtgelegt – die Theorie vom Diskostampfen der Dünnbiergehirne, dem er nun mal leider nichts abgewinnen konnte. Doch für sie waren es nur Ausreden, denn ein Nichttänzer führte in Wahrheit bloß ein charakterliches Manko vor: Er hatte keinen Rhythmus, keine Bewegung, keine Haltung, keine Flamme. Aber darüber wollte sie sich jetzt keine Gedanken machen. Sie wollte überhaupt alles vergessen. Auch ob sein Super-Sommerfest sich aus leeren oder vollen Töpfen speiste oder alles nur mit einem Kredit sensitiv zustande gekommen war, interessierte sie auf einmal nicht mehr, im Gegenteil: Schulden oder nicht Schulden – jetzt schien alles für sie arrangiert.

Als sie mit dem Assessor in den Rhythmus der Musik eintauchte und er sich gleich eng an sie schmiegte, dachte sie nur, der traut sich was. Kein anderer hätte so mit ihr zu tanzen gewagt. Doch diese unbekümmert draufgängerische Art gefiel ihr. Entschlossenheit hatte sie schon immer beeindruckt. Es war ein Augenblick, in dem alles stimmte. Die Musik stimmte, die Umgebung stimmte, der Mann stimmte. Er duzte sie plötzlich, und auch das stimmte, paßte zu dem schwarzglitzernden See und dem milden Abendlüftchen, paßte zu ihren heimlichen Gedanken, dieser Sehnsucht nach einem großen Gefühl, und mit einem Mal stellte sie sich ihn als den Vater ihres Kindes vor.

Sie leben im Defizitfrust? Sie reagieren allergisch auf den Alltag? Sie haben den notorischen Größenwahn, die Schwätzer vom Dienst, die konfektionierten Lügen, das Postengeschiebe, die Anpasser und Umfaller, die Pseudos und Psychos gründlich satt? Bauen Sie sich Ihren eigenen Himmel! Heben Sie sich über den kleinen gemeinen Nenner hinaus, der alles dezimiert, die Gedanken niederdrückt, den Elan schwächt und die Lust auf die Lust mindert. Verlassen Sie das Laufrad der Echtzeit! Wenden Sie sich dem Höheren zu, dem Bleibenden und Unvergänglichen! Entdecken Sie die Ewigkeit – den anderen Strom, die andere Welt, jenseits der Zeit, über den Sternen, hinter den Räumen, schön und erhaben, immerwährend, immerlebend, ein flüchtiger Nebelstreif, ein Windhauch, ein Blütenfall, beginnlos, endlos, allesdurchwaltend, allesdurchwirkend. Hier leuchten die Sterne des Morgens, und es scheint die Sonne der Nacht. Hier brennen die Feuer des Augenblicks und löschen den Durst auf das Glück. Lassen Sie sich anwehen von der Ewigkeit, und Sie werden spüren: Die Keimblätter Ihres Wesens entfalten sich. Die Sehnsucht trägt Sie ins Kommende, die Farben beginnen zu sprechen. Das trübe Gewölk des Alltags hellt sich auf, die Werte ordnen sich neu. Das Bedeutsame wird nichtig, das Große fragwürdig, das Hochtönende verrauscht. Ihre Seele öffnet sich. Das Leben liegt vor Ihnen wie ein blühender Wiesengrund, ein herrlicher Spaziergang, ein Aufenthalt im Unterwegs und Sie mittendrin – das Heutige, das morgen von gestern sein wird, das Vorübergehende, das bleibt und eine Spur hinterläßt, die andere aufnehmen. Wir schenken Ihnen diesen kostbaren Moment Ewigkeit, der Ihrem Dasein eine neue Dimension verleiht und Sie zu den Quellen des Ichs führt, in eine Welt, die ihre eigene Magie und ihre eigene Schönheit hat. Lassen Sie sich im Rausch der Gefühle über den Strom der Zeit tragen, und Sie werden präsent sein. Sinnlich präsent, jeden Augenblick da, unübersehbar, unverwechselbar, betörend und einmalig. Fern der Zeit, näher am Sein. Für heute, für immer. Übertreffen Sie Ihre eigene Dauer mit einem Hauch von Ewigkeit – *Eternity*, das Parfüm aus dem Hause Calvin Klein! Auch im 4-Milliliter-Flakon, Classic-Miniatur.

Sommerstille war in die Hauptstadt eingezogen. Durch das Zentrum flutete der gewohnte Touristenstrom, doch jenseits davon schienen die schattigen, laubverhangenen Straßen wie leergefegt. Scharen von Urlaubern waren ausgeflogen, um den fernen Inseln und weißen Stränden das Fürchten zu lehren, und hatten die Stadt für die Daheimgebliebenen durchsichtig und geräumig, hell und luftig gemacht. Staulos floß der Verkehr durch die Straßen, glitt ohne Hektik, fast elegant und geräuschlos dahin. Die Sonne gab dem gewohnten Gang der Dinge eine ganz andere Passierdauer, so daß alles etwas Gelassenes und Beschauliches bekam. Unter dem dunstig heißen Himmel verwandelten sich die Tage in Schlendertage, schienen plötzlich reich an Zeit und reich an Sorglosigkeit und ließen den Müßiggang aus jeder Mauerritze schauen. Bänke, Brunnenränder und Cafés waren dicht belagert, jeder kam mit jedem leicht ins Gespräch, alles hatte etwas Unbeschwertes, und überhaupt schien es ganz so, als würden die Daheimgebliebenen näher zusammenrücken und ihre Stadt neu in Besitz nehmen wollen.

Auch in die Dachterrassenwohnung Pflüger-Zarth war Sommerstille eingezogen. Anja verbrachte die Ferien bei ihren Großeltern, die es um diese Zeit nach Südfrankreich zu ihrem Segelboot zog, und Vera hatte sich ein Zimmer in München gemietet, um zügig das Büroprojekt fertigzustellen. Ihre Rundfunkbeiträge waren vorproduziert worden, so daß es kein aufwendiges Hin- und Herfahren gab. Der Assessor hatte ihr eine Ansichtskarte aus Havanna geschickt und geschrieben, daß in Kuba der Mond größer als anderswo war und die Sterne heller leuchteten. Sie las es mit einer leisen Enttäuschung, denn ohne ihr etwas zu sagen, hatte er sich aus dem Staub gemacht. Sie wußte nicht, war es Flucht oder

Gleichgültigkeit, war er allein oder mit anderen gereist oder war es überhaupt nur Ausdruck einer ganz gewöhnlichen Eigenbrötelei. Hätte er ein Zimmer am Starnberger See gemietet, wäre der Mond zwar nicht so hoch und die Sterne nicht ganz so hell gewesen, aber sie hätten zumindest zu zweit den Himmel durchmustern können. Doch in diese Richtung schien er offenbar nicht zu denken.

Eine leichte Verstimmung gab es mit Dorothee, als Vera den Hochzeitsservice absagte. Sosehr sie ihrer Freundin einen vollen Geschenktisch gönnte und auch gern hinsichtlich der Zweckmäßigkeit der Geschenke ihren Beitrag leisten wollte – die Vorstellung, nach Hause zu kommen und unablässig vom Klingeln des Telefons behelligt zu werden, nur um Dorothees hundert Gästen den Hochzeitstisch im *Kaufhof* zu vermitteln, allein schon diese Vorstellung empfand sie als die Zumutung an sich, die jede Gefälligkeit überstieg. Nein, Dorothee mußte sich für ihren Hochzeitsservice jemanden suchen, der ohne berufliche Belastung war, oder am besten gleich eine Agentur beauftragen. Dorothee fragte zwar etwas betreten, warum ihr das nicht früher eingefallen war, denn nun waren die Einladungskarten bereits im Druck, doch Vera meinte nur, sie konnte ja nicht ahnen, daß sie wirklich hundert Gäste zur Hochzeit einladen würde und bat, den Druck zu stoppen. Notfalls wollte sie auch die entstehenden Unkosten tragen, Hauptsache, es kam nicht dieser Klingelterror auf sie zu.

Der Leidtragende dieses Arbeitssommers war Bi. Da Vera wußte, wie sehr er unter ihrer Abwesenheit litt, hatte sie minutiös seine Betreuung organisiert. Gegen ein Aufgeld war das Maiwäldchen verpflichtet worden, Bi jeden Morgen als erstes auszuführen. Vera hatte ihr die Anweisung gegeben, nur schattige Wege zu wählen, damit er sich bei den hochsommerlichen Temperaturen nicht gefährlich überhitzte, und immer eine Schale und kaltes Wasser mitzunehmen, falls er unterwegs trinken wollte. Vor allem mußte sie langsam mit ihm laufen und sich zwischendurch öfter auf eine Bank setzen, damit er sich abkühlen konnte. Abends sollte sie sich mit Zarth diese Aufgabe teilen. Vera hatte ihm das Versprechen abgenommen, sich in allem mit der Maiwald so abzustimmen, daß Bi nie länger als sechs Stunden allein war.

Im stillen bedauerte Vera, sich nicht selber um den Hund kümmern zu können, aber die Arbeit in München drängte, und das Büro mußte pünktlich übergeben werden. Außerdem standen bereits zwei neue Aufträge ins Haus. Zwar hatte Vera für die ausführenden Arbeiten gute Firmen empfohlen bekommen – Maler, Elektriker, Fußbodenleger, Heizungsmonteure –, hatte alle Organisationskünste aufgeboten, stundenlang telefoniert, um die Gewerke zu koordinieren und den Arbeitsablauf genau festzulegen, hatte auch für jeden Tag einen Leistungskatalog erstellt, damit sie nicht in Verzug geriet, doch es war immer dasselbe: Die Herren Handwerker schienen nicht fähig zu sein, nach Vorlage einer Zeichnung korrekt zu arbeiten. Sie dachten nicht mit, gaben sich keine Mühe und hatten keine Vorstellung vom Ganzen. Immer mußte Vera vor Ort sein, immer danebenstehen, um Fehler möglichst schon im Entstehen zu verhindern. Es hätte ja bei den Handwerkern auch einmal etwas von selbst laufen können, ohne Pannen, glatt und reibungslos, einfach aus dem schlichten Bewußtsein, eine Arbeit korrekt und gut zu erledigen, aber dies schien offenbar nicht möglich und war wohl auch zu viel verlangt. Immer brauchte es ihre ganze Präsenz, nichts ging ohne Anweisung, nichts ohne ständige Ermahnung, stets kam sie sich wie auf einem Kontrollgang vor, mit Wasserwaage und Zollstock auf Posten gegen den Pfusch – sie hätte sich Schöneres denken können. Doch Halbheiten konnte sie sich nicht leisten. Schließlich litt ihr

Ruf, wenn es zu keiner mängelfreien Abnahme kam, und nichts war ärgerlicher und aufwendiger, als hinterher monatelang mit Reklamationsleistungen befaßt zu sein und dabei auch noch ständig bangen zu müssen, daß die Firmen inzwischen nicht in den Konkurs gingen und sie am Ende deren Stümpereien aus der eigenen Tasche bezahlen mußte. Nein, es machte keinen Spaß. Es war nervig. Rundum nervig.

Diesmal hatten die Fußbodenleger im Kabelschacht die Dehnungsfuge vergessen. Vera wußte um die Folgen. Auf Diskussionen ließ sie sich nicht ein. Von wegen, sie müsse die Toleranzen beachten! Für Ausreden dieser Art hatte sie schon längst kein Gehör mehr. Eine Schlamperei war eine Schlamperei und mit keiner noch so gut klingenden Erklärung aus der Welt zu schaffen. Glücklicherweise hatte sie von ihrer Mutter diesen Sinn für die einfachen Zuordnungen geerbt und wußte sehr genau gut von schlecht, gerade von krumm, richtig von falsch zu unterscheiden. Alles dazwischen waren nur Beweise für Unfähigkeit. Vera bestand darauf, den Mangel sofort zu beheben. Am kommenden Tag war die Firma bereits auf einer anderen Baustelle zugange, und sie mußte den Herren dann ewig hinterhertelefonieren, um einen neuen Termin zu vereinbaren. Nein, hier und jetzt, an Ort und Stelle, und darum sagte sie ihnen deutlich: »Hätten Sie fehlerfrei gearbeitet, hätten Sie jetzt Feierabend.« Solche Hinweise machten natürlich beliebt, und sie konnte an den Gesichtern ablesen, wie ihr Pegel sank. Dazwischen tönte ständig am Handy die Reveille.

Zarth fühlte, er brauchte wenigstens für Stunden einmal einen Ausstieg. Bislang war er ja jedes Wochenende im Sender gewesen, aber er konnte sich nicht ständig derart vereinnahmen lassen. Er mußte auch einmal spüren, daß er noch Herr über seine Zeit war und sich selbst gehörte. Sonst lief er nur noch wie ein Hamster in diesem Radiorad. Zwei Tage

Rückzug mußten einfach einmal sein. Abschalten und etwas ganz anderes machen – dafür war es höchste Zeit. Er sagte Vera, daß er sich eigens für sie das Wochenende freigenommen hatte, und fragte voller Ungeduld, wann sie endlich Schluß machte. Er wollte nicht ohne seine Nestbauerin sein und drängte darauf, daß sie nach Hause kam.

Es gefiel ihr zwar, daß er sie vermißte, dennoch fand sie sein Ansinnen reichlich naiv. Zum einen blieb bei einer fast achtstündigen Bahnfahrt nicht mehr viel übrig vom Wochenende, und zum anderen hatte sie nicht vor, ihr Honorar der Bahn hinzutragen. Er mochte das anders sehen, aber seine Geldwelt war mit ihrer nicht zu vergleichen. Er mochte bei seinem Jahresgehalt unbedacht die Scheine ausgeben, aber sie zog es vor, an die Zukunft zu denken und die Unsicherheiten einzukalkulieren. Zwar war sie kein echter, sondern nur ein gefühlter Single, aber gerade darum hatte sie sich von den rosigen Aussichten innerlich längst verabschiedet. Sollte es dann doch irgendwann zum berühmten finalen Beziehungstritt kommen, dann wollte sie wenigstens finanziell nicht im Regen stehen. Eine kleine Rücklage mußte schon sein. Schließlich war sie freiberuflich, ganz auf sich gestellt, und wenn etwas schiefging, konnte sie nicht so wie er mit einer stattlichen Abfindung rechnen. Kamen keine Aufträge mehr, ging es steil nach unten, und am Ende blieb bloß die Stütze. Nein, sie mußte behutsam mit ihrem Geld umgehen und vorbeugen. Das schützende Gehege einer Familie war nicht in Aussicht, einen Vater gab es zwar, doch er war mit 50 verweht, und eine Erbschaft hatte sie nicht zu erwarten. Was sie sich nicht selber erarbeitete, gab es nicht.

Am Wochenende einfach so nach Hause zu fahren! Wie Zarth sich das vorstellte! Vom Preis ganz abgesehen, war Bahnfahren schließlich kein Vergnügen. Außerdem war es von München zur Hauptstadt kein Katzensprung. Zwar mußte sie nicht umsteigen und auf einem schaffnerlosen Bahnsteig in einer dieser schäbigen Glasbuden auf den Anschlußzug warten, der meist Verspätung hatte, sondern konnte die ICE-Städteverbindung nutzen. Doch so schön die Fünfsternezüge auch aussahen, so lautlos sie auch einrauschten, nach fast acht Stunden Fahrt hinterließen auch hier die Errungenschaften der Zivilisation ihre Spuren. Da nützte auch nicht, daß sich die Türen per Lichtzelle von selber öffneten und die quadronale Müllentsorgung jedem ermöglichte, pflichtbewußt seinen Sortierzwang auszuleben: Papier, Becher, Flaschen und Apfelsinenschalen – für jedes Abfallsegment eine eigene Einwurfklappe. Auch die Reiseerinnerung, der schön gerahmte Begleitspruch, der am Ausstieg hing, um den genervten Fahrgast mental wieder aufzubauen, half wenig. Von wegen: *Nicht weil die Dinge schwierig sind, wagen wir sie nicht, sondern weil wir sie nicht wagen, sind sie schwierig!* All der gutgemeinte Schnickschnack machte nichts besser, und selbst auf den verheißungsvollen Superservice konnte sie an den Wochenenden nicht bauen. Zwar hatte sie noch nie einen unfreundlichen Schaffner erlebt, aber die Züge waren meist brechend voll, so daß der Getränkewagen nicht mehr durchkam. Das Bordrestaurant besetzten die Leute ohne Platzkarten, und außerdem wurde hier so stark geraucht, daß jeder empfindsamen Natur der Bissen im Halse steckenbleiben mußte. Selbst wenn noch ein Platz im Bordrestaurant frei gewesen wäre – als Alleinreisende hätte sie aus Sicherheitsgründen ihr Gepäck ins Restaurant mitnehmen müssen, was sich als viel zu umständlich erwies, und kam sie dann an ihren Platz zurück, mußte sie damit rechnen, daß ihn schon ein anderer besetzt hatte. Es blieb ihr nichts weiter übrig, als auch im Hochglanz-Expreß mit Stullenbüchse, Thermoskanne und Mineralwasserflasche zu reisen, um so selten wie möglich den Platz verlassen zu müssen. Aber das ließ sich alles noch ertragen. Das Schlimmste in diesen fahrenden Röhren war für sie die Luft. Vera spürte sofort, wenn die Klimaanlage lange nicht gereinigt war und statt der beabsichtigen Frischluftzufuhr nur noch bakterienangereicherter Dunst umverteilt wurde, der Qualm der Raucherabteile in die der Nichtraucher geblasen wurde, so daß sie jedesmal mit entzündeten Augen und heiserer Stimme ausstieg und Tage brauchte, um sich davon zu erholen. Ohne Frage, es gab Schöneres, als Bahn zu fahren.

Zarth schien ihr Zögern begriffen zu haben und buchte ihr postwendend einen Flug, was natürlich die Situation änderte und den gefürchteten Aufwand erheblich verringerte. Er ließ sich von seinem Fahrer zum Flughafen bringen, stand mit einem Riesenrosenstrauß im Ankunftsbereich, und als sie auf ihn zuging, schlug ihr Herz. Ob sie es wollte oder nicht, dieser Mann löste nun mal eine sinnliche Spannung bei ihr aus, und plötzlich war das Sphärische wieder da, und alle Zweifel an einer gemeinsamen Zukunft verflogen.

Kaum daß sie die Wohnung betreten hatte, sprang Bi vor Freude an ihr hoch, umkreiste sie, winselte aufgeregt und wich nicht von ihrer Seite. Zarth hatte schon den Tisch gedeckt und sogar für sie eingekauft, saß mit ihr bis spät in die Nacht hinein auf der Dachterrasse, stellte das Rauchen ganz von selber ein und war so besorgt und bemüht um sie, daß sie den Eindruck gewann, sie fehlte ihm wirklich. Als sie sah, mit welcher Selbstüberwindung er sein Handy ausschaltete, meinte sie zwar, er solle es wieder einschalten, denn sonst hatte er innerlich doch ohnehin keine Ruhe, aber er war strikt dagegen. Im Gegenteil: Er zog sogar noch den Stecker aus dem Festnetz. Eine Störung von außen durfte es nicht geben. Das Kostbarste des Kostbaren, seine Echtzeit, sollte ihr allein gehören. Vor allem sprach er einmal nicht von seinem Radio, sondern erkundigte sich nach ihrer Arbeit, wie sie vorankam, und gab ihr mit jedem Wort das Gefühl, wieder ins Zentrum seiner Wahrnehmung gerückt zu sein. Geradezu erholsam empfand sie Anjas Abwesenheit. Endlich konnte sie sich einmal in den eigenen vier Wänden ungezwungen bewegen, war in allem mit ihm unbeobachtet, konnte tun und lassen, was ihr in den Sinn kam, ohne Sorge haben zu müssen, daß alles sofort zu Inge über den Ozean gefont wurde. Vera genoß es, am Sonntagmorgen aufzuwachen und bis zum Mittag mit ihm im Bett zu bleiben. Einfach so, aus Spaß am Nichtstun, aus Freude, ganz ohne Verpflichtungen und Termindruck zu sein. Sie hatte weder Lust, sich anzuziehen noch ins Restaurant zu gehen. Sie wollte einfach nur für ein paar Stunden so dahintreiben, nichts planen, niemanden besuchen, keinen empfangen, bloß die Hektik der Woche von sich abstreifen. Sie sah ein bißchen zerknittert und zerzaust aus, fönte sich nicht, machte sich nicht zurecht und ließ sich einfach nur fallen, als würde sie ganz für sich sein. Doch gerade das schien seine Anwesenheit erst richtig spürbar zu machen und gab ihm etwas so innig Vertrautes, daß sie meinte, sie würde ihn neu kennenlernen.

Als er sie Sonntagabends zur letzten Maschine nach München an den Flughafen brachte, hatte sie zwei Tage Zarthgefühl hinter sich – einen besseren Start in die neue Woche konnte es nicht geben. Wahrscheinlich befanden sie sich in einer Phase, wo man sich entfernen mußte, um sich wieder näherzukommen, aber sie wollte ganz bewußt nicht darüber nachdenken. Das vertrieb bloß die schöne Stimmung. Zumindest wußte sie jetzt, er konnte durchaus auch mal so sein, wie er sein sollte, und das ließ hoffen.

Zarth fand es wunderbar, daß sie keinen anderen Anspruch an ihn stellte, als zu Hause zu bleiben, und ihn nicht zwischen ihren Terminen mit irgendwelchen Spontantrips bedrängte.

Gerade der Sommer war eine so wichtige Zeit für den Sender, daß er sich nicht entfernen konnte. Er fühlte wieder einmal, Vera war die ideale Frau für ihn. Ihr brauchte er nichts zu begründen. Sie wußte, worum es ging und worauf es ankam. Der Sommer war Vorarbeit für den Herbst, und im Herbst wurde es stürmisch. Die nächste Media Analyse stand bevor und zählte erneut die Hörerscharen, all die kostbaren Ohren wie pures Gold. Er mußte jeden Sendetag nutzen, mit seiner Programmarke stark präsent sein und alle Potentiale ausschöpfen, um sich mit dem dramatisch gekürzten Budget in der Spitzengruppe zu halten. Zudem mußte gerade im Sommer ein Chef bei seinen Mitarbeitern sein, mit gutem Beispiel vorangehen und zeigen, daß auch in quälenden Stunden, wenn Sonne und Hitze das Fernweh aufsteigen ließen, der Elan nicht nachlassen durfte. Die Mitarbeiter sollten sehen, daß ihr Chef nicht die glücklichen Kreuzfahrer beneidete, sondern die Zeit zu Hause produktiv nutzte. Er war sich ganz sicher, daß allein schon seine Anwesenheit die Mannschaft motivierte, den vollen Einsatz zu bringen und das Ziel fest im Visier zu haben: die Top Reichweite sechsstellig zu halten. Gelang dieses Kunststück, brauchte er um die Zahlen der kommenden MA nicht zu fürchten. An die andere Möglichkeit wollte er nicht denken. Immerhin hatten die Sparkommissare Greenwood und Redstone noch nichts bemängelt, was er als ein gutes Zeichen deutete, denn es zeigte, sie trugen seinen Kurs mit und trauten ihm zu, den Sender auch mit halbiertem Budget so zu führen, daß sie eines Tages schwarze Zahlen schreiben konnten. Black Numbers. Daily, weekly, monthly, yearly – er kannte die Erwartung und wußte um die lauernde Ungeduld.

Sorge bereitete ihm dabei einzig der Start des anderen Metropolenradios. Nicht daß er befürchtete, diese Laienspieltruppe könnte ihnen den Content streitig machen, beileibe nicht. Ein Programm mit Hörerkauf und Gewinnspielen war keine ernsthafte Konkurrenz für sie. Aber dennoch befiel ihn jedesmal so ein seltsames Gefühl, wenn er hörte, wie locker Cult FM die Scheine an die Hörer verteilte, sogar Trostpreise von 1000 Euro ausschüttete, dazu Freitankbons verloste und neuerdings den Hauptgewinnern ein ganzes Jahr lang die Miete zahlte. Das konnte Tera seinen Hörern nicht bieten, und er wollte es auch nicht. Schließlich hatten sie überall für Qualität und Niveau geworben. Doch der Lockruf des Geldes blieb gewiß nicht ohne Echo. Gerade jetzt, wo die Leute mit immer weniger Netto nach Hause kamen.

Zarth beriet täglich mit seinem Programmchef die aktuelle Senderposition, wertete die Umfragen, das Presseecho, die E-Mails, die Briefe, Anrufe, Faxe und Besuche auf ihrer Homepage aus. Sie fragten sich zwar, ob es sich dabei in jedem Falle um ihre anvisierte Zielgruppe, die Hochpreissingles, handelte, aber Hörer war Hörer, und Brendel war hochzufrieden mit den Sommermonaten. Der Live Content stand, die Programmoffensive war angenommen worden, die Werbekombi mit Taff und Antenne 1 bewährte sich, die Verbrauchertips hatten ein Riesenecho, die neue Jobline war populär wie nie, und das Musikformat hielt er nach wie vor für unübertroffen. Seinetwegen konnte die neue Reichweitenmessung kommen. Außerdem hatte gerade die größte Radiovermarktungsagentur das Angebot gemacht, künftig die Werbezeiten von Tera zu verkaufen. Andere Sender hätten viel darum gegeben, von dieser Agentur vermarktet zu werden. Auch das zeigte wieder: Sie hatten am Markt ein Top Standing und brauchten die bevorstehende Herbst-MA nicht zu fürchten.

Vera atmete auf. Bei der Abnahme des Büros hatte es keinerlei Beanstandungen gegeben, so daß sie und Kuno das Projekt vorzeitig übergeben konnten. Sie fuhr nach Hause. Der

Sommer ging seinem Ende entgegen, und die Stille wich aus der Stadt. Die Scharen der Urlauber kehrten zurück, die gewohnte Geschäftigkeit flutete herein, und in den Straßen staute sich wieder der Verkehr.

Vera brühte sich gerade ihren Tee, als ein Schrei durch die Wohnung gellte. Erschrocken setzte sie die Kanne ab, rannte ins Nebenzimmer, um zu sehen, was passiert war. Anja saß inmitten der zerstreut herumliegenden Schulbücher kreidebleich und zitternd auf dem Boden. Bi lief aufgeregt im Zimmer umher, winselte und bellte. Plötzlich sprang Anja auf, fiel Vera um den Hals und begann laut zu schluchzen. Ihre Lippen liefen so blau an, daß Vera meinte, es müsse sich um eine verfrühte Herzattacke handeln. Sie legte sie vorsorglich aufs Bett, wollte eine Decke holen, doch Anja deutete auf den Schulrucksack. »Der Backpack muß aus dem Zimmer! Sofort in den Müll!«

Vera begriff nicht recht, was sie meinte, nahm den Rucksack, drehte ihn hin und her, um den Grund der Aufregung zu finden. Plötzlich fiel eine tote Ratte heraus. Ein ungewöhnlich großes Exemplar mit einem ungewöhnlich langen Schwanz. Der Ekel ging Vera wie ein Stromstoß durch den Körper. Sie ließ den Rucksack fallen, und es kostete sie sichtlich Kraft, die Fassung zu bewahren. Sie schaute weg, um sich dieses Bild von dem bräunlichschwarzen Kadaver nicht einzuprägen. »Davon träumt man ja noch!« sagte sie. Mit Mühe hielt sie den Hund fest, der die Ratte sofort entdeckt hatte und sie sich schnappen wollte. In größter Selbstüberwindung stieß Vera blitzschnell das tote Tier mit dem Fuß in den Rucksack zurück, und plötzlich sah sie, daß auf dem Rücken in weißer Farbe »Shiva rat« stand.

Als hätte sie Angst, die Ratte könnte noch einmal lebendig werden, verschloß sie mit geradezu panischen Bewegungen den Backpack und trug ihn vor die Wohnungstür, damit er außer Sichtweite war. Als sie zurückkam, lag Anja noch immer auf dem Bett und starrte an die Decke. Vera begann behutsam auf Anja einzureden, daß es sich hier nur um einen dummen Streich handelte, der zwar eklig, aber sicherlich nicht so böse gemeint war, wie er aussah. Plötzlich brach es aus Anja heraus: Seit sie ihre Sendung hatte, redete keiner mehr mit ihr. Sobald sie den Klassenraum betrat, rückten sie zusammen, tuschelten oder kehrten ihr demonstrativ den Rücken zu. Die Pumas hatten sie ihr auch gestohlen, und neulich, in der Pause, als es plötzlich so seltsam still wurde, stand ein Mitschüler mit einer Schere hinter ihr und wollte ihr die Haare abschneiden. Und nun das! »Sie mobben mich«, sagte Anja. »Dabei habe ich keinem was getan! Jetzt will nicht mal mehr die neben mir von mir abschreiben. Die behandeln mich wie Dreck, seit ich auf dem Bildschirm bin!« Sie zog sich die Decke über den Kopf und schluchzte so laut vor sich hin, daß Vera sich nicht anders zu helfen wußte und Zarth anrief. Er war gerade in einer Besprechung und wollte zurückrufen, doch darauf ließ sie sich nicht ein. Sie bestand darauf, daß er ihr zuhörte. Zarth warnte vor einer panischen Überreaktion und meinte, um dem künftig vorzubeugen, sollte sie sich eine verschließbare Schultasche kaufen.

Vera brauste auf: »Begreifst du nicht, was da für ein Terror abgeht? Du mußt sofort die Direktorin über den Vorfall informieren und mit der Heckert sprechen. Die soll den Schuldigen herausfinden und zur Rede stellen. Soweit kommt es noch, daß Schüler vor Schülern Angst haben müssen! Und wer weiß, was die sich noch alles einfallen lassen! Auf dem Kopf die hochgerollte Wollsturmhaube und in der Federtasche das Butterflymesser! Ist doch bekannt, wie die Dinge inzwischen laufen und was sich in den Pausen abspielt! In so einer Atmosphäre geht Anja kaputt! Wozu hat sie einen Vater? Das ist doch wohl das mindeste, daß du dem ein Ende setzt! In der Schule müssen sie begreifen, daß man sich nicht alles gefallen läßt! Jedes Verständnis hat mal ein Ende!« Vera legte wütend den Hörer auf.

Eine halbe Stunde später stand Zarth in der Wohnung, war erschrocken über Anjas Zustand, versuchte sie zu beruhigen und versprach ihr, sofort mit der Klassenlehrerin zu reden. Doch Anja hörte plötzlich zu schluchzen auf, wischte sich die Tränen ab und sagte mit einer ganz ungewöhnlichen Bestimmtheit: »Melde mich ab, Ron. In diese Scheißschule setze ich keinen Fuß mehr.«

Er wollte jetzt nicht mit ihr diskutieren, nicht in diesem Zustand, aber die Entschlossenheit, die aus ihr sprach, ließ ihn ahnen, daß ein massiver Ärger auf ihn zukommen würde. Und das ausgerechnet jetzt! Als ob es nicht genügte, daß die Konkurrenz ihm arg zu schaffen machte und er schon mit dem Sender vor einer dramatischen Situation stand! Er hatte ja immer gesagt, der ganze Jobstreß war nur zu verkraften, wenn zu Hause alles ohne Störung und wie von selber lief. Die Schule schmeißen! Wie um Himmels willen sollte er das Inge beibringen? Sie flippte aus, wenn sie das hörte, und selbstverständlich war *er* dann wieder daran Schuld. Vor ihr stand er doch immer im Regen.

Er nahm Anjas Schulmappe mit dem Beweisstück und ließ sich von Herrn Wiesner auf direktem Weg zum Gymnasium fahren. Dabei wurde er sich erneut seiner vertrackten Lage bewußt, in allem, was Anja betraf, nicht wirklich von sich aus entscheiden zu können. Er rief Inge aus dem Auto an. Natürlich wollte er den Vorfall nicht dramatisieren, um sie nicht zu beunruhigen, aber kaum daß sie gehört hatte, was passiert war, fiel sie ihm fast erwartungsgemäß ins Wort: »Ich hätte es wissen müssen, du kümmerst dich nicht genug um Anja! Erst lädst du ihr diese Moderation auf, und dann läßt du sie allein damit! Statt Vorträge in der Medienwerkstatt ihrer Schule zu halten, hättest du öfter mal mit deiner Tochter reden sollen. Aber das kenne ich ja von dir: immer nur große Worte.«

Zarth ärgerte sich über diese ungerechtfertigten Vorwürfe, ärgerte sich ungemein, wollte aber nicht in Anwesenheit seines Fahrers mit ihr darüber streiten. Er nahm sich vor, ihr bei nächster Gelegenheit zu sagen, was er längst schon einmal sagen wollte, denn er fand, seine liebe Ex machte es sich allzu einfach und nutzte seine Gutmütigkeit aus. Stellte die Tochter bei ihm ab, delegierte die ganze Verantwortung an ihn, und wenn es ernst wurde, hatte er nicht nur nichts zu sagen, sondern mußte sich auch noch Vorwürfe machen lassen. Nur zahlen durfte er, immer nur zahlen, als sei Liquidität die einzige Eigenschaft, die eine erfolgreiche Unternehmerin an dem Vater ihres Kindes überhaupt noch akzeptieren wollte. Über diese bewunderten Karrierefrauen brauchte ihm keiner mehr etwas zu erzählen. Sie glaubten, alles im Griff zu haben, alles ganz genau zu wissen und kamen sich weiß Gott wie kompetent vor. Dabei verstanden sie es nur besser als andere, ihre Umgebung in Dienstleister zu verwandeln. Den Dreh hatten sie raus. Aber damit wollte er jetzt nicht anfangen, sondern sagte nur sachlich, daß sie für Anja ein anderes Gymnasium aussuchen sollten. Doch das brachte Inge erst recht auf. Sie begriff nicht, wie er so naiv sein konnte zu glauben, ein Schulwechsel würde etwas an der Situation ändern. »Anja scheitert nicht an der Schule«, sagte sie, »sondern am Neid. Die sind in der Klasse doch grün vor Neid, merkst du das nicht? Mir war ja immer klar: Wer in Deutschland nur ein bißchen über den Durchschnitt hinausragt, wird gedämpft und gedeckelt und weiß nicht, wie ihm geschieht. Keiner soll besser als der andere sein und bloß nicht zuviel Erfolg haben. Erfolg bringt bloß alle gegen dich auf. Nein, die Sache ist entschieden: Anja kommt sofort nach Hause. Noch im Herbst geht sie in Montreal zur Schule.«

Dieser Entschluß kam so unerwartet, daß er im Moment gar nicht wußte, was er sagen sollte, doch er gestand sich ein, eine so kluge und weitsichtige Entscheidung hätte er Inge nicht zugetraut. So sehr er auch an Anja hing, gerade jetzt, wo sie in ein schwieriges Alter kam, war es das beste, wenn sie bei ihrer Mutter wohnte. Mütter kamen ohnehin besser mit den Töchtern zurecht. Er konnte ja nicht immer Vera fragen, wenn er etwas mehr über Anjas Umgang wissen wollte. Anja sagte ihm nichts, und er fragte sie nichts. Zugegeben, über eine dürftige SMS-Kommunikation war er nicht hinausgekommen. Aber schließlich wollte er auch nicht neugierig erscheinen oder von seiner Tochter Rechenschaft verlangen, die sie ohnehin nur widerwillig gab. Mit solchen Formen gehorsamer Berichterstattung hatten ihn schon seine Eltern zu stillen Haßattacken getrieben. Nein, es war eine glänzende Lösung, daß Inge Anja wieder zu sich nahm, und vielleicht kehrte sich das Ganze dann sogar um, und er war der geliebte ferne Ron Dad, mit dem es sich so schön über den Ozean telefonieren ließ. Vor allem brauchte er mit Inge keine Auseinandersetzung mehr zu führen, denn nun hatte sich seine Dienstleisterposition von selbst erledigt, und ihr gutes Verhältnis blieb ungetrübt. Laut atmete er auf. Es war, als wäre ihm eine große Last abgenommen worden, was ihn inmitten des Dilemmas in eine fast heitere Stimmung versetzte und doppelt kämpferisch und entschlossen machte. Er sagte Inge, daß er natürlich den Vorfall nicht auf sich beruhen ließ, sondern bereits auf dem Weg in die Schule war, um in Anjas Interesse alles unmißverständlich und rückhaltlos aufzuklären. Es tat gut zu hören, daß Inge ganz fest an seiner Seite stand, es motivierte ihn zusätzlich.

Augenblicke später betrat er das Gymnasium und legte Frau Heckert die tote Ratte auf den Tisch. Sie schrie entsetzt auf, doch er meinte, daß dies keine überzeugende Antwort sei. Seine Tochter stand unter Schock, war traumatisiert, und er verlangte kategorisch, den Schuldigen herauszufinden, entsprechend zu bestrafen und diese verdeckten Formen von Gewalt in der Klasse zu beenden.

Der Chef des Architektenbüros lud Vera zu einem Arbeitsessen ein und kündigte ihr ein neues Großprojekt an. Ein Hotel der Spitzenklasse war auszustatten. Selbstverständlich konnte das nur in Teamarbeit geschehen, doch sie sollte den gesamten Verwaltungstrakt und die Konferenzräume übernehmen. Das kam völlig überraschend. In diesen Dimensionen hatte sie noch nicht gearbeitet, aber sie begriff sofort, daß allein schon die Teilnahme an einem solchen Projekt für die Reputation einen Riesensprung nach vorn bedeutete.

»Ein Teil der Konferenzräume sind als Medienräume gewünscht«, sagte er, »aber dies ist Ihnen ja kein fremdes Metier«, und er fügte lächelnd hinzu: »Damit haben Sie ja bereits Ihre Erfahrungen im Rundfunk gesammelt.«

Bei dieser Gelegenheit deutete er an, daß sich ein kompetenter Kunde für ihre Senderumgestaltung interessierte und demnächst gern einmal die neuen Räume von Radio Tera besichtigen wollte. Diese Bemerkung löste bei Vera alles andere als Freude aus, sondern jagte ihr einen so großen Schrecken ein, daß sie sich Mühe geben mußte, dem Gespräch konzentriert zu folgen. Sie hatte immer gewußt, daß man Geschäfte mit Freunden und Bekannten meiden mußte. Erst kündigte ihr Zarth den Auftrag und zahlte noch nicht einmal ein Ausfallhonorar, und jetzt brachte er sie auch noch mit dem vorgetäuschten Umbau in Bedrängnis. Von wegen mit junger frischer Optik eine Pilgerstätte für Singles schaffen! Wenn sich herumsprach, daß sie im Rundfunk einen Ausbau kommentierte, den es nicht gab, war sie erledigt. Eine Witzfigur, eine Entertainerin, aber keine ernstzunehmende Frau des Fachs.

Am liebsten hätte Vera dem Chef des Architektenbüros auf der Stelle reinen Wein eingeschenkt und gesagt, daß es gar keine reale Umsetzung gab, doch sie wußte nicht, wie sie das begründen sollte und ob daraus nicht Rückschlüsse auf die schwierige Finanzlage des Senders gezogen werden konnten. Auf keinen Fall wollte sie Zarth schaden. Schließlich sollte ja Tera nach außen als zahlungskräftig und liquid dastehen, ein Metropolensender, der sich einen großzügigen Umbau leisten konnte, ein echtes Wachstumswunder und nicht die kleine Behelfsetage über dem Einkaufszentrum. So etwas war auch für sie kein Renommee. Sie fühlte sich auf einmal ganz unsicher und unbehaglich in ihrer Situation, war froh, daß das Gespräch wieder auf das Hotelprojekt kam, bestellte aber keinen Nachtisch mehr, um das Arbeitsessen nicht noch hinauszuziehen.

Am Abend, als Zarth endlich nach Hause kam, sagte sie ihm schon beim Betreten der Wohnung, daß es mit ihr keine weitere Sendung mehr geben würde. Sie hatte schließlich einen seriösen Namen unter den Kollegen, und wenn jetzt jemand die Senderräume besichtigen wollte, nichts vorfand und das dann öffentlich machte, war sie erledigt.

Zarth verstand ihre Aufregung nicht, war fast ein wenig amüsiert und fragte, wo das Problem sei. »Du mußt dir endlich einmal darüber klarwerden, in welcher Zeit wir leben«, sagte er, wechselte in seinen Kimono, holte seinen Rotwein und setzte sich mit ihr auf die Dachterrasse. »Wer heute noch etwas wörtlich nimmt, ist selber schuld. Das ist was für Idealisten, die immer irgendwo zugange sind und sich alles schönsehen, doch hinter den großen Worten steckt schon lange nichts mehr. Alles verschwiemelt, verdreht, verkehrt, verwässert, verrückt – ein Seifenblasenzirkus, mehr nicht. Entweder das Radio macht da mit und wird eingeschaltet, oder es läßt das Ganze bleiben und aus die Maus. Wir haben den Sender nicht sichtbar umgestaltet, na und? Daß uns das Geld dazu fehlt, geht keinen was an und ist auch nichts Besonderes. Allen fehlt Geld. Allen geht es so. Es kommt nur darauf an, das Ganze so darzustellen, daß aus der Not eine Tugend wird. Das ist ein Grundgesetz unternehmerischen Handelns. Selbstverständlich haben wir bei *Lifestyle live* bewußt auf den Umbau verzichtet, er war von vornherein als dramaturgischer Effekt gedacht, ein Supereinfall, ein Gag, um realitätsnah zu sein und das Anliegen für die interessierten Singles besser zu kommunizieren. 'So tun, als ob' ist schließlich ein bewährtes Prinzip künstlerischer Freiheit und absolut legitim. Wir haben eine Möglichkeit als Wirklichkeit geschildert, um Impulse und Denkanstöße zu geben. Virtuell ist alles getan. Soll mal einer sagen, daß das nicht grundgediegen und hochseriös ist! Mach dir bloß keinen Kopf! Es lohnt echt nicht. Sollten Anfragen dazu kommen, dann überlaß das unserem Programmchef. Brendel fällt schon das Richtige dazu ein.«

Dennoch hatte Zarth nichts dagegen, daß Vera die Sendungen abbrechen wollte. Im Gegenteil. Sie mußten sich ohnehin vom hohen Wortanteil verabschieden. Seit der letzten Programmoffensive stand fest: keine Haute Couture, mehr Konfektionsware. Wenn Wort, dann nur noch Nutzwertthemen. Wetter, Verkehr, Service, Kurzinfo und Nachrichten zur vollen Stunde. »Wir sind gerade dabei, die Musikschiene ganz groß auszubauen«, sagte Zarth, »Brendel wird über den frei gewordenen Sendeplatz nicht böse sein.«

Vera atmete auf, daß sich ihr Ausstieg als so unkompliziert erwies. Sie wollte gerade mit einem Glas Rotwein darauf anstoßen, als das Telefon klingelte. Dieses Telefon war ein Übel. Sie machte sich Vorwürfe, daß sie vergessen hatte, den Stecker zu ziehen, wollte es ausklingeln lassen, aber dann dachte sie, es könnte um diese späte Stunde vielleicht Inge sein, griff, wenn auch unwillig, schließlich doch zum Hörer, und plötzlich vernahm sie die Stimme ihres Vaters. Einen Moment lang verschlug es ihr die Sprache. Daß er nach all den Jahren einmal auf die Idee kam, ins Telefonbuch zu schauen, um die Nummer seiner Tochter herauszusuchen und sie anzurufen, mutete ihr wie eine Verirrung an. Sie fragte ihn, von wo er anrief und ob er schon auf dem *Weißen Hirsch* wohnte, doch darüber wollte er offenbar nicht reden, sondern kam gezielt auf Zarth zu sprechen. Von wem er wußte, daß sie mit dem Chef des Metropolenradios liiert war, schien ihr zwar ein Rätsel, aber anscheinend beschäftigte sich Dr. pol. Pflüger mehr mit ihr, als sie ahnte.

»Ich hätte ganz gerne mal mit deinem Mann über eine Mitarbeit geredet. Ich finde, dem Programm fehlt die politische Analyse. Wenn er will, könnte ich das übernehmen. Unser Institut hat die neusten Umfragen und einen direkten Draht zu allen Fraktionsspitzen.«

Als Vera nichts sagte, fügte er nach einer Pause hinzu: »Es wäre auch für mich ganz gut, in den Medien präsent zu sein. Schon wegen der Kollegen, du verstehst, was ich meine.«

Vera wollte Zarth jetzt nicht damit behelligen und nannte ihrem Vater die Nummer seines Sekretariats.

»Ich könnte euch auch mal besuchen. Vielleicht am Wochenende«, lenkte er ein, »oder mal abends vorbeischauen.«

Da es ihm offenbar nur um einen Programmplatz in Tera ging, meinte sie bloß: »Am sichersten erreichst du ihn im Sender.« Sie ärgerte sich, denn es schien ihr wieder einmal typisch: Wenn sich ihr Vater einen persönlichen Nutzen versprach, wurde er aktiv. Um ins Medium zu kommen, erinnerte er sich plötzlich, daß es noch eine nahe Verwandte gab und wußte sogar, wo sie zu finden war. Vera wartete noch, ob er sich vielleicht auch einmal nach ihr erkundigen würde – was sie so machte, wie es mit der Arbeit so lief – aber als nichts kam, brachte sie das Gespräch rasch zu Ende, denn es war offenbar alles gesagt. Wieder blieb nur die Frage zurück, warum sie nichts Erfreuliches mit ihrem Vater verbinden konnte. Sie mußte sich wohl damit abfinden, daß er sie ganz bewußt nicht wahrnahm, weil er ihr weder etwas zutraute noch etwas gönnte. Wahrscheinlich gehörte er zu den Menschen, die man aus Zucker backen könnte und die trotzdem immer bitter schmeckten.

»Was war denn?« fragte Zarth.

»Eine Begegnung mit der anderen Art«, entgegnete sie. »Herr Dr. pol. Pflüger möchte für Tera die große Politik analysieren.«

»Politik? Das fehlte mir noch! Ich brauch doch keine Quotenbremse!«

Vera wollte noch hinzufügen, daß er darum wohl freundlicherweise auch von »ihrem Mann« gesprochen habe, aber Anja kam und zeigte ihrem Vater einen Brief. Ein Schreiben von der Schülervertretung, die das Vorkommnis ausgewertet hatte und sich dafür bei ihr entschuldigte. Zarth las den Brief Satz für Satz laut vor, doch Vera meinte, daß dieses ganze Entschuldigen nicht mehr als eine gutgemeinte Floskel sei, eine obligatorische Bußübung, ohne Bezug zur Wirklichkeit, eben rein virtuell. Sie hatte geahnt, daß es so kommen würde: für jede Untat erst einmal Verständnis und anschließend die Angst, eine Strafe verhängen zu müssen. Man begnügte sich mit ein paar Worten, die nichts an der Situation änderten, nichts bewirkten, geschweige denn in Zukunft auch nur irgend etwas verbesserten. Der planmäßige Rückzug vor dem Übel. Zarth gab ihr recht, und Vera empfand es als wohltuend, mit ihm einmal so richtig einig zu sein.

Tage später stand sie neben Dr. Anne unter den hundert Hochzeitsgästen am Rande des Ballsaals und schaute zu, wie

Dorothee und Brendel als strahlendes Brautpaar den Tanz eröffneten. Die Glastüren zur Strandpromenade waren geschlossen. Es war ein kühler, diesiger Novembertag. Vom Meer kam ein dichter Nebel, der ein so helles Licht in den Ballsaal warf, daß jeder Gegenstand Glanz bekam und die Farben so leuchtend wurden, was selbst noch der Nachsaison einen ganz unerwarteten Reiz verlieh.

Vera amüsierte sich, daß Dorothee, die sonst so kritische Männerbeobachterin, ausgerechnet in Weiß heiraten mußte, noch dazu mit diesem Glitzerkrönchen auf dem Kopf, als wollte sie wie eine Lilienblüte, rein und unberührt, vor den kommenden Eheherrn treten, und dies, obwohl sie auch schon die 30 überschritten hatte und der kleine Robby nicht gerade durch unbefleckte Empfängnis auf die Welt gekommen war. Vera fand diese Kleidwolke aus Chiffon und Seide, die Dorothee nicht etwa bei *Ebay* ersteigert, sondern sich eigens in einem Maßatelier hatte anfertigen lassen, zwar hochgradig verkitscht, aber gleichzeitig beneidete sie ihre Freundin darum. Beneidete sie darum, daß sie auf ihrer eigenen Hochzeit tanzen konnte und ihr der Sprung in klare Verhältnisse geglückt war. Dorothee brauchte sich keine falschen Hoffnungen mehr zu machen oder im ewigen Auf und Ab zu leben und hatte das, was Vera sich bislang so vergeblich wünschte: einen Status. Dorothee hatte es geschafft, einfach so, ohne Anstrengung, ohne Bemühung, ohne Suche. Brendel kam, sah und fragte – wo gab es das noch!

Vera sah zu, wie das Brautpaar über die Tanzfläche schwebte. Anstatt sich an diesem Anblick wie alle anderen im Saal zu erfreuen, fühlte sie eine Traurigkeit aufsteigen und kam sich recht verloren vor. Dorothee hatte den Mann im Arm, und sie hatte ihn wieder nur am Handy. Schon zweimal hatte Zarth angerufen, bedauerte, daß er im Sender sein mußte und sich zur Stallwache bereit erklärt hatte, damit seine Führungscrew feiern konnte, beneidete sie und Anja darum, die ihn jetzt vertreten konnten, und schlug dabei einen so wohligen Opferton an, der Vera noch zusätzlich darin bestätigte, daß dies alles nur eine Ausrede war. Im stillen war er doch heilfroh, nicht zur Hochzeit erscheinen zu müssen. Gerade bei diesem Anlaß hätte ihn ja einer fragen können, wie er es selber mit dem Heiraten hielt, aber er wollte nun mal darauf nicht angesprochen werden oder irgendein Bekenntnis dazu abgeben müssen. Er war verpartnert, das genügte. Der Rest war nur lästig. Unwillkürlich erinnerte das Vera an seinen Nichttänzerstatus, den er bei jeder Gelegenheit kultivierte. Er glich ja beim Tanzen gar keinem stampfenden Ackergaul, er hatte bloß Angst vor einer Bewegung, von der er meinte, daß er sie nicht beherrschen könnte. Und Dorothees Hochzeit blieb er fern, denn er hatte Angst vor Fragen, von denen er befürchtete, daß die Antwort bloß seine Unsicherheit offenbaren würde. Ihr machte er nichts vor. Da mochte noch so oft die Reveille auf dem Handy ertönen und seine Teilnahme vortäuschen – Vera sah nur, bei ihr wiederholte sich immer das eine: In wichtigen Situationen war er nicht da. Und selbst wenn er jetzt neben ihr gestanden hätte, wäre sie sich vielleicht erst recht verloren vorgekommen, denn jeder sah: Hätte Zarth gewollt, hätte er sich schon längst zu einem solchen Schritt wie Brendel entschlossen. Aber ihm genügte eben der Single an seiner Seite, die Dauerfreundin, sein Festnetzanschluß. Was hatte sie von dem Kleinwagen am Arm und dem Top Wesselton am Finger! Diese Art von Bekenntnis war doch nur eine Ausflucht. Ein cash bezahltes Beruhigungsmittel. Wenn, dann konnte sie sich das selber kaufen. Für den Fall, daß sie gefragt werden würde, wann denn im Hause Pflüger-Zarth mit einer Hochzeit zu rechnen sei, hatte sie sich natürlich schon ein paar passende Antworten zurechtgelegt: Ehe? Ich bitte Sie, ist doch bloß ein Deal für die Steuer, gemeinsame Veranlagung, was sonst. – Eine Anpassungsleistung, mehr nicht. – Hört sich nach Hauptgericht an und ist nicht mal eine Sättigungsbeilage. – Heiraten, wozu? Nutzt allen soviel wie ein flambierter Schneeball. – Solche überlegen klingenden Sprüche hatte sie parat, um zu zeigen, daß sie hoch über den Dingen stand, haushoch, voll emanzipiert. Doch in Wirklichkeit fühlte sie sich so, als hätte sie einen Zug verpaßt.

Je länger sie dem Brautpaar zuschaute, um so mißmutiger wurde sie und atmete fast auf, als die Musik zu Ende ging. Auf einmal warf Dorothee übermütig ihren Strauß hinter sich. Vera wollte die schönen Blumen nicht zu Boden fallen lassen, fing sie spontan auf, und plötzlich klatschten die Gäste jubelnd Beifall. Sie war darüber sichtlich irritiert, doch Anne flüsterte ihr fast bedeutungsvoll zu: »Wer den Brautstrauß fängt, heiratet als nächste.« Vera war es peinlich, in dieser Weise all die Blicke auf sich zu ziehen, sie lächelte verlegen und ärgerte sich, daß sie so etwas auch noch unsicher machte. Sie wußte doch, daß diese Symbolik für sie nicht zutraf. Jedenfalls nicht mit Zarth.

Die Kapelle eröffnete den großen Reigen, und die Gäste drängten auf die Tanzfläche. Vera sah Anja mit dem Frontmann von Shiva TV so eng umschlungen den Raum betreten, daß sie nicht zweimal hinschauen mußte, um zu wissen, Amok-Axel war der Nachfolger von Fabio Schulze. Doch da der Flug nach Kanada bereits gebucht war, interessierte sie das alles nicht mehr. Sie nickte ihr bloß zu, als wollte sie signalisieren, daß sie in der noch verbleibenden Restzeit für jede Neuerung das vollste Verständnis hatte, ging mit Dr. Anne in den Nebenraum und inspizierte den *Kaufhof*-Geschenktisch. Wie ein riesiges Gourmetbüfett war er entlang der Wand aufgebaut. Als sie die Kochtopfsets, die Bügelstation und die Bratpfannen sah, meinte sie im stillen, daß es ihr peinlich gewesen wäre, sich so etwas Profanes zur Hochzeit schenken zu lassen. Bedachte sie aber anderseits die Preise, konnte sie Dorothee auch verstehen. Vielleicht war es sogar vernünftig, das Ganze unter einem praktischen Aspekt zu sehen. Das Geld, der Rest Netto, der vom Einkommen nach all den Abzügen noch übrigblieb, war schließlich zu wertvoll, als daß es für Geschenke ausgegeben werden durfte, über die man sich hinterher bloß ärgerte. »So organisiere ich mir demnächst auch meine Mitgift«, meinte Anne leicht ironisch und steckte Vera verlegen zu, daß sie im vierten Monat war. Vera verstand nicht, weshalb sie das so tonlos sagte, denn schließlich war es eine freudige Nachricht. Sie wußte, Möhl war verheiratet, aber sie betrachtete diese Mitteilung losgelöst von ihm, denn sie fand, in diesen Dingen konnte man schon lange nicht mehr warten, bis sich ein Mann entschieden hatte. »Ein Kind ist ein Kind«, sagte sie, »und wenn es erst mal da ist, ordnet sich sowieso alles neu. Freu dich, die biologische Uhr tickt nicht mehr. Du brauchst nicht mehr daran zu denken, daß du in ein paar Jahren 40 wirst. Du hast den Zeitpunkt nicht verpaßt. Gratuliere. Bist echt zu beneiden.«

Plötzlich sah Vera ihre eigene Situation noch düsterer. Anne hatte demnächst wenigstens ein Kind. Anne schlug Wurzeln. Sie dagegen hatte gar nichts. Nur die Aussicht, im Verein mit Zarth ein Single zu bleiben. Allerdings ein Single, der kein Single sein wollte und darum nicht zu seiner werberelevanten Zielgruppe gehörte. Sie war eben Streuverlust. Randständiger Streuverlust. Sie ärgerte sich, überhaupt hierhergefahren zu sein, ärgerte sich, daß es nicht ihre eigene Hochzeit war, fragte sich, warum bei anderen mit den Männern alles wie von selber lief und bei ihr immer irgendwie alles stockte, doch das Klingeln des Handys unterbrach ihre Gedanken. Der Assessor kündigte an, daß er soeben das schöne Ostseebad Binz erreicht hatte, sagte, daß er unbedingt erst einmal an den Strand gehen wollte und fragte, ob sie Lust hätte, mitzukommen.

Veras trübe Stimmung war schlagartig verflogen. Sie rief Anne ein »Bis gleich« zu, lief in ihr Zimmer, holte den Mantel, und als sie den Parkplatz hinter dem Hotel betrat, kam Oliver schon auf sie zu und eilte ungeduldig mit ihr ans Meer. Die Ostsee lag weiß verhangen vor ihnen. Es war nicht zu erkennen, ob der Nebel aus ihr aufstieg oder der Himmel in sie eintauchte. Oliver legte den Arm um sie, setzte bedächtig Schritt um Schritt in den nassen Sand, holte so tief Luft, als wollte er das ganze Panorama einatmen, blieb dann plötzlich stehen und sagte unvermittelt: »Es ist ein Unglück mit uns beiden, ein richtiges Unglück.« Vera sah ihn leicht irritiert an. »Ich wollte es dir schon längst sagen und habe mich darum auch so sang- und klanglos mit der Kubareise aus dem Staub gemacht, aber seit ich weiß, daß du mit Zarth liiert bist, sieht alles ganz anders aus. Versteh mal, er ist mein Chef und kann mich jederzeit feuern. Ich kenne viele, die gerne Verbrauchertips geben würden.«

Vera ging einen Schritt zur Seite und meinte nur: »Wenn's dich beruhigt, grüßen wir uns nur noch von weitem.«

»Ach Vera, so mein' ich das doch nicht!«

Schweigend stapfte sie neben ihm durch den Sand, unlustig, fast widerstrebend.

»Mal unter uns«, sagte er nach einer Weile, »glaubt Zarth wirklich, daß er mit dem Sender die Business-Singles erreicht? Meinst du nicht auch, daß er mit seinem Format ziemlich danebenliegt?«

»Wer will das wissen.«

»Abgesehen von meinen Verbrauchertips und deinem *Lifestyle live* – der Rest ist doch ziemlich viel Gedudel. Sei ehrlich, du hörst das doch auch nicht.«

Vera gab ihm zwar insgeheim recht, aber sie hatte nicht die geringste Lust, mit ihm über Tera zu reden. Irgendwo mußte es in ihrem Leben doch noch eine radiofreie Zone geben! Sie sah auf das Meer und fand, weiße Räume waren tatsächlich ohne Dämmerung. Mit einem Mal stellte sie sich vor, er würde stehenbleiben, sie festhalten und küssen. Vom Nebel getarnt hinreißend küssen. Doch er lief weiter, und sie dachte nur: Kein Kämpfer. Ein Laumann. Oliver Laumann Enderlein. Einer wie alle. Eigentlich schade.

Zarth war außer sich. Er faßte es nicht. Er saß wie gelähmt in seinem Büro und starrte auf die neusten Zahlen der MA, die soeben eingetroffen waren. Er ließ den Blick nicht vom Papier, überlegte, ob es sich nicht doch um einen Irrtum handeln könnte, meinte, daß vielleicht aus Versehen eine Null zuviel angehängt worden war, griff zum Hörer, vergewisserte sich noch einmal in der Redaktion, aber die Zahl wurde ihm bestätigt: Er hatte 30 000 Hörer verloren. Ihm war, als hätte sich das Universum von ihm abgewandt. Es war eine Katastrophe. Der Verlust an Reichweite hätte nicht größer sein können. Er konnte sich nicht erklären, wie es dazu gekommen war. Er hatte ja nicht erwartet, daß er die magische Grenze von 100 000 Hörern pro Stunde deutlich überschreiten würde, nicht bei diesem dramatisch gekürzten Budget, aber er war sich doch sicher, die Zahlen vom Frühjahr halten zu können. Und nun dieser Absturz! Er begriff es nicht. Er wußte nicht, wo er die Ursache dafür suchen sollte. Brendels Programmoffensive war gut gestartet. Der Einsatz der Praktikanten rechnete sich. Der Live Content stand, die Kritik am Phlegma des Öffentlichen Dienstes hatte ein beachtliches Echo. *Wir machen den Dienst öffentlich* wurde sogar in den Tageszeitungen besprochen – eine kostenlose Printwerbung für Tera, die er sich satter nicht wünschen konnte. Die Verbrauchertips erwiesen sich als ein phänomenaler Einschaltimpuls, hatten ihren täglich festen Sendeplatz, waren mittlerweile die Säule des Wortprogramms und untrennbar mit der Marke Tera verbunden. Selbst die Off Air-Aktivitäten hatte er nicht eingestellt. Die Tera Clubs waren immer gut besucht, das Seminarschiff fuhr programmgemäß, und jede zweite Sendung wurde gesponsert. Nein, er begriff es nicht. Natürlich hatte er Mitarbeiter entlassen und die Pläne für Groß-Events auf Eis legen müssen, aber sie hatten trotzdem ihre Reichweite halten können. Und nun das! 30 000 Hörer weniger! Über ein Drittel. Er sah noch immer auf die Zahlen der MA, glaubte in einen tiefen schwarzen Krater zu blicken und faßte es nicht, wie das passieren konnte. Brendel stürzte herein. Auch er war kreidebleich. Aber er sagte seinem Chef sofort: Der Absturz hatte keine natürliche Ursache. Dahinter mußte etwas anderes stecken. Und wenn nicht, war das der freie Fall.

Brendel hatte bereits die Zahlen der Konkurrenz analysiert. Cult FM hatte aus dem Stand so zugelegt, daß es fast nach einer Hörerwanderung aussah. Eine ganz massive Hörerwanderung zur Konkurrenz. Glücklicherweise hatte Brendel das gesamte Programm von Cult FM von der ersten Minute an aufzeichnen lassen, und sie waren gerade dabei, die Sendemitschnitte abzuhören. Ein solcher Absturz! Das konnte ihm keiner erzählen, da ging etwas nicht mit rechten Dingen zu.

Zarth fühlte sich in seinem gläsernen Paraventpferch wie in einer Falle, beengt und eingesperrt, und meinte, keine Luft mehr zu bekommen. Er sprang auf, riß seinen Mantel vom Haken, lief aus dem Sender und floh nach Hause, geradewegs auf die Dachterrasse. Er holte sich einen Stuhl, setzte sich in die Kälte, starrte in den nächtlichen Himmel und überließ sich für Augenblicke einer fast befreienden Abwesenheit von sich selbst. Er hatte keine Lust, mit Vera darüber zu sprechen, solange die Ursache nicht feststand. Er wußte doch, daß ihr das Programm nicht richtig gefiel, und wollte dieses »Das war vorauszusehen!« nicht hören. Was wußte sie schon vom Radio! Von Farben mochte sie vielleicht etwas verstehen, aber nichts vom Radio. Audio ergo sum war für sie doch eine fremde Welt.

Vera hatte schon seinen geliebten Obstsalat auf den Tisch gestellt, aber als er endlich ins Zimmer kam und sich an den Kamin setzte, zündete er sich bloß eine Zigarette an, legte sein Handy neben sich auf den Tisch, schob die Schüssel zur Seite und sagte nur: »Ich brauch' wieder mal was Deftiges. Bratkartoffeln, Buletten, Erbseneintopf, Speck mit Sauerkraut und nicht diesen ewigen Gesundheitsschiet. Den denken sich die Ernährungsfritzen bloß aus, um die Leute in mittlerer Panik zu halten und guten Umsatz zu machen.«

Vera fragte sich, was in ihn gefahren war. Am liebsten hätte sie ihm, wie jüngst Anja, jetzt auch seine Zigarette so rigoros aus dem Mund genommen, aber sie sah, in ihm braute sich ein Furor zusammen, den sie besser nicht noch verstärkte.

»Bei mir ist jetzt Schluß mit dem Gourmetfraß«, sagte er. »Alles großartige Namen und der Rest bloß Tellerrand. Ich kann kein Restaurant mehr sehen. Giovanni bringt auch immer dasselbe. Ab sofort bleiben wir sonntags zu Hause und essen Kartoffelsalat und Bockwurst.«

Sie spürte, irgend etwas Katastrophales mußte im Sender passiert sein, sprach ihn aber ganz bewußt nicht darauf an, sagte auch nicht, daß Anja mit Amok-Axel noch auf einer Rave-Party war, und wollte alles vermeiden, was seine Stimmung verschlechtern konnte. Sie ging in ihr Arbeitszimmer, holte ihren Vertrag über die Ausstattung des Hotels, den sie heute bekommen hatte und der in allem so erfreulich war, daß sie unbedingt mit einem Glas Rotwein darauf anstoßen mußte. Und sie wollte ihn ans Küchenfenster führen, denn er sollte auf die Straße schauen, wo die andere große Überraschung stand – ihr neues Auto, ein elegantes Cabriolet in diesem exotisch funkelnden smaragdschwarzen Metallic-Ornat. Doch als sie zurückkam, lief er aufgeregt im Zimmer auf und ab und telefonierte am Handy. Es war ein Augenblick, in dem sie das Handy haßte. Es war eine Heimsuchung, eine atmosphärische Störung. Es machte jedes Gespräch zunichte und verwies sie auf einen Nebenschauplatz. Glücklicherweise hatte er es bislang beim Betreten der Wohnung stets ausgeschaltet, gleichsam als Hommage an ihre Gegenwart, doch daß es heute abend anders war, verhieß nichts Gutes.

Sie saß mit ihrem komfortablen Vertrag am Kamin und wartete ungeduldig, daß das Gespräch zu Ende ging und sie auf ihren Superauftrag anstoßen konnten, doch es dauerte und dauerte. Je länger er sprach, um so mehr kam sie sich wie bestellt und nicht abgeholt vor und fand es anstrengend, einem Gespräch zuhören zu müssen, bei dem sie nicht wußte, worum es eigentlich ging. Sie stand auf und begann die Zeitungen zu sortieren, nur um irgend etwas zu tun, was nach Tätigkeit aussah und sie aus dieser Warteposition erlöste. Schließlich hatte sie es nicht nötig, auszuharren, bis er sich gnädig ihr wieder zuwandte. Doch er war so intensiv mit dem Gespräch beschäftigt, daß er nicht einmal merkte, daß Anja gekommen war, die gleich auf ein Zeichen Veras hin in ihrem Zimmer verschwand, was auch sein Gutes hatte, denn es erübrigte Diskussionen.

Als endlich das letzte Wort gesagt war, goß Vera aufatmend den Rotwein ein. »Was ist denn los?« fragte sie, aber er sagte nur: »Jetzt nicht« und rief im Sender an. Sie wartete ein Weilchen, doch als sie merkte, auch dieses Gespräch würde nicht kürzer als das andere sein und er offenbar auch nicht gewillt schien, ihr zu sagen, was passiert war, ließ sie das Glas unberührt stehen, ging duschen und legte sich wütend schlafen. Selbst als er dann neben ihr lag, gab das Quälophon keine Ruhe. Brendel rief zurück, und sie verstand nur soviel, daß sie der Ursache für den Hörerverlust auf der Spur waren.

Zarth machte noch einmal Licht, setzte sich sofort aufrecht, als hätte er seinen Schreibtisch vor sich, und zündete sich erneut eine Zigarette an. Plötzlich zog der Rauch wie ein giftiger Nebelstreif durch den Raum. Ein unerträglich dumpfer Geruch breitete sich aus, kam ihr wie eine Feindberührung vor, und auf einmal dachte sie daran, daß sie die Hälfte der Monatsmiete zahlte und für dieses rücksichtslose Einräuchern eigentlich den Betrag mindern müßte. Sie fand alles nur noch eine Zumutung, sprang auf, raffte seine Betten zusammen und warf sie ihm im Nebenzimmer auf die Couch. Einen Augenblick schaute er ganz verwirrt, gab ihr ein Zeichen, sich zu beruhigen, ging ans Fenster, öffnete es demonstrativ weit, aber da es ihm nicht in den Sinn kam, die Zigarette auszumachen, und er einfach weitertelefonierte, sagte sie nur: »Raus hier! Sofort raus!«, zog ihn vom Fenster fort, schob ihn aus dem Zimmer und schmiß die Tür hinter ihm zu.

Sie wollte sich nicht aufregen oder gar um den Schlaf bringen lassen. Schließlich hatte sie einen anstrengenden Tag vor sich, und er war ja nicht das einzige arbeitende Wesen auf der Welt. Doch mit einem Mal lag sie wach, hellwach, schlimmer noch: quälend wach. Besser hätte er ihr eigentlich nicht zeigen können, wie er die Prioritäten setzte, was für ihn wichtig und was nebensächlich war. Mag sein, es war für ihn ein dramatischer Moment, aber ein Moment kam zum andern, und jeder zählte. Daß er im Nebenzimmer weitertelefonierte, als sei nichts geschehen, empörte sie besonders. Es kam ihr so vor, als nähme er sie gar nicht mehr wahr, ja als würde er sie bewußt verneinen. Ob sie da war oder nicht – wo lag da der Unterschied? Und was war das für ein Zuhause! Ein verqualmtes NokiaTaubenhaus! Der große Geschäftsführer auf einem unaufschiebbaren Handy-Trip, so wichtig, daß er nicht einmal die Zeit fand, ihr zu sagen, worum es ging, und sie im Doppelbett im Asyl. Die Zuordnungen hätten nicht besser getroffen werden können. Wenn das das Guthabengefühl und Premiumsglück sein sollte, dann hatte sie wohl die falsche Vorstellung von den falschen Dingen, und alles war bloß ein Irrtum gewesen. Erst wochenlang nur Hänsel-und-Gretel-Nächte und er jetzt nebenan auf der Couch im Aus-Quartier. Eine beachtliche Entwicklung. Sie fragte sich, wozu sie überhaupt noch gebeten war. Womöglich sollte sie ihm seinen Streß entsorgen, dreifaches Verständnis haben, doppelte Rücksicht nehmen, dasein und trotzdem Luft sein. Vielleicht genügte sie ihm virtuell. Für einen Radioholic die passende Frau. Seine virtuelle Vera – gut für ferngehauchte Küsse und angedachte Berührung, gut für vorausbittendes Verständnis, und eines Tages kannte man sich nur noch vom Wegsehen. Ach, es war nichts. Alles nichts. Einfach alles nichts. Ihre Kombination. Der Erste Hauptsatz ihres Lebens. Doch diesen Schuh zog sie sich nicht an. Was auch immer mit Tera passiert war – auf keinen Fall wollte sie mit in die Insolvenzmasse eingehen.

Sie nutzte die Gelegenheit des Getrenntschlafens, stand noch einmal auf, ging ins Badezimmer und machte sich eine Gurkenmilchmaske. Jeunesse du visage. Sie mußte an die Zukunft denken. Im Vorbeigehen äugte sie noch einmal kurz ins Terrassenzimmer und sah, daß Zarth eingeschlafen war. Sie kontrollierte, ob er wenigstens die Zigarette ausgemacht hatte, denn irgendwie lag Katastrophenstimmung in der Luft.

Am anderen Morgen saß Vera am Zeichentisch und arbeitete sich mit großem Aufwand in die neuste Software ein, die sie für die Computersimulation ihrer Entwürfe brauchte. Neben ihr stand ein großer Becher Kaffee, ihr schwarzes ungesüßtes Aufwach-Elixier. Sie fand, daß wieder einmal alles viel zu knapp terminiert war, hatte sich das Datum für die erste Planungsberatung wie ein Warnschild an die Wand gepinnt und wurde immer nervöser, je mehr sie spürte, daß sie langsam, aber sicher hinter dem Zeitplan zurückblieb. Sie probierte zwar vieles, aber nichts schien ihr recht gelingen zu wollen.

Obwohl sie die Tür zu ihrem Arbeitszimmer geschlossen hatte, drang dennoch ein dumpfes Stimmengewirr an ihr Ohr und nahm unbewußt ihre Aufmerksamkeit in Anspruch. Sie ertappte sich dabei, daß sie nach draußen in den Korridor lauschte, wo unablässig hin- und hergelaufen wurde, als wären ganze Völkerscharen im Aufbruch. Daß Zarth seit den frühen Morgenstunden im Conferencing Room seine Mannschaft versammelt hatte, war mehr als ungewöhnlich und für sie ein sicheres Zeichen, daß es um sein Radio nicht gut stand. Doch sie konnte es nur vermuten, denn das Gespräch über Tera, das sonst nicht enden wollte, war wie abgerissen. Alle Fäden jäh gekappt. Hätte er ihr gesagt, daß er tief im Schlamassel saß, oder mit irgendeiner Bemerkung die Misere angedeutet, hätte sie wenigstens noch ein Gefühl von Gemeinsamkeit aufgebracht, ein zarthes Wir-Gefühl, ein spürbares Zusammenrücken, aber dazu war er offenbar nicht motiviert. Allweil huschte draußen jemand ins Bad, die Klosettspülung schien im Dauerbetrieb zu sein und hieb so donnernd auf sie ein, daß sie sich vom Zeichentisch vertrieben und mitten in eine Bahnhofswartehalle versetzt fühlte. Es war wieder einmal typisch: Sie konnte noch so sehr im Streß sein, auf ihre Arbeit wurde keine Rücksicht genommen. Aber sie kannte ja die Aufteilung: er für die große Öffentlichkeit und sie für den kleinen Raum.

Vera fürchtete, die morgendlichen Krisensitzungen könnten zu einer Dauereinrichtung werden, bereute es, ihm dieses

Konferenzzimmer überhaupt eingerichtet zu haben, und kämpfte gegen die Unruhe an, von der sie auf einmal nicht mehr wußte, ob sie von ihm da draußen oder von ihr tief drinnen kam. Plötzlich ging die Tür auf, und Anja stand im Raum. Die Störung hätte kaum größer sein können. Vera wollte ihr gerade in der allerbestimmtesten Form sagen, daß sie nichts sehnlicher wünschte, als wenigstens morgens ein paar Stunden hintereinander unbehelligt am Zeichentisch sitzen zu können, wollte ihr sagen, daß jede Unterbrechung die Hölle war und sich ihre Arbeit nicht von selber tat, weil bekanntlich von nichts auch nichts kommen konnte, doch hinter Anja trabte mit einem Mal Bi herein, dessen Aussehen schlagartig allen Ärger vergessen ließ. Er trug eine breite rote Seidenschleife um den Hals, die so kunstvoll drapiert war, daß seine Molosserbreite etwas überaus Beeindruckendes bekam und Vera halb amüsiert, halb schuldbewußt fragte, ob sie etwa seinen Geburtstag vergessen hätte. Anja druckste verlegen herum, wußte offenbar nicht, wie sie beginnen sollte, und sagte dann unvermittelt: »Du siehst richtig. Bi mit Schleife. Ein Geschenk für dich. Ab heute gehört mein Bulldog dir.«

Vera wußte im Moment nicht, was sie davon halten sollte. Sie erschrak fast ein bißchen. Gerade jetzt, da sie vor lauter Arbeit nicht zum Aufschauen kam und kaum Zeit für sich selber hatte, einen Hund geschenkt zu bekommen, um den sie sich kümmern mußte! Wenn das keine zusätzliche Belastung war! Und was hieß sich kümmern! Fürsorglich betreut werden mußte er, denn genaugenommen war er doch ein Pflegefall. So sehr sie Bi auch mochte – aber die Vorstellung, daß es künftig allein bei ihr lag, ihn morgens und abends regelmäßig ums Karree zu führen und seinetwegen womöglich gar ihren Arbeitsrhythmus ändern zu müssen, brachte sie einen Moment lang in Bedrängnis. Sie fragte sich, wie sie das zeitlich bewältigen sollte.

Mit einem Mal lag ein künstlerisch gestaltetes Papier auf dem Tisch, mit Ornamentleisten verziert, handgemalt. »Die Schenkungsurkunde«, sagte Anja, »eigens für dich entworfen. Inge hat auch gemeint: Ron kann mit einem Hund nicht umgehen. Er kümmert sich nur um sich. Solltet ihr auseinandergehen, gehört der Hund dir. Das hast du jetzt schriftlich.«

Vera war zwar über diesen vorausschauenden Gedankengang sichtlich verblüfft, spürte aber auch, daß gerade diese erfrischend direkte Art seiner Tochter ihr künftig ganz gewiß ein bißchen fehlen wird. »Ich hätte Bi gerne mitgenommen«, sagte Anja, »aber Hunde über acht Kilo kommen im Flieger in den Frachtraum. Da muß er in einen Käfig. Der ist gerade mal so groß, daß er aufrecht in ihm stehen und sich einmal um die eigene Achse drehen kann. Zwölf Stunden im Käfig – das übersteht er nicht. Aber bei dir, das weiß ich, geht es Bi gut.«

Als Vera sah, wie nahe ihr das alles ging, stand sie auf, umarmte Anja und zeigte dabei bewußt mehr Freude, als sie empfand, um ihr die Trennung vom Hund zu erleichtern.

Zarth saß im verrauchten Conferencing Room und kämpfte noch immer mit dem Praxisschock, der ihn erwischt hatte, als er so unsanft mit der Wirklichkeit der neusten MA-Zahlen in Berührung gekommen war. Ausgerechnet mit diesem Abstieg verband sich jetzt sein Name. Bisher stand Roland Zarth in der Szene für Erfolg und Kompetenz, sein Name hatte einen respektablen Klang, und nun das! Am liebsten hätte er sich verkrochen, ins Unsichtbare aufgelöst und wäre anderswo wieder aufgetaucht – bloß nicht mehr physisch anwesend sein, denn er empfand die Blamage auf der ganzen Linie. So abgebrüht war er noch nicht, daß er kühl darüber hinwegschreiten und eloquent neue Ufer anpeilen konnte. Er spürte die Misere körperlich. Er hatte Kopfschmerzen, in den Ohren war ein dumpfes Brummen, und die Zunge begann zu brennen. Einen Mißerfolg hätte er ja noch irgendwie verkraftet, das gehörte zur normalen Schwankungsbreite eines Unternehmens, aber nicht diesen Sturz, für den es keine Erklärung gab. Einfach so, aus dem Nichts, gleichsam über Nacht, ohne die geringsten Frühwarnungen.

Er stand auf, verließ kurz die Runde und nahm im Bad zwei Aspirin. Zum ersten Mal stand er hilflos einer Materie gegenüber, von der er bisher meinte, sie souverän zu beherrschen, ja geradezu spielerisch mit ihr umzugehen, denn nirgendwo kannte er sich besser aus als in der Kunst des Radiomachens. Kürzlich erst hatte er an der Funkakademie über das Audio ergo sum einen Vortrag gehalten, der gleich in den Rang eines Impulsreferates gehoben und kurz darauf veröffentlicht wurde. Und nun das! Auf allen Wellen Gelächter und die Konkurrenz im Jubel. Jüngst die Halbierung des Budgets und jetzt der Absturz. Denn daß bei solchen niedrigen Reichweiten die Werbewirtschaft nicht mehr einbuchte und ihre Verträge kündigte, stand fest. Er wußte nicht, wie er die Talfahrt aufhalten konnte. Er spürte bloß, der Worstcase war da. Sie standen vor dem Aus. Sich jetzt noch Illusionen zu machen oder auf ein Wunder zu warten, war unverantwortlich. Der reine Selbstbetrug. Aber wenigstens die Stimmung mußte aufrechterhalten werden. Mit der Stimmung gegenhalten – mehr blieb ihm im Moment nicht, denn auf keinen Fall wollte er sich vor seiner Mannschaft den Praxisschock anmerken lassen.

Die außerplanmäßige Manöverkritik dauerte nun schon Stunden, und er sah es den Gesichtern an: Sie hatten alle das Gefühl, auf der Stelle zu treten. Voller Ungeduld wartete er auf Bruno, der seit gestern abend im Sender recherchierte. Brendel, Hassler, Raabe und Ismet hatten bereits das gesamte Wettbewerbsumfeld geprüft. Fest stand: Es gab eine Hörerwanderung. Soweit waren sie bereits vorgedrungen. Raabe erklärte es damit, daß immer mehr Sender mit großen

Scheinen die Hörer zum Einschalten brachten, doch für Zarth war das noch kein plausibler Grund für den Einbruch, zumal Tera mit seiner Kernzielgruppe, den Upmarket Singles, konkurrenzlos war und ihnen mehr bot als einen 10-Sekunden-O-Ton. Nein, da mußte es noch andere Ursachen geben.

Sein Handy klingelte. Bruno meldete sich. Er stand bereits draußen an der Tür. Zarth sprang auf und ließ ihn ein. Übernächtigt betrat sein Musikchef das Konferenzzimmer. Bruno konnte es kaum erwarten, ihnen das Ergebnis seiner Recherche mitzuteilen. Erst war es eine Ahnung, aber jetzt hatte es sich ihm bestätigt. Die ganze Nacht hatte er die Mitschnitte abgehört, und eines konnte er nun mit Sicherheit sagen: »Cult FM kopiert unser Musikformat. Wir haben unsere eigene Klangfarbe auf den Markt gebracht, bewußt kein Soft AC, kein Rock Pop, kein Oldie based, kein Hot AC, kein Black Urban Dance, kein Hitradio, sondern unsere Kreation: Softhit Rockpop. Researchgestützt und mit 1000 Titeln in der Rotation. Cult FM spielt schamlos unseren Tera-Mix. Sie haben fast im selben Abstand wie wir die aktiven Titel in der Rotation, spielen im Tagesrhythmus der Hörer genausoviel melodische Titel ein und kopieren unsere Playlists nur um zehn Minuten zeitversetzt. Sonnabend machen sie uns sogar unsere Best of the Best nach.«

Das allerdings war eine Erklärung, die allen am Tisch sofort einleuchtete. Es schien, als ginge ein Auftatmen durch die Reihen. Formatklau, das war's. »Die Jungs von Cult FM beginnen unseren Mix auch noch getarnt mit ihrem Morgenhahn«, ergänzte Bruno entrüstet. »Ab fünf Uhr morgens lassen sie zur vollen Stunde die Hörer krähen, und wer am besten kräht, bekommt 100 Euro. So startet die Konkurrenz in den Tag. Nehmen unseren Erfolgsmix, packen ihre Kohle dazu, und schon räumen sie quotenmäßig ab!«

Zarth begriff sofort, sie waren Opfer der übelsten Marktpiraterie. Er unterbrach für einen Augenblick die Sitzung, verließ den Raum und telefonierte mit Dr. Anne. »Cult FM klaut unser Musikformat! Das muß sofort gestoppt werden! Die ruinieren uns! Mach was!« sagte er und schilderte aufgeregt, was passiert war. Sie hörte ihn mit juristischer Gelassenheit an. »Bei Existenzbedrohung kommt nur eine Unterlassungsverfügung in Betracht«, entgegnete sie, »aber gleich vorweg: Der Schutz von Musikformaten ist keine klare Angelegenheit und meines Wissens auch noch nicht entschieden. Das Gericht wird nicht ohne mündliche Verhandlung entscheiden. Frühester Termin, so wie ich die Gerichte kenne, nicht vor acht Wochen. Und egal, wie es ausgeht: Entweder wir oder die anderen werden Berufung einlegen. Wir könnten auch gleich klagen, das müßten wir sowieso. Dann allerdings wird das Gericht Sachverständigengutachten einholen. Der Fall schreit förmlich danach. Aber erfahrungsgemäß äußert sich ein Sachverständiger nicht vor Ablauf eines Jahres seit seiner Beauftragung.«

Zarth spürte wieder einmal, Gespräche mit Juristen hatten immer die gleiche Wirkung: Entweder kam man sich belehrt oder ganz dumm vor. In diesem Fall sogar beides, denn er wußte im Moment gar nicht, wozu sie ihm eigentlich riet. »Am besten ist, du fährst zweispurig«, meinte Dr. Anne nach einer Weile. »Geh zur Medienanstalt. Die hat die Lizenzerteilung auch an Inhalte geknüpft und hat bei der Neuvergabe auf Vielfalt zu achten. Wo Formate geklaut werden und die Musikfarben gleich sind, herrscht keine Vielfalt. Die Medienanstalt muß schließlich darauf achten, daß Cult FM lizenzkonform sendet.«

Das war das Stichwort. Auf einmal war ihm, als trete er wieder in die Geschäftsordnung ein. Das Zungenbrennen wich, der Kopfschmerz löste sich, und er spürte, daß es letztlich doch beruhigend war, eine taffe Rechtsanwältin in seinem Umfeld zu haben. Entschlossen ging Zarth zu seiner Mannschaft zurück und forderte Bruno auf, noch heute einen Wochenvergleich zusammenzustellen. »Ich gehe damit sofort zur Medienanstalt«, sagte er. »Die muß rechtsaufsichtlich tätig werden und dafür sorgen, daß Cult FM lizenzkonform sendet. Wozu haben wir die langen Verfahren, wenn anschließend jeder auf seiner Frequenz macht, was er will! Wir sind für den einmaligen Tera-Mix lizenziert, und den werden wir verteidigen!«

Vom beifälligen Nicken seiner Mannschaft begleitet, steckte er sich eine Zigarette an. Zumindest stand jetzt fest, sie waren nicht unfähig, Radio zu machen, sie waren nur Opfer einer krassen Marktpiraterie. Obwohl ihm diese Erkenntnis wie ein befreiender Schritt nach vorn anmutete, begriff er, daß sie an der Katastrophe des Absturzes nichts änderte. Er wußte, gleich, was jetzt kommen würde, das Schwierigste von allem war, Greenwood und Redstone, den Sparkommissaren, den Einbruch der Hörerzahlen zu erklären. Er hatte ja nie daran gezweifelt, daß sie sich mitten im Radiokrieg befanden, aber daß die Konkurrenz so frech vor aller Ohren Formate stahl, das hatte es so noch nicht gegeben und zählte im Angebot der Unverfrorenheiten zu den verschärften Varianten. Doch Greenwood und Redstone davon zu überzeugen, daß sie keine schlechten Radiomacher waren, sondern nur Opfer dreister Piraten – das hielt er für ein aussichtsloses Unterfangen. Wer wollte schon die Katastrophe erklärt haben. Es interessierte nur der Erfolg. Und das Wort »Opfer« mußte Zarth ohnehin vermeiden, denn dann wurde sofort klar, in welcher Lage sie sich befanden: Opfer standen immer im Regen. Das gehörte längst zum Grundverständnis von Gerechtigkeit. Ihm machte keiner was vor. Mitleid war in seiner Branche sowenig gefragt wie

Verständnis. Es zählte nur eins: schwarze Zahlen. Satter Kies. Daily, weekly, monthly, yearly – er wußte, die Gesellschafter wollten die Black Numbers sehen. In der Gewinnerwartung lag ihre ganze Ungeduld. Doch ein solcher Hörerverlust war nicht mehr wettzumachen. Was jetzt kam, konnte nur noch Schadensbegrenzung sein.

»Na dann, an die Gewehre!« Er rief es mehr sich selbst als den anderen zu und ließ sich im Anschluß an die Krisensitzung von Herrn Wiesner sofort zur Medienanstalt fahren, um den Direktor zu veranlassen, unverzüglich die notwendigen Aufsichtsmaßnahmen einzuleiten.

Am Flughafen herrschte Betrieb. Anja stand mit Vera neben ihren Koffern in der Abflughalle, konnte es kaum erwarten, im Flieger zu sitzen, und war so aufgeregt, daß sie in einem fort redete. Vor ein paar Tagen hatte sie noch geglaubt, alleine nach Kanada zu fliegen, doch Inge hatte in letzter Minute einen dienstlichen Termin in Deutschland so legen können, daß sie gemeinsam mit der Tochter nach Montreal zurückflog. Inge war bereits bei ihren Eltern eingetroffen, holte sie nachher sogar in Frankfurt vom Flughafen ab, und am Abend gab es einen großen Familientreff. Stolz berichtete Anja, was die Großeltern ihr zu Ehren alles arrangiert hatten, doch plötzlich tauchte der Amok-Axel auf, und mit einem Mal war sie verschwunden. Vera blieb bei den Koffern und wartete auf Zarth, der direkt aus dem Sender kommen wollte, um seine Tochter gebührend zu verabschieden. Sie sah zur Uhr, aber seltsamerweise dachte sie diesmal nicht daran, wie sehr ihre Termine drängten und daß sie es sich zeitlich eigentlich gar nicht leisten konnte, hier zu stehen und den Gepäckwächter zu spielen. Vielmehr sah sie alles, was auf sie zukam, mit einer geradezu heiteren Gelassenheit und fühlte sich zum ersten Mal seit langem wieder als eine

Gewinnerin. Mit Anjas Auszug aus der Wohnung kehrte der Luxus der Privatheit zurück, was Vera als so einschneidend empfand, daß alles wie ein verheißungsvoller Anfang vor ihr lag. Sie war so gut gestimmt wie selten und atmete auf, als Zarth endlich eintraf und sie nicht länger befürchten mußte, er könnte inmitten des Radiodramas den Abflugtermin seiner Tochter vergessen.

Unübersehbar in seiner Körpergröße eilte er auf Vera zu, blieb aber grußlos vor ihr stehen, sah sie fast vorwurfsvoll an und sagte nur: »Du kennst doch diesen Enderlein. Du mußt unbedingt mit ihm reden.« Zarth schien sichtlich aus der Fassung. Sie fühlte sich derart überfallen, daß sie erst einmal wissen wollte, was passiert war.

»Enderlein ist mit seinen Verbrauchertips zur Konkurrenz gegangen. Einfach so. Mir nichts, dir nichts. Hat den Abwind gewittert und sich davongemacht. Die wichtigste Programmsäule ist damit weggebrochen. Eine Katastrophe! Unser bester Mann bei Cult FM! Der nimmt doch noch mal einen ganzen Schwung Hörer mit, und wir stürzen weiter ab! Niemand weiß, mit wem wir jetzt diese Wortlücke schließen könnten! Vielleicht schaffst du es, ihn zu überreden, daß er zu Tera zurückkommt. Man hat mir gesagt, auf dich hört er.«

»Habt ihr denn keinen Vertrag mit ihm gemacht?«

»Das ist ja die Crux! Das ist verschusselt worden. Wir hatten ihm einen Vertrag zugesagt, Anne hatte ihn auch aufgesetzt, aber dann ist er in der Finanzbuchhaltung liegengeblieben. Ein Inhouseversagen, schlimm, ich weiß. Du mußt ihm dieses Versehen erklären. Er soll sich noch einmal alles überlegen. Selbstverständlich verhandeln wir seinen Vertrag sofort nach und zahlen ihm das Honorar der Konkurrenz.« Zarth machte einen übernächtigten Eindruck, und es schien ihr beinahe so, als wäre er im Begriff, die Grenzen seiner Belastbarkeit zu überschreiten. Der Abflugschalter öffnete, und es bildete sich im Handumdrehen eine Schlange zum Check-in. Zarth reihte sich ein und zückte plötzlich sein Flugticket. Als er Veras Verblüffung bemerkte, meinte er halb entschuldigend, daß er sich in letzter Minute entschieden hatte, Anja nach Frankfurt zu bringen. Das wollte er sich dann doch nicht nehmen lassen. Schließlich sah er sie jetzt eine lange Zeit nicht, und sie sollte spüren: Wenn es darauf ankam, war ihr Vater an ihrer Seite. »Wo ist sie überhaupt?«

»Auf dem Klo«, sagte Vera und dachte, Oliver hatte es richtig gemacht, goldrichtig, hatte auf nichts gewartet, sondern die Sachen gepackt. Das war für sie ein fast wohltuendes Triumphgefühl und das einzige, was sie im Moment mit einem verheißungsvollen Anfang in Verbindung brachte. Sie fragte nicht, wann Zarth zurückkam, ob spätnachts oder am nächsten Morgen, vielleicht auch überhaupt nicht, sondern wußte, daß die fürsorgliche Eskorte für Anja nur der Vorwand war, am großen Familientreff teilzunehmen und seine kanadische Inge zu sehen. Kaum hatte sie ihren Fuß auf den Kontinent gesetzt, flog er gleich zu ihr hin, einsatzbereit als Last Minute-Lover, tauchte in den erlauchten Taunuskreis ein, in dem es schließlich einmal eine unvergessene Traumhochzeit gegeben hatte, zeigte sich als der treusorgende Vater und anhängliche Familienmensch, trotz Scheidung verläßlich, geachtet und geschätzt für Leistung und Großzügigkeit, und abends im hell erleuchteten Haus am Palmengarten war er dann selbstverständlich auch kein Nichttänzer mehr.

Veras Aufbruchsstimmung war verflogen, und sie sagte nur: »Vielleicht sollte ich mit Oliver Enderlein ins Bett gehen. Wenn es der Reichweite von Tera nützt, wird es dir doch sicher recht sein.«

»Übertreib mal nicht«, entgegnete Zarth unwirsch und meinte, daß dies ganz bestimmt nicht die Art Witze waren, die ihn derzeit erheiterten. Verärgert wollte er noch etwas hinzufügen, doch da kam Anja, frisch geküßt, fiel ihm um den Hals und fand es Spitze, daß er sie begleitete, echt Spitze. Denn jetzt – das flüsterte sie fast vertrauensvoll Vera zu – jetzt hatte sie eine ganze Flugstunde Zeit, um Ron zu überreden, ihr auch weiterhin die monatliche Handyrechnung zu bezahlen. Im Flieger konnte er nicht entweichen, auch mit keinem telefonieren, jetzt ließen sich ungestört alle offenen Wünsche anbringen. Vera nickte ihr aufmunternd zu. An ihrer Stelle hätte sie es wohl auch so gehalten, und Stunden später, als sie in ihrem neuen Auto zum Investorempfang fuhr, sah sie dieses Bild vor sich – sah Anja winkend mit ihrem Vater im Bordraum verschwinden, und sie blieb in der Halle zurück und kam sich abgestellt und überflüssig vor.

Vera hatte die Musik auf volle Lautstärke gestellt, so hämmernd und dröhnend, daß alles umschlug und eine große Stille in ihr entstand, die ihr das Gefühl gab, den Dingen weit entrückt zu sein. Sie brauchte das jetzt: tief abtauchen in die Klänge, hören, fühlen und alles vergessen. Dem ganzen Hinterland davonfahren. Es gab nichts Erholsameres. Acht Stereoboxen im Auto und im Player ihre Lieblings-CD – mehr für die Seele konnte es nicht geben. Unabhängig sein vom Autoradio mit seinen lästigen Werbeunterbrechungen und diesen trostlosen Spaßstimmen, die überall gleich klangen – das war der Luxus, den sie sich selbst erarbeitet hatte und den sie jetzt doppelt und dreifach genoß. Sie rauschte über den Stadtring dahin. Es war, als würde sie sich gleichzeitig durch zwei Räume bewegen. Draußen die Häuser, die Straßen, die Bäume, die Schilder und drinnen im Auto – ledergepolstert – der Raum der Musik mit einem Sound, der alles in ihr zum Klingen brachte und diese kleinen seelischen Vibrationen auslöste, die so einen grauen Tag optimieren konnten.

Sie fädelte sich auf die Autobahn ein, die mehrspurig vor ihr lag und wie ein breites Betonband sich so zielgerichtet ins

Unendliche zog, daß sie meinte, wer in den Himmel kommen wollte, brauchte immer nur geradeaus zu fahren. Sie wechselte auf die äußerste Überholspur, gab Gas und raste allen davon. Sie war froh, daß niemand neben ihr saß, an ihrem Fahrstil herummäkelte und seine überflüssigen Anweisungen gab. Sie dachte weder an das Zurückliegende noch an das Kommende, hüllte sich wohlig in die Musik ein und überließ sich dem fast trotzigen Triumphgefühl, daß ihr Herz ihr ganz allein gehörte, was sie im Moment als das Allerverläßlichste empfand. Sie freute sich über das Hotelprojekt, war stolz auf diesen Riesensprung nach oben und wußte: Wer eine solche Auftragsebene erreicht hatte, der war angekommen. Was mußte sie sich mit einem Mann wie Zarth überhaupt noch schmücken? Um den Geschäftsführer des Weltgeistes handelte es sich ja auch nicht gerade. Genaugenommen bot ihre eigene Reputation genügend Grund für ein kleines galaktisches Rauschen. Eigentlich war sie doch nur mit sich selbst auf der sicheren Seite. Alles andere blieben Zufälligkeiten, und die Liebe war sowieso nur eine Gleichung mit zwei Unbekannten. Dann doch lieber einen schönen Rotwein mit vollfruchtigem Finale. Sie wollte sich freuen. Freuen an dem, was sie sich selbst geschaffen hatte. Ihr neues Auto war einmalig. Es bot ihr ein geradezu sinnliches Vergnügen, denn hier hatte sie die Chance, sich wenigstens einmal am Tag mit Musik durchfluten zu lassen, gleich einem akustischen Reizstrom, der eine fast heilsame Wirkung besaß. Sie fieberte ihrem Lieblingslied entgegen. Als es kam, sang sie laut mit. Besonders die hohen Töne hatten es ihr angetan. Gleich, ob sie schrill oder sanft waren, die hohen Töne besaßen ihre ganz eigene Magie. Aus ihnen kam Sonne und Licht. Sie drangen am tiefsten ein, gingen durch und durch, schlugen alles in ihr frei und lösten, was gebunden schien. Die hohen Töne rissen den Himmel auf. Sie sang hemmungslos falsch, aber empfand es als herrlich befreiend. Es war, als würde sie mitten durch ihre Gefühle fahren, die Funken in ihr sprühten, die Fließgeschwindigkeit des Blutes erhöhte sich, sie preschte mit ihrer Phantasie davon, die Sinne lagen bloß, es war betäubend und berauschend, und sie spürte das Sphärische, dieses knisternde Sternenfeuer, das nichts mehr übertreffen konnte.

Sie saß in ihrem Auto wie in einem Stauraum der Lust, achtete nicht auf die Geschwindigkeit, blieb auf der Überholspur und wähnte sich inmitten ihrer Musik absolut sicher, geschützt und gefeit gegen alles. Mit diesen Klängen konnte ihr nichts passieren, sie räumten alle Gefahren beiseite, trugen sie über alles dahin und ließen nichts als die Gewißheit zu, daß nur das Schöne noch vor ihr liegen konnte. Der Selbstgenuß hätte nicht größer sein können.

So bei einem Investorempfang ankommen zu können, tat gut. Als sie ausstieg, fühlte sie sich akustisch aufgebaut, entschlackt und entgiftet, war in einer Top Verfassung, betrat gelöst und selbstbewußt den Raum und erweckte überhaupt in allem einen so perfekten Eindruck, als sei sie frisch gefönt auf die Welt gekommen.

Dorothee war am Handy. Ihre Stimme klang aufgeregt, geradezu empört. Sie wollte Vera nur sagen, sie fand es ungeheuerlich, was sich die Amis mit Zarth erlaubten. »Ihn einfach so kaltzustellen!«

Vera wußte nicht, wovon die Rede war. »Ja hat er dir denn nicht gesagt, was passiert ist?«

Vera wollte ihrer Freundin jetzt nicht erklären müssen, daß Zarth seit dem Absturz der Hörerzahlen einen Praxisschock hatte, daß er nichts mehr sagte und bloß noch in Andeutungen sprach, als sei es ihm lästig, überhaupt noch ein Wort darüber verlieren zu müssen. Nachfragen brachte nichts, denn sie wußte, immer wenn er unsicher war, verschloß er sich, wich aus und wollte auf den heiklen Punkt nicht angesprochen werden. Es war wie mit dem Heiraten. Leidige Themen sparte er aus. Aber es wunderte sie nicht, daß er mit seinem Single-Sender keinen Erfolg hatte und die Hörer ausblieben. Kam er doch nicht mal mit dem gefühlten Single zurecht, den er zu Hause hatte. Kein Gespür für das, was sie wirklich wollte.

»Sie haben Zarth entmachtet!« sagte Dorothee. »Brendel war so entsetzt, daß er mich gleich angerufen hat. Du mußt dir mal die Situation vorstellen! Roland kommt früh in den Sender, und da sitzt in seinem Büro auf seinem Sessel ein Mann und stellt sich als der neue Consulter vor, der im Auftrag von Greenwood und Redstone die Geschäftsströme von Tera koordinieren soll! Als sei Zarth unfähig, den Sender zu leiten! Dabei ist doch alles nur passiert, weil das Musikformat so erfolgreich war! So ist es doch überall! Wenn etwas gut ankommt, wird es gleich kopiert. Einer muß bloß die richtige Idee haben, und schon hängen sich alle ran, und der Erfinder kann sehen, wo er bleibt. Ob er zu seinem Recht kommt, ist dann auch noch die Frage. Du weißt ja, recht haben und recht bekommen sind zweierlei.«

Die Nachricht von seiner Entmachtung erschreckte Vera. Sie fand zwar nett, daß Dorothee gleich spontan ihre Solidarität bekundete, aber in Wirklichkeit ärgerte sie sich, diese Nachricht von ihr erfahren zu müssen. Vera tat so, als wüßte sie längst Bescheid, denn sie ertrug es nicht, daß Dorothee als Frau Brendel über alles im Bilde war und sich plötzlich zum engen Kreis der Eingeweihten zählte, während Vera als Freundin Zarths wie eine Fernstehende sich mit ein paar Informationshäppchen zu begnügen hatte. Sich auf diese Weise von Dorothee den neuen ehelichen Status vorführen zu lassen, dazu wollte sie ihr auf keinen Fall einen Anlaß bieten. Lieber hätte sie sich ohnehin mit ihr wieder mal so wie früher über ihre Arbeit ausgetauscht, aber dies schien wohl der Vergangenheit anzugehören. Offenbar hatte Dorothee jetzt ganz die Interessen ihres Ehemannes angenommen. Daß die Anpassung so rasant erfolgte, hätte Vera gerade von ihr zuallerletzt erwartet. Aber aus Täuschungen ließ sich immerhin lernen. »Wenigstens eine schöne Ausschüttung haben unsere Männer bekommen«, sagte Dorothee, »zumindest Taff ist in den schwarzen Zahlen. Du kommst doch heute abend?«

Auch davon wußte Vera nichts, wußte nicht, was abends geplant war, sagte aber auch hier, daß sie selbstverständlich kommen würde, doch es störte sie, wie sich Dorothee inzwischen der Radiomaterie bemächtigt hatte. Offenbar hielt sie sich in diesen Dingen für zuständig, für diejenige, über die die wichtigen Nachrichten liefen.

Im Grunde tat Zarth ihr irgendwie leid. Aber ihr Ärger, daß er sie in eine solche Lage brachte, war größer. Selbst wenn sie ihm zugute hielt, daß er sie mit schlechten Nachrichten verschonte, um sie in ihrem momentanen Streß nicht noch zusätzlich zu belasten – sie fand, seine Rücksichtnahme konnte nicht soweit gehen, daß sie wichtige Dinge, die ihn und damit auch sie betrafen, von Dritten erfuhr. Mag sein, der große Hörfunkstratege, der bislang auf den Erfolg abonniert war, wollte ihr nicht eingestehen, daß er hart am Limit fuhr. Aber anstatt mit ihr darüber zu reden, verbarg er seinen Mißerfolg hinter einer wirbelnden Geschäftigkeit, was in ihren Augen alles nur noch schlimmer machte. Welche Motive ihn auch bewegten, genaugenommen stand sie neben ihm. Mitmieterin Vera Pflüger, eine Tür-an-Tür-Bekanntschaft. Doch sie wollte sich jetzt damit nicht beschäftigen. Sie stand mitten in der Entwurfsplanung. Ihr Vorschlag, zwei Verwaltungsräume zwecks Kosteneinsparung als Multifunktionsräume zu gestalten, war akzeptiert worden, und sie mußte dafür die CAD-Präsentation erarbeiten. Zwischendurch konferierte sie ständig mit Kuno, der in ihren Räumen die gesamte Lichtführung übernommen hatte, und jetzt mußte sie sich beeilen, weil in einer Stunde im Team die Ausschreibung für das technische Equipment vorbereitet wurde. Wenn sie all die Termine, die in nächster Zeit auf sie zukamen, halten wollte, konnte sie sich keinerlei Ablenkung leisten.

Beruhigend inmitten der Hektik war lediglich der Umstand, daß Frau Maiwald nicht mehr dreimal wöchentlich zum Putzen kam, sondern täglich früh und abends, um Bi auszuführen. Das war zwar etwas teurer, aber Vera schien es immer noch preiswerter, als lange zu inserieren, um dann enttäuscht feststellen zu müssen, daß es für solche Arbeiten niemand gab, zumindest keinen, auf den Verlaß war. Darum legte sie über das Vereinbarte hinaus noch etwas dazu, denn bei diesen Arbeiten zählte nur eins: Wen man hatte, den mußte man halten.

Vera fiel es während der ganzen Beratung schwer, sich zu konzentrieren. Immer wieder mußte sie an seine Entmachtung denken. In der Pause fand sie auf ihrer Mailbox eine kurze Nachricht von ihm und fuhr nach dem Ende der Beratung zum Spiegelzelt von Taff, wo Zarth mit den anderen Gesellschaftern seine Gewinnausschüttung feierte. Von weitem sah sie ihn schon mit Brendel und Leuschner stehen. Den Hemdkragen leicht geöffnet, die Krawatte etwas gelockert, kam Zarth mit tänzelnden Schritten auf sie zu und schien so abgehoben fröhlich, daß sie sofort merkte, er war angetrunken. Herrn Wiesner hatte er schon nach Hause geschickt, weil er endlich einmal in ihrem neuen Cabrio fahren wollte. Unter den gegebenen Umständen fand sie das zwar weniger passend, wollte aber auch nicht, daß er weitertrank und zu guter Letzt seinen Kollegen womöglich noch eine lächerliche Vorstellung gab. Sie winkte Dorothee, schon um zu zeigen, daß auch sie wußte, wo die Musik spielte, und nutzte die erstbeste Gelegenheit, um mit ihm die Taff-Party zu verlassen.

Er ging wie ein Inspektor um den Wagen herum, stieg mit wohlwollender Miene ein, ließ sich in den Sitz fallen und steckte sich eine Zigarette an. Nicht genug, daß er ihr diesen elenden Qualm schon in die Wohnung trug – in ihrem Auto wollte sie diesen unsäglichen Gestank nicht auch noch haben. »Wenn du unbedingt rauchen willst, mußt du dir ein Taxi nehmen«, sagte sie.

»Sei doch nicht immer so zickig!« Er schüttelte den Kopf, um sein Unverständnis noch einmal gestisch zu betonen, öffnete die Scheibe und warf die Zigarette auf die Straße. Dann schaltete er das Radio ein, um den Sound zu prüfen, stellte anerkennend fest, daß es fast Dolby Surround war, legte seine Hand auf ihren Oberschenkel und meinte, daß sie wieder einmal einen Rock tragen könnte und nicht immer diese langweiligen Hosenanzüge, die ihr ein so geschäftsmäßiges Aussehen gaben. Röcke standen ihr viel besser, weil sie in ihnen echt sexy aussah, wie er sagte, rutschte mit seiner Hand immer höher und amüsierte sich darüber, daß sie sich kaum wehren konnte und zeitweilig sichtlich Mühe hatte, das Steuer ruhig in der Hand zu behalten.

Sie war wütend. Da saß er neben ihr mit seiner aufgesetzten Fröhlichkeit, tat so, als wäre alles in Butter, dabei wußte sie, daß er im Sender so gut wie nichts mehr zu sagen hatte, und wenn er den Alkoholpegel brauchte, um festzustellen, daß Röcke ihm besser an ihr gefielen als Hosen, dann mußte es um alles noch viel schlimmer stehen, als sie angenommen hatte. Statt ihr zu sagen, was wirklich los war, glaubte er, sie mit ein paar hingeleckten Küssen ruhigzustellen, und lebte auch noch in der irrigen Meinung auf, daß sie mit dieser Art Wahrnehmung tief beglückt und hochzufrieden war. Ein

Jammerzarth, nichts als ein Jammerzarth! Wenn so ein Profi aussah, dann wurde ihr manches klar. Im Erfolg konnte jeder groß sein, strahlend und kernkompetent. Das wahre Format zeigte sich doch erst, wenn es bergab ging. Gestrichen von der goldenen Win-win-Liste und trotzdem noch über den Dingen stehen – das wäre es gewesen. Aber bei ihm liefen die Dinge wohl nur, solange sie gut liefen.

»Laß das«, sagte sie, »ich muß mich konzentrieren.«

»Du mußt doch nur stillhalten.«

Brüsk schob sie seine Hand zurück. »Was ist denn mit diesem Consulter? Ist der jetzt der neue Chef?«

»Frauen müssen immer alles so genau wissen«, sagte er. »Nimm doch mal die Dinge, wie sie sind. Ich sitze neben dir, und du bist bis obenhin zugeknöpft. Meine fritierte Venus vermiest mir die Stimmung. Ich kann machen, was ich will, es paßt dir nicht.« Er lehnte sich beleidigt in den Sitz zurück, verschränkte die Arme und meinte, so ein Auto mußte ganz anders gefahren werden: mit Power und nicht nach Hausfrauenart. Als sein Handy klingelte, empfand sie es fast wie eine Erlösung. Kaum hatte er es am Ohr, streckte er sich wohlig in die Polster, als läge er auf einer Sonnenbank. Seine Stimme bekam wieder dieses bekannte Trema, dieses leise Schwingen zwischen halb verzückt und halb entrückt, jedes Wort wahre Zarthsche Echtzeitpoesie, so daß sie sofort wußte, er befand sich auf der astralen Inge-Ebene, auf den Höhen seiner Taunusliebe. Vera schaltete die Musik lauter, damit er nicht meinte, es interessierte sie, was da von Herz zu Herz ging, hörte aber trotzdem, wie schön es in Frankfurt gewesen war, wie einmalig schön, drehte die Musik noch lauter und sagte, wenn er wollte, könnte sie ihn gerne mit seinem Handy am Straßenrand absetzen. Doch er wollte nicht. Und das war es ja: Ein Mann mußte wollen müssen.

Der Ticker Gottes stand nicht mehr still. Greenwood und Redstone wollten am liebsten stündlich die Ergebnisse letzter Telefon-TED-Umfragen haben, verlangten eine wöchentliche Statistik der Werbeausbuchungen und forderten ultimativ einen Bilanzbericht. Zarth kam nicht mehr zur Besinnung. Er fühlte sich gejagt und gehetzt und machte sich keine Illusionen: Er war zum Abschuß freigegeben. Seit er von Leuschner erfahren hatte, daß der Consulter nicht irgendein guthonorierter Berater war, sondern der Schwiegersohn des Hauptgesellschafters, wußte er, daß in der Zentrale gegen ihn gearbeitet wurde. Hinterrücks hatte man ihm einen Aufseher ins Nest gesetzt, einen Wächter des Familieninvestments, und glaubte wohl auch noch, er würde nicht mitbekommen, um wen es sich dabei handelte. Daß seine Geldgeber ihn so sträflich unterschätzten und für dumm verkaufen wollten, ärgerte ihn am allermeisten.

Unwillkürlich mußte er an die Herren der Taunuswelle denken. Er hatte ja damals mit Taff auch vor dem Aus gestanden, aber sie hatten mit ihm offen darüber geredet und sich letztlich davon überzeugen lassen, daß er ein tragfähiges Konzept besaß. Immerhin war noch so etwas wie ein Glaube an ihn und ein Vertrauen da, aber hier war nichts mehr. Hier ging es ohne Zwischenstopp vom Bonus direkt in den Malus. Hier setzten sie ihm diesen Juniorspäher ins Büro, statteten ihn mit allen Vollmachten aus, und er hatte diese Kröte zu schlucken. Nach einem solchen Affront gab es für Zarth nur zwei Möglichkeiten: entweder den Transatlantikern den ganzen Kram vor die Füße zu schmeißen oder in einem finalen Rettungsversuch noch einmal durchstarten und zeigen, daß er auch unfairen Wettbewerbern wie Cult FM gewachsen war. Er entschied sich für das letztere, denn es gehörte zu seiner Radiopassion, alles bis ins kleinste auszuschöpfen, bevor sich sagen ließ, daß nichts mehr zu machen war.

Vom Gespräch in der Medienanstalt war er enttäuscht. Der Direktor hatte zwar Verständnis für seine Lage, meinte aber, daß Cult FM für den Soft-Hit-AC-Mix lizensiert war und Tera FM für den Soft-Hot-AC-Mix und daß es bei so naheliegenden Musikfarben unwillkürlich Überschneidungen geben mußte. Diese Formatabgrenzungen ließen sich nur mit externem Sachverstand bestimmen. Auch wenn er ein Gutachten unter dem Dringlichkeitsaspekt in Auftrag gab, so konnte er nicht für eine schnelle Klärung garantieren, denn Gutachter waren gefragte Leute, und wahrscheinlich mußte in dieser heiklen Frage zudem noch jemand von der Musikresearch eingeschaltet werden. »Sie müssen uns verstehen, nur auf den Verdacht hin können wir nicht eingreifen.«

Zarth wußte zwar, sobald man sich an eine Behörde wandte, geriet man in eine Endlosschleife, aber genaugenommen verstand er nicht, warum ein so aufwendiges Gutachten eingeholt werden mußte, wo doch für seine Begriffe die Dinge klar auf der Hand lagen. Die in der Medienanstalt brauchten bloß mal zwei Stunden Cult FM einzuschalten, dann hörten sie doch selber, was los war. Anschließend ein Gespräch mit dem verantwortlichen Senderchef, eine Androhung von Lizenzentzug, und es sollte ihn wundern, wenn sie nicht sofort ihre Piraterie einstellten. Aber es wurde ja nichts durchgesetzt. Er sah wieder einmal, es lohnte sich, das Recht zu brechen. Bis Cult FM der Diebstahl nachgewiesen war, konnten die erst mal in aller Ruhe mit dem geklauten Format senden, konnten munter damit Geld verdienen, und sollte dann irgendwann ihr Treiben doch noch gestoppt werden, hatte Cult FM eine gutgefüllte Kasse, und Tera ging nicht nur als der ehrliche Gewinner leer aus, sondern er stand auch noch als der große Versager da. Daß Beweise, die auf der Hand lagen, extra noch bewiesen werden mußten, war eine Art von Metaphysik, die gegen seine Logik ging. Er sah nur, auf das Recht konnte er nicht bauen. Wahrscheinlich war es überhaupt für einfache Vorgänge zu kompliziert und in summa als Arbeitsbeschaffungsmaßnahme für hungrige Juristen gedacht. Für ihn hatte all das knallharte wirtschaftliche Folgen: Das Warten auf das Recht brachte ihn noch tiefer in die Verlustzone.

Er saß mit Brendel über dem Bilanzbericht, und beide waren sich einig: Das Warten brachte nichts. Es war verlorene Zeit. Allerkostbarste Echtzeit. Sie mußten aktiv werden und als letzte Chance das Programm neu ausbalancieren. Noch mehr Power für die Singles. Im Wortprogramm ihnen nicht mehr soviel für Kopf und Business liefern, sondern mehr Emotionen. Ohne Frage, nur mit großen Gefühlen konnten sie ihre Hörer zurückholen. »Das ist es«, sagte Zarth. »Wir starten ein Emotionsradio, so einzigartig und unvergleichlich, wie es die Region noch nicht gehört hat.« Das Gebot der Stunde hieß: Blitzrelaunch. Sie brauchten einen Blitzrelaunch.

Dies schrieben sie als Schlußbemerkung in den geforderten Bilanzbericht und sprachen darüber mit dem Consulter. Es kostete Zarth eine physische Überwindung, mit ihm zu reden. Er bekam Sodbrennen in seiner Gegenwart. Auch diesmal schaute der Consulter kaum von seinem Schreibtisch auf, hatte nur so einen schräg verhuschten Blick für sie übrig, behandelte den Geschäftsführer und seinen Programmchef wie Praktikanten und meinte lediglich: »Blitzrelaunch ist keine gute Idee. Ein neues Programm verlangt neue Investitionen.«

Zarth rechnete ihm vor, daß der Relaunch das Budget nicht belastete, daß nur einige Umverteilungen nötig waren, aber der Consulter lehnte ab, stand auf und verließ den

Raum. Zarth hatte Mühe, an sich zu halten, wollte ihm etwas hinterherbrüllen, doch Brendel beruhigte ihn, damit die Dinge nicht eskalierten. Zarth war außer sich. So war kein Arbeiten möglich. So nicht! Wer war denn dieser aufgeblähte Zwerg, daß er ihm derart ins Handwerk pfuschen durfte! Eine angeheiratete Goldnase, kam von irgendeiner Wirtschaftsschule, war gerade mal 26, kannte sich auf dem regionalen Markt nicht aus, hatte noch nie ein Radio geleitet, keine Ahnung von nichts, spielte sich Gott weiß wie auf, und alles bloß, weil der Schwiegerpapa die große Kohle hatte! Nicht mit ihm! Er war ja ein konsensbereiter Mensch, aber hier sah er nicht das geringste Entgegenkommen. Und wenn ihn seine Chefs für unfähig hielten, bloß weil die erwartungsgemäße Steigerungsrate ausgeblieben war, dann waren es Durchschnittskrauter und keine Radioinvestoren. Aber vielleicht liebäugelte der große Schwiegerpapa schon mit der Konkurrenz und stand insgeheim bereits in Verhandlung mit Cult FM, um auch in dem zweiten Metropolenradio noch einen Fuß zu haben. Vielleicht hatte die Group schon ganz andere Pläne im Visier. Wohl darum fläzte sich der angeheiratete Flegel so frech in sein Büro, spielte sich als der große Controller auf, als Kenner aller Wachstumsreserven, und meinte ihm vorschreiben zu können, was zu tun war. Doch da kannten sie ihn schlecht. Er ließ sich doch nicht wie ein Anfänger behandeln! Um kein Geld der Welt! Ob dem Juniorspion der Blitzrelaunch paßte oder nicht – Zarth hielt die Programmänderung für notwendig, und darum wurde sie auch gemacht. Nichts widerstrebte ihm mehr, als tatenlos dem Niedergang zuzusehen. Noch war er der Chef von Tera.

Vera saß unter einem großen Termindruck am Computer. Das neue Graphikprogramm erleichterte ihr zwar vieles, aber wenn bereits am Morgen der Steuerberater anrief, war der Tag schon gelaufen. Er arbeitete gerade an ihrer Einkommenssteuer für das Vorvorjahr und teilte ihr mit, daß die Quittungen, die sie sich für ihre Materialkäufe hatte ausstellen lassen, nicht mehr den gesetzlichen Bestimmungen entsprachen. Sie mußten den Vor- und Zunamen, die vollständige Anschrift und die herausgerechnete Mehrwertsteuer enthalten. Er bat sie, noch einmal in sämtliche Geschäfte zu gehen und sich die korrigierten Belege zu holen. Vera meinte, es müsse sich um einen Irrtum handeln, weil die Quittungen zum Zeitpunkt des Erwerbs korrekt ausgestellt waren und diese Bestimmung vor zwei Jahren noch kein Mensch gekannt haben konnte, doch sie mußte erfahren, daß Bestimmungen des Finanzamtes rückwirkend galten und ihr nichts anderes übrigblieb, als die Belege in der vorgeschriebenen Form beizubringen; anders hatten sie keine Gültigkeit.

Sie regte sich mächtig auf, denn diese ständig wechselnden Bestimmungen schienen ihren einzigen Sinn darin zu haben, die letzten Produktiven von der Arbeit abzuhalten. Allein die Aussicht, im nachhinein noch einmal all die Zeit aufzuwenden, die bereits verausgabt worden war, nur um einer Formalität gerecht zu werden und die Rechnungen um ihren Vornamen ergänzen zu lassen, das war in ihren Augen Schikane, nichts als Schikane. Rückwirkend für ungültig erklären, was bislang gegolten hatte, das mutete ihr so beliebig und willkürlich an, daß sie meinte, die Ämter würden mit den Bürgern Moorhuhnjagd spielen.

Der Steuerberater versuchte sie zu beruhigen und ihr die Notwendigkeit zu erklären, doch auf einmal war sie mit diesen Finanzamtsbegriffen konfrontiert, die alle fremd und kryptisch klangen, was sie noch mehr aufbrachte, weil sie ihr das Gefühl gaben, dem Ganzen nur noch hilflos gegenüberzustehen. Es konnte doch nicht mehr normal sein, wenn sie in ihren ureigensten Angelegenheiten, den Finanzen, nichts mehr durchschaute. Je länger sie mit dem Steuerberater sprach, um so schwerer fiel ihr das Zuhören. Sie brachte die Begriffe durcheinander, konnte sie nicht richtig zuordnen, kam sich dumm, ja geradezu entmündigt vor und schämte sich, überhaupt eine Frage zu stellen, um nicht gar noch als Analphabetin vor ihm dazustehen. Es war eine Tortur. Überall konnte sie mitreden, wußte einigermaßen Bescheid und hatte halbwegs einen Überblick, doch ausgerechnet in dem, was sie zutiefst selber betraf, in ihren Einnahme- und Ausgabebewegungen, mußte sie sich fremder Hilfe bedienen und konnte noch nicht einmal wissen, ob es auch wirklich eine Hilfe war. Sie fühlte sich ausgeliefert und fragte sich, ob da bei ihr oder bei den anderen etwas nicht stimmte, und spürte bloß, daß alles gegen ihr Verständnis von den einfachen Zuordnungen gerichtet war.

Nach dem Gespräch schien sie noch unsicherer als vorher und war in allem so gestört, so tief aus ihrer Arbeit herausgerissen, daß sie abrupt ihren Computer ausschaltete, sich in den Joggingdress warf, Bi das Halsband umlegte, seine Leine nahm und fast fluchtartig die Wohnung verließ. Sie mußte auf der Stelle in einen anderen Aggregatzustand wechseln. Doch auch der Park bot keinen erhebenden Anblick. Der Fliederbusch stand kahl und struppig vor ihr, an den Buchen hing das vertrocknete Laub, die Eichenholzbänke waren neuerdings besprayt, als durfte kein Winkel in dieser Stadt von den Marginalien der Zerstörung verschont bleiben. Sie gaben allem ein schmutziges Aussehen. Vera begriff, daß sie dieser Verschandelung so hilflos ausgeliefert war wie ihrer Steuererklärung, was ihre Stimmung noch mehr niederdrückte. Sie begann mit Rücksicht auf Bi den Park in einem moderaten Tempo zu umrunden, und plötzlich kam ihr der Assessor entgegen. »Endlich treffe ich dich«, sagte er, vorwurfsvoll und leicht außer Atem. »Ständig versuche ich dich auf dem Handy zu erreichen, aber immer lande ich auf deiner Mailbox. Nicht ein einziges Mal hast du zurückgerufen. Was ist denn los?«

»Konfliktscheuen Menschen soll man Konflikte ersparen«, entgegnete sie. »Das ist los.«

»Darum hast du mich weggedrückt?«

»Genau.«

»Ach Vera, Vera Verissima, das ist doch alles blöd.«

Sie liefen eine Weile nebeneinander, und der Hund bot glücklicherweise genügend Gesprächsstoff, um ein Schweigen zu verhindern, doch dann sagte Oliver auf einmal: »Deinetwegen habe ich Tera verlassen. Nun brauche ich den Zorn des Chefs nicht mehr zu fürchten. Von wegen konfliktscheu! Ich habe mich aus der Abhängigkeit gelöst. Jetzt kann ich mich dir gegenüber ganz frei bewegen. Ist doch was, oder? Ich schätze mal, es war überhaupt zur rechten Zeit, denn wie ich höre, hat Tera mächtig Schlagseite. In solchen Fällen gehen ja die Wortbeiträge als erstes über Bord.« Er schwärmte von seiner neuen großen Wohnung, die er im gleichen Haus bekommen hatte und sich dank Cult FM jetzt leisten konnte, und ehe sich Vera versah, waren sie schon mitten in der Besichtigung.

Er ging mit ihr durch vier leere weiße Räume, blieb auf einmal stehen und meinte: »Hier hast du ein großes Betätigungsfeld und kannst alles nach deinem Geschmack einrichten.« Sie horchte auf. Das klang nach Zukunft und ernster Absicht. Vielleicht hatte er ja wirklich ihretwegen den Sender verlassen. Das war immerhin eine Entscheidung und noch dazu eine Entscheidung für sie. Vielleicht war er doch nicht der Laumann, für den sie ihn gehalten hatte, sondern ein echter Taktiker. Er führte sie in seinen Büchertempel, ein kleines Arbeitszimmer, in dem außer Regalen nichts als ein Tisch, ein Stuhl und eine ausgezogene Schlafcouch standen, die voller Broschüren und Zeitschriften lag. Oliver räumte alles beflissen zur Seite, ging in die Küche, kam mit Kaffee zurück, deckte ein wenig ungeschickt den Tisch und gestand ihr, wenn er sie heute nicht getroffen hätte, hätte er ihr einen Liebesbrief geschrieben, so einen richtigen altmodischen Liebesbrief. Doch jetzt, da sie bei ihm saß, war das ja nicht mehr nötig. Es klang, als fiele ihm ein Stein vom Herzen. In dem Augenblick, da er das sagte, wurde ihr bewußt, daß sie noch nie einen richtigen Liebesbrief bekommen hatte, so einen Brief mit: Mein Liebstes, Einziges und ewig Dein, so ein paar handgeschöpfte Zeilen, wo Wort für Wort alles zu knistern und zu rauschen begann. Fast bereute sie es, hier zu sitzen und um so ein schönes Bekennerschreiben gekommen zu sein, sah sich um und sagte: »Ich soll dir also die Wohnung einrichten.«

»Wäre schön.«

»Und dann?«

»Dann ziehst du zu mir, wenn du Lust hast.«

»Und dann?«

»Ganz einfach: Dann leben wir zusammen. Ich habe im Sender zu tun, und du arbeitest hier.«

Er sagte es voll freudiger Erwartung, doch sie verzog keine Miene. Irgendwie kam ihr das bekannt vor. Genaugenommen sollte sie ihm doch bloß sein Wohngefühl optimieren. Und Beipack sein. Sie kannte das. Wieder nur ein Transitpartner. Ein Mann für den Übergang. Nichts Halbes und nichts Ganzes. Wieder nur das unverbindlich Unbestimmte. Eine leise Enttäuschung huschte über ihr Gesicht. Kein Wort davon, daß er eine Familie gründen wollte. Nichts von ihrem Lebensthema hatte er berührt, nichts davon klang bei ihm an. Hätte er nur irgend etwas in dieser Richtung angedeutet, dann hätte sie nicht lange überlegt und Zarth verlassen.

Doch das, was Oliver vorschwebte, mutete wie eine Wiederholung an: die Wohnung einrichten, im trauten Nebeneinander die Karrieren ausbauen, der Entfaltung seines Radioappeals nicht im Wege stehen, und ehe sie sich versah, war es für ihren großen Wunsch zu spät. In dieser Hinsicht kalkulierte sie nüchtern. Bloß keinen zweiten Testlauf! Dafür hatte sie die Zeit nicht mehr. Um den Preis konnte sie auch bei Zarth bleiben. Wenn, dann mußte schon etwas ganz anderes kommen, eine ganz neue Qualität, für die der Absprung lohnte. Nur davon spürte sie nichts.

Oliver bat sie, noch ein bißchen zu bleiben, doch Vera stand auf, nahm Bi an die Leine und sagte: »Ich muß los. Aber den Brief schreib mir trotzdem.«

Brendels Idee, ein Emotionsradio zu etablieren, überzeugte. Jeder wußte, der Programmchef von Tera kannte den Groove der Stadt. Mit dem Blitzrelaunch kamen sie aus dem Tief. Auch Zarth war voller Hoffnung und auf Angriff gestimmt. Von wegen tatenlos dem Niedergang zusehen und aufgeben! Jetzt brachten sie das Sturmgeschütz in Stellung, und spätestens in einer Woche beherrschte der neue Content den Markt. Das große Gefühl. Emotion eruption. 24 Stunden ergriffen, erregt, erschüttert, entzückt. Damit holten sie sich ihre Hörer zurück und trotzten einer feindlichen Übernahme. Content, Community, Commerce war noch immer die Formel des Erfolgs.

Sie saßen in Brendels Büroverschlag, eine gute Idee folgte der anderen, und Zarth spürte voller Genugtuung, daß auch eine Katastrophe neue Kräfte freisetzen konnte. Er hatte ja immer gewußt, daß Radiomacher etwas Besonderes waren und nicht einfach nur doppelt, sondern dreifach soviel Gene wie eine Fruchtfliege besitzen mußten. Nein, sie ließen sich mit dem Rest der Medienarbeiter gar nicht vergleichen.

Geborene Hybriden, halb Homo faber, halb Homo ludens, komfortabel ausgestattet mit einem ersten und siebten Sinn, der Hören und nichts als Hören hieß und ihm wieder einmal deutlich machte, daß dies der Sinn aller Sinne war. Denn Hören, daran hatte er nie gezweifelt, kam von Horizont, und Horizont hieß Gesichtskreis, hieß weiter Blick, hieß schärfer sehen, klarer folgern, hieß heller, wacher, beweglicher sein – Radiomacher waren nun mal une Avantgarde des Créatives. Sogar das Motto für die PR-Kampagne hatten sie schon: Wer fühlen will, muß hören. Großartig, geradezu genial. Genau der richtige Slogan für das Emotionsradio. Mit ihm kam das Gänsehautfeeling in den Äther. On air mußte es knistern und rauschen. Nachts Kuschelrock, früh Tuschelthemen und zur Primetime die Love-Line, die große Singleshow zum Verlieben. Hörer stellen sich Hörern vor. Alles weich moderiert und selbst die Nachrichten nicht trocken gelesen, sondern ins Musikbett gelegt. Auch die Infos sollten in einem sanften Rhythmus klingen. Dazu das Live-Casting: Tera sucht die Kuschelstimme. Das band Hörer ans Programm.

Brendel meinte, sie brauchten in der frühen Nachtschiene vor dem Einschlafen noch ein echtes Highlight und schlug den Programmplatz *Dionysos* vor. Gott der Ekstase. Hörer berichten von aufwühlenden Erlebnissen. Das Wort als Transmitter der großen Gefühle. Das war absolut singleaffin. Dazu ein Softsound, der wie ein Warmfrontregen niederging, akustisch sanft, was auf businessgestreßte Tera-Hörer so heilsam wirkte wie der Mozarteffekt. Der perfekte Ausklang.

Alle am Tisch waren sich einig: Mit dem Emotionsradio stießen sie in eine Marktlücke vor und hielten sich wettbewerbsfähig. Für Zarth stand fest: Der finale Rettungsversuch war geglückt. Da mochte das Gutachten noch Wochen und Monate dauern – sie überwanden das Warten auf ihre Weise, als Akteure des Marktes. Raabe, der Chef vom Dienst, zwängte sich an den Sitzenden vorbei und flüsterte Zarth sichtlich erregt zu, daß Schuchard die Fronten gewechselt hatte und Werbung bei Cult FM schalten ließ. »Ich habe mitgestoppt«, sagte Raabe, »ein fetter 30-Sekunden-Spot für sein neues Möbelcenter an der Autobahn! Da bleibt für uns nicht mehr viel übrig.«

Nur keine Panik. Nicht in dieser Situation, dachte Zarth. Zuviel Apokalypse konnten auch Radiomacher nicht schultern. »Solange Schuchard seinen Vertrag bei uns nicht gekündigt hat«, sagte er, »ist es nicht dramatisch.« Schließlich war bei ihnen der Tausenderkompaktpreis so günstig wie nirgendwo. Im stillen jedoch dankte er seiner Weitsicht, daß er vor kurzem seinem Großkunden einen Shopping-Trip nach Tokio geschenkt hatte, Einkaufen in Shibuya als kleines Dankeschön mit Hoffnung auf weitere gute Zusammenarbeit. Strategische Investitionen dieser Art zahlten sich irgendwann immer aus. Nein, Zarth zweifelte nicht, daß Schuchard auch weiterhin einen Hauptteil seines Werbebudgets bei ihnen zum Einsatz bringen würde. Die Zukunft stand wieder hell und klar vor ihm, und er konnte dem Herrn Juniorconsulter mal satt demonstrieren, wie sich mit einer krisenkompetenten Mannschaft ein Radio aus dem Worstcase führen ließ. Noch dazu alles geschultert mit den eigenen Bordkräften und ein paar Freien, alles ganz ohne Zusatzkosten!

Hymnisch gestimmt kam Zarth nach Hause, schlich sich am Hund vorbei auf Zehenspitzen ins Bett, legte sich leise neben Vera, um sie nicht zu wecken, doch sie machte auf einmal das Licht an, sah zur Uhr und sagte voller Empörung: »Drei Uhr morgens, das ist doch nicht mehr normal! Seit Wochen habe ich keinen Tiefschlaf mehr! Du magst ja gegen jeden Rhythmus leben, aber ich muß morgens ausgeschlafen sein! Vielleicht solltest du mal zur Kenntnis nehmen, daß es außer Radiomachen noch andere Tätigkeiten auf dieser Welt gibt, für die Konzentration nötig ist! Ich schau mich nach einer eigenen Wohnung um!«

Er überhörte die nächtliche Kanonade, nahm sie in den Arm, als müßte er ein zorniges Kind beruhigen, und war glücklich, daß sie da war. Er brach das Schweigen der letzten Wochen und schilderte ihr voller Begeisterung, daß sie mit dem Emotionsradio den besten Content gefunden hatten, der den Singles je geboten worden war, daß sie nach diesem Relaunch hundertpro über den Berg waren und daß nun überhaupt alles ganz anders wurde. Richtig gut und richtig schön. Doch sie hörte nur das Wort »Single«, das allmählich wie ein Reizwort auf sie wirkte, und meinte bloß: »Du kannst dir noch soviel Mühe mit deinem Radio geben, ich sage dir: Deine Zielgruppe ist falsch. Ihr sendet zwar für Singles, aber niemand will doch in Wahrheit ein Single sein.«

Sie sah fast streitlustig zu ihm hin, aber er war eingeschlafen. Lag plötzlich abseits von sich selbst neben ihr. Doch sie war hellwach, als hätte dieses Reizwort das Urthema ihres Lebens berührt und das ganze Räderwerk der Gedanken in Bewegung gesetzt. Nein, niemand wollte ein Single sein. Mochte er auch schwärmen von seiner Upmarket Zielgruppe – wer wie sie dazugehörte, fand das alles nicht so spaßig. Sie sah den Vorzug nicht, den ein Single haben sollte. Wenn er wenigstens emotional eine Grundversorgung gehabt hätte, aber nicht mal das. Immer war er auf der Suche nach einem, mit dem sich leben ließ, und verdiente er gut, war er erst recht arm dran, denn fast die Hälfte seines Einkommens ging an die Steuer, und der Rest unterlag den Gesetzen des Neides. Wo war da die Freude, zu den sogenannten Leistungsträgern zu gehören? Von wegen konsumstark und berufsaktiv! Geschenkt, alles geschenkt. Anderen, die nur ein viertel von dem taten und nur ein viertel verdienten, ging es auch nicht schlecht. Lagen zur Happy Hour an den happy Stränden in der happy Sonne und amüsierten sich über die, die sich kaputtmachten und dafür auch noch kräftig an den Staat löhnen mußten. Es wunderte sie nicht, daß er Hörer verloren hatte. Wenn das Netto nicht mehr im Verhältnis zur Arbeit stand, tendierte die Stimmung zwingend gegen Null. Aber das begriff er nicht. Er begriff überhaupt nichts und begriff vor allem sie nicht. Denn ihr ging es doch genauso. Auch wenn er meinte, daß sie kein Single war, sondern im schönen Ergänzungsduo Pflüger-Zarth leben durfte – finanztechnisch wurde sie als solcher veranlagt, und ein gefühlter Single war sie ohnehin. Nicht mal ein Kind hatte sie mit ihm zustande gebracht, und wenn alles so blieb, würde wohl auch keines mehr kommen. Stattdessen nur Trockenübungen unter der Trockenhaube im Trockenraum. Mit Blick auf eine Trockenzeit. Nein, es war nichts. Nichts, rein gar nichts, nichts und wieder nichts.

Sie stand auf, machte sich einen Riesenbecher Kaffee, trug die antiallergische Matratze in ihr Arbeitszimmer, damit Bi neben ihr Platz nahm, und setzte sich an ihren Computer. Dies schien ihr nützlicher, als mit trüben Reflexionen wach zu liegen. Sie mußte an ihre Arbeit denken. Schließlich war auch ihre Echtzeit ein kostbares Gut.

Meiden Sie Eigentum! Den Eigentümer beißen die Hunde! Wenn der Wasserhahn tropft, ist es Ihr Hahn. Wenn ein Dachziegel fehlt, ist es Ihr Dach. Alles kostet Sie Ihre Zeit, Ihre Nerven und Ihr Geld. Sitzt Ihnen der Denkmalsschutz im Genick, sind Ihnen die Hände gebunden. Gilt für Ihr Eigentum die Milieuschutzverordnung, bleiben Sie im Milieu. Halten Sie sich diese Belastungen fern! Ersparen Sie sich die ewige Konfrontation mit Ämtern, Bescheiden und Genehmigungen, und Sie brauchen am Ende nicht die trostlose Feststellung zu treffen: Wer Eigentum hat, ist ausgeliefert und kann auch dem Finanzminister nicht entfliehen. So was vergällt das Leben! Werden Sie kein unglücklicher Eigentümer, werden Sie fröhlicher Mieter! Beziehen Sie einen Koch-Loft, unsere neuste Wohncreation, ein Spitzenangebot in den Spitzenlagen der Metropole (kostenloser Reparaturservice inclusive)! Erleben Sie die Vorteile raumoffener Küchenarchitektur! Ein Koch-Loft bietet Kommunikation pur. Das Zentrum des Lofts ist die Küche, und wer in einer Küche wohnt, will kochen. Wer aber kocht, will Gäste haben, und wer Gäste hat, ist Gastgeber und allseits beliebt. Essen, trinken und reden – unsere Wohncreation schafft Ihnen einen neuen Lebensmittelpunkt, denn Sie werden bald spüren – wer im Koch-Loft wohnt, wohnt in den Herzen.

Selbstverständlich ist Küche nicht gleich Küche. Wenn Sie schon immer mal im Cockpit eines Düsenjets sitzen und dieses Gefühl genießen wollten, dann erfüllen wir Ihnen diesen Wunsch mit garantiert neuster Hightech. Sie als Pilot im Küchencockpit an der Kochinsel: vor sich flexible Kochzonen mit Sensortastenbedienung, Optionsmenü, Ankochautomatik und Restwärmeanzeige. Daneben zur effektiven Energienutzung das Induktionskochfeld mit Topferkennung, Boosterfunktion und sensorgesteuertem Überhitzungsschutz. Hinter sich den Kompaktbackofen mit dem Dampf-Druck-Garer zum Combidämpfen. Über sich die geräuscharme kochfeldgenaue Dunstabzugshaube mit großem Funktionsdisplay. In Griffnähe die Kühl-Gefrier-Kombination mit vier verschiedenen Klimazonen, Chiller-Frischefach, No-Frost-System und Automatiktüren. Daneben der Wein-Klimaschrank mit elektronischer Überwachung der Luftfeuchtigkeit und Temperiermodus. Und fahrbar im Raum das Tepan-Mobil mit dem revolutionären Tepan-Kochfeld, auf dem Sie ohne Fett Gemüse, Fisch und Fleisch braten können, direkt am Platz des Gastes, vor den Augen aller; jeder Handgriff beeindruckend, alles durchdacht und ästhetisch gestylt – lassen Sie Ihre Gäste staunen!

Im Koch-Loft gibt es keinen Mangel an Gesprächsstoff und keine Langeweile. Hier wird nicht nur das Essen zum Thema mit Variationen, hier rückt man zusammen, lernt sich schätzen und spürt, die Liebe geht nicht nur durch den Magen. Zuzusehen, wie entsteht, was verzehrt wird, dabei Perfektion und spielerische Leichtigkeit zu erleben, ist der Genuß an sich, ein komfortables Vergnügen, dem der Rang einer Event-Kommunikation gebührt. Gleich, was serviert wird, ob Gourmet- oder Hausmannskost – wenn das Fluidum vini den Raum erfüllt und die Gespräche wie der Wein eine feinfruchtige Fülle bekommen, dann ist es nur noch eine Frage der Zeit, bis der glückliche Besitzer einer so geselligen Herberge zum Mittelpunkt einer Community wird. Darum die Empfehlung unseres Expertenteams: Veräußern Sie Ihr Eigentum, und mieten Sie sich einen Koch-Loft! Dann zieht auch bei Ihnen die Lebensfreude ein! Ihre küchenfreundlichen Makler beraten Sie gern!

Zarth wußte nicht, wann er sich das letzte Mal ein Steak in der Pfanne gebraten hatte. Es war fast ein einschneidender Moment: essen einmal nicht als Geschäftstermin, essen ohne Businesspartner und Arbeitsgespräch, auf dem Teller einmal kein repräsentativer Haute-Couture-Fraß, sondern das, wozu ihn ein Heißhunger trieb – es schien wie eine kleine Befreiung. Über Wochen hatte sich ein so großer Appetit in ihm angestaut, daß ihm schon der aufsteigende Bratgeruch einen Genuß bereitete. Er wendete das Steak mehrmals hin und her und setzte sich dabei freudig über die gesammelte Vernunft der Ernährungsexperten hinweg. Gerade in diesem Augenblick tat es ihm gut, alle höheren Einsichten in den Wind zu schlagen und das zu tun, wonach ihm zumute war. Als das Steak eine saftige Bräune erreicht hatte, legte er es auf den Teller, setzte sich an den Tisch und schnitt so begierig und lustvoll hinein, als könnte er gar nicht erwarten, endlich etwas Kräftiges zwischen die Zähne zu bekommen. Er kaute langsam, fast hingebungsvoll, dachte dabei über die allerorts aufsteigende Dummheit nach und schien mit jeder Bewegung den ganzen Unverstand dieser Welt zerkleinern zu wollen.

Plötzlich stand Vera im Raum. Sie kam gerade von der Büromöbelmesse, stellte sichtlich übermüdet ihr Reisegepäck in die Ecke und war so überrascht, ihn am hellichten Mittag in der Wohnung anzutreffen, daß sie fast erschrocken fragte: »Was machst du denn hier? Bist du krank?«

»Ich bin nicht krank. Ich bin entlassen«, sagte er, ging in die Küche und briet auch ihr ein Steak. Sie brauchte eine Weile, um diese Nachricht zu fassen. Mit einer beiläufigen Bewegung begrüßte sie Bi, dann setzte sie sich an den Tisch, sah zu, wie Zarth sie fast fürsorglich bediente, auch noch

Messer und Gabel für sie holte, und als er ihr das Steak servierte, meinte sie wie zum Trost: »Es muß ja nicht immer Fisch aus kalten Meeren sein. Das gesunde Omega-3-Fett kriegt man auch allmählich satt.«

»Die können uns alle erzählen, was sie wollen – auf das Maß kommt es an. Das Maß ist die Mutter aller Dinge. So blöd waren die Alten vielleicht doch nicht.«

Sie fand, daß er trotz der Misere relativ entspannt war, wollte aber jetzt nicht von der Möbelmesse erzählen und den Bestellungen, die sie für die Hotelausstattung bereits tätigen konnte, denn im Moment gab es wahrlich Wichtigeres, und darum tastete sie sich behutsam zu der Frage vor, was denn der Grund der Entlassung war, doch er schien es selber nicht recht zu wissen und sagte nur: »Der Juniorconsulter war gegen meinen Blitzrelaunch. Er ist jetzt mein Nachfolger und denkt, er kann aus Tera eine Gelddruckmaschine machen. Hätte ich geahnt, daß das Metropolenradio perspektivisch als Familienbetrieb geführt werden soll, hätte ich mich nie darauf eingelassen. Aber mach was! Die glauben nicht an meine Konzeption. Die können ja alle nicht warten, bis das große Geld von alleine kommt. Keine Geduld und kein Vertrauen. Radio als Lotteriespiel. Vielleicht ist überhaupt alles nur noch Lotteriespiel. Aber ich kenne die Region. Was du nicht Schritt um Schritt solide aufbaust, hat keinen Bestand und kracht dir unter den Füßen weg. Hier läuft eben doch einiges anders als in Amerika.«

»Nimm's nicht tragisch«, sagte Vera, »vielleicht beginnt jetzt deine Netto-Lebenszeit. Leben minus Tera.«

»Tragisch? Wieso tragisch?« entgegnete er. »Hab ich was von tragisch gesagt?«

Plötzlich merkte sie, daß er doch nicht so gelassen war, wie es schien, und daß alles, was sie in dieser Situation sagte, sich letztlich in sein Gegenteil kehren mußte. Fast atmete sie auf, als das Telefon klingelte. Er machte keine Anstalten, nach dem Hörer zu greifen. »Echt lästig!« sagte er. Vera erlöste ihn. Seine Mutter war am Apparat. Irma Zarth freute sich, wenigstens Vera zu Hause anzutreffen, wie sie sagte, teilte ihr mit, daß sie zum Salzpeeling nach Berchtesgaden fuhr, und wollte eigentlich nur kurz wissen, was sich ihr Sohn zum Geburtstag wünschte, damit sie das Geschenk noch vor ihrer Abreise besorgen konnte.

Als Zarth mitbekam, worum es ging, verdüsterte sich seine Miene schlagartig. Er gab Vera ein Zeichen, daß er nicht da war und unter keinen Umständen mit seiner Mutter darüber reden wollte. Nicht jetzt und nicht später und über seinen Geburtstag schon gar nicht. Er fand, diese Geburtstage arteten in eine Strafe aus. Es genügte doch, zu wissen, wie es lief: immer älter, immer wertvoller. Dafür mußte man doch nicht auch noch zusammenkommen und sich gegenseitig langweilen! Er vertrug nun mal nicht, wenn es kaffeekuchig wurde. Und von den großartigen Selbstfeiern, die ständig ringsum inszeniert wurden, um nichts als das eigene Dasein hochleben zu lassen, hielt er sich ohnehin fern.

Mit Geschick beendete Vera das Telefonat und meinte nach einer Weile beiläufig: »Deine Mutter wollte dich zwar selber sprechen, aber ich habe ihr gesagt, wenn du nach Hause kommst, rufst du zurück.«

Die Vorstellung, ein Gespräch aufgedrängt zu bekommen, das er nicht wollte, brachte ihn so in Wut, daß er plötzlich wie aus dem Nichts auf sie einbrüllte: »Wie kannst du sagen, ich rufe zurück! Du weißt doch genau, daß ich über meinen Geburtstag mit ihr nicht reden will!«

Vera war erschrocken über seine Heftigkeit und empfand sie als ganz und gar ungerechtfertigt. Für ihre Freundlichkeit auch noch angebrüllt zu werden, sah sie schon gar nicht ein und entgegnete bloß trocken: »Wenn es dir nicht paßt, was ich sage, dann geh doch das nächste Mal selber an den Apparat. Deine Mutter will dir eine Freude machen. Da ist es wohl nicht zuviel verlangt, zurückzurufen! Das ist doch wohl das mindeste!«

»Sie will mir keine Freude machen, niemand will mir eine Freude machen. Sollen mich doch alle in Ruhe lassen!« schrie er, sprang wütend auf, schlug krachend die Tür hinter sich zu und verschwand in seinem Online-Séparée. Vera wußte gar nicht, wie ihr geschah und was ihr geschah, setzte sich an den Tisch, sah, daß auch Bi ganz irritiert war, gab ihm den Rest ihres kalt gewordenen Steaks und dachte bloß: erst wochenlang ein Praxisschock und jetzt im Affekttunnel. Wenn noch weitere Steigerungen dieser Art kamen, dann konnte sie sich wohl endgültig von ihrer Guthabenbasis verabschieden; dann war sie wohl definitiv mit ihm ins Abbuchungsverfahren geraten. Und alles auch noch jetzt, mitten in ihrem stressigen Hotelprojekt! Das fehlte ihr noch! Den ganzen Tag unterwegs und zu Hause den rasenden Roland. Im Zweitberuf Choleriker. So was trieb doch die letzten Reste des Sphärischen aus. Wenn ihm nichts anderes einfiel, als loszubrüllen, konnte er ihr leid tun. Aber auch sie tat sich auf einmal leid, denn sie wußte, am Ende bekam man von einem jähzornigen Mann nur graue Haare und ein graues Herz. Sollte dies das neue Home-Entertainment sein, dann ließ sich nur sagen: Derlei Vorstellungen mußte er sich schon selber geben.

Erschrocken sah sie zur Uhr. Beinahe hätte sie vergessen, daß sie den Homöopathischen Hausdienst für Tiere bestellt hatte. Sie lauschte auf das Geräusch des Fahrstuhls und paßte alles so ab, daß in dieser hochgereizten Situation nicht auch noch an der Wohnungstür geklingelt wurde. Sie bat den Homöopathen und seine Helferin ins Zimmer. Bi eilte voller Neugier herbei. Sie musterten sein Fell, das in seltsam kreisrunden Stellen ausfiel und ihre Tierärztin nach vergeblichen Behandlungsversuchen achselzuckend zu dem Kommentar veranlaßt hatte: Sieht aus, als wären Ufos auf ihm gelandet. Der Homöopath unterhielt sich lange mit ihr über Bi, betrachtete Augen, Ohren, Zähne und Zunge des Hundes, diagnostizierte einen gestörten Stoffwechselprozeß und riet zum sofortigen Futterwechsel und zu täglich mindestens einer Frischfleischmahlzeit. Dann verabreichte er eine Reihe Medikamente, die nach regelmäßiger Einnahme eine bewährte Langzeitwirkung hatten. Allen voran täglich sechs Globuli, winzig kleine Kügelchen, die sie in einem Glas Wasser auflösen und entweder mit einer Ampulle ins Maul spritzen oder auf die Nase träufeln sollte – Hauptsache, es kam auf die Schleimhaut, dazu *Nux vomica* zur Stärkung des Allgemeinbefindens, selbstverständlich die guten Horvi-Tropfen, jeweils fünf Tropfen eine Viertelstunde vor Nahrungsaufnahme, außerdem abends sieben Tropfen der australischen Buschblüten, und plötzlich stand eine ganze Batterie von Medikamentenfläschchen auf dem Tisch, und daneben lag eine lange Rechnung mit einem stattlichen Betrag. Er wies sie noch darauf hin, daß es nach Einnahme der Medikamente zu einer Erstverschlimmerung kommen könnte, aber dies sei ein gutes Zeichen, weil es signalisierte, daß die Medikamente anschlugen.

Als sie gegangen waren, stand auf einmal Zarth mit schuldbewußter Miene im Zimmer, sah die Medikamente, las die Rechnung und bemerkte bloß: »Wundert mich, daß sie nicht auch noch eine Pfotenreflexzonenmassage angeboten haben.«

»Man soll nichts unversucht lassen«, entgegnete Vera.

»Ein Homöopath für Hunde! Fall doch nicht auf jeden Abzocker rein!«

Aber das verbat sie sich, denn schließlich ging es bei den Tierärzten nicht anders als beim Rest der Mediziner zu.

Wenn sie mit ihren herkömmlichen Behandlungen scheiterten, mußte man eben andere Wege gehen und die Selbstheilungskräfte aktivieren. Verärgert nahm sie ihm die Rechnung aus der Hand, denn es war ihr Hund, und sie bezahlte für ihn. Dann legte sie Bi das Halsband um, nahm die Leine und sagte, daß sie noch zu einer Beratung fuhr. Die Beratung begann zwar erst in zwei Stunden, aber sie mußte jetzt unbedingt ein Stück Auto fahren, irgendwohin, und sei es im Kreis, einfach nur Auto fahren und Musik hören.

Sie hatte sich kaum ein paar Straßen vom Häuserblock entfernt, da ertönte am Handy die Reveille. Seine Stimme klang samtig und weich. »Übrigens wollte ich dir noch sagen, Brendel ist auch entlassen worden. Wir treffen uns am Wochenende im Hotel seiner Eltern. Vielleicht kannst du es mit deiner Arbeit so einrichten, daß wir zusammen nach Binz fahren und uns dort zwei schöne Tage machen.«

»Ich muß erst hören, wie die neuen Termine liegen.«

»Gib dir einen Ruck und komm mit. Dort oben hat meine Aloe Vera porentief reine Meeresluft und braucht nachts nicht mit einer Gesichtsmaske zu schlafen. Außerdem möchte ich mit dir auch mal am Ostseestrand spazierengehen. Vielleicht auch so romantisch im Nebel.«

»Wieso auch?« fragte sie leicht verunsichert.

»Du weißt doch, Buschfunk plus Flurfunk ergibt in seiner Steigerung Rundfunk, und da bleibt nun mal nichts verborgen.«

Bewußt vermied Zarth ein Nachdenken über seine Situation. Zu ergründen, was die wahren Ursachen seines Sturzes gewesen sein könnten, wo die Fehler gelegen haben mochten und bei wem gar die Schuld zu suchen war, schien ihm ein nutzloses Unterfangen. Es brachte nichts und hielt nur auf.

Mit dem Nachdenken kamen die Zweifel, mit dem Zweifeln begann das Zögern, und genau das konnte er sich nicht leisten. Bloß jetzt keinen Stillstand! Ohne Unterbrechung mußte es weitergehen. An dem Zurückliegenden ließ sich ohnehin nichts mehr ändern. Tempi passati. Doch er mußte nach vorn schauen. Auf den Verlust einer solchen Position konnte er nur mit neuer Aktivität reagieren. Wenn die Group meinte, er sei tief im Aus und ganz unten gelandet, war er schon wieder oben. Nur das war die einzig überzeugende Antwort auf all die freundlichen Zeitgenossen, die seine Fähigkeiten unterschätzt hatten. Augenblicks vernetzte er sich mit der Welt und stürzte sich ins Internet, weil er wußte, daß es hier für neue Radioideen einen großen Raum gab. Stunden um Stunden saß er in seinem Online-Séparée, hatte das Gefühl, wieder mitten im Geschehen zu sein, vergaß, was hinter ihm lag, und trug sich mit dem Gedanken, eine Marketing-Plattform für Web-Radios zu gründen.

Da er sich bisher noch nie so lange in der Wohnung aufgehalten hatte, nahm er mit einem Mal auch seine Umgebung ganz anders wahr, achtete auf die geringsten Kleinigkeiten, fand alles ziemlich unordentlich, ja geradezu vernachlässigt, und entschloß sich, im Zuge seiner neuen Aktivitäten auch die Führung des Haushalts in die Hand zu nehmen. Dies schien ihm um so nötiger, da Frau Maiwald nur noch morgens und abends kam, um Bi auszuführen, und Vera dafür das Einkaufen und Putzen übernommen hatte, das an keinen zeitlichen Rhythmus gebunden war und sich gerade noch mit ihrer Arbeit vereinbaren ließ.

Zarth hätte zu Veras Erleichterung ohne weiteres die Dinge wieder umkehren können: Er kümmerte sich um Bi, damit Frau Maiwald wieder wie gewohnt das Einkaufen und Putzen übernahm. Doch das kam für ihn nicht in Frage. Morgens und abends mit dem Hund ums Karree zu gehen hätte ihn eine zu große Überwindung gekostet, denn das sah nach Vorruhestand oder Arbeitslosigkeit aus, und es wäre ihm peinlich gewesen, sich einem solchen Verdacht auszusetzen. Außerdem wollte er sich diesen Sturz vom Topmanager mit Dienstwagen zum beschaulichen Karreegänger auch nicht täglich zweimal in schöner Regelmäßigkeit bewußtmachen müssen. Darum beließ er alles, wie es war: Frau Maiwald kam, um den Hund auszuführen, und er kümmerte sich um den Haushalt. Doch genau das war für Vera das Problem, denn plötzlich hatte sie den Eindruck, er würde sich in alles unbefugt einmischen.

Sie konnte sich nicht erinnern, in letzter Zeit einmal mit ihm gemeinsam einen Wochenendeinkauf getätigt zu haben. Irgendwie hatte sie das immer zwischendurch erledigt, hatte den Einkaufswagen fünf Minuten vor Ladenschluß randvoll gefüllt, alles in den Kofferraum geschmissen und war nach Hause gerast, doch so etwas gab es in seinem Beisein nicht. Nicht ein solches Durcheinander und schon gar nicht einen solchen Leichtsinn. Er wollte nicht zusehen, wie sie die Sachen einfach so unüberlegt in den Kofferraum schmiß, denn sie gefährdete sich damit beim Autofahren. Die Waren mußten sorgfältig rutschfest gepackt und gestapelt werden. Kaum hatte sie den Einkaufswagen an ihr Auto geschoben, begann er systematisch nach Größe, Art und Gewicht die Produkte im Kofferraum so zu plazieren, daß sie ihn bis in den kleinsten Winkel ausfüllten und beim Einbiegen in die Kurven nicht verrutschen konnten. Offenbar ließ er sich dabei ganz von den Gesetzen der höheren Mathematik leiten, achtete auf das proportionale Verhältnis der Gewichte zueinander, sortierte aus, sortierte ein, ordnete zu, ordnete um und war dabei so hochkonzentriert und angestrengt, als wollte er im Kofferraum einen kleinen Warenaltar errichten. Nach ganz hinten packte er die schweren Mineralwasserkästen, darüber die H-Milch-Packungen, daneben den Kartoffelsack, und links und rechts davon stellte er je eine Klappbox und sortierte auch hier alles so ein, daß nichts durcheinanderfliegen konnte, überlegte, was in welche Lücke paßte, und entwickelte mit eifernder Ratio eine so ausgeklügelte Verteilungstechnik, wie sie einer Großladung angemessen war, die in einem Schiffsrumpf verstaut werden sollte. Mit Büchsen, Gläsern und dem vakuumverpackten Kaffeepfund stabilisierte er noch zusätzlich den Inhalt der Klappboxen, legte obenauf die druckempfindlichen Produkte, das Obst, die Quark- und Joghurtbecher, prüfte mit ingenieurtechnischem Blick, ob alles fest genug war, und schichtete noch einmal um, was ihm zu locker schien.

Vera stand daneben, verfolgte mit still aufsteigender Wut jeden seiner Handgriffe und hätte platzen mögen vor Ungeduld, denn sie sah den ganzen Aufwand nicht ein. Vielmehr kam es ihr so vor, als hätte er Spaß daran, sie im logistischen Prinzip zur Beförderung von Versorgungsmitteln zu unterweisen und ihr damit die Zeit zu stehlen. Sie fand das alles übertrieben, pingelig und absolut überflüssig, denn schließlich bogen sie nur in die nächste Straße ein und waren dann schon zu Hause. Er aber packte den ganzen Einkauf so, als hätten sie einen endlosen Transportweg vor sich, bei dem sie notgedrungen von der Universalität der Gefahren ausgehen mußten, und merkte gar nicht, wie sehr er ihr damit aufs Gemüt ging.

Überhaupt war der Umstand, daß er plötzlich den ganzen Tag zu Hause war, eine Umstellung, die alles durcheinanderbrachte und eine Unruhe hereintrug, die sie gerade jetzt nicht gebrauchen konnte. Es begann bereits mit dem Aufstehen. Schon die Erwartung an ein gemeinsames Frühstück empfand sie wie einen ersten Morgenhieb. Sie mochte den Tag nicht mit einem festen Ritual beginnen, sondern war gewohnt, sich mit einem großen Kaffeebecher gleich an ihren Computer zu setzen. Aber er stand in aller Herrgottsfrühe auf, holte die Zeitung und frische Schrippen, fühlte sich wie im Urlaub, deckte für sie beide den Frühstückstisch, ließ es an nichts fehlen, machte ihr sogar ein Rührei, weil er wußte, daß sie die Kategorie der Hotels nach der Qualität des morgendlichen Rühreis beurteilte – alles war so fürsorglich, aufmerksam und wohlgemeint, daß sie sich dem nicht entziehen konnte und sich an den Tisch setzen mußte. Doch am Tisch sitzen hieß reden, und sie wollte morgens in Streßphasen nicht reden. Sie wollte sich still mit ihrer Arbeit befassen, wollte sich alles gedanklich noch einmal zurechtlegen und empfand darum jedes Gespräch, das sie davon abbrachte, wie einen Eingriff in ihren Arbeitsablauf. So saß sie ihm gegenüber, achtete nicht darauf, daß er fast wie in der Sternegastronomie gedeckt hatte, überlegte, wann sie mit der Ausschreibung der Firmen beginnen sollte, sah aber auch, daß er diese stumme Morgenfrau als eine Zumutung empfand, und fühlte sich darum bemüßigt, wenigstens ein paar Kurzmitteilungen von sich zu geben: Termine, Tagesabsprachen, das karg Organisatorische. Aber auch das wenige schien ihr so lästig zu sein, daß sie jedesmal den Eindruck hatte, den Tag schlecht zu beginnen, und wenn erst einmal so ein Gefühl da war, lief dann auch wirklich nichts.

Diesmal hatte sie das gemeinsame Pflichtsitzen schon hinter sich, saß am Computer, um für die bevorstehende Beratung noch rasch die CAD-Präsentation zu ergänzen und die Touchpanels für die Verdunklungsanlage einzuzeichnen, hörte ihn in der Wohnung herumwuseln, hörte, wie er sich lauthals und ganz bewußt in ihre Richtung über die Unordnung aufregte und spürte, dieser Mann war nicht nur anwesend, er saß ihr im Genick. Er potenzierte ihren Streß. Dabei hatte sie gedacht, wenn Anja aus dem Haus war, konnte sie endlich ungestört sein und nun das! Aber für ihre Arbeit hatte er sich ja noch nie interessiert. Du wirst es schon machen – sein Weisheitssatz. Mehr Teilnahme wäre ein Novum gewesen.

Mit einem Mal kam er ganz leise in ihr Zimmer und wollte ihr nur kurz zeigen, wie sich mit wenigen Handgriffen System in den Haushalt bringen ließ. Dann führte er sie an den Kleiderschrank, der sich über die ganze Schlafzimmerfront erstreckte, öffnete die Türen und präsentierte seine rationale Einteilung so überzeugend, als handle es sich um einen Beitrag zur New Economy. Um Zeit zu sparen und den schnellen Zugriff zu ermöglichen, hatte er alles neu geordnet, rechts ihre Klamotten, links seine und den ganzen Bestand noch einmal getrennt in Winter- und Sommersachen. Vor allem sollte sie auf die Bügel achten. Alle Bügelhaken mußten mit der Öffnung zur Schrankrückwand zeigen und in einer Front stehen. Die einheitliche Ausrichtung diente der besseren Übersicht, und so ließen sich die Sachen rasch und unkompliziert herausnehmen. Die richtige Griffökonomie, und alles war perfekt.

Sie sah ihn an und dachte nur, das war nicht mehr normal, das war artfremd. Vielleicht hatte er den Tetris, den Sortierzwang, denn daß er einmal an solchen Vorführlektionen Gefallen finden und von einem häuslichen Ordnungsfieber gepackt werden könnte, hätte sie sich nicht träumen lassen. Doch wo auch die Beweggründe liegen mochten – ob er damit die Radiomisere abarbeiten wollte, ob er Bewunderung suchte oder die neue Griffökonomie ihr zum Vorwurf präsentierte – sie hatte keine Lust, sich darüber Gedanken zu machen. Sie stand vor dem Kleiderschrank, meinte in einen Musterkoffer zu schauen und empfand diesen Mann wie eine Betriebsstörung. Eigentlich hätte sie ihm sagen wollen, er solle ihr damit nicht ständig auf den Geist gehen, denn sie war im Augenblick wahrlich mit ganz anderen Dingen befaßt, aber gleichzeitig wußte sie auch, wie reizbar er war, und wollte nicht mit einem falschen Zungenschlag seine cholerische Neigung wecken, geschweige denn jetzt in eine Auseinandersetzung geraten. Darum entschied sie sich für einen diplomatisch milden Zwischenton und meinte nur, er könne von früh bis spät die ganze Wohnung durchordnen, aber möge sie bitte nicht jedesmal daran beteiligen. Dann stürzte sie zum Computer zurück, druckte ihre Zeichnungen aus, packte die Unterlagen ein und beeilte sich, pünktlich ins Architektenbüro zu kommen.

Als sie am Hausbriefkasten vorbeihastete, leerte sie rasch ihr Fach, sah flüchtig im Gehen die Post durch, wieder nur Rechnungen und Werbung und Werbung und Rechnungen, der tägliche fade Schriftkram, für den es eigentlich gar nicht mehr lohnte, den Briefkasten aufzuschließen. Unwirsch sortierte sie die Hochglanzkuverts mit den Lotterieofferten aus, um sie gleich in den nächsten Papierkorb zu werfen, und plötzlich fiel ihr ein Brief vom Assessor in die Hände. Inmitten des trostlosen Wustes schien dies wie eine Botschaft aus einer anderen Galaxis. Allein schon der Anblick war etwas Besonderes. Die fast schüchtern hingekritzelte Adresse des Absenders mutete so an, als sei ihr jeder Buchstabe zu Füßen gelegt. Verstohlen tastete sie die Stärke des Briefes, der sich nach mehr als einer Seite anfühlte, und wußte: Er hatte sein Versprechen wahr gemacht. Jetzt kam das ersehnte altmodische Briefchen mit Mein Liebstes, Einziges und ewig Dein. Endlich mal was Großes, tief aus der Seele geschürft, für sie ganz allein, vielleicht sogar lateinisch verschlüsselt – Amica Vera, amo te. So ein paar sakrale Sätzchen traute sie ihm schon zu, schließlich hatte er die Digesten studiert. Vielleicht maß er jetzt auch Wort für Wort die Räume für eine gemeinsame Zukunft aus – alles wollte sie sich ohne Hast zu

Gemüte führen. So was mußte genossen und gekostet werden, und darum steckte sie den Brief wie ein Kleinod in die Innentasche ihres Mantels und rauschte im Vorgefühl eines Glücks zur Beratung mit dem Architektenteam. Daß sie überraschend wegen ihrer einschlägigen Rundfunkerfahrung zur Pressesprecherin des Hotelprojekts gewählt wurde, nahm sie kaum wahr, verstand auch nicht, weshalb ihr die Kollegen zu dieser Ehre gratulierten, die ihr doch nichts weiter als eine Mehrbelastung eintrug, und freute sich lediglich darüber, daß die Beratung vorzeitig zu Ende ging. Dann eilte sie zum Auto, suchte in der ersten ruhigen Nebenstraße eine Parklücke, stellte den Motor ab, riegelte sich ein, klappte die kleine Nagelfeile auf, die am Anhänger des Autoschlüssels hing, öffnete leise vibrierend den Brief, lehnte sich in den Sitz, fieberte den hochgeflügelten Worten entgegen, spürte, wie das Sphärische aufstieg, überließ sich einen Moment lang diesem Genuß, doch plötzlich hielt sie eine ganz gewöhnliche Klappkarte in der Hand, eine vorgedruckte Einladung zum Presseball mit einer beigefügten Visitenkarte: überreicht durch Oliver Enderlein, Creative Director, Cult FM.

Es war, als würde die Enttäuschung aus allen Poren brechen. Creative Director! Er glaubte doch wohl nicht, so etwas konnte Eindruck auf sie machen oder ihr auch nur im mindesten imponieren! Creative war heute alles, und »Deirector« konnte sich inzwischen jeder Hauptschulabbrecher nennen. Heute der große Creative Director und morgen schon niemand mehr. Das waren die Gesetze des Marktes. Aber anscheinend war er auch noch stolz darauf und wohl überhaupt auf der Höhe seiner Möglichkeiten angekommen. Über das Freikartenkontingent die Kontaktfrequenz erhöhen! Sie wußte doch, wie es im Hinterland des Radios lief. Für sie jedenfalls hatte er den Beweis seines Daseins erbracht:

Zu mehr als einem eigenhändig beschrifteten Kuvert reichte es offenbar nicht. Inliegend weder ein Brief noch eine persönliche Einladung, bloß eine Fehlempfindung.

Sie ärgerte sich aber auch über sich selbst. Von wegen hochgeflügelte Worte, tief aus der Seele geschürft! Kein Wunder, wenn sie mit ihren romantischen Illusionen ständig in den falschen Film geriet! Ihre Enttäuschung war hausgemacht. Sie war selber schuld, wenn sie etwas erwartete. Von ihrer Mutter wußte sie doch: Wer nichts erwartete, konnte auch nicht enttäuscht werden. Sie zerriß die Klappkarte und warf die Schnipsel in den Aschenbecher. Dann parkte sie aus, schaltete ihren CD-Player ein, betäubend laut, tauchte in die Klänge ein, fuhr rasant ab, als müsse sie augenblicks zurücklassen, was hinter ihr lag, und dachte, mehr war für sie eben nicht vorgesehen: Autofahren und Musikhören – das einzig erreichbare Glück.

Das schrille Mosquito-Klingeln riß sie aus ihrer Stimmung. Anja wollte hören, wie es Bi ging. Vera stellte etwas unwirsch die Musik leiser und sagte, daß sie ihm neuerdings zur Herzstärkung einen homöopathischen Wellness-Cocktail mixte, der ihm gut bekam.

»Von Amok-Axel habe ich gehört, daß sie Ron auf eine ganz fiese Tour geschaßt haben, stimmt das?«

»Stimmt.«

»Was war denn der Grund?«

»Schwer zu sagen.«

»Und nun hängt er abgenervt zu Hause rum, oder?«

Vera gab eine ausweichende Antwort, denn alles, was in solchen Situationen gesagt wurde, konnte nur Mißdeutungen unterliegen, und schließlich mußte sie im transantlantischen Verkehr vorsichtig sein.

»Meinst du, er wird mir meine Handyrechnungen weiter bezahlen?«

»Denke schon, wenn du es nicht gerade ins Astronomische treibst.«

»Inge hat auch gesagt, einer wie er fällt nicht in die neue Armut.«

Da Vera gerade dabei war, sich auf die Stadtautobahn einzufädeln und auf den Verkehr konzentrieren mußte, war sie etwas wortkarg geworden, aber es wunderte sie nicht, daß Inge bereits seine Finanzlage durchgecheckt hatte.

»Übrigens wird mich Amok-Axel besuchen«, sagte Anja. »Aber zurück gehe ich nicht mehr. Es ist ganz einmalig hier.«

Schon dem heiteren Klang ihrer Stimme entnahm Vera, daß kein Wort davon übertrieben war und es ihr wirklich gefiel. »Ron hat doch jetzt ätzend viel Zeit. Er soll mal ein paar Videoaufnahmen von Bi machen und mir zuschicken.«

Vera fragte sich, warum Anja ihrem Vater das nicht selber sagte, doch als sie hörte, daß sie seit Tagen vergeblich versuchte, ihn zu erreichen, da wußte sie, er war vorübergehend vor seiner Familie abgetaucht, weil es keine Erfolge zu berichten gab, und sie hatte wieder einmal die freundliche Brücken- und Ersatzfunktion zu übernehmen. Vielleicht wurde das überhaupt ihre neue Vorzugsstellung.

Die stattliche Abfindung, die Zarth als Geschäftsführer bekommen hatte, signalisierte ihm, daß eine Epoche seines Lebens unwiderruflich abgeschlossen war. Zwar hatte er immer befürchtet, wenn er einmal mit einem Radioprojekt scheitern sollte, sich dann vor der ganzen Welt zu blamieren, doch da sich in der Szene rasch herumgesprochen hatte, daß der Schwiegersohn des Hauptgesellschafters auf den Posten des Geschäftsführers drängte und jeder wußte, wie aussichtslos es war, sich gegen Familieninteressen des Geldgebers durchzusetzen, war der Verdacht, ein Versager zu sein, von ihm genommen. Er stellte sogar eine gewisse Anerkennung fest, denn nun galt er plötzlich als einer, der es gewagt hatte, sich einem Konzern zu widersetzen.

Selbst daß sich die Aussicht auf eine Großkarriere als Chief Leader für Osteuropa zerschlagen hatte, berührte Zarth wenig, und es schien überhaupt so, als wäre alles Zurückliegende Lichtjahre von ihm entfernt, ja manchmal meinte er sogar, es hätte gar nicht stattgefunden. Von Antenne 1 hatte er inzwischen ein Angebot als Programmchef bekommen, aber dazu konnte er sich nicht entschließen. Taff FM, das Radio mit Charisma, wie er es seinerzeit als Gründungsgeschäftsführer untertitelt hatte, bot ihm einen Beratervertrag an, über den er im Moment noch nachdachte, denn mit einer Beratertätigkeit ließ sich auf leichte Art gutes Geld verdienen. Doch irgendwie reizte ihn das alles nicht. Zuviel alte Leier, zuwenig neues Terrain. Wenn, dann wollte er eine Herausforderung spüren. Stundenlang verweilte er im Internet, war ganz auf die Marketing-Plattform für Webradios konzentriert, überlegte den konzeptionellen Ansatz, surfte auch ab und an zur Homepage der Medienanstalt, um sich über die neusten Beschlüsse und Entwicklungen auf dem laufenden zu halten, und entdeckte ganz zufällig, daß eine Stadtfrequenz für Frankfurt/Oder ausgeschrieben war und Bewerbungen in den nächsten acht Wochen eingereicht werden konnten. Er las die Mitteilung wieder und wieder; und je länger er sich mit dieser Möglichkeit beschäftigte, um so mehr gefiel sie ihm. Ein Stadtradio in Frankfurt/Oder, irgendwo im Urstromtal – warum eigentlich nicht? Zwar war es eine kleine Frequenz mit kleiner Reichweite, aber immerhin UKW. Grundsolide und ausbaufähig. Auch wenn der Ort nicht gerade auf der Landkarte des Jet Set stand – mit der entsprechenden Radiostation ließ sich jeder Winkel aufpolieren. Das Audio ergo sum war schließlich das beherrschende Naturgesetz des Äthers. Es mußte nur der richtige

Ton angeschlagen werden und schon entstand die Atmosphäre, in der gute Bilanzen gediehen.

Natürlich sah es nach außen wie ein Abstieg aus, vom großen Metropolensender zum mickrigen Provinzfunk, von der Topliga in die Kreisklasse. Er wußte, es war der Weg, der in der Branche den ausgemusterten Radiomachern vorbehalten blieb, aber es bekümmerte ihn nicht. Er sah darin eine ganz neue Chance – die Chance für ein eigenes Unternehmen. Nicht länger am Geldtropf einer allmächtigen Group hängen, keinen Ticker Gottes mehr im Genick haben, nicht mehr bei irgendwelchen Sparkommissaren zur Finanzberichterstattung antreten müssen, sondern die Etatspielräume selber bestimmen und eine eigene Frequenz in eigener Regie betreiben – das war ein unvergleichlicher Gewinn. Ein für allemal entging er damit dem Risiko, vom Schwachsinnsquotienten irgendwelcher angeheirateter Juniorconsulter dirigiert zu werden und sich von solchen Blindgängern auch noch auf die Liste der Kellerkinder setzen zu lassen, die ihre Rendite nicht brachten! Von wegen demütig nachfragen müssen, ob er ein Emotionsradio machen durfte oder nicht! Abhängig sein von vorgesetzten Nullnummern, die kein Gespür für nichts hatten – damit war es dann endgültig vorbei. Gewiß, bei einer so kleinen Frequenz mußte er sich auf eine längere Phase niedriger Renditen einstellen, aber wenn, dann war es sein Verlust, dann rutschte er in sein eigenes Minus und brauchte sich dafür vor niemandem zu rechtfertigen.

Die Chance für ein eigenes Unternehmen stand ihm leuchtend vor Augen. Sie zu ergreifen mutete ihm wie ein Riesenschritt nach vorn an, ein Sprung hinauf zu seiner Unabhängigkeit. Und diese Höherentwicklung schien ihm plötzlich auch ein folgerichtiger Weg: von der Taunuswelle zur Oderwelle. Darin lag genaugenommen schon die Programmphilosophie. Schließlich handelte es sich um keine beliebige Ortsveränderung, sondern um ein Brückenschlagen über den Strom der Zeit. Er war begeistert. Was in der Hektik der letzten Monate fast verschollen schien, war plötzlich wieder da, und er fühlte sich ganz erfüllt von einem großen Sendungsbewußtsein, ohne das sich für seine Begriffe kein wirklich gutes Radio machen ließ. Eingreifen in den Gang der Dinge, mitgestalten und die Gesetze der Trägheit überwinden – darauf kam es an, und nirgendwo ließ sich diese Message besser verwirklichen als mit einem Radio vor Ort. Außerdem war alles nur eine Frage der richtigen Begründung: Es war für ihn kein Rückzug aus der Metropole in die Provinzstadt, keine Verlagerung vom Zentrum an die Peripherie, vielmehr witterte er einen Trend und folgte intuitiv einer großen Bewegung der Zeit – hin zur neuen Nähe. Er sah doch, wie die Dinge liefen: Das Geld der Leute wurde immer weniger, das Reisen immer teurer, die Fernziele immer unsicherer, und viele, die es um den Globus getrieben hatte, bestätigten indirekt doch nur, daß das Schönste an den Reisen die Freude war, wieder zu Hause zu sein. Hier lag der Ansatz für eine ganz neue Konzeption: den Blick richten auf den eigenen Ort. Den Sinn für Nähe wecken. Es sollte ihn wundern, wenn mit New Near langfristig keine Rendite zu erzielen war.

Freilich reichten seine Liquiditätsreserven für eine solche Investition nicht aus. Aber wenn er seiner Bank schlüssig nachwies, wie sich aus einer kleinen Oderwelle eine umsatzstarke Einrichtung machen ließ, dann zweifelte er nicht, daß er einen Kredit bekommen würde, zumal wenn die Stadt im tiefsten Osten lag und gerade dort die Fördermittel zum Einsatz kamen. Allerdings war die Zeit für die Bewerbung dramatisch kurz. Doch allein die Aussicht, vor einer neuen Herausforderung zu stehen und ein eigenes Radiounternehmen gründen zu können, war ein so großer Ansporn, daß er meinte, mit äußerster Kraftanstrengung müßte es möglich sein, in acht Wochen die Unterlagen für den Bewerbungsantrag erstellt zu haben. Spontan telefonierte er mit Brendel und fragte nur: »Wie findest du Frankfurt/Oder?«

»Schafft Lebensqualität«, entgegnete Brendel. »Wer Frankfurt/Oder kennt, findet es überall schön«, und bereits eine Stunde später jagten sie über die Autobahn, um den Ort in Augenschein zu nehmen. Sie parkten direkt vor dem Rathaus, schalteten ihr Autoradio ein, prüften, welche Sender zu empfangen waren, hörten das ganze Spektrum ab, doch ein Stadtradio fehlte. Sie begriffen sofort: Hier konnten sie identitätsstiftend tätig werden. Jetzt noch eine überzeugende Konzeption, und vielleicht hatten sie dann sogar eine Chance bei der Anhörung im Medienrat.

Der große Tisch auf der Dachterrasse war üppig gedeckt. Vera hatte bei Giovanni verschiedene Salate bestellt, denn Dorothee und Brendel waren zu Gast, und es sollte an nichts fehlen. Seit kurzem standen Bäume auf der Dachterrasse, zwei Thujen, zwei Zuckerhutfichten, ein Buchs und eine Hemlocktanne, die sie gruppenförmig angeordnet hatte, um die Illusion eines Waldes zu haben. Auch wenn es nur ein Kübelwäldchen war, aber wenn der Wind so ein leises Rascheln in die Bäume trug und sie dabei auch noch in den Himmel schauen konnte, dann hatte sie das Gefühl, mitten in der Natur zu sein, weit entrückt, und das entspannte.

Dorothee, die sonst immer einen gezielten Blick für Verschönerungen aller Art besaß und Vera gerade um diese Dachterrasse beneidete, war allerdings diesmal mit ihren Gedanken ganz bei dem neuen Radioprojekt und machte keinen Hehl daraus, daß sie von dem Vorhaben in Frankfurt/Oder alles andere als begeistert war. Robby kam im Herbst zur Schule; auch ihre Galerie hatte sich in letzter Zeit in der

Szene so gut etabliert, daß an einen Ortswechsel gar nicht zu denken war. Und die Gründung eines eigenen Radiounternehmens hielt sie ohnehin für riskant und hochgewagt, denn sie waren gewiß nicht die ersten, die in diesen unsicheren Zeiten ihr Geld in den Sand setzten. Noch dazu in einer so strukturschwachen Region!

Doch Zarth ließ ihre Bedenken nicht gelten. »Wir kommen gerade vom Location-Check«, sagte er. »Eine Stadt der Kleinsparer, aber nicht unsympathisch und für uns an jeder Ecke Chancen. In der Frequenz steckt zwar kein allzu hohes Profitpotential, und die Sendeleistung ist mehr als bescheiden, aber warten wir mal den operativen Einstieg ab. Schließlich ist eine Erweiterung Richtung Polen denkbar. Die große Freundschaftswelle oder so. Ich sage dir: Daraus läßt sich was machen. Außerdem kommt es noch immer auf den Content an. Und der heißt: total lokal. Wir beschränken uns auf das, was die Menschen wirklich interessiert, was sie überschauen können. Womit sie täglich konfrontiert sind – auf das Geschehen vor Ort. Alles andere ist viel zu weit weg, ist fern, abstrakt und tangiert nicht. Selbstverständlich gehen wir über ein Stadtradio hinaus. Wenn, dann muß es die entsprechende Dimension bekommen. Es muß ein Heimatradio werden, denn Heimat schafft eine starke emotionale Bindung. Heimat gibt Halt. Genau das vermitteln wir: Heimat als solide Erdung, als Haftgrund und Herkunft. Das große Gefühl von Zusammenhalt und Zugehörigkeit – das sollen die Hörer spüren. Das eingefahrene Gelddenken klikken wir aus. Von wegen die höchste Würde des Menschen ist seine Kreditwürde! Upmarket Gruppen und Hochpreiskonsumenten – alles Quatsch! Das sind nicht unsere Themen. Wir gehen tiefer. Direkt zu den Wurzeln. Stolz sein auf die Region. Wenn wir das Konzept so durchziehen, hört uns die ganze Stadt. Und das rechnet sich! Mit einem solchen

Programm schaffen wir ein einmaliges Umfeld für unsere Werbekunden. Ich sage dir: Mit dem Heimatradio setzen wir ein ganz großes Ding auf die Schiene! Das perfekte lokale Radiotainment! So was hat noch keiner gehört!«

Vera kannte ja seine messianische Rhetorik, doch sie enthielt sich jeglicher Äußerung. Sosehr sie die Bedenken Dorothees auch teilte – allein die Vorstellung, Zarth könnte noch länger zu Hause herumsitzen, zwischen seinem Internetsurfen die Kleiderbügel sortieren und ihr mit seinem Tetris aufs Gemüt gehen, allein diese Vorstellung genügte, um dem Projekt an der Oder zu applaudieren. Egal wo, egal wie – Hauptsache, er war wieder von seiner Leidenschaft gepackt. Ohne Radio konnte er nun mal nicht Zarth sein, und wenn sich diese Möglichkeit bot, sollte er in Gottes Namen wieder Zarth werden! Zumindest war er in seiner aushäusigen Form weniger stressig als in der Inhousevariante. Zwar fragte sie sich auch, warum es ausgerechnet diese Stadt sein mußte, die ihr so fern zu liegen schien, daß sie unwillkürlich an sibirische Weiten denken mußte, doch sie wollte erst einmal die Dinge auf sich zukommen lassen, denn noch stand nicht fest, ob er überhaupt den Zuschlag bei der Anhörung bekommen würde. Noch war alles Theorie.

Brendel nahm Zarths Begeisterung auf und gab sich gleichfalls sichtlich Mühe, die Bedenken seiner Frau zu zerstreuen. »Genaugenommen ist das Heimatradio konkurrenzlos«, sagte er. »Mit neuer Nähe und neuer Bescheidenheit eilen wir der Zeit voraus und schaffen uns on air eine Alleinstellung. Auf dem freien Radiomarkt gilt nur eins: jeder Sender nach seinen Fähigkeiten und jeder nach seinen Leistungen. Und da haben wir was zu bieten. Wir fahren das Ganze fürs erste mit einem kleinen Mitarbeiterstamm, keine Sitzredakteure, sondern Volontäre und freie Mitarbeiter mit Außenkontakten, kaufen uns zusätzlich lokale Kompetenz ein, reanimieren für die Moderatorentätigkeit kostengünstig ein paar Achtelprominente, machen jeden Tag das große Heimatquiz, und als höchsten Gewinn verlosen wir den Eberswalder Wurstkorb. Sollst mal sehen, wie das ankommt!«

Daß Brendel von dem neuen Projekt auch so überzeugt war, schien Vera geradezu beruhigend, denn immerhin besaß er das legendäre Ostabitur, wußte, wovon er sprach und kannte offenbar seine Pappenheimer an der Oder. Mit ihm an der Seite konnte einer aus dem Taunus nicht allzuviel falsch machen.

Allerdings gab Zarth zu bedenken, daß bei der Finanzierung noch etliche Fragen offen waren. Ismet erstellte ihnen zwar gerade gegen Honorar den Businessplan, und die Bank prüfte den Kreditantrag, doch Zarth fürchtete, selbst wenn er und Brendel ihre Abfindungen einlegten, würde es nicht reichen. »Aber ich habe schon mit meinen Schwiegereltern gesprochen«, sagte er. »Die haben ein starkes finanzielles Backing und sind bereit, Anteile zu erwerben. – In nennenswerter Höhe«, fügte er nicht ohne Stolz hinzu.

Vera fing einen verunsicherten Blick von Dorothee auf. Offenbar war sie nicht sicher, ob sie womöglich eine neuere Entwicklung in der Beziehung Pflüger-Zarth verpaßt hatte. Vera tat, als hätte sie nichts gesehen. Sie fühlte sich von Zarth brüskiert. Anscheinend merkte er gar nicht mehr, was er ihr zumutete! Seine Schwiegereltern! Wie das klang! Das mußte Dorothee ja irritieren! Gewesenes als gegenwärtig hinzustellen! Das war kein Versprecher und kein Zufall, er führte bloß wieder einmal vor, für wen sein Herz schlug: einmal Inge, immer Inge. Inzwischen wußte es ja jeder: Sie kam aus gutem Hause und hatte Background. Seine Anhänglichkeit war also nicht grundlos. Als Angestellter der Tauruswelle hatte er sie verloren, als Eigentümer der Oderwelle holte er sie zurück. Möglich war alles. Vera zweifelte keinen Augenblick daran, daß er den Deal mit ihr besprochen hatte: Die Schwiegereltern gaben ihm die Starthilfe und sicherten das Projekt finanziell mit ab, den Gewinn bekam das allerliebste Anjalein, und was dann noch übrigblieb, durfte er sich mit Brendel teilen. Gemeinsam mit Inge sorgte er für den Vorteil seiner Familie. Deutlicher konnte er gar nicht sagen, wem er sich zugehörig fühlte. Vielleicht begann jetzt sogar die Fortsetzung seiner Ehe mit den Mitteln des Geschäfts. Vera war auf alles gefaßt. Vor allem sah sie wieder einmal: Von dem Gedanken an eine eigene Familie konnte sie sich verabschieden. Wir haben doch schon eine wunderbare Tochter, was wollen wir mehr – den Refrain konnte sie singen. Immerhin ein klares Bekenntnis, wie sehr er sich gebunden fühlte. Nur gut, daß sie die Hälfte der Monatsmiete zahlte und noch besser, daß zu ihrer Wohnungshälfte die Dachterrasse gehörte. Sollte er doch an der Oder den großen Radioritter spielen und seiner Familie die Kassen füllen – in einem gab sie seiner Tochter ungeteilt recht: Neben Ron zählte nur eins – cool sein eigenes Ding machen.

Fast atmete Vera auf, als Dorothee sich nach dem Stand des Hotelprojekts erkundigte und sie der Freundin die neusten Arbeiten dazu zeigen konnte. Betont lange hielten sie sich damit auf, als wollten sie den beiden Großinvestoren demonstrieren, daß auch sie mit nicht weniger weltwichtigen Arbeiten befaßt waren. Diese stille Übereinkunft schien die alte Verbundenheit zwischen Vera und Dorothee auf einmal wiederherzustellen, denn in einem waren sie sich einig: Ihr Geld wollten sie nicht an der Oder verlieren.

Der Ärger über ihn ließ erst nach, als Vera zu Bett ging. Im Schlafzimmer stand für sie ein Überraschungsgeschenk: ein Lauftrainer mit Magnet-Bremssystem. Ein leicht handhabbares Gerät. Sie probierte es gleich aus, fand es aber überflüssig, da sie ja im Park ihre Joggingrunden drehte. Doch genau darum hatte er es ihr gekauft. »Ich will nicht, daß du dauernd im Park rennst«, sagte Zarth. »Irgendwie macht mich das immer so unruhig. Die Parks sind ja auch nicht gerade sicher, und wenn du dann so lange beim Joggen bleibst, habe ich immer ein merkwürdig ungutes Gefühl. Am besten, wir stellen das Gerät auf die Dachterrasse, dann hat es denselben Effekt: Du bist auch an der frischen Luft, kannst in Ruhe dein Pensum trainieren, und ich brauche mir um dich keine Sorgen zu machen.«

Das allerdings waren Töne, die sie fast versöhnlich stimmten und ihr zeigten, er beschäftigte sich vermutlich doch mehr mit ihr, als sie ahnte. Sie begriff natürlich sofort, daß dieses Laufgerät eine Anspielung auf den Assessor war. Es ging Zarth gar nicht um die Unsicherheit in den Parks, es ging ihm um Oliver. Es paßte ihm nicht, daß sie mit ihm joggte. Sie fragte sich zwar, woher er davon wußte, aber er hatte ihr ja kürzlich erst zu verstehen gegeben, daß einem Radiomann nichts verborgen blieb. Nicht einmal ein Spaziergang im dichtesten Nebel am Strand. Insgeheim genoß sie seine versteckte Eifersucht. Sie tat mal richtig gut. Vielleicht war Zarth in der Tiefe überhaupt stärker mit ihr verbunden, als er zu erkennen gab. Aber Vera wollte nicht darüber rätseln, sie wollte es fühlen. Ab und an so ein kleines Bekenntnis hätte schon ganz gut getan und die ewigen stillen Zweifel beseitigt. Sie brauchte so was. So einen Push für die Glückshormone. Schließlich war sie ein osmotischer Typ und empfänglich für das Verborgene. Doch irgendwie wußte sie mal wieder nicht so recht, woran sie mit ihm war. Sie dachte nur: abwarten. Erst einmal abwarten. Derzeit hatte sie zuviel mit dem Hotel zu tun, um an irgendeine private Veränderung zu denken. Außerdem war der Mann, mit dem sie ein Kind haben konnte, nicht in Sicht. Der wahre Grund für einen Absprung mußte noch kommen. Womöglich sah sie aber auch alles viel zu überspitzt, statt souverän über den Dingen zu stehen, wie es sich für einen gefühlten Single gehörte.

Hätte sie jetzt mit Dorothee darüber gesprochen, hätte die ihr bestimmt zu einer Paartherapie geraten. Doch genaugenommen waren sie gar kein Paar, kein richtiges jedenfalls, und das penetrante Bohren nach dem Wieso und Warum, dieses widerliche Herumstochern in der Seele des andern taugte für ihre Begriffe ohnehin zu nichts weiter, als die gegenseitige Abneigung zu fördern. War erst einmal alles auf die Ebene der Psychologen heruntergebracht, bekam es diesen unsäglichen therapeutischen Klang und alles war gelaufen. Und sich am Ende womöglich gar von ihnen noch sagen lassen zu müssen, Liebe sei primär Beziehungsarbeit – diesen Humbug konnte sie sich ersparen. Wenn, dann mußte sie schon allein eine Antwort auf ihn finden. Irgendwie und irgendwann eben.

Der Assessor war am Handy und wollte wissen, warum sie auf seine Einladung zum Presseball schwieg. Vera stand mit Kuno zwischen Farbkübeln, Leitern und Bohrmaschinen, war gerade dabei, die Handwerkerfirmen einzuweisen, und sagte, daß sie zurückrufen werde. Doch darauf wollte sich Oliver nicht einlassen und meinte ungehalten, daß er bei ihr anscheinend immer zur Unzeit anrief und keine Lust hatte, ewig auf einen Rückruf zu warten. »Ich will nur wissen: Kommst du mit oder nicht?«

Das Fordernde in seiner Stimme mißfiel ihr. Er täuschte sich, wenn er meinte, kaum daß er Direktor war, mußten schon alle bereitstehen! Vera verließ für einen Moment den Raum und hätte ihm eigentlich sagen müssen, daß sie nicht zum Kreis derer gehören wollte, die im Verteilerschlüssel für das Freikartenkontingent von Cult FM waren, und er sich nicht einbilden sollte, sie würde auf eine Wurfsendung antworten. Doch sie hatte jetzt keinen Nerv dafür und meinte nur: »Es geht leider nicht. Ich stehe im Moment unter zu großem Zeitdruck.«

»Ach Vera, du kannst mir doch nicht erzählen, daß du mit der Umsetzung deiner Arbeiten auch noch nachts zugange bist! Die Handwerkerfirma möchte ich mal sehen, die nach Feierabend noch etwas anfaßt! Gib zu, du willst nicht!«

Letzteres war schon ein anderer Ton, eine Oktave näher zu ihr, und mit dem Wollen war es so eine Sache. Sie wollte schon, liebend gerne sogar, aber sie konnte nicht. Sie hatte kein Kleid. Wer wie sie mit einem Nichttänzer liiert war, besaß nun mal keine Ausrüstung, die für Gelegenheiten dieser Art griffbereit im Schrank hing. Doch sie konnte jetzt nicht im großen Suchlauf tagelang durch die Geschäfte rennen, bis sie etwas Passendes gefunden hatte, um dann für ein paar Galastunden neben ihm zu stehen. Seidig, tüllig, taftig. Dafür fehlte ihr die Zeit. Zwar lag es ihr fern, als Primetime-Gräfin im Mitternachtsblau über das Parkett zu schweben, aber sie schuldete es ihrem Selbstgefühl, nicht in irgendeinem alltäglichen Fummel zu erscheinen, sondern angemessen aufgedreßt. Wenn schon, denn schon. Wer am Spiel teilnahm, mußte seine Regeln akzeptieren. Natürlich konnte sie ihre Absage nicht mit dem fehlenden Kleid begründen. Es hätte sie in ein falsches Licht gerückt. Von ihm deshalb womöglich für unsouverän, spießig und hoffnungslos eitel gehalten zu werden oder in den Verdacht zu geraten, sie messe dem Ereignis eine Bedeutung bei und würde es gar noch als etwas Besonderes ansehen – all das lohnte die ehrliche Antwort nicht. Doch es war nun mal so: Wenn sie nicht das richtige Kleid für einen solchen Anlaß hatte, dann gefiel sie sich selber nicht. Dann war ihr alles verleidet und wurde zum Verdruß, der Tänzer inklusive. Aber diese tieferen Zusammenhänge gingen ihn nichts an, zumal sie ohnehin kein männliches Wesen verstehen konnte, und darum wiederholte sie nur: »Zur Zeit geht es wirklich nicht, versteh mich. Wir beginnen hier gerade mit der Ausführung, das heißt, ich koordiniere das Chaos, und da zählt jede Stunde.«

»Vera on tour. Ich weiß. Immer dasselbe. Frauen wie dir nähert man sich wohl am besten über die Arbeit an. Vorschlag: Wir lassen den Ball sausen, treffen uns vor Ort, und du gibst mir ein Interview über das, was bei euch abgeht. Ich habe nämlich gelesen, daß das Hotel schon jetzt als Nobelabsteige für die Weltprominenz gehandelt wird und bereits zum Jahresende eröffnet. Und du weißt ja: Cult FM begleitet die Events der Metropole.«

Daß er so einsichtig auf ihre Arbeit umschwenkte, fand sie überaus einfühlsam und sagte ihm sofort zu. Dieses Angebot kam ihr sogar hoch gelegen, konnte sie doch als neu gewählte Pressesprecherin des Architektenteams gleich mal ihren Chefs demonstrieren, daß es ein leichtes für sie war, Öffentlichkeit herzustellen. »Überhaupt solltest du mal überlegen, ob du nicht für uns ein Lifestyle-Magazin übernehmen willst. Daß du Quote bringen kannst, hast du ja bewiesen.« Auch hier zögerte Vera nicht mit einer Zusage. Sicherlich wurde Zarth zum rasenden Roland, wenn er hörte, sie übernahm bei Cult FM, seinem einst feindlichen Wettbewerber, einen Sendeplatz, aber auf die internen Konstellationen konnte sie keine Rücksicht nehmen. Sie mußte an ihre eigene Karriere denken und ihre berufliche Position festigen. Sie besaß nun mal diesen Kontakt, und es wäre ja dumm gewesen, ihn nicht zu nutzen. Wenn schon privat mit dem Creative Assessor nicht alles so aussichtsreich lief, wie sie es sich im stillen erhofft hatte, dann mußte es wenigstens einen professionellen Umgang mit ihm geben. Fürs Berufliche blieb Oliver vielversprechend, und das schien ihr im Moment zumindest verläßlicher, als ihm sein Wohngefühl zu optimieren.

Pünktlich hatte Zarth alle notwendigen Unterlagen für die Bewerbung um die Frequenz eingereicht. Nicht etwa daß er seinen Antrag in dem üblichen graugenormten Verwaltungsordner eingereicht hätte – selbstverständlich mußte das Papier nach etwas aussehen und im ganzen Styling einen imposanten Eindruck machen. Darum hatte er den Antrag eigens wie eine Dissertation in Hochglanz binden lassen, was ihm ein forschungsgestütztes, professionelles Aussehen verlieh, und auf dem Deckblatt stand unübersehbar in gediegen goldglänzenden Lettern wie im breiten Strom dahinfließend *Oderwelle*. Es sah großartig aus, und er war sich ganz sicher, so etwas bekam eine Behörde nicht alle Tage auf den Tisch. Ein Blick darauf genügte, und der hohe Anspruch sprang förmlich entgegen. Er hatte mit dem Antrag die Seinsfrage gestellt, und darum mußte die volle Power aus jedem Detail sprechen. Er war zufrieden. Selbstverständlich hatte er jeden Abschnitt mehrmals überprüft, denn die Sorge, er könnte etwas Wichtiges vergessen haben, was im Auswahlverfahren dann negativ zu Buche schlug, war groß und wuchs sich zu einem gewissen Unruhefaktor aus. Aber es ließ sich glücklicherweise nichts Lückenhaftes feststellen, so daß er dem Tag der Anhörung zuversichtlich entgegensah.

Überhaupt lief alles überraschend gut, glatt und gut. Er hatte eine Kapitalgesellschaft gegründet, hatte sich zum Geschäftsführer und Brendel zum Programmdirektor gemacht, beide hatten ihre Anteile eingelegt, und das versprochene Darlehen von den Schwiegereltern war auch eingetroffen, so daß er seine Stammeinlage fristgerecht erhöhen konnte. Zarth hielt die Fäden wieder so fest in der Hand, daß er meinte, er hätte den Weltlauf koordinieren können. Selbst mit dem Stand der Eigenwerbung war er hochzufrieden, und seine bewährte Maxime: Wenn du nicht selber krähst, kräht kein Hahn nach dir! hatte sich erneut als ein sehr erfolgreiches Prinzip strategischer Kommunikation erwiesen. Mit Brendel hatte er bereits alle wichtigen Institutionen der Stadt besucht, war beim Bürgermeister, in der Printredaktion, in der Universität, und StS Möhl hatte ihm sogar ein Gespräch bei seinem Amtskollegen in der Staatskanzlei vermittelt. Alle begrüßten das Vorhaben, und die stattliche Zahl von Unterstützerschreiben, die bisher eingegangen waren, ließ keine Zweifel offen: Die Stadt freute sich auf den neuen Sender.

Dieses Gefühl, willkommen zu sein, gab seinem unternehmerischen Naturell noch einen besonderen Schwung. Doch das größte war der Brief von der Bank, der ihm wie eine Himmelsbotschaft auf den Tisch geflattert war und ihm die Kreditbewilligung in Höhe seiner Einlage brachte. Nicht nur, daß damit der Cash Flow gesichert war, vielmehr unterstrich die Kreditzusage die Ernsthaftigkeit seiner Absicht, und seine Glaubwürdigkeit als Unternehmer bekam vor dem Lizenzierungsgremium ein zusätzliches Gewicht. Stand eine so namhafte Bank hinter ihm, dann wurde deutlich, daß auch andere vom Erfolg seines Vorhabens überzeugt waren, und das ließ seine Chancen steigen. Jetzt mußte er es nur noch verstehen, sich vor dem Medienrat als Gründerpersönlichkeit darzustellen, und das Rennen war gemacht. Aber darin sah er keine große Schwierigkeit, denn schließlich hatte er diesmal keine Mächtigen hinter sich, keine Taunusherren und keine Group, diesmal ging es um ihn allein, um sein ureigenstes Radiounternehmen, und für solche risikobereiten Menschen, das hatte ihm Leuschner erst jüngst gesteckt, gab es gremienintern Sympathien.

Alles lief wunschgemäß. Nur Vera fragte ganz beiläufig nach dem Blazer, den er für seinen großen Auftritt tragen wollte, und er meinte: »Den üblichen.« Doch sie riet ihm, einen neuen zu kaufen, denn in seinem Knitterlook sah er immer ein bißchen abgerissen, irgendwie leicht windig aus, und das gab ein falsches Bild.

»Ich bewerbe mich doch nicht um ein Weltunternehmen«, entgegnete er, »sondern um eine kleine Stadtfrequenz, weit draußen in der Fläche, noch dazu im östlichsten Osten. Da kommt es doch auf so was nicht an!«

Doch sie meinte, gleich wo, ob Welt oder Provinz, West oder Ost, als Investor kam es immer darauf an, einen seriösen Eindruck zu machen. »Der gediegene Zwirn hat noch keinem geschadet«, fügte sie trocken hinzu, und das überzeugte ihn dann, zumal er wußte, daß Frauen für diese Äußerlichkeiten einen besonderen Sinn, ja sogar ein gewisses Gespür hatten, auf das man sich verlassen konnte.

Als sie kurz darauf durch das Kaufhaus gingen, bereute er seine Einsicht, denn jeder Schritt machte ihm bewußt, wie sehr er Kaufhäuser haßte: die Räume überheizt, das Gedränge unerträglich, die Kabinen viel zu eng, die Stangen viel zu voll, die Konfektionsgrößen mit immer neuen Bezeichnungen, alles kryptisch verziffert und nirgendwo ein Verkäufer, den man fragen konnte. Sie sah schon von weitem: Zarth stand in der Kabine und litt. Er hatte noch gar nichts anprobiert, da wischte er sich schon wie nach einer großen Anstrengung mit einem Tempotaschentuch den Schweiß von der Stirn und warf ihr einen so vorwurfsvollen Blick zu, als hätte sie ihn gezwungen, diese Tortur auf sich zu nehmen. Um seinen Leidensweg abzukürzen, suchte sie rasch einige Blazer heraus und reichte sie ihm zur Anprobe, doch er gab den ersten gleich zurück. »Nichts Kariertes«, sagte er, »wenn, dann einfarbig, das weißt du doch!«, und den nächsten Blazer zog er gar nicht erst an, denn er trug keine Zweireiher. »Ich soll wohl wie ein Kellner rumlaufen!« fauchte er gereizt. »Such mir einen Einreiher raus!«

»Einreiher gibt es nicht mehr, die Mode ist auf Zweireiher abgestellt«, entgegnete sie. Aufgebracht fragte er, was ihn die Mode anging, und warf ihr vor, mit ihm in das falsche Kaufhaus gegangen zu sein. Sie ärgerte sich. Es war wieder mal typisch: Er hatte keine Ahnung von diesen Dingen, und sie war natürlich schuld daran! »Ein besseres Kaufhaus mit mehr Auswahl gibt es nirgendwo in der Stadt«, sagte sie. »Wenn es dir nicht paßt, dann gib doch deine Maße ins Internet und laß dir ein Jackett anfertigen!«

Diese Bemerkung schien seine Gereiztheit noch zu steigern. Sie reichte ihm einen neuen Blazer, der ihm glücklicherweise ganz gut gefiel, und atmete auf. Doch plötzlich sah er, daß er seitlich Schlitze hatte, und geschlitzte Blazer konnte er nicht ausstehen, weil sie für ihn nichts anderes als die Dienstkittel des gehobenen Beamtenstandes waren, was sie irgendwie auch nachvollziehen konnte. Unwirsch warf er ihr den Drillich zurück und meinte bissig, er wollte keine Uniformjacke, sondern einen stinknormalen Blazer. »Das wirst du doch wohl noch schaffen!«

Ihr Toleranzspektrum nahm spürbar ab. Wenn sie ihn schon begleitete, um ihm seine Kaufhaus-Aversion zu lindern, dann mußte sie sich nicht auch noch Vorwürfe machen lassen, daß es nicht das gab, was er suchte. Wäre er öfter in diesen Gefilden zugange, dann wüßte er, daß es mit Kommen, Sehen und Kaufen doch längst vorbei war! Außerdem war es April, und im April waren die Winterlager schon geräumt und die Sommerwaren noch nicht da. April war ein schlechter Einkaufsmonat. Um ihren Choleriker zu beruhigen, sichtete sie noch einmal die Blazer von Joop, Boss und Burberry und fand dann doch noch ein Modell, das weder geschlitzt noch gemustert und auch kein Zweireiher war, allerdings nicht in seiner Größe. Aber sie meinte, vielleicht fiel es kleiner aus und er sollte es trotzdem probieren. Doch kaum hielt er es in den Händen, schoß ihm das Blut in den Kopf und die Wut brach wie ein Sturzbach aus ihm heraus. »Übergröße! Was soll ich denn damit!« brüllte er. »Seit wann trag ich Übergrößen, willst du mich veralbern oder was?!«

Mit einem zornroten Gesicht stürmte er aus der Kabine und glich einem donnernden Zeus, der jeden Augenblick seine Blitze ins Kaufhaus schleudern wollte. Vera bemerkte, daß etliche der Vorübergehenden neugierig stehenblieben, hielt sich bewußt mehrere Schritte entfernt von ihm, um im Zweifelsfalle jede Zugehörigkeit auszuschließen und dachte nur: Diesen Mann mußte man kühl lagern.

So als sei sie unfähig, das Richtige für ihn herauszusuchen, hastete er noch einmal selber zu den Stangen, sah mit nervösen Griffen alles durch, sah nichts als die verhaßten Zweireiher mit Seitenschlitzen, gemustert in allen Farben – kariert, gestreift, geblümt, getupft, geflammt, gestromt, gebleicht, genoppt, gerippt, gesteppt – hätte bloß noch gefehlt, daß sie geschuppt und gefiedert, gewürzt und gepökelt an den Stangen hingen! Die Verzweiflung stand ihm ins Gesicht geschrieben. »Ramsch!«, sagte er aufgebracht, »alles Ramsch! Erst der Ramsch in den Kaufhäusern, dann der Ramsch in den Köpfen und zu guter Letzt geht die ganze Gesellschaft in den Ramsch. Wo du hinsiehst, der gleiche Shit! Doch dir gefällt ja so was! Du kannst dich ja nicht sattsehen an dem Pröhl! Dich zieht es ja in diese Schuppen! Aber deswegen mußt du mich doch nicht auch noch hierherlocken, um mir meine Zeit zu stehlen!«

Aufgebracht raste er durch die Herrenkonfektionsabteilung geradewegs auf die Rolltreppe zu, und sie fragte sich nicht weniger wütend, wer hier wem die Zeit stahl. Als ob sie nicht selber genug Streß hätte! Doch wie zum Selbstschutz setzte eine kühle Ratio bei ihr ein, und sie blieb betont gelassen. Er mochte ja unter Strom stehen, aber sie war nicht seine Entladestation. Seinen Mißmut mußte er schon anderswo entsorgen. Doch warum mischte sie sich auch ein! Was ging es sie überhaupt an, in welchem Blazer er wo erschien! Und wenn er im Netzhemd auftrat, mit Söckchen und Sandalen – ihr konnte es doch herzlich egal sein! Ihm womöglich jetzt auch noch hinterherzurennen, um den Herrn Jungunternehmer verständnisvoll zu besänftigen und zu beruhigen, kam nicht in Frage, denn das verkehrte die Verhältnisse. Schließlich hatte sie es ihm nur gut gemeint und brauchte sich dafür nicht so behandeln zu lassen. Sollte er sich austoben, wo er wollte – die Stadt war groß genug. Sie warf noch einen kurzen Blick zurück, sah ihn schwitzend auf der Rolltreppe nach unten fahren, fuhr in die entgegengesetzte Richtung auf der Rolltreppe nach oben, ging zum Parkhaus, stieg in ihr Auto, schaltete das Handy aus und jagte zum Hotel, um wenigstens pünktlich zu ihren Terminen zu kommen.

Spät kam sie nach Hause und war wieder einmal rundum von allem bedient. Nichts mehr schien in ihre Koordinaten, in die einfache Geometrie von Länge mal Breite mal Höhe zu passen. Entweder ging es den Leuten noch viel zu gut, oder sie hatten schon jedes Verhältnis zur Realität verloren. Sie begriff nicht, daß bei der allgemein schlechten Auftragslage diejenigen, die noch Aufträge bekamen, sich dann so wenig Mühe gaben. Sie begriff ihre Handwerkertruppe nicht. Lustlos schluderten sie ihre Arbeit von Stunde zu Stunde dahin und zwangen sie, einen großen Teil der Zeit mit Fehlerkorrekturen zu verbringen, was die taggenaue Übergabe immer mehr in Frage stellte. Von Visionen wollte sie gar nicht reden. Aber statt ihre Raumkonzeption in einem großen Wurf umzusetzen, mußte sie nur noch aufpassen, daß überhaupt das Einfachste vom Einfachen gelang, und sei es nur, den Schalter dort anzubringen, wo sie ihn eingezeichnet hatte. Nein, es machte alles keinen Spaß mehr.

Vera wollte nichts mehr sehen und hören, nur noch duschen und gleich zu Bett gehen, die Decke über den Kopf ziehen und abtauchen aus dieser Stümperwelt, doch Zarth überraschte sie mit einem kleinen Empfang. Er hatte eigens eine Schüssel Obstsalat für sie angerichtet, eine Flasche Bordeaux Lafite, ihren Lieblingsrotwein, geöffnet, Olivenbaguettes besorgt, Bi im Sessel an den Kamin gerückt und überhaupt an alles gedacht, was ihr um diese späte Stunde guttun konnte. Seit langem trug er wieder einmal seinen Seidenkimono, diesen Stützstrumpf für die Seele, mit dem sein Tag einen glänzenden Schlußakkord bekam, und war samtig weich gestimmt, denn jetzt, am Vorabend der Anhörung, plagten ihn keine Zweifel mehr, er könnte noch etwas Wichtiges in seinem Antrag vergessen haben. Alles war unter Dach und Fach, jede Zahl ließ sich belegen, auf jede Frage war er vorbereitet. Vorsorglich hatte er sogar schon dem Komponisten den Auftrag für die Erkennungsmelodie erteilt, denn wenn er morgen den Zuschlag bekam, wollte er spätestens in acht Wochen auf Sendung gehen. Selbstverständlich mußte die Erkennungsmelodie für die Oderwelle etwas ganz Besonderes sein und ein überwältigendes akustisches Design haben. Er dachte so an Es-Dur, wie bei Wagner. Ein Klang, der tief unter das Moos griff. Odergold – damit bekam die Stadt ihr klangliches Symbol.

»Es wird großartig«, sagte er, »als Eröffnungsevent kann es für die Hörer gar nichts anderes geben als eine Flußfahrt auf der Suche nach dem verborgenen Schatz. Auch wenn wir das Odergold nicht finden und es nur die Fahrt zu den ersten Störchen wird ... Wir machen die Legenden.«

Er erhob das Glas, und es war ihm anzusehen, daß die Leidenschaft für den Äther wieder ganz von ihm Besitz ergriffen hatte. Schon seine Stimme, dieser Ton mit dem Volltrefferklang, verriet ihr, daß alles Bisherige natürlich nur Vorgeschichte gewesen war und daß mit dem neuen Projekt die Sonne aufging, ach was, die Sonne! Die Supernova ließ er explodieren, heller und heißer denn je, Urkraft planetar – sie kannte das. Von den Superlativen zu den Megalativen, von den Megalativen zu den Gigalativen, und von Teras Steigerungsstufen wollte sie lieber schweigen. Doch diesmal hörte sie ihm gerne zu, weil es ihr wie eine erholsame Ablenkung von den Stümperbrüdern im Hotel erschien. Außerdem fand sie es beruhigend, wenn er am Vorabend der Anhörung so zuversichtlich von seinem Unternehmen sprach, denn sie wußte, nur wenn er selber in Siegerstimmung war, konnte er andere für sein Ziel begeistern.

Sie trank ihm zu, fragte sich, warum er in seinem Kimono immer wie der Wein so harmonisch ausbalanciert wirkte, rätselte, ob das eine das andere bedingte oder ob diesem seidigen Gewand mittlerweile gar verborgene Kräfte innewohnten, genoß den Abendschwärmer Zarth und spürte, wie sich in seiner Gegenwart ihr Tagesfrust verlor. Wenn die Körpertemperatur seiner Seele stimmte, war eben alles ganz anders. Daß ein neuer Blazer über dem Stuhl hing, übersah sie geflissentlich, schon um zu zeigen, diese Materie lag ein für allemal außerhalb ihrer Wahrnehmung. Mit keinem Wort wollte sie den Orlando furioso in ihm wecken, sondern wie zur Entschlackung jetzt nur von seinen sanfteren Seiten profitieren.

Abgesehen von seinem kleinen Ätherrausch klang eigentlich alles, was er über sein neues Projekt sagte, so überzeugend, daß sie meinte, wenn er morgen vor dem Medienrat auch so sprach, konnte es nur eine Entscheidung geben: Sein Programm war vorzugswürdig.

»Vorzugswürdig«, wiederholte er fast nachdenklich, »was für ein Wort! Wie gut das tut!« Er warf ihr einen verliebten Blick zu, und alle Steigerungen waren plötzlich wieder da: Vera Woman, Vera Venus, Vera Liebling, Vera zart. Wie zur Bestätigung erwähnte er die zusätzliche Absicherung, die er eingebaut hatte: Zur Anhörung erschien er gemeinsam mit Brendel, weil dessen Herkunft dem Vorhaben noch eine ganz besondere Kompetenz verlieh. »Bei einem Radiounternehmen im Osten zählt nun mal der Heimvorteil mehr als der Import. Brendel kennt sich aus mit den gewachsenen Kreativitätspotentialen. Außerdem zeigt allein schon seine Vita, daß er für Entwicklung und Veränderung steht. Und genau das fehlt dieser Stadt.«

Plötzlich hielt er inne, wurde blaß, alles in ihm schien ins Stocken zu geraten, und er sagte sichtlich verstört vor sich hin: Veränderung. Change. Ein Wort, das ihm mit einem Mal wie eine Erleuchtung erschien und gleichzeitig die Dimension einer Katastrophe annahm. Wieso war ihm das nicht eingefallen?! Change, das Vorantreibende, das wäre es gewesen! Das hätte an erster Stelle der drei großen Cs stehen müssen, die den magischen Kreislauf in Bewegung setzten, und nicht der Content, wie er es im Antrag formuliert hatte! Auf eine Formel mit abgelaufenem Verfallsdatum hatte er gesetzt: Content, Community, Commerce. Wie konnte er nur! Mit gestrigen Begriffen argumentieren! Wußte doch jeder, daß das ganze Contentgerede nichts gebracht hatte. Blöde Paradevokabel! Content stand für alles und nichts. Stehendes Wasser war auch Content. Alte Brühe! Jetzt war ihm klar, die Formel des Erfolges mußte ganz anders lauten und mit dem großen Umbruch, mit Change beginnen. Change, Community – und auch mit dem Commerce war kein Blumentopf mehr zu gewinnen, vielmehr mußte dafür die Creativity stehen, eine echte Triebkraft für die Region. Change,

Community, Creativity – das wäre die Erfolgsformel und der richtige Ansatz gewesen. Darin lag das nach vorn Weisende, die Entwicklung, das echt Innovative! Das hätte in die Präambel gehört!

Schlagartig wurde ihm bewußt, wer seinen Antrag las, sah auf den ersten Blick, er war stehengeblieben, er lag hinter der Zeit und hatte nicht begriffen, worauf es ankam. Alles um ihn herum verfinsterte sich. Es war, als täte sich eine Schattenwelt vor ihm auf, Geröll, wohin er schaute, Krater und Abgründe und er mittendrin. Tief im Abseits. Eigentlich brauchte er morgen gar nicht mehr zur Anhörung zu gehen, eine reine Formsache, denn er wußte schon jetzt, wie die Entscheidung ausfallen würde. Von wegen vorzugswürdig! Ein so grundfalscher Ansatz im Antrag ließ sich auch in der Anhörung nicht mehr korrigieren. Jeder Versuch in dieser Hinsicht machte erst recht einen schlechten Eindruck und sah so aus, als wüßte er nicht, was er wollte. Für unsichere Kandidaten hatten die doch einen Routineblick. Nein, die Sache war gelaufen.

Klein und zusammengefaltet sah Zarth seine Zukunft vor sich liegen, ein Wegwerfprodukt, mehr nicht. Und was für eine Blamage vor Inge! Zigmal hatte er ihr sein Vorhaben erläutert, damit sie ihren Eltern das neue Projekt schmackhaft machte und er von ihnen das Darlehen bekam, hatte ihr sogar den Businessplan gefaxt, denn sie sollte sich selber überzeugen können, daß er mit seinem Unternehmen auf der sicheren Seite stand und das Radio schon in Kürze eine gute Rendite abwerfen würde, und nun scheiterte er schon im Anhörungsverfahren! Nun hatte er sich durch eigene Schuld ins Aus manövriert!

Er sah in den Raum wie in eine große Leere, mochte nicht einmal mehr sein Glas Rotwein berühren, schwieg lange vor sich hin und sagte dann mit tonloser, fast abwesender

Stimme: »Radio ist mein Leben, und wenn es mit der Oderwelle nicht klappt, dann ist es das gewesen. Dann steige ich ganz aus, und wir heiraten eben.«

Er stand auf, ging auf die Dachterrasse hinaus und sie blieb sitzen, gab Bi ein Brezel und dachte nur, hoffentlich klappt es morgen mit der Sendelizenz. Hoffentlich geben sie ihm die Chance.

Schnurgerade zog die Autobahn dahin. Sie schien wie mit der Wasserwaage metrisch in die Landschaft gelegt; keine Kurven, keine Steigungen, keine Senken, alles glatt und plan. Fläche rechts und Fläche links, Fläche in der Länge und Fläche in der Breite, ausgedehntes Land, wohin das Auge reichte. Die Bäume, die Wiesen, die Sträucher, die Felder – alles sah kahl und abgeblüht aus, leer und ausgefegt die weite Tiefebene. Selbst das Wetter schien hier ein Teil der Landschaft zu sein und glich immer einer Tiefdruckrinne: die Sonne unsichtbar, der Himmel verhangen, der Regenschauer gerade vorbei, eine Nebelbank noch vor sich und hinten in der Ferne garantiert ein Gewitter im Anzug.

Doch das Ganze nahm Vera nur peripher wahr, denn es war ein warmer Augustabend, sie fuhr im offenen Cabrio, hörte Musik und spürte, wie der Tagesstreß von ihr abfiel. Auf dem Rücksitz saß Bi, ihr Mitgeschöpf, hielt ab und an den Kopf in den Fahrtwind, als wollte er frische Luft schnappen, und legte sich dann wieder wohlig in die Polster und bewachte sein Vitalpaket. Diese Strecke nach Frankfurt/Oder, die sie inzwischen ihre kleine Protokollstrecke nannte, war sie bislang immer mit Bi gefahren, denn nichts bekam ihm so gut und nichts freute ihn mehr als eine längere Autofahrt. Aber sie gestand sich auch ein, ohne Bi hätte sie sich in diesen Weiten trotz Auto und trotz Musik ein bißchen verloren und versprengt gefühlt. Mit ihm fuhr es sich doch gleich viel geselliger durch die Tiefdruckrinne.

Eigentlich konnte sie es sich zeitlich gar nicht leisten, mitten in der Woche zur Beach-Party zu fahren, denn im Hotel stand die Bauabnahme kurz bevor, und sie mußte morgen in aller Frühe bei den Designer-Days über das Projekt sprechen. Aber sie hätte es Zarth nicht antun können, an einem

Tag wie heute, dem Glanztag seines Lebens, fernzubleiben. Dabei hatte er selber nicht mehr geglaubt, daß es diesen Tag geben würde. Von Brendel wußte sie, Zarth war in die Anhörung gegangen in der festen Gewißheit, alles verspielt zu haben. Mit keinem Wort mehr hatte er sich auf den Antrag bezogen, sondern nur noch einmal, wie zum Beweis, daß er es besser wußte, in großen Zügen fast intuitiv das Konzept entworfen, keinen Satz zuviel und keinen zuwenig gesagt, nur schlichte Worte gebraucht und mit der Heimat im Herzen und der Welt im Kopfe einen starken Eindruck gemacht. Und heute feierte er das Resultat, den Sendestart der Oderwelle. Heute stieg die große Beach-Party, für die er eigens gut gesiebten märkischen Streusand hatte anfahren lassen, um von Anfang an mit einem markanten Event ein markantes Zeichen zu setzen.

Glücklicherweise war bislang von einem Ortswechsel nicht die Rede, im Gegenteil, es lief alles so weiter wie bisher, nur das Arrangement war neu: Er hatte sich ein Zimmer in Frankfurt genommen, und am Wochenende kam er nach Hause. Diese Lösung gefiel ihr, denn sie brachte nur Vorteile: von Montag bis Freitag den Mann am Handy und Sonnabend und sonntags ihn empfangen als Vorzugsgast. Fünf Tage akustisch, zwei Tage leibhaftig – in diesem Mix war er gut auszuhalten. Außerdem konnte sie jetzt unter der Woche ganz ungestört in der Wohnung arbeiten, konnte schalten und walten, wie sie wollte, sogar die Türen zum Bad offenstehen lassen, trotz Lauftrainer im Park joggen, und der Griffökonomie in den Kleiderschränken brauchte sie auch keine Beachtung mehr zu schenken, was durchaus seine Vorzüge hatte.

Ohnehin hätte sie ihre Dachterrasse nie aufgegeben, aber auch er wollte offenbar, daß alles so blieb. Unter keinen Umständen wollte er seine Zelte in der Metropole abbrechen, sondern die Wohnung behalten. Sie war sein Fixpunkt und sein Zuhause. Der Ort der Wiederkehr. Fast andächtig und im großen Bekenntniston hatte er ihr das gesagt, doch da sie gleichfalls in der Wohnung wohnte, wußte sie wieder einmal nicht, hatte er mit dem Fixpunkt sie oder die sechs Zimmer gemeint, wußte nicht, ob er sein Zuhause möglicherweise dort sah, wo sie wohnte, und in ihr gar den Grund für Wiederkehr sah. Aber sie dachte nicht weiter darüber nach, denn sie kannte seine Vorliebe fürs Offene. Jede Frage hätte alles nur noch offener gemacht, und schon einmal war sie damit tief ins Parterre gerutscht. Doch auf die Wochenenden mit ihm freute sie sich, denn sie hoben den Zustand eines gefühlten Singles vorübergehend auf. Jedesmal nach ihrem kleinen Weekend-Refreshing hatte sie das Gefühl, daß ihre Beziehung vielleicht doch mehr als ein Laufzeitversuch war, was das Empfinden für die Guthabenbasis wieder etwas belebte.

Sie fand es ohnehin das beste, die Dinge zu nehmen, wie sie waren, und da er seit je am Wochenende am verträglichsten war, weit weg vom ungesunden Überlastungsbereich, mußte sie sich eben auf diese beiden Tage konzentrieren. 48 schöne Stunden waren besser als nichts. Es lief, solange es gut lief, und alles andere waren vorweggenommene Befürchtungen, die wie die untergehende Sonne keinem nützten. Jetzt, auf diesem glatten Autobahngleis, kam es ihr überhaupt so vor, als würde er in ihnen beiden mathematische Größen sehen: zwei Geraden, die sich im Unendlichen berührten. Zwar konnte es bis dahin noch dauern, aber immerhin: Wenn auch entlang der Tiefdruckrinne – sie war auf dem Weg zu ihm. Dabei auch noch Autofahren und Musikhören können – was wollte sie mehr? Gewiß, ein Mann aus kontrolliertem Anbau, leicht im Verzehr, wäre ideal gewesen. Doch selbst die besten Naturprodukte waren zum alsbaldigen Verbrauch bestimmt. Und was war schon ideal? Cool sein eigenes Ding machen, das reichte doch! Und natürlich die Augen offenhalten. Das mußte schon sein.

Ihr Handy meldete eine MMS. Dr. Anne schickte das versprochene erste Foto. 3700 Gramm, weiblich. Sehr süß. Vera warf einen kurzen Blick auf das Display und beneidete Anne um das Kind. Anne hatte es geschafft und Wurzeln geschlagen. Gleich, was noch für sie kam – das Wichtigste lag hinter ihr. Mit einem Kind konnte sie jetzt alles viel gelassener angehen, ohne biologische Panik und ohne dieses still bohrende Defizitgefühl. Aus Anne war mehr geworden. Und ob nun Möhl sich scheiden ließ oder nicht – Vera sah ja, wie es bei Zarth lief: Ein Kind zog den Mann immer wieder an den Ort der Tat. Zumindest hatte Anne einen Grund, ein Leben lang mit dem Vater im Gespräch zu bleiben. Das war doch auch nicht wenig. Vera hätte es genügt. Aber sie wußte ja, wie man große Wünsche wachhielt: immer daran denken und nicht darüber reden.

Auf einmal stand sie vor dem fahnengeschmückten Maissilo und hatte den Eindruck, wie von selber hierhergeleitet worden zu sein. Dicht an dicht parkten die Autos, alles war hell erleuchtet, und wie in einer Drift bewegten sich die Menschen auf den Festort zu – ein Anblick, der ihr vertraut erschien. Sie nahm Bi an die Leine, mischte sich unter die Menge, doch Zarth hatte sie schon von weitem gesehen. Wie immer, wenn ihm eine Frau gefiel, bekam er diesen leicht schwingenden Tänzerschritt, eilte auf sie zu, stellte sein Handy aus und begrüßte sie so überschwenglich, als sei mit ihr das Glück in den Saal gekommen. Er machte sie gleich mit einigen prominenten Gästen bekannt, dem Bürgermeister, dem Direktor der Stadtwerke, den Vertretern der Werbewirtschaft, und stellte sie allen als seine Frau vor. Meine Frau – sein kleines Dankeschön. Auch das kannte sie. Die gute Note für sein Wohlbefinden. Sie sagte nichts und lächelte diplomatisch unbeteiligt, weil sie wußte, daß er mit dieser Formulierung nichts anderes bekanntgab, als daß das Barometer seiner Zufriedenheit ganz oben stand. Mochte er sich damit schmücken – wenn die virtuelle Besitzanzeige dazu beitrug, ihm sein Hoch zu verschönern, sollte es ihr recht sein. Noch hatte er mehrere Namen für sie, und solange sie wählen konnte, blieb Bewegung im Spiel.

Zarth war dicht umlagert, einer nach dem anderen kam auf ihn zu, zog ihn ins Gespräch, und plötzlich war er irgendwo wie stets verschwunden. Wenigstens stand sie diesmal nicht allein, sondern mit Bi, wurde ständig seinetwegen angesprochen und hatte Mühe, mit ihm durch den Sand zu laufen. Sie stellte sich etwas abseits, begrüßte seine Kollegen von Taff und Antenne 1, auch Leuschner war gekommen, meinte scherzhaft, daß ein Trendkolumnist nun mal dort sein mußte, wo der Trend war, und sei es in der Fläche, und auf einmal standen Brendel und Dorothee vor ihr. Auch Brendel strahlte. Besser konnten sie mit dem Radio gar nicht starten, denn die Oderländische Abfallwirtschaft hatte bereits eine komfortable Ganzjahresbuchung in Auftrag gegeben und das Rumpfgeschäftsjahr sah gut aus. »Klotzig gut«, sagte er, »ein satter Treffer«, und dann war auch er umringt und im dichten Beach-Gedränge verschwunden. Dorothee sah ihm nach und meinte nur: »Wenn die Werbung aus dem Kasten klingt, der Euro auf das Konto springt. Da haben auch wir was von, meinst du nicht?«

Vera gab ihr recht: Alles war besser, als irgendwann am unteren finanziellen Limit dahinzittern zu müssen. Überhaupt hatte sich inzwischen Dorothees Sicht geändert und sie fand, daß es letztlich doch egal war, wo man sein Geld verdiente, ob in der Metropole oder in irgendeinem absonnigen Flecken auf irgendeiner Endmoräne – Hauptsache, die Scheine kamen. Denn inzwischen war es mit dem Geld doch wie mit der Wahrheit: Beides mußte man dort nehmen, wo man es fand.

Sie waren sich wieder wie früher einig, gingen ans Büfett, und Vera sah auf den ersten Blick, daß die Event-Agentur gute Arbeit geleistet hatte. Zwar fehlte eine Aqua-Bar, aber mit Cloud Juice, dem Feinsten vom Feinen, dem Wolkensaft pur aus Tasmanien, war hier ohnehin kein Staat zu machen, und sie fand es viel besser, daß das Wasser der Region präsentiert wurde. Schluck für Schluck die Quelle der Heimat, das war der richtige Geschmack, passend zum Sendestart.

Plötzlich gab es einen Tusch, und es ertönte die Erkennungsmelodie der Oderwelle. Ein mächtiges Rauschen ging durch den Raum, anschwellend und aufsteigend wie die Schaumkronen der Oder. Ganz so, wie es Zarth gewollt hatte: die Welt als Wille und Welle und alles in diesem unverkennbaren Klang, der tief unter das Moos griff. Mit einem Mal schwang er sich auf das Podium, und Vera wußte, was jetzt kam, das lag ihm: die Stimmung erfassen und aus dem Augenblick handeln. Er stand auf dem Podest wie auf dem Radioparnaß, unübersehbar eine Gründerpersönlichkeit, und sie war stolz auf ihn. Auf das Sphärische wartete sie zwar noch, aber es brauchte inzwischen eben seine Zeit. Er sprach über das Medium Hörfunk, holte weit aus, bis er auf das Lokale kam, und sagte dann: »Normale Menschen brauchen die vier Elemente zum Leben: das Wasser, die Luft, das Feuer und die Erde, doch Radiomacher brauchen ein Element mehr, brauchen das fünfte Seiende, die Quintessenz, den Äther. Unsere Spielfläche, die Quinta essentia. Das ist der Ort, wo wir in Erscheinung treten und noch wirklich etwas Eigenes gestalten können. Gerade die Oderwelle bietet uns dafür alle Chancen. Wir haben bewußt nicht auf den kleinsten gemeinsamen Nenner gesetzt, wie es inzwischen alle tun, sondern den größten gemeinsamen Zähler gewählt, und der heißt Heimat. Auch im Äther ist die höchste Kraft die Markenkraft und darum werden wir das Produkt mit dem Markenkern Heimat klar positionieren und mit der Oderwelle erfolgreich sein. Nachhaltig erfolgreich.« Und dann enthüllte er wie ein Magier die Zauberformel, das Geheimnis des Erfolgs, und die drei großen C standen wie Wegweiser im Raum: Change, Community, Creativity. »Das ist, was die Stadt braucht«, sagte er, »Veränderung, Gemeinschaft und Kreativität. Change ist der Schlüssel. Ist Voraussetzung und Grundsubstanz, Ursprung und Ausgangspunkt. Ohne Change läuft gar nichts. Denn nur wer auf Veränderung setzt, kann eine Community aufbauen und wo es eine Community gibt, da wächst die Creativity und aus der Creativity kommt die Change und die, nur die birgt den Schatz. Wer ihn findet, besitzt die Welt.«

Im Saal herrschte plötzlich eine ganz ungewohnte Stille. Kein Husten, kein Gläserklirren, nicht einmal ein Sandkorn knirschte. In den Gesichtern nichts als gespannte Aufmerksamkeit. Allen war anzusehen, sie wollten mehr von ihm hören, denn aus ihm sprachen Kompetenz und Glaubwürdigkeit und nicht nur das – er stand auf dem Podium wie der große Hoffnungsträger, der Mann, der Bewegung in die Region brachte, und auf ihn richteten sich die Erwartungen. »Mit der Oderwelle setzen wir den magischen Kreislauf der drei großen Cs in Gang und fahren damit garantiert auf der Sonnenroute. Bald wird hier jeder unseren Sender einschalten müssen, wenn er hören will, wie der Erfolg klingt. Und für uns, die Radiomacher, ist es dann nur noch eine Frage von Monaten, bis wir die kopernikanische Wende erreicht haben und sagen können: Wir schreiben die erste schwarze Null.«

Es schien, als hätte er mit dem letzten Wort ein Schönwettergebiet heraufziehen lassen, das passend zur Beach-Party das Sunshine-Feeling brachte, und Beifall brandete auf. Vera meinte zwar, sie hätte das alles schon einmal gehört, aber sie hoffte, diesmal würde er wirklich in die Gewinnzone kommen und stimmte in den Jubel mit ein.

Er stieg vom Podium, die Band begann zu spielen, die Tanzfläche füllte sich, und plötzlich stand er neben ihr, summte mit und legte selbstverliebt den Arm um sie. Unbemerkt stellte er sein Handy wieder an. Eigentlich wollte er es ausgeschaltet lassen, weil es an einem Tag wie heute nichts Wichtiges mehr geben konnte. Doch Zarth war auf Steigerung gestimmt und hatte das Gefühl, es könnte noch Großes kommen.

* * *